U0121247

风雨诸罗山

渡东三部曲之二

廖晁诚◎著

華藝出版社
HUA YI PUBLISHING HOUSE

图书在版编目（CIP）数据

风雨诸罗山 / 廖晁诚著．—北京：华艺出版社，2011．3
ISBN 978-7-80252-265-7

Ⅰ．①风…　Ⅱ．①廖…　Ⅲ．①长篇小说—中国—当代
Ⅳ．①I247.5

中国版本图书馆 CIP 数据核字（2011）第 039848 号

风雨诸罗山

作　　者： 廖晁诚
责任编辑： 刘胜男
装帧设计： 王　烨
出版发行： 华艺出版社
社　　址： 北京海淀区北四环中路 229 号海泰大厦 10 层
电　　话： 010-82885151
邮　　编： 100083
电子信箱： huayip@vip.sina.com
网　　站： www.huayicbs.com
印　　刷： 北京兴星伟业印刷有限公司
开　　本： 710×1000　1/16
字　　数： 310 千字
印　　张： 22.25
版　　次： 2011 年 3 月第 1 版第 1 次印刷
书　　号： ISBN 978-7-80252-265-7
定　　价： 40.00 元

[目　录]

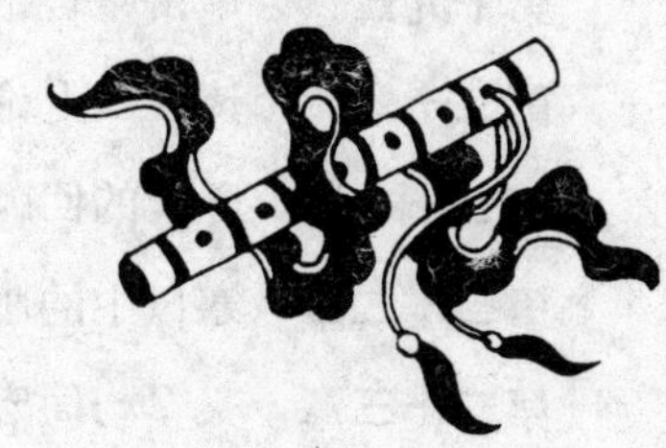

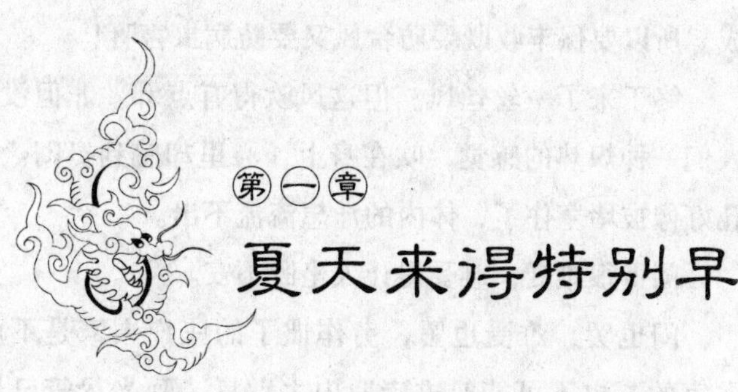

第一章 夏天来得特别早

永丰城今年的夏天来得特别早。

阳历才五月，诸罗山上的梧桐花、杜鹃花和金银花早已凋零。前半个月没完没了的暴风雨，乍一停歇，气温直线上升，这又潮湿又闷热的空气在人们不留神的间隙里突然来到人间，让人感到气都喘不过来，仿佛要被这气候活活窒息了一般。你看，那层层叠叠、竞相争夺生存空间的古樟树，仿佛是一座山，几个后生牵着手都环抱不过来；仿佛是一把伞，巨大的树冠，繁茂的树枝遮天蔽日，掩盖了几甲的土地。这些古老而苍劲的大树，一棵连一棵，一片连一片，一山连一山，把诸罗山装扮成层层叠叠的绿色海洋，还有那桧木、樟木……说不尽，道不完。

春天过了，夏天来了。新枝绿叶，争姿斗艳，一片片水灵灵的绿叶苍翠欲滴，可是尽管那么娇嫩，尽管那么苍翠，但没有一丝风，想千方百计表现某些妩媚，表现一些柔情也心有余而力不足，只能是纹丝不动。

知了开始不安地鸣叫起来，庄户人家也开始着急起来。因为凭着祖辈传下的经验，这处于南方海岛的台湾，今年的台风季节将比往年来得早，而这闷热的气候将给灌浆过后的水稻招来许多病虫害，影响到早稻的收成。所以要保丰收既要防台风又要防病虫害呀！

终于来了一丝丝风。但这风吹得有点邪，非但没有一丝凉意，却带给人们一种炽热的感觉，吹在身上，心里却感到挺闷。那浑身上下千万个毛孔好像被堵塞住了，体内的汗想流流不出。

闷得很难受，难受得让人坐卧不安。

闷也罢，难受也罢，劳作惯了的庄户人家是不可能因为天气闷热躲在家的，也不可能躲进诸罗山去歇息。阿光尽管已经是台湾岛内小有名气的老板了，闽南阿哥的美称已传遍大半个台湾。但穷苦出身，加上不停地打拼，尤其是这十余年为永丰城开发建设劳碌奔波惯了，外头天再热，晚上睡得再迟，只要不是大雨倾盆，那树枝头的小鸟一叫，他便立马翻身下床，在新城四周转一转，看一看。因为转一转，看一看心里便踏实，便安心。

每天完成这项工作之后，回家再就着咸萝卜干喝上几碗地瓜粥，便觉得是一种享受，一种满足。

这永丰城经过十年的开发建设，已经是一个充满生机和活力的新城，两万余人口，商埠齐全。那富有闽南建筑特色的街道上铺着花岗岩条石，两边是清一色的三层楼骑楼式建筑。这街道从头到尾足有一里路长，雨天可以不怕雨，晴天可以不怕太阳。杂货店、小吃店一间接一间，魏永富、屠户原先开的那间永丰城楼小炒店，也今非昔比，已在原址新建了一幢大酒店，每天贵客盈门，猜拳喝酒之声不绝于耳；阿光、阿发和林胜天原来住的木屋当然也不复存在，取而代之的是三栋大宅院，红砖石砌墙。院内按照闽南风水学设计建筑了考究的园林小品。那小桥流水，曲径通幽当中，唯独保留的是海英当年购置养着莲花锦鲤的八口大鱼缸。因为，海英坚持永丰城开发建设十年多能如此顺风顺水，鸿运当头有她的一份功劳，说穿了便是这八口大缸带来了鸿运。加上云生三兄弟尽管日渐长大，但对伴随他们成长，给他们童年无限欢乐的锦鲤仍然恋恋不舍。阿光深爱着自己的妻子和孩子，拗不过，便将鱼缸保留下来。

除此之外，还有一件没有变化的是，三栋宅院之间还延续着当年林胜天的建议，院外三座大门，给人以单门独户的庭院印象，院内则互连互通，相互联系。

三个没有血缘的兄弟，工作、生活配合默契，犹如一奶同胞。

云生、林生已经十一岁，天生十岁。他们除云生添了一个弟弟外，林生和天生各添了一个小妹妹，每天都和永丰城里的孩子们一块在永丰学堂读书。那里的先生清一色是从大陆那边聘请过来的。

宅院建在山边，背山、临海却逆向高山上流下的潺潺流水。那水，犹如滚滚财源，不息地进入宅院；屋后是郁郁葱葱的古树。每当东方一露出鱼肚白，树上的麻雀、画眉、八哥……总之，不管是知名的、不知名的便开始登枝欢唱，每当此时，阿光总是敏捷地从床上下地，牙不刷、脸不洗，撒完一泡尿便与管家阿昌绕着新城转上一圈。

十余年光阴，每天如此，除非狂风大雨。

今年的夏天来得特别早，或许是风调雨顺，或许有充足的永丰渠水的灌溉保证，那万甲农田不论水稻、地瓜，还是甘蔗、青菜都长得非常茂盛。此时，阿光与管家像往常一样并排走在田间地头，不觉浑身上下轻松不已，兴奋不已。

说到这管家，他并不像别人家的管家都是五六十岁的老人，而是五年前从大陆那边请来的，二十五岁，是一个见过世面而且知书识墨的后生，五尺多高，挺精神。阿光深知自己这半生亏就亏在不识字，因此，请管家的目的，一是学些字，增长一些知识；二是给永丰城的建设和发展当军师，出主意。因此，五年来朝夕相处，这阿昌管家便成了他的左右手，每天形影不离。

走过一片地瓜地，前面是一眼望不到边的水稻田。夏天来得早，按往年这个时候这水稻应该是孕穗期刚过。可是，今年这沉甸甸的稻穗已经灌完浆，一颗颗饱满的稻谷露出了白白的颜色。那一颗颗被稻浆灌得十分丰满的谷粒，一颗夹着一颗，一粒挨着一粒，把那粗壮的稻秆压成镰刀弯。

“老板，今年早稻丰收是十拿九稳了。”阿昌看着看着，难掩内心的喜悦。

“福祥哥！你起得那么早。”正当阿昌提起话头时，阿光已经看见田头上庄户李福祥正蹲在田头数着谷粒，便顾不上回答阿昌的话，轻松地与他打招呼。

这李福祥是漳州府人士，除为人仗义外，还十分勤劳，同时还具有十分丰富的耕作经验，来到永丰城时从大陆带来了许多优质的稻种。这几年永丰城的农户粮食产量连年增长，庄户人家无不对其心存感激。因此，这李福祥在永丰城乡亲当中具有相当高的威信。

“老板，你更早。”李福祥笑吟吟站起身，因为他几乎每天都可以看见阿光的身影，便自然得不能再自然地将手中的稻穗递给阿光，“今年风调雨顺，病虫害又少，每穗谷粒要比去年多个一成，今年可是丰收之年，但这气候不对，要注意防病虫害，还要防台风呀。”

“是吗？吉人自有天相，菩萨会保佑。恭喜你呀！”阿光接过那沉甸甸的稻穗，内心充满着无限的欣慰。

“应该托老板的福呀！”

“不对！这福呀，一要托老天的福；二要托保生大帝的保佑。再要说，阿哥引进了良种，指导乡亲们有功呀。”阿光边回答，边小心翼翼地将稻穗上的谷壳剥掉，里面的稻米尽管刚刚成形，还不成熟，但每剥一粒却十分丰满，仿佛每一颗谷粒都在传递着丰收的喜讯。

“老板见外了，我所做的一切实在不足挂齿，村帮村，邻帮邻，这是我们闽南乡亲传下的美德。你说是吗？”听了阿光的赞扬，李福祥像一个孩子一样不好意思起来。

“是啊！是啊。永丰城有你福祥哥这样的老作家不愁不发达。”

“不能这么说，是我们托了老板的福呀。”李福祥用淳朴得不能再淳朴的语言表达了对阿光的感激之情。

“阿昌。”阿光张着手掌，贪婪的眼光却始终没有离开那已经剥开谷壳的米粒，“小时候，每当我看到水稻泛白的时候，总是充满着希望。稻穗泛白，转镰刀弯了，就意味着要收割了。收割了，便可以吃几顿白米饭了。现在，当我看到这一场面，总会勾引起我孩提时代的联想。”阿光同时又带着某种伤感，但又似乎流露着内心的兴奋，“自然，也对这种丰收充满着希望。”

“这种小时候的困难生活永远不会再出现了。”阿昌听完阿光的话，不假思索地应了一声。

“嗯?”阿光听完阿昌的话，停住了脚步，他抬起头，用陌生的眼光看着自己的管家。这种眼神只在瞬间便消失了。因为，他想起，阿昌尽管年少自己几岁，可是他双亲健在，家境尚可，不像自己孩提时代经历过那么多艰辛和苦难，没有那么刻骨铭心的记忆。

“老板，我说错了吗?”阿昌见阿光“嗯”了一声，又见那异样的眼光，似乎有些不解地问。

“嗯！一个人要有体会，必须有经历。”阿光没有直接阐明自己的观点。但他自己苦难的童年成长的经历使他对吃一顿白米饭有着和别人不一样的体会和感受。阿昌也从老板“嗯”的一声，可以肯定，他并不赞同自己的观点。

“那……”阿昌心想，这十余年来，老板一路走来鸿运当头，顺风顺水，腰缠万贯，在台湾已经是一位小有名气的老板，吃一顿白米饭早已经不是问题。既然如此，那阿光心里还在思考着什么呢?

“阿昌，上辈人常说，人生如三节草，不知哪一节好。少年、青年、老年，要不断发展，除自身勤奋努力外，还要天时、地利、人和等众多条件。现在，吃一餐白米饭当然已不成问题，但要长期、要一辈子都有白米饭吃，却还有许多未知数。”阿光话语间显得非常深沉，还带着些许的悲伤。彼此之间尽管年岁相差不多，但坎坷的人生经历，却使阿光与阿昌在事情的认知上有着很大的距离。

“噢……”阿昌从老板那充满沧桑的语气中感悟到他内心的世界。来到他身边之前，他已从简宏顺老板那里了解到阿光那充满荆棘和神奇的人生经历。他在想，每当看到顺利，看到成就时，老板总是会回忆过去，保持着一种清醒，保持着一种自信。这，便是他能一步步走向成功的秘诀。想到这里，阿昌便默不作声。

一片一眼望不到边的稻田，在热风中翻滚着金色的稻浪；

一片一眼望不到边的地瓜地，那藤蔓茂盛地延伸，偶尔还能发现一朵朵紫白相间的花；

一片一眼望不到边的甘蔗，高出一个人头。不，甚至超过两个人头，被山风一吹，发出“沙沙沙”的声响。那甘蔗的秆一根根长得比胳膊还粗、还壮……

阿光每天都看，但每天都看不腻。而且，每看一片土，总是那么深情，痴痴地在那驻足许久。作为一个年青实业家，面对自己人生十余年奋斗取得的成就，他在思考着下一步怎么办，如何才能加快永丰城发展的步伐。

“我们今天还看糖厂吗？”看到老板痴痴地欣赏着自己的杰作，阿昌在耳边轻轻地提醒着。

“走，去看看，永福阿叔最近组织生产冰糖块出口，兴许已经成功了。”阿光没有回头地应了一声，迈开步子朝糖厂走去。

连永福已经早先一步到达这里，永丰商行和永丰糖厂都由他直接管理和经营，也许是连永福本身是行走两岸的生意人，具有丰富的从商经验这一原因，这商行和糖厂发展十分迅速，原来日熬四锅砂糖的糖厂，厂房扩大了好几倍，而且生产的产品基本上已经以白糖为主，冰糖、砂糖为辅。

“阿光！”看见阿光和管家远远走来，连永福笑吟吟地站在工厂门口，像招呼自己的下辈一样随意地欢迎着他。

“阿叔，您每天都那么早。您年纪不小了，应该多休息一会儿。”阿光倒是毕恭毕敬地与他招呼。

“哎呀！你不知道，我天生的劳碌命。年纪大了，鸟一叫，准醒。一醒，非得爬起来走走。这样反而踏实，反而舒服。”连永福笑笑，“阿光，你倒要注意身体，现在事业大了，担子重，多休息一下。”

“你看，还说我，都是阿叔带的好头。我呀，跟您一样，鸟一叫，躺在床上好像臭虫在全身咬着。一起来走走，便舒服得很。”阿光打趣地跟老人开了一句玩笑，“开发的冰糖新产品现在进展得还顺利吗？”

“就等你做鉴定了。”连永福手一比，三个人走进车间，那些上夜班的员工看见老板进来，便领着走进成品车间，把那一块块一斤重的冰糖拿在手上递到阿光面前。

这是经过新工艺制作的冰糖，拿在手中犹如一块玻璃砖，晶莹剔透。阿光熟练地用手一掰，拿了一小块放在嘴里含着，一股清甜沁人心脾，他立马露出欣喜的笑容："阿叔，这冰糖比以往的产品，无论从外观质感，还是口感都提高了一个层次，如果进入批量生产，还要多久？"

"这品种，昨天东洋株式会社的井田老板来看过，产量不论多少都可以包销，价格也比前一段生产的冰糖高两成。准备最近就投入批量生产了。"连永福说完，难以掩饰内心的兴奋，末了还"嘿、嘿、嘿"地笑出声来。

"出口东洋，也用永丰牌吗？"阿光既像一个后辈，更像一个学生，谦逊地请教着连永福。

"对，这都是按照你的要求，永丰城的东西全部都以永丰商标出厂销售的。"连永福说，"也正因为经过几年的经营，这永丰牌商标已经有不小的知名度。那东洋株式会社的井田便是慕名来联系的。"

"是吗？阿叔，您可是我们永丰城的大功臣呀！"阿光一阵喜悦。

"你呀，对阿叔总是那么客气。"连永福听了阿光的话，自然十分高兴。

"阿叔，你忙着，我到学堂去看一下。"阿光说完便告辞连永福，想到永丰学堂走一走。因为，那里前一段也从大陆请来两位先生。据简宏顺老板介绍，他们是一对夫妇，人很新派，知识也很渊博。每天云生放学回来，总是绘声绘色，现学现卖模仿先生讲一些大陆那边的故事。而身为父亲的阿光每次都饶有兴趣，听得津津有味。有时，还多少有失父亲尊严，哈哈大笑一番。

阿光本来前两天就想拜访这对先生夫妇，只是一忙起来便没了时间。今天，他觉得无论如何也要到那里去看一看。同时，约这对先生夫妇今晚吃顿饭，表示一下心意。于是，便给连永福恭恭敬敬地行了一个礼："阿叔，我们改日再谈。"

"好！好！"连永福看见阿光虽然已是台湾小有名气的老板，却不失当年的谦逊，很是过意不去，"阿光，我们天天在一块儿，你万万别这么客气，不然阿叔会折寿的。"

"阿叔！"听了连永福的话，阿光内心一怔，这是一位多么慈祥而富有智慧的长者呀。永丰城的发展如果没有他们那绝对不可能有今日的成效。"尊老是我们上祖的古训，孝敬老人是事业成功的基本要求，我尊敬您那是应该的，您老万万别那么说。”

“可是，现在已经很迟了。学生都上课了，你还是先回去用过餐再去吧。”连永福看着这后生仔尽管才过而立之年，但长期的劳心伤神让他比同龄人更显得成熟，头上已经有些白头发，不禁有些心疼起来。

“是啊！老板，吃完早餐再去也不迟嘛。”阿昌看看此时太阳已经升得很高。刚才，他已听见学堂的钟声敲响，估计这个时候，学生已经上课。

“不碍事，今天的事今天做。”阿光没有正面回答阿昌，给连永福鞠了一个躬，告辞了。

学堂离糖厂也不太远。这里与永丰城的其他建筑物一样，当年用木板搭盖的木屋早已拆除，取而代之的也是富有闽南风格的建筑。

阿光领着阿昌走进学堂，这里分两个班，分别由先生李文福和妻子赵静雅负责。

李文福教大班，阿光一进校门便看见李先生正在教孩子们。哟！那正是自己的儿子云生他们在上课。

阿光蹑手蹑脚地走近教室，站在窗外看李先生上课，他正在专心致志地教孩子们学习《增广贤文》，李先生在黑板上写了“一年之季在于春，一日之计在于晨，一家之计在于和，一生之计在于勤”几行字以后，先念了几遍，然后给孩子们教授笔顺笔画，让孩子们在课桌上跟着学写；最后，先生再逐字逐句讲解释义。这一切，先生教得那么认真，学生们则听得那么入神，而窗外的阿光，此时俨然是一个学生，听得那么投入，趴在那一动不动。

“老板，时间不早了。”看到老板那样忘情，阿昌耳语道。

“走。”阿光悄悄地朝小班教室走去，他还要听一听那赵静雅先生的教学。

赵静雅则教小班，也就是云生弟弟松生那一班。赵静雅先生正在黑板上写着《弟子规》中的“父母呼，应勿缓；父母命，行勿懒；父母教，须敬听；父母责，须顺承”几个字，并一字一句教孩子们念着。

先生正教弟子们念完一句的间隙，抬起头看见趴在窗外的老板在那听课，一阵欣喜，赶快告诉孩子们按照黑板上的字先习字，自己便匆匆走出教室门，迎候老板的到来。

“老爷，您来了。”赵先生压根儿没想到永丰城的老板会不经告示突然来学校视察，便忙不迭地给老板鞠躬。

“赵先生，万万别叫我老爷。你还是跟大家一样叫老板吧。”阿光从不让人称自己为老爷。因为他一直没有忘记自己也是一个贫苦出身的人。尽管自己目前有了一些产业，但跟那些真正的老爷相比，自己无非小巫见大巫。因此，必须时时保持清醒的头脑。

“好的，老板。我们到校长室坐吧，我叫上李先生。”赵先生文质彬彬，温文尔雅地说。

“影响你们教书吗？”阿光有些难为情。

“不会，不会。”赵先生一脸认真地回答，“这帮孩子学习风气很好，尤其是云生兄弟姐妹几个。”

“不是为让我开心吧。”阿光生怕先生为让他高兴而隐瞒事实。

“不会的，老板。”赵静雅边说边笑吟吟地去请他先生了。

“失敬，失敬！”赵静雅刚出去一会儿，校长办公室门外便响起了一位青年男子的声音，这声音很宏亮。话音刚落，李文福先生已经一脚踩进门，不卑不亢地给阿光老板行了鞠躬礼：“耳听为虚，眼见为实，想不到阿光老板这么年轻便有大作为，在繁忙当中还亲临学堂巡视。请坐，请坐。”李先生一露面，便让人感觉到这是一位热情洋溢、充满活力的青年，让人感到一种炙热。

“先生，这学堂条件很差，生活习惯吗？有困难尽管提出来。”看到李文福夫妇，阿光满心欢喜，同是年轻人喜欢直来直去，他开门见山地问道。

“不！不！不！老板，这里条件已经非常好了。”李文福微微一笑，朝自己的妻子看了一眼，“我们到这里就是想最大限度地将自己的知识传授给孩子，我大清王朝需要人才，需要千千万万的人才呀！”性情中人，还是开门见山，直奔主题。

“那就多烦劳二位先生了。我这辈子没有机会读书，吃了不少不识字的亏。现在有条件了，才开始老了学缠脚，每天跟着阿昌学识字。”阿光自我解嘲地说，“这些子弟请二位先生多费神。”

“是啊！老板！我大清王朝国力衰弱，到处受外人欺凌，缺的就是有文化，有学识的栋梁之材呀！”李永福似乎深有感触，一阵难言的痛楚，让他有些难过地放低了声音。

“李先生，莫非有什么难言之隐？”看到李文福的表情，阿光追问了一句。因为，自从懂事之日起，自己开始每日为一日三餐，为生存而奔波；后来，开发建设永丰城琐事缠身，千头万绪，几乎与外界没有联系，孤陋寡闻。虽然，也听过大清王朝管辖着天下百姓，可是天下有多大，天下每天发生了什么事情，实在无从知晓。今天，尽管与李先生夫妇第一次见面，几句话的工夫，阿光已经清晰地感觉到这位李先生心中一定装着许多天下大事，那是自己见所未见、闻所未闻的大事。

“莫非老板不知甲午战争之事？”

“甲午战争？”阿光轻轻地摇了摇头。

“这样！”李文福重重地吐了一口气，脸上流露出一丝失望的表情。

“先生能略告一二吗？”看到李文福讶异的脸，阿光更感到自己见识的不足，似乎有些愧疚，用十分诚恳的口吻迫不及待地问了一声。

“光绪二十年十二月二十五日，倭寇在山东半岛登陆。”李文福看到阿光那种焦急的心情，稍稍缓了缓口气，诉说了那段历史，“他们抄袭了威海里后路，并以海军封锁了威海里港口，使大清北洋舰队陷于港内，腹背受敌。十天后，倭寇占领了威海里南岸炮台，北岸守军望风溃散。管军丁汝昌派人炸毁了北岸炮台和弹药库，以免资敌。随后，倭寇又占据北岸。北洋水师陷入重围。正月初九日寇和占据炮台的日军用大炮水陆合击北洋水师舰队，在此后的十余天时间里，管军丁汝昌带领众将士浴血奋战，直到十八日全军覆没……”李文福说到这里，泪流满面，哽咽不止，他的心已经处在滴血之中，“这些可是护我大清江山的万里长城呀！”

“后来呢？难道我大清王朝就没有一丝反击之力了吗？”看到此时已处于悲恸之中的李先生，阿光的情感在复杂地变化着，天下之大，可是自己连大清王朝管辖的事情却一无所知，既为自己无知而内疚，又为自己的国家遭到如此奇耻大辱而悲愤。

“我国力虚弱，非但没有反击，还与日寇签订了《马关条约》，赔偿他们二万万两白银，甚至还要将台湾割让给他们呀。”李文福此时似乎在吼、在呐喊，“台湾是我大清江山的一个不可分割的组成部分。将台湾割让给日寇，实际上是在母亲身上割肉，在母亲心上插刀，是在肢解大清江山的手脚！”李文福此时似乎已经没了斯文，他用手擦了一把脸上的泪水和鼻涕说，“老板，你是经历台湾开发的大清子孙，我们世世代代先人开发建设的台湾一夜之间变成日本的领土，我们世世代代的大清臣民一夜之间将变成日本人。作为一个有血性的大清臣民，你的心能安静下来吗？我们埋葬在大陆的祖祖辈辈能安息得了吗……”

李文福越说越激动，声音越说越大，隔壁的孩子们听到先生如此激愤，不知发生了什么事情，此时都站在门口，瞪大眼睛，张开嘴巴静静地聆听着。他们的思绪、他们的情感也随着先生起伏，随着先生跳跃……

“这样……”阿光看到先生如此悲伤，许久许久说不出话来，他不知道永丰城外，台湾岛的西边发生了这么大的事情。他不知道自己该用什么语言安慰这位先生，更不知道面对这么大的事情自己应该做些什么事情。

校长办公室瞬间安静下来了，而且静得可怕。谁也不知道先说哪句话来打破这里的安静。

“李先生，那，您的意思……”阿光听到这里似乎有些英雄气短，觉得作为一个大清臣民竟连这些事还是第一次听说，以至没有尽到一份应尽的职责。

“大家，不！尤其是台湾的父老乡亲们应该赶快行动起来。因为《马关条约》签订后，也许是明天，或许是后天，日寇将占领台湾。我们要万众一心，拒寇于台湾之外，保卫我大清江山。”被阿光一问，李文福的情绪又激昂起来。

阿光似乎茅塞顿开，默默地点了点头。

“老板，”阿昌看看时间不早，便提醒阿光回去用早餐，“改日再谈行吗？李先生还得上课。”

“噢！噢！噢！”阿光恍然大悟，看到围在校长办公室门外的孩子，“孩子们，你们的先生是一个才华横溢的先生，大家要跟着先生勤奋学习，将来报效国家。”回过头，他看了看李文福说，“先生，今日一见受益良多，真是听君一席话，胜读十年书，打扰了。择日再专门请先生指教。”

“别见外，老板。文福此次渡东，之所以选择永丰城，就是了解到老板也是一个热血乡贤。盼此后在你的提携之下，共同为大清江山的繁荣强盛努力。今天见到老板，果然名不虚传，我可谓心满意足，择良木而栖，此生足矣。”

“李兄，别见外，日后还仰望多指教。”阿光心头一热，一介书生，却为大清江山社稷跨过海峡，奔波两岸，令人敬佩。于是，也立马改变称呼。

“老板，如不嫌弃，能否再留片刻。”见阿光要告辞，李文福意犹未尽，希望将话说个明白。

“不！李先生尽管说。我是怕耽搁您的教学时间。”阿光感到李先生误会了自己告辞的原由，诚恳地说明。

“不碍事。这等事情让孩子们了解一下，也是正事。据我所知，日寇前一段已在台湾基隆港登陆，这帮倭寇一路烧杀掳掠，我无辜乡亲血流成河。以丘逢甲为首的台湾士绅及官员在台北商议大局，决定：宣布脱离清廷而‘自立’，以便对内加强号召，对外争取援助，避免给日寇以口实，使清廷为难。同时，推举巡抚唐景崧为台湾民主国总统，丘逢甲为全台义军统领，刘永福为大将军。发出‘誓不臣倭’的号召。日本从清廷手中接收台湾虽毫无困难，但在中国人民面前要占领台湾却不容易。”

“我知道了。李先生，容我好好思考，今晚我们为这事专门商议一下，国家有难，匹夫有责，只要我阿光能为国出力，万死不辞。”阿光被李先生炽热的感情感动不已。但这件事既然关系到江山社稷，势必还要跟阿发、胜天和几个长辈认真商议，采取积极的应对之策。阿光回过头对阿昌说，“今晚安排家宴招待李先生夫妇，请阿发、胜天和几个长辈参加。”

“好的，老板。”阿昌点了点头。

“另外，别忘了，还要专门请阿力凡阿叔下山来，请他老人家一起商议。”阿光表面上很轻松地吩咐，但内心却沉甸甸的。尽管他这半生没有经历过大世面，李先生的一席话，却使他预感到台湾将面临着一场暴风雨，面临着一场生死搏杀。山雨欲来风满楼，永丰城下一步的开发建设毫无疑问也将受到影响。即便如此，凡是大清子民决不可能俯首帖耳听由日本人摆布，心甘情愿地变成他们的臣民。而一旦产生抗争，永丰城地势显要，说不定阿力凡阿叔那诸罗山将成为进退自如的战略要地，今晚商议自然非他老人家参与不可。

“好的。”阿昌看见阿光一脸严肃，也隐隐约约感到这件事的重大。

“对，老板考虑得真是周详。”李文福看到阿光那严峻的脸，深感这位年轻的老板，这位乡间美传的闽南阿哥真是名副其实，深明大义，内心不由一喜。

“李兄别见外，日后还望多指教。”阿光内心一阵激动。二人互相鞠躬，相见恨晚。

末了，便与阿昌并肩走出学堂。

“阿昌，我们到那小山包上走一走吧。”到了十字路口，阿光叫住了阿昌。

“时间不早了，还不回去用餐吗？老板。”阿昌看到那太阳升得很高，往日此时老板早已用完餐处理别的事情去了，他便提醒阿光。

“今天肚子不饿，迟一点吧。刚才李先生的话，我要先消化了再说。”阿光回答阿昌的声音很小。讲实在话，这李先生呀，文人便是文人，讲话总能撩起人那根最容易兴奋的神经，让你一阵紧张，一阵兴奋，然后又让你兴奋得久久不能平息，留下深深的思考。

初夏的永丰城正是雨季，由于前一段一直下暴雨，尽管这一段天空放晴，但湿气很重，已是上午十点多钟，但那山峦中却缭绕着浓浓的雾，太阳也不大，永丰城后面的山包上的树枝树叶上仍然挂着一颗颗晶莹剔透的水珠，那水珠在阳光照射下折射着五颜六色。从学堂里出来，阿光没有了言语，更没有了笑声。他那原本强而有劲的双脚踩在那花岗岩条石上，发出一阵阵铿锵的声音。阿昌伴随着身边，他无心去欣赏这周围的美景，更无心去评价这美丽的新城。因为他知道，自己身边这个在台湾有很高知名度，而且最年轻的老板刚才听李先生一阵诉说之后，他的心灵被重重地撞击着，他在思考面对社会的这场剧变，面对着民族面临的灾难，面对着作为中国人的一种抉择。

“阿昌，你现在体会了吗？要保证每一天都能吃上一顿白米饭并不容易。”两个人默默地走了许久，一直走到当年阿光带着兄弟们进入永丰城开发时第一个夜晚露宿的小山包，阿光折了几根树枝叶垫在地上，席地而坐，跟阿昌说了一句话。

“是啊！这句话我从李先生刚才的一席话中感悟到了。如果台湾被日本人统治，免不了一场生灵涂炭，生命尚且难保，一餐白米饭更无从谈起。”阿昌内心涌出一股伤感。

“台湾土地肥沃，我中国子孙历尽千辛，经历了多少代人辛勤开发，怎么一夜之间要变成日本人的呢？”显然，这个问题现在仍让他百思不得其解。

“老板，看来我们必须要有一个应对之策。”

“是啊！古人常说‘兵来将挡，水来土掩’，可是怎么挡？怎么掩？我心中没底呀。”阿光心里涌出一阵不安。他深情地看着自己和兄弟们付诸十余年开发建设出来的永丰城，就在自己脚下的这片土地上，这是中国人的土地，这是中华民族子孙用辛勤汗水和鲜血换来的成果。这片充满生机与活力的土地，怎么可能轻易转入日本人的手中呢？

阿光一次又一次地思考，一次又一次地反问自己。

第二章 腥风从基隆飘来

基隆港不大，却十分繁忙。码头搬运工陈福组织手下兄弟刚装完一船运往琉球的稻谷，忙着用粗布汗巾反复地擦拭着身上不断往外涌的汗水，嘴里不断地嘟哝着："这鬼天，简直不让人活了，这是什么季节，热成这样呀。"但嘟哝也罢，骂也罢，装完这船货，还得要接着装另外一船。他们充其量也只能在屋檐下阴凉地方喘一口气，喝口凉水，还得接着干。

人活得不容易。

陈福的父亲希望自己的儿子将来有出息，更希望他成人之后福气多多，可是年过三十的他，每天当搬运工，何福之有？

这一点，陈福自己更是深有感触。

他也是漳州府人，掐指算来比阿光还早一年渡东，而且还带着新婚的妻子。只是命运总是那么喜欢捉弄人，他带着新婚妻子黄氏在台湾东奔西波为生存发展而奔命。那年总算在永丰城落下脚，而且经过努力有了一栋木屋，有了几甲属于自己的土地。按理本可从此安居乐业，稳步发展。不料他不安分的老婆勾搭上黄福寿，让他戴上了绿帽子。陈福是一个很有血性的男人，他可以忍受贫困，他有咬着牙战胜困难，不停打拼的决心。可是，他却忍受不了让别的男人骑在自己老婆身上享乐的奇耻大辱。

按理当年他只要能吞下这口气，便可以在永丰城立足并迅速发展，但一个七尺男儿的血性告诉他，宁愿上街当乞丐也不愿戴这顶绿帽子。于是，他与弟兄们窥视了许久，一直等到那天晚上，趁永丰城阿光他们三兄弟儿子满月宴这一良机，废了黄福寿。然后，带着黄氏和几个肝胆兄弟亡命四方。

“那是一段多么灰暗的时光啊！”每当想起那段日子，陈福总是情不自禁地叹气，尽管一晃已过去十年，那段历史却仍历历在目。

那晚，他带着几个兄弟从永丰城逃出来，一行人专拣偏僻无人的山间小道，一脚高一脚低地往外逃命。因为，大家都知道黄福寿是阿光和阿发老板的把兄弟，如果他们发现黄福寿被废，势必派乡勇团进行追杀，如果这样他们肯定没有命的。

他们知道当时乡勇团的功夫和实力。

然而这种情况，并没有发生。

不久，他们了解到黄福寿投靠海盗，开始为匪作歹，于是庆幸自己没有做错事，反而后悔当时心慈手软留了这狗东西一条性命。

再不久，他们了解到黄福寿截杀连永福被飞刀杀死，终于舒了一口气。从此，便安安心心带着五兄弟在基隆港当了码头搬运工，重新立了脚。

当然，闽南人有闽南人的为人处世哲学，有他们的为人之道，除了敢于打拼，善于吃苦之外，便是凭良心做人，肝胆相照，疾恶如仇。陈福感到造成兄弟四处逃亡的根源在那不守妇道的贱人，尽管兄弟们替她求情，请求给她一次重新做人的机会，陈福仍毫不犹豫，一纸休书将那黄氏赶出家门，专心专意地与五个兄弟当起搬运工，重新开始了新的生活。

这一干，便是十年。

尽管他现在已是基隆港搬运工中的小头目，但他却始终如一，每天跟这帮兄弟们一道劳动，他们情同手足，亲密无间。唯独在繁忙的劳动之余，总会回忆那段不堪回首的婚姻，那段难以忘却的往事。是啊！人活着要脸，树活着要皮。黄氏也算贫苦出身，怎么会走上那样令人不齿的人生道路啊……十年修得同船渡，百年修得共枕眠。往事不堪回首，每当想起，总是令他心酸，让他心碎……

此时，陈福坐在码头一栋临时工房前，背靠着墙，用那大烟斗死命地抽烟，那浓浓的烟在他的脑袋四周形成了一个白白的烟圈，呛得他不停地咳嗽。

“大哥！少抽一点。”正准备歇脚的二弟陈鸿看见陈福一锅接一锅地抽着旱烟便心疼地提醒道。他与陈福同一个村，年岁相仿。十多年的朝夕相处，他深知陈福的为人。陈福一直深爱着黄氏，但黄氏的不守妇道，让他的自尊心受到沉重打击。一夜夫妻百日恩哪！自从休了黄氏，只要有空余间隙，他便这样拼命地抽着旱烟。似乎只有他头顶上那袅袅浓烟才能带走他内心的痛苦；带走自己对黄福寿的痛恨；带走对黄氏永远的思念。

是啊！在这种社会里，一个男人生存尚且不容易，莫说黄氏一介女流，如何活下去呢！

“大哥！你还是听我劝，把大嫂找回来，再给她一次悔过改正的机会吧！”陈鸿这样的话不知道讲了多少次了。

“你给我住嘴，谁是你大嫂？啊？”陈福听了陈鸿的话，怒火中烧，这句话也不知从他口中说过多少次了，“以后若再说这个贱妇，我们兄弟之情也一刀两断。”今天，陈福怎么啦？后面这句从来没有出自他口的。

“嗯！那我们回去洗一洗，然后再去喝两口。反正今天的任务已经完成了。”被大哥骂了一句，陈鸿不再讲太多话，因为他知道尽管陈福表面上恶狠狠的，却有着一颗善良的心。当看到其他四个兄弟都已放下手中的活时，陈鸿便建议道。

“嗯！”陈福一改刚才一脸的愠怒，朝几位兄弟招呼一声，“走，洗洗，喝酒去。”

“好！还是大哥考虑得周全，喝酒去。”一帮兄弟听说喝酒，便兴奋得直乐，尽管都是三十岁左右的人了，但大家都还是光棍一条。这里既有没钱的原因，还有那时整个台湾都是大陆渡东的人群，男多女少。因此，无论自南到北，还是自东到西，光棍汉、王老五比比皆是。

干重体力活的人喜欢喝酒。因为喝酒可以解乏，还可以舒筋活络。但陈福这一帮闽南兄弟却是克勤克俭，虽说手中多少有了一些积蓄，但每次喝酒也只是在小炒店弄几道菜，温上一壶酒热闹热闹而已。

今天，他们一高兴便在码头不远的小店里坐了下来。这一段气候炎热，光脚踩在码头的花岗岩条石铺成的地板上，感觉到一阵阵发烫。正值中午，尽管在海边，没有一丝风，那码头上零星几棵树的叶子一动也不动，原本在春天吸足水分的一片片苍翠欲滴的叶子开始发黄，甚至卷起了叶片。陈福他们只觉得脚底发烫，三步并作两步直奔那小炒店。

小炒店的老板也是闽南渡东的，见了老主顾进门，便热情招呼，叫上几个他们平时喜欢的炒花蛤、煎海蛎，加上炸五香、灼章鱼几道菜，加上一壶酒和一大盆饭。六位兄弟高兴地端起酒杯往嘴里送。突然，往日平静码头上一片混乱，人们慌不择路，像无头苍蝇一样四处逃散。

“出了什么事?”陈鸿放下酒杯，将目光投向大哥陈福。

“嗯!”陈福也觉得有些诧异，在这基隆港他们生活了十年时间，这种慌乱似乎还没碰见过，他也用诧异的眼光朝门外张望。

这一望，就望见了他们有生以来从未见过的事，也是让他们终身难以忘怀的事。

他们刚刚装卸货物的码头上，靠泊了三艘挂着太阳旗的军船。这船刚靠岸，船上便拥下一大拨手持枪支的日本军人。那一支枪上还装着明晃晃、寒光逼人的刺刀；那刺刀在强烈的阳光下，让人感到内心一阵阵发颤，脊梁骨一阵阵发冷。

一直过着宁静生活的人们被这突如其来的情况吓傻了，除了部分脑子还算清醒的人拔起双腿没命地逃跑外，许多人都傻愣愣地站在路旁，甚至站在路中间好奇地张望。孩子们和步履蹒跚的老人非常无助地站在原地。

此时，一位推着卖杂货车的老人正无所适从地站在路中央，他走也不是，退也不是，完全被码头瞬间降临的混乱局面吓蒙了。

他正不知怎么办，从船上冲下来的日本军人看见那本不宽畅的道路上横着一架杂货车，嘴里叽哩咕噜叫了一声，不由分说冲上前，稍稍用力便将那杂货车掀到海里去了。顷刻间，那杂货车上的针头线脑，香烟火柴，还有那些杂货便随着那杂货车在海面上漂散开去，并迅速随着海浪漂走了。

这是这位老人赖以生存的东西，虽不值钱，却是他的命根子。

老人开始还不知所措，当看清自己的命根子在海上漂散开来，慢慢沉入海底的时候，他便产生了一种绝望，产生了一种歇斯底里的绝望，他顾不得老命的安危，冲上前去，死死地抱住那日本军人，使尽可怜的一点力气，举起那枯瘦得似乎像老树一样的老拳打过去……

那被老人揪住的日本军人恼羞成怒，挣扎着转过身，端起手中明晃晃的刺刀，狠狠地朝老人身上猛扎下去……

血，鲜红的血从老人身上涌了出来。

血，鲜红的血迅速染红了码头的花岗岩石条上，慢慢地渗开来。

周围原本已是惊弓之鸟的人群尖叫着，哭喊着，哀号着，大家惊恐地看着老人那苍老的身躯缓缓地倒在那炽热的地板上。

“救命!”

“救命!”

“死人啦！救命!”

“阿祥伯被日本人杀死了！救命!”

……

一阵阵凄厉的呼叫，一阵阵撕心裂肺的哭声，一阵阵无助的号哭，码头上手无寸铁的人们看见突如其来又手执武器的杀人魔王发出阵阵无助的呼喊。

“阿祥伯被日本人杀了。”一个念头在阿福的脑海里闪了一下。这个老人也是泉州府籍人，早年渡东，一生命运坎坷，妻儿在十几年前因瘴疠病而亡，这基隆只有留下他一个人无依无靠。他心地善良，每天推着一部用四个木头轮子做成的杂货车，推销着一些卷烟、杂货来维持生计。这是一个连走路都生怕踩死蚂蚁的老人呀。他碍着谁了，竟然被日本军人杀死了。阿福容忍不了这伤天害理的事情。一种正义，一种刚正，一种闽南人特有的性格让他坐不下去了。

“走，看谁敢在光天化日之下杀死阿祥伯。”阿福把刚送到嘴唇的酒杯重重地放回餐桌上，手一挥，招呼另外五个兄弟冲出门外。

“大哥！那日本人有枪!”阿鸿知道大哥的性格，生怕这样冲出去吃了眼前亏。

“他有枪，我们有人。这方圆百里都是中国人，还怕几个日本人不成。”阿福头都不转，直奔码头，直奔躺在血泊当中的阿祥伯。

也许是刚才众人的呼救和善良人们的号哭声迅速地传递，也许是中华民族子孙特有的民族自尊心和血脉亲情，在阿福赶到阿祥伯身边的同时，码头上的人们已经从四面八方蜂拥而来，面对日本军人明晃晃的刺刀，他们将拳头握得格格响，有的操起身边的木棍，甚至大刀、长矛愤怒地冲了过来，挡住了从军船上下来，企图迅速占据基隆城的日本军人。

一边是善良的中国百姓；

一边是全副武装的日本军人；

两边人马怒目以对在对峙着。

“干妮姥，谁杀死了阿祥伯?”满腔怒火从阿福那不甚高大的身躯中爆发出来，他大声怒吼着。

“谁杀死了阿祥伯?”众人也挥舞着拳头朝日本军人步步逼近。

“谁，谁杀死了阿祥伯，拿命来抵!”看见日本军步步后退，却没有人敢正视愤怒的人群，阿福更加怒不可遏。

“八嘎，这台湾是我们日本人的属地，你们想翻天吗?”正在双方僵持的时候，日本军人当中走出一个军官模样的人，用还算流利的汉语叽哩呱啦地说着，“你们清廷已将台湾赔偿给我们大日本帝国，我们今天是来接收台湾的，谁敢阻挡，死啦死啦!”

“笑话，台湾自古以来都是大清王朝的属地，都是我中华子孙所拥有、所开发，怎么可能一夜之间成了你日本人的属地了。乡亲们，把他们打出去。”阿福没有任何思索，他只记得自己是一个中国人的子孙，只记得这块土地是自己兄弟以及众多乡亲赖以生存的土地，抡起拳头，不顾一切地冲向日本军人，不管三七二十一，抡起拳头就砸，左右开弓。

愤怒的人群在阿福的带领下，也奋不顾身冲向敌群展开肉搏，大家拳打脚踢，乱棍挥舞，十八般武艺一齐上阵。瞬间，那原来自恃荷枪实弹，以为这赤手空拳的中国人不敢贸然应对的日本人慌了手脚，双方人马乱成一团，相互撕咬拼杀，码头上乱成一团。

这种混乱的局面，延续了不到两炷香工夫。日本军人清醒过来，组织刚从军船上下来的军人开始向周边不断拥来的人群开枪射击。

“砰！砰！砰……”凄厉的枪声一声接一声，码头上的人群不断发出尖叫声。

“日本人开枪啦……”

“打死人啦……”

码头上不时有人倒下，中国这些热血男儿的鲜血汩汩地流在那码头花岗岩铺设的地板上，一摊又一摊，一摊连着一摊，血红血红流成小河。

可是，阿福和他的兄弟没有惧怕，也没有歇手。“干妮姥，反正老子一个人吃饭全家撑着，杀死一个够本，杀死两个赚一个。”这个长期干重体力活，天不怕地不怕的闽南汉子，看到那些平时在基隆见杀鸡都有些发怵的女人们都拿着菜刀上前跟日本军人拼命，浑身上下增添了无穷的力量，他越打越顺手，越打越勇猛。

“见你妈去吧！”阿福心里高兴，凭着他那搬运货物扛大包的气力，他已空手杀死了四个日本军人。当他正要冲上去与第五个日本人厮杀时，回头一看，身后已是一片血海，地上横七竖八地躺着许多乡亲，当然也有一些日本军人。

“大哥！快！快逃！日本兵越来越多，而且还有枪。”阿福杀性正起，老六冲上前一把拉住阿福，“二哥也受伤了，快逃吧！”

“老二受伤了？”阿福有些着急，心里愣了一下。

“是！阿鸿哥的手被刀挑伤了。”老六很着急。

“好！城里的那些守军怎么见死不救呢？”阿福一边揪住一个个子不高的日本兵，一边回答老六。他希望大清守军能在此时出现，养兵千日，用兵一时，这个时候不出现，养这些兵干什么？如果这时他们能来，他还想结果那小子。

再说，日军阵营当中也发现了中国百姓当中这个浑身黝黑，个子不高，却多少有些拳脚功夫，力大无比的青年人。让他们死伤十几个军人的领头人便是他。于是，组织几个日本兵端着刺刀向阿福扑来。

“大哥！当心！”老六眼明手快，喊了一声扑倒了一个日本兵，却被另外一个日本兵一刀刺中，倒在血泊当中。

“六弟……”阿福看见老六倒下，像一个发怒的雄狮，疯一样冲向上前，对着那个刺杀老六的日本兵飞起一脚，几个日本兵猝不及防之际，他又将那刚被踹倒在地的日本兵拎起来，使尽全身力气，扣住那人的脑袋，只听“咔嚓”一声，那可怜的日本兵脖子活活被拧断。

这，就发生在一刹那间。这一刹那让那群日本兵目瞪口呆，等他们看清楚后，便组织五六个兵，五六把明晃晃的刺刀把阿福围了个扎扎实实。

“我命休矣!”阿福的脑海里闪过一个念头。他迅速转着圈，看到了自己的处境，料定已难逃一死，心里暗暗地叫苦。

也许是老天爷保佑;

也许是他当年临来台湾前曾在保生大帝庙前虔诚地祈祷;

也许是命不该绝。

正当这千钧一发之际，码头上传来了一阵口哨声，接着便是一阵激烈的枪声。原来，基隆港大清守军听到报告，领兵带着清兵来了。不用说，这些中华赤子看到自己亲人倒在血泊中，看到来自弹丸之地的东洋兵竟然在自己国土上如此肆无忌惮，都愤怒无比。领兵一声令下，他们一个个如雄狮般舍身忘死，奋不顾身地冲上前……

看见清军如同天降，而且来势凶猛，刚才还像一群恶狼一样的日本兵见大势不妙，不得不暂时退回军船上。

阿福原来已经做好赴死的准备，看到眼下的一切，突然仰天哈哈大笑。他转过身和拥上前来的几个兄弟迅速扶起倒在他几步远的老六。可是，老六浑身是血，他身上几处伤口的血已开始凝固……

为了保护自己，老六已经走了，到另外一个世界去了。

而且，在这不算太大的码头上，除了老六，还有20多个人倒在血泊当中。鲜血，已经凝固的血染红了这片土地。

这正值中午时候，阳光很毒，毒得有点灼人。在阳光暴晒下，那地上一摊又一摊的血发出刺鼻的腥臭，那灼热的阳光把码头上有血性的中国人照得血管贲张，双眼血红。

“乡亲们，冲上去，灭了那日本鬼子。”憋了许久，沉默了许久的阿福振臂高呼。虽然，他也看到倒在地上有十余个日本人。可是这是中国人的土地，他到我们的土地上欺负我们。活该！

“冲上去，灭了那日本鬼子。”码头上的乡亲听阿福一呼，又像潮水一样拥上前去，躲在军船上的日本兵见大势不妙，手一挥，船上所有枪便朝码头上一齐开火。一会儿，又有一些乡亲倒在血泊中……

阿福还想往前冲，突然觉得脚上被人猛击了一下，一个趔趄倒了下去。他还想挣扎，早有他的兄弟和几个清兵冲上前一边保护他们，一边开枪还击，把他们抢救下火线，退到小巷当中。

阿福被老三、老四等兄弟背在身上，他的脚上仍不断地淌着血，一阵阵钻心的痛。他感到，在刚才的情况下，能捡回一条命已算幸运，但他仍死命地挣扎着要从兄弟们身上下来，想再跟这日本鬼子拼个鱼死网破。可是，他的几个兄弟却死死把他背在身上，加上身后还有清军的保护，一阵激烈的奔跑后，他们一帮人便被安置在小巷当中一间宽大的房子里安顿下来。

“干妮姥，我们损失了三十七条人命。”刚坐在地上，身边不知道谁在骂了一声。

“血债血还！我们死了三十七条人命，那日本鬼子应该赔上七十四条、一百条！”乡亲们群情激愤地高声喊着。

“乡亲们，凡是受伤的就在这里休息，打仗要有枪，打仗有我们守军。”这是一个大清驻军的领兵，看来也是一个非常有血性的子弟。他擦了一把额头上的汗水，一边指挥医官给阿福敷刀枪药。然后，又匆匆忙忙组织他的手下返回码头。

接着没多久时间，那码头上又响起激烈的枪声。那枪声如节日、如祭祀放鞭炮一样热闹，一阵比一阵紧，一阵比一阵激烈，不用说，那是中国军队和日本兵交火了。

“老三，扶我出去看一看，我们能跑的、能动的都要前去帮助自己的军队！”阿福没有经历过打仗，却看到了几个小时前那种鲜血淋漓的场面；他是一个普通的大清子民，却深感作为中国人每个人都有保家卫国，保卫自己领土的责任与义务。

“大哥，你有伤在身，我们去了。”老三、老四、老五把阿福扶到老二身边，招呼一声，便早有一帮乡亲冲出大门，冲向码头……

阿福不放心，站起来稍稍捂了捂负伤的腿，决意要出门，早被门外值守的清军劝住，三番两次，最后还是被劝住回到原地。

时间过得真慢呀！

阿福如坐针毡，开始只能竖起耳朵听到外面枪声在码头上响起，接着那枪声慢慢向城里散开了，后来枪声越来越弱，一直到傍晚，老三和老五才背着浑身是血的老四返回院子。接着，还是那清兵领兵走进院子，告诉大家：“乡亲们，大家赶快趁着黑暗逃离这里，大家往南逃，最好走小路。基隆被日军占领了。”说罢，又招呼他的手下冲进黑暗之中。

阿福听了这话，有些错愕，他简直不敢相信，不是说我们大清国很强大吗？怎么就那么一会儿，连自已脚下的这块地都守不住了？“干妮姥……”他气愤地想站起来，但被老三和老五用力地按住了。

“大哥！听领兵的话，快逃命吧。你没有看见，那码头上已经堆满了尸体。而且，我们六兄弟，除六弟阵亡外，你、二哥、四哥都受伤了。留得青山在，还怕没柴烧。”老五焦急万分地说。

“是啊！大哥！再不逃，我们都会没命的，那日本鬼子多凶残呀。”老三在一边帮腔。

院子里的人听了领兵的话都开始三三两两借着夜色开始逃命了。

院子里慢慢地安静下来，阿福默默地坐在地上，一动不动。

“大哥！走吧，再不走，就来不及了。”老五的声音又响了起来。

“走，往哪里走啊！”阿福像是对老五说，又好像在自言自语。

“大哥！刚才码头上有人说，设在台南的黑旗军首领刘永福已经召集众多乡绅，提出‘誓与土地共存亡’的口号，抗击日本侵略军，我们何不投靠他，参加黑旗军？”老三这人平时很有心计，点子也多，遇事能细细思考。

“老二，你的意见呢？”阿福问了问身边负伤的阿鸿。

“我看这是一条好的选择。只是这里离台南那么远，你、我和老四有伤在身，怎么去？”阿鸿说。

“是啊！”阿福不无担心，“我伤得倒不重，只是你和老四。”

“我们也不重，我伤在手上，脚还可走路，老四伤在背部和手，也不太碍事，倒是你伤在脚上行走不便，怎么办呀。”阿鸿把眼光在几兄弟面前转了一圈，“只是，老六走不成了。”说罢，有些哽咽。

“走，愿老六在天之灵保佑我们。”阿福思考了一下，三十六计走为上计，咬了咬牙作出了决定，“我们马上走，先离开基隆找一个地方待下来，一边治伤，一边向南走。现在，天气炎热，这伤如不及时治疗，发炎化脓可就变成大事了。”

“好！出发。”老二应着。

五兄弟相互搀扶，走在那漆黑的夜色当中，一股股热浪带着血腥味直扑鼻子。因为当天那场战斗，基隆港死伤数百乡亲，整个基隆城哀号声，哭泣声此起彼伏，笼罩在一种无限的悲哀之中。

阿福站在黑暗中迟疑了许久，他的几个兄弟一步三回头，不停地向他们生活工作了十年之久的基隆城张望，带着悲伤，带着困惑，也带着有血性中国男子的负疚之心，迈着沉重的脚步慢慢地向南部走去……

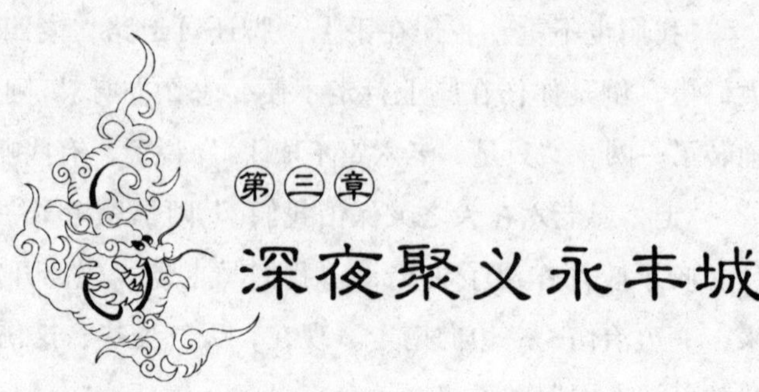

第三章 深夜聚义永丰城

尽管阿昌年岁不大，但办事却非常牢靠。阿光交代请李文福夫妇吃饭，并请阿力凡阿叔参加，他安排得妥妥帖帖。

也许是特有的生长经历，阿光招待客人都喜欢安排在家里。因为在家招待客人一可省去许多烦琐的礼仪，给人以宽松融合的氛围，二可尽可能省一些开支。

尽管现在家里不像十多年前那样捉襟见肘，但省钱比赚钱快一些，能省则省。

海英也是忙惯了。听说阿光要向学堂先生请教一些事情，还要叫阿力凡阿叔下山，料定事情非同小可。因此，一整天时间同山花、海兰忙里忙外地张罗着这餐饭。

太阳刚下山。

客人都到了，自然免不了按照闽南人的习惯先泡一壶热茶，品尝品尝。值得一提的是，这永丰城的后山因海拔高，一年四季有很长时间是云雾缭绕的。这些闽南人深知这是种植乌龙茶的好环境，从开始试种，发展了十年时间，竟然种出了色味俱佳的好茶来。因此，这里的居民，便慢慢有了品茗的雅俗。

品完茶，那边主妇们已经将菜端上桌，又有几个月没见面，阿光三兄弟的三个家庭的老老少少，连同李文福夫妇整整坐满了两张八仙桌。

云生六兄弟平时也难得见到家里来客，况且三家人一起吃饭也非天天都有，看到人多菜盛自然欢天喜地，嘻嘻哈哈。

这一切自然不再说。

因为，彼此都明白今晚有重要的事情商议，尽管阿光准备了自制的并在地窖里存放多年的老酒，但大家只是举举杯，将酒杯放在嘴巴中抿了抿便放回餐桌上。

酒过三巡，阿光便不再客套，将目光投向李文福夫妇："李先生，您说甲午战争大清王朝的北洋水师全军覆没。然后，朝廷又与日本人签订了屈辱的《马关条约》，难道我一个泱泱大清就这样无能吗？难道我一个泱泱大清国就没有一个人敢站出来制止吗？"

"是啊！李先生，大家的血性，大家的良心何在啊？"阿发也瞪着眼睛迷惑不解。

"李先生，您是一个见多识广的人，能回答这个问题吗？"林胜天也举着筷子，不再有心思吃菜。

"咳……"李文福长叹了一声，被问得低下了头。不难看出此时他的心情格外沉重，尤其是面对这些热血乡贤，他的嘴巴嚅动了几次，终于开口了，"大清王朝气数将尽，大清王朝的国力衰弱已经世人皆知。尽管我国土是日本的几百倍，甚至上千倍，但已是如同病入膏肓的老人，被外人欺凌，毫无还手之力。甲午战争战败，大陆那边举国悲伤，以康有为先生为首的国人也愤然疾书，联名者众多，但却得不到当今皇上的支持……"他话说到这里已是热泪纵横，举起一杯酒，仰脖饮下，"不瞒大家，我也是追随康有为先生的青年之一，看到这种情况，也是痛不欲生，万般无奈才告别父母双亲，带着妻子渡东。我想凭自己的一腔热血，组织台湾乡亲万众一心，拒敌于台湾岛外，倘若能这样也不枉走此生。"

"这样。"听了李文福这一席话，阿光这才明白坐在身边的这位表面上温文尔雅的先生，心中藏着一腔热血，敬佩之情油然而生。

“那……”李文福张开口，欲言又止。

“李兄，话说到这里，您千万别客气。下一步您想怎么做，请直说。”阿光点点头。

“对！李先生！我林胜天也是一个有血性的人，您指点怎么做吧。”

“据我所知，前一段日本兵已经占领了基隆港，我们的同胞鲜血洒满了基隆城，听了之后真让人蒙羞呀！”李文福用手拭去了脸颊上的泪水，他的话把在座的人带入了那血雨腥风当中，那场面甚至连小孩子们都不敢嬉闹。

“难道我们就这样坐以待毙吗？就这样像猪一样让人宰割吗？”一个晚上一声不吭的阿发将酒杯重重地放在桌子上，有些吃惊，有些愕然。他识字不多，见识也不甚广，李文福的一席话，犹如一声炸雷让他浑身上下颤抖不止。

“当然不能，但靠天靠地不如靠自己，只有台湾人民团结起来，万众一心拿起刀枪才能拒日本人于岛外。”李文福说到这里，似乎已经没了书生气，仿佛是一个将军，一个统帅。

“永丰城背靠诸罗山，而诸罗山崇山峻岭，绵延数百里，当年我们的上辈抗击荷兰鬼子，抗击法国人都取得胜利，现在日本人来了，我们何不利用这一大山抗击日本鬼子。”阿力凡阿叔毕竟生在大山，长在大山，似乎胸有成竹。

“阿叔的话十分在理，不出预料，不久这日本兵将进犯永丰城，同时我也了解到刘永福将军统领的黑旗军也会派人来联系，因为这诸罗山在历朝历代历次战争都是可进可退，易守难攻的战略要地，也是兵家必争之地，我来台湾正是认准了这一点。”李文福说。

“李先生来台湾前也了解这里？”阿光有些吃惊地问。

“不了解，我是仅仅从书上了解到的。”

“读书人真好，在家不出门，能知天下事。”林胜天用羡慕的口吻说。

大家越说越热闹，正谈得热火朝天的时候，在大门口值守的乡勇团丁进来报告。

“老板，外面有人求见。”团丁报告。

“谁？”阿光问道。

“……”团丁看到厅内这么多人，张望了一下，欲言又止。

“不要紧，都是自己人。”

“是基隆城过来的人。”

“叫什么名字？”阿光问道，他的心里感到有些不解。天已近深夜，而且那基隆城自己没有熟悉的人。

“叫阿福的，他说原来也是永丰城的人，一共五个人，其中有三个人受了伤，而且那个领头的阿福伤得特重。”团丁有些惶恐，但努力控制自己的紧张情绪，把话讲清楚。

“阿福，阿福……”阿光努力搜索着自己的记忆。但想了许久，最后摇了摇头，“我不认识这个叫阿福的人呀？”

“阿光哥！我想起来了，这个阿福莫非是废掉黄福寿的那个人？”阿发灵机一动，“就是那个黄氏女人的老公？”

“可能，他们来有什么事吗？”阿光问团丁，是啊，现在社会如此动荡，又是深更半夜。

“他说想请求老板的支持和帮助。”

“老板，我出去了解一下，再向您报告吧。”管家阿昌建议。

“不，你们继续用餐，继续谈。我和阿发、胜天出去看一看，深夜登门，必定有要紧的事，我们不能怠慢人家。”阿光叫上兄弟快步走出门外。

夜已深，白天的热浪早已消失，云端当中的月亮时隐时现，在朦朦胧胧的月色下有五个三十多岁的汉子相互依靠着坐在地上，一身褴褛，胡子拉碴，看样子，他们已经疲惫不堪。

看着从大院里由团丁引着三个人出来，坐在地上的人想起身迎接，但也许是伤痛，或许是疲惫，挣扎了几次都未成功。

“对不住啦，阿光老板。”花了浑身力气想起身，但不能如愿的阿福，勉强用沙哑的声音打招呼，并欠了欠身子。

“你就是阿福吗？”听到汉子叫自己，阿光体恤地用手示意，加快步伐，走近来人，并蹲下身子，关切地问。

“是的，老板，我是阿福，就是十年前废黄福寿的阿福，这些都是当年的兄弟。”阿福的心情非常复杂，沙哑的声音表达得结结巴巴。

“你们碰到什么难事了，一个个伤成这样?”看着眼前这些伤痛、疲乏集一身的昔日兄弟，阿光内心一阵酸楚。尽管月色朦胧看不清他们的脸庞，也看不清他们的伤情，但那一阵阵深夜的热风却不时地吹来那伤口发炎腐烂后的腥臭。阿光略懂医药知识，这阵阵的刺鼻腥臭告诉他，阿福这些人在到永丰城之前，一定经历了许多难以想象的困难，他们身上的伤口已经高度腐烂，伤情十分严重。

“基隆港被日本人占领了，基隆城被鲜血染红了……”阿福这位吃尽人间千辛万苦，经历无数坎坷的汉子，此时被阿光一问，泪如泉涌，泣不成声。

“阿福哥领着我们跟日本人拼斗，打死了四个日本兵，自己受了伤。”老二阿鸿看到大哥泣不成声，在一旁补充。

“你们？赤手空拳?”阿发有些不解。

“嗯！老板。我们六兄弟打斗，老六死了。我、老二、老四都受了枪伤……”阿福还想往下介绍，却被阿光用手制止了。

“阿昌，点灯来。”阿光叫了一声。

“好！老板!”阿昌转了一个身，从乡勇团丁手中接过灯笼火。

“照着，我看看阿福兄弟的伤口。”阿光说罢，伸手去解阿福那肿得像馒头一样的伤脚。

“老板!”阿福看见老板将手伸向自己的伤脚，极力用手阻拦，“别，别，这已经腐烂，很脏啊!”

“阿福兄弟……”看到这一切，阿光很动情地叫了一声，阿发、胜天也一起帮忙。

昏黄的灯笼光照射下。

周围的人一个个目瞪口呆，阿福那被破布包扎的脚，一解开，浓烈的恶臭味直扑鼻子，令人作呕，那脚肿得锃亮，一股白白的东西在上面蠕动着，顺着脓液慢慢地爬行。

“蛆，长蛆了。阿福兄弟，你们吃苦了。”阿光看到，由于受伤后没有及时治疗，而且阿福还要昼夜逃命，那脚上的枪伤已经长满了白蛆。

阿福是这样。

阿鸿胳膊上的枪伤和老四身上的伤口也一样，全都长满了白蛆。

阿光的手在阿福的伤上停了下来，他的背部在激烈地起伏着，他的心十分不平静。他转过头，用很低但又用很沉的声音叫道："阿昌，赶快叫人将这五个兄弟背到家里，安排他们洗澡，冲洗伤口。吃饭，住下，上刀枪药。"

"好！放心！老板！"阿昌应了一声。

"阿福兄弟！你们到了这里，便到了家了。放心，我们是兄弟，安下心来，先把枪伤治好。"阿光心里像被什么东西猛击了一下，一阵一阵地难过。看到曾是永丰城兄弟的这帮汉子，他感悟甚多，同样是渡东的兄弟，他们没有文化、没有资产，甚至连家都未成，可是面对日本人的进犯，他们能够赤手空拳，不惧生死去迎击敌人，令人敬佩。如果刚才席间李文福先生的一席话，让自己震动的话，可是眼前的一切，眼前这血淋淋的事实却让自己感到内疚。他们经历了生死，经历了血的冲洗，又从血海中爬起来，在九死一生中写着一撇一捺的"人"字，中国有多少这样的血性男儿呀！现在，他们就在自己眼前，他们有困难需要自己的帮助，自己能做什么呢？更重要的是，除他们之外，还有无数这样的人将与他们一样面对灾难，面对着死亡，面对着眼下日本鬼子的刀枪、乡亲们的血海……

见阿昌领着乡勇团一帮兄弟将阿福搀扶去院里，阿光痴痴地站在原处一动不动，他的心在痛，刚刚阿福们身上发出的腥臭让他感到自己应承担一份责任，李先生的一席话使他觉得自己将会面临巨大的压力。

"一个人能力有限，护整个大清国我无能为力，护整个台湾我也力不从心，但保护永丰城，保护永丰城每一个乡亲的安全，我阿光义不容辞。"阿光静静地思索着，沉思着，当前最重要的工作是什么？最急迫的事应从何处开始着手？他抬头看了看黎明前那连绵不断的诸罗山，那是阿力凡阿叔的领土，崇山峻岭，地势险要，古树参天，山高林密，野兽出没。莫说日本人，自己在这里生活了十余年，对那延绵数百里的群山，远远望去都充满着神奇莫测的敬畏。要跟日本人硬拼硬斗，要百分之百取胜很难。要斗败日本人，要利用这火山的优势，要讲究策略，讲究方法；要将永丰城内的人和诸罗山的人最大限度地团结起来……

"阿光哥！李先生还在等我们。"看到阿光在沉思，阿发提醒道。

"噢！好！胜天，看看阿福他们的伤口处理得怎么样了。如果他们能坚持，请他们到客厅一块商议。"阿光从沉思当中缓过神来，交代完胜天后，又交代阿发，"叫你嫂子和山花加几个菜，阿福他们肯定饿坏了。"

"好!"胜天和阿发去了。

回到客厅一帮人还在期待阿福他们的消息。

"说到便到，阿福他们便是从基隆那逃出来的。"阿光心情特别的沉重，看到大家，他用最简单的语言表达了自己的看法，"太惨了!"

在客厅里的人，除李文福之外都用吃惊的眼光看着阿光。因为，李文福已从基隆来的前半句话当中了解了后半句话的意思。日本人所到之处，生灵涂炭是预料之中的。这一段时间他虽在永丰学堂当先生，但或多或少已经从朋友当中了解了外界的情况，这也是他万分焦急的事情。只是自己一介文人，除了一腔热血希望自己能通过努力唤醒周围的同胞同仇敌忾抗击日本鬼子外，别无选择。

客厅里静悄悄的，此时已近黎明，可是大家面色严峻，似乎经过彻夜深谈，那没睡觉的困倦也随着那悲愤而消失得无影无踪。

这也包括已经年过六旬的阿力凡几位老人。

"阿福他们已经洗漱完毕，并换了刀枪药。"管家阿昌走进客厅，看到大家一个个面无表情，便将声音的音量放得很低很低，几乎贴近阿光的耳朵边说话。

"快，快，请他们过来吃饭，吃饭!"阿光迟疑了一下，用并不顺畅的语言说着。因为连他自己也说不清楚，此时叫阿福他们吃的是晚饭还是早饭!

也许是干重体力活的人，也许是阿福五兄弟很久没有正常吃饭了，海英、山花、海兰三妯娌煮上的一大盆面条一上桌，瞬间就见了盆底。看到他们那种饥不择食的样子，在坐的所有人都感到一阵阵的心酸，一阵阵的难过。

"阿光哥，我们经历了九死一生呀。"放下盛面条的大碗，阿福满足地用手抹了一下嘴巴，声泪俱下地向自己的亲人讲述了那天基隆城失守后的经过：

那天晚上，基隆城失守。大清守军领兵通知我们撤离。当时，我们几兄弟还有些不舍。真的，不要说守军手上有枪有炮。我一介搬运工赤手空拳都打死了四个日本兵，怎么就是这么容易失守呢？

我想再冲出院子跟那日本兵搏一搏，不就一条命吗？六兄弟中，反正老六已经死了，我、老二、老四也受了枪伤，多杀死一个日本兵，也少一份对台湾的威胁。但是，听到守军都撤走了，留下我五个兄弟这样的平民百姓再去搏，无非也是送死而已，充其量只能在码头多留几具尸体。

考虑再三，老二、老四伤在胳膊和背上，自己行走，我伤在脚上，由老三和老五轮流背着，往南走去。

那是一个闷热的夜晚，已经失去家园的基隆港的居民，有些刚刚在下午失去亲人，这些亲人在白天与日本兵的厮杀当中失去了生命。为了防止日本兵的追杀，他们无力去为亲人收尸，致使那几百条死者的冤魂躺在码头花岗岩砌的地板上无人过问。

一路上，人潮涌动，哀号遍地，老老少少，男男女女，背负着极为简单的家当慌不择路地逃命。虽然是在黑夜，大家只能凭着耳眼并用的办法，一脚高一脚低地逃命。但可以想象每个人都充满着惊恐的神色。因为，那天下午我们与日本兵的搏斗太可怕了。他们端着枪，那枪上都是闪亮闪亮的刺刀。幸好是近距离面对面地肉搏，他们不敢开枪，开枪会伤到他们自己的人。枪发挥不了作用。第一回合，双方拳来脚去比功夫，我们就有几十个人被他们的刺刀刺死，那白花花的肠子，那殷红殷红的血，流了整个码头；第二回合，我受伤了，他们用枪打，我们的人成片成片倒下，死了几百人哪！惨哪！

“呜！呜！呜……”也许是激动，也许是说到伤心处，也许是回忆起那天惨烈而又血腥的搏杀场面，阿福这个刚毅的汉子，那个赤手空拳在与日本兵面对面搏杀连眼都不眨一下的血性男儿，此时却在自己的同胞，自己的兄弟面前，像孩子一样“呜、呜、呜”地哭出声来。

尽管阿福在回忆这段往事的时候没有严密的逻辑思绪，也没有那些演说家们一样的抑扬顿挫，但他那充满激情，充满悲伤的表情却深深地感染着人们，除了云生、林生这帮已经熟睡的孩子，个个都红着眼眶，海英她们甚至跟着嘤嘤而哭。

“别哭了，阿福。”一夜一直没有吭声的连永福老人递过一把湿毛巾，像慈父安慰自己的儿子一样安慰着他。

“嗯，嗯!”阿福真像一个孩子。他应着，点着头，稳了稳情绪，又接着说。

我们五个人一路南逃。但往那儿逃，逃到哪里去呢？尤其是我们三个身上有伤，这天气这样的炎热，大家又饿又累。第二天，就感到这伤口在发胀，发痛，有时痛得只好咬紧牙关。

漫无目的，我们又走了一日一夜。第二天傍晚，当我们正考虑找一个地方歇脚过夜时，忽然听见前面不远的地方，传出了一个妇人悲伤的号哭。于是，我们五兄弟又咬了咬牙往前赶了大约半里路程。只见那大山脚下的路旁围了一圈又一圈逃难的人，看着那妇人趴在路边的一个小伙子身上号啕大哭。

“儿呀！你怎么就这样丢下妈先走了呢？儿呀！你死得冤呀，怎么就在自己家门口被那日本鬼子杀死了呢……

那一声声呼唤“儿呀”的声音，像一个个锤子击打着周围父母的心，那儿围观的人一个个陪着落泪，一个个无奈地看着这失去儿子的母亲。

我挤进人群，看到这青年小伙子睁着一对愤怒的大眼睛，他张着的嘴巴旁边刚刚长着茸茸的胡子，最多也就二十岁。再一看，这张脸似乎有些熟悉，乍一想。我惊愕得说不出话来，原来，头一天中午我被五个日本兵包围，他们正想用刺刀挑我的时候，正是这孩子大吼一声，扑上前去，掀翻一个日本兵。这一吼，像雄狮，像下山的猛虎，让日本兵吃了一惊，也正是在这当儿，大清驻军赶忙过来，把我从刺刀下救了出来。

我这条命是这小伙子救出来的。

这，还是一个孩子呀!

现在，他正静静地躺在我的跟前，躺在人们的眼皮下。

人生，美好的人生刚开始，可是，他却告别了父母，走了，到另一个世界上去了。

他走得不放心，走得不甘愿。

他睁着眼睛，张着嘴巴。

他不甘心，他死不瞑目呀！

我轻轻地用手帮他合上双眼和嘴巴，心里默默地祈祷。小兄弟，放心走，你的仇我一定报，你的救命之恩我一定报。

我将五兄弟身上所有的银两集中起来，交给在小伙子身边端坐着，抱着小女孩伤心无声落泪的中年男子。我了解到这是这小伙子的父亲。这位父亲那失神的双眼，透着一种无奈，一种无助。

后来，我一打听证明我的回想没有错，这个年轻人正是基隆港为救我被日本人刺刀挑伤的。当时，肠子流了一地，深爱他的父母背着他整整走了一天一夜。他们想把儿子背离死神，可是，此时却客死他乡……

我们无法体会中年失子的父母此时此刻的心情，也没有任何语言去安慰这对中年夫妇，夜幕降临，围观的乡亲都纷纷解囊，向这失去儿子的父母表示自己的一点点慰藉之意。这时，我作为亲历这场屠杀的汉子，心里有着前所未有的压力。平时大家日出而作，日落而息，彼此之间并无太多的联系。现在，当人们从鲜血中爬起来时，才感受到国家强大的重要，感受到生命的价值，感受到自己国家自由自在的幸福生活。

基隆港就这样从我们手中失去了，就从我们眼皮底下眼睁睁地被人抢去了。我们五兄弟在夜色当中感到一种茫然，一种羞辱，一种自懂事之日起前所未有的心痛。

看着乡亲们围着落泪，我们这些男人有愧呀！七尺汉子却经不住那些日本兵的一天搏斗便败下阵来，而且这是在我们的家乡，我们的土地上。

于是，我们坐下来商量，决定去寻找刘永福将军。因为，我们以前也大致了解这位大将军当年在打击法国人时英勇善战，是我们中国男人的骄傲。

找到他，参加黑旗军，团结所有有血性的中国男人把日本兵赶出基隆，赶出台湾去，做一个真真正正的中国男子汉。

主意一定，我们便一路行走，一路打听。还好过了第四天，那是到了一个不知名的山区，看见一个义军领袖一样的人在招募人马。经旁边人介绍，他正是刘永福手下的一个领兵。我们五兄弟不顾疲劳和伤痛要求报名参加义军。当这位领军了解到我们的情况后。告诉我们，诸罗山战略位置重要，历来是兵家必争之地，他们也大致了解永丰城，了解阿光老板，更了解阿力凡阿叔。因此，叫我们五个兄弟返回永丰城，请阿光老板将大家组织起来，利用诸罗山的有利地势，抗击日本兵……

说到这里，阿福轻轻地舒了一口气。看他那如释重负的样子，大家的心似乎轻轻地放了下来。

沉默，沉默，还是沉默。

大家都低着头，深深地思考着。

大家都在认真地思索着明天、后天怎么办？

“李先生，你见多识广，下一步我们怎么办？以便永丰城有应对之策呀。”阿光毕竟年轻，有些着急地向李文福投去了求援的眼光。

“阿福兄弟刚刚说的情况，与我这几天了解的情况差不多。”李文福此时倒显得异常冷静，接着他分析了面临的形势说，“可以肯定，不出几天，或许是明天、后天，逃难的乡亲，日本兵都可能进入永丰城，甚至很快占领诸罗山。因此，谁要是先占领了诸罗山，谁便有了胜算的希望，谁便抢占了先机。”

“这样，那我们怎么办？胜天，原来乡勇团你当团总。现在，交给阿彪了，靠得住吗？”阿光首先想到乡勇团。因为，这是永丰城唯一属于自己的一支武装力量。这几年永丰城比较太平，加上胜天还有别的工作，这团总便交由原来的副团总阿彪负责。

“阿光哥，你是想……”胜天正想了解阿光的打算。

“将乡勇团改成义军，联系刘永福将军，归属他统帅，将日本兵赶出去。”年轻气盛，阿光火起来了，一拳打在桌子上。

“那从明日开始，我重新担任乡勇团团总。”林胜天吼了起来。

“不！我当团总，你、阿发当副团总，李先生你任军师，我们倾全城之力，拼他个鱼死网破！”阿光越说越激动。

“你、我、阿发？”胜天有些吃惊。

“不可以吗？”阿光睁着血红的双眼看着胜天。

“阿光，先冷静一下，听我说。”连永福看到年轻人火气上来了，便做了一个手势，然后用平静的言语说，“大敌当前，最需要的是冷静。日本兵训练有素，我们切不可莽撞。要在打日本兵当中取胜，大家一要冷静，二要合理分工。每一个人不一定要带刀、带枪，不一定要冲杀在战场，与敌人刀戎相见，不一定要让敌人血流满地。需要的是更多地用自己的心力，自己的智慧，让敌人溃不成军，一败涂地。”老人声音不大，说得很平静，却让刚刚火冒三丈、热血沸腾的几个年轻人迅速冷却下来。

“噢……”阿光应了一声，不再言语了。

“阿叔，您的意见?”连永福毕竟是行走海峡大半生，经过风，见过雨的人。他知道，诸罗山的情况最有发言权的人莫过于阿力凡阿叔，要在这块土地上战胜日本人，他最有发言权。

“连阿叔的话在理。日本人进来绝不是单纯为了杀人。他们是为了占地，还有便是抢财，这才是最终目的，不讲究策略，势必两败俱伤，我们大可不必将宝贵的生命与畜生相比。我想，阿光、阿发、胜天，包括李先生，你们该干什么还干什么。抗击日本人有乡勇团足矣，有诸罗山足矣。”

“那……”阿发似乎还有些不解。

阿力凡招呼大家围过来，把声音压得很低，简单地把自己的想法告诉了大家。

“噢……”几个人异口同声地称好。

正当这时，屋外一阵知了鸣叫声，这小生灵的声音有些烦，有些尖，穿过围墙，透过窗户直冲客厅。

“晚上怎么会有知了叫呢?”阿光抬起头，有些不解。

“老板，天早已亮了。”阿昌提醒着说。

“大家休息吧，一夜未睡……”阿光深深地吸了一口气，招呼大家，但话音刚落，一个乡勇团团丁又急冲冲地进来报告：“老板，城里城外来了很多逃难的人……”

逃难的人来了。

日本兵就在后头。

灾难已经逼近永丰城。

阿光此时倒十分镇静，他朝各位长辈和兄弟相视了一下，心里暗暗地想：来了，来了。迟来不如早来。这严峻的现实已经无法回避，唯有挺直脊梁骨沉着应对。

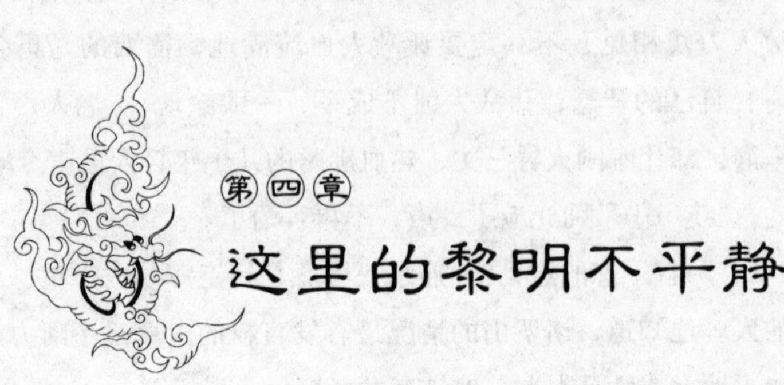

第四章

这里的黎明不平静

忙了一整天，加上天气炎热，昨天通宵未眠，再年轻的人都感到疲惫，等阿光忙完一切事情后，天已经很暗，他才拖着有些沉重的脚步回到家里。

“真是一帮酒囊饭桶！”海英正想递一杯开水给丈夫，结果还没靠近，却见阿光气得直骂人。

“你这是?”夫妻相处了十多年，海英第一次看见阿光发这么大的火，不知发生了什么事，想了解个中缘由，但闽南的女人都很贤惠，家里事可以做得井井有条，但外面的事从不敢过多提及。丈夫，丈夫，妻子只能在一丈之内，即管在房间里这个范围，外面的事不要多插嘴。这是祖祖辈辈留下的遗训。

“阿昌！”阿光余怒未息，叫了一声管家。

“老板，有事?”在一旁的阿昌，少有的这样唯唯诺诺。

“叫阿发、胜天、阿彪马上过来。”阿光的声音很大，“还有……”看到阿昌走了几步又补充一句，“也请李文福先生。”

“好，我马上办。”

看到丈夫如此生气，海英大气不敢出，她心疼丈夫，昨晚研究了一个通宵，今天看到几百个难民又是安排施粥，又是安排他们避风躲雨，还要给伤痛和患病的乡亲送医送药，太为难他了。海英看到阿光气呼呼的，赶快去泡了一条湿毛巾，然后，走近丈夫，帮他细心地擦去脸上的灰尘和汗水，看到阿光没有阻挡，便轻声地在耳边提醒："累了，先休息一下，有事慢慢说，大家都很辛苦，万万别发火。"这声音很轻，却像浑身燥热之时，用一大盆诸罗山流出的山泉水从阿光的头顶往下淋，瞬间让阿光的火气退了不少。

"嗯，我发火了吗？"他用感激的眼光深情地看了一下妻子，意识到自己刚才的口气也许是冲了一些，立马像孩子一样"嘿、嘿、嘿"地傻笑了一声。虽然海英不识字，但既贤惠，又明事理，实在是一个难得的旺夫之妻呀！

这一天，真是忙翻了的一天呀！

早上天一亮，这边还未结束，当乡勇团报告城里有许多逃难乡亲之后，阿光带着大家出去一看。看到本来不大的永丰新城到处都是成堆、成堆的逃难乡亲。天气如此炎热，这些乡亲满身污垢，有些原来在基隆港受了轻伤的，个个伤口发臭，肿得像胡萝卜一样的伤口流着恶臭的脓血，一群群苍蝇在上面飞来飞去；有些拖家带口的老人，孩子都受不了这长途奔波和炎热的气候，已经生病……

看到这一个个蓬头垢面、满脸倦容的乡亲在路边东倒西歪，小的在哭泣，老的在呻吟，阿光仿佛受到一阵阵强烈的谴责。也许是自己人生有过那艰辛岁月，也许此生也看过这样辛酸悲惨的场面，他的心在一阵阵地发痛，恨不得把自己全家从宅院里搬出来，把这些人请到自己家去住下来。然而，现实不允许这样，看到城外还不断拥入的乡亲，他足足在那站了好几炷香的时间。回头他看到身边兄弟那一个个悲伤而无奈的脸。于是，他指挥阿昌将乡勇团全部团丁组织起来。一方面，在街中央搭起几口大锅，不停地做饭，向逃难的乡亲施粥；另一方面，将城里所有懂医药的人组织起来，帮助逃难的乡亲清理伤口，医治枪伤，治疗病痛。

他还在思考，将永丰城所有能住人的房子腾出来给他们安排一个遮风躲雨的地方，使他们有一个栖身之处。但没有办法，永丰城不大，逃难的乡亲太多。而且，再过两天不知还会增加多少人哪！

这一天的来回奔走，此时的阿光感到自己力量的微薄，感到自己实在无力回天。面对着这场外强的入侵，面对着这场人为的灾祸，他感到自己无能，感到揪心的痛。

人命关天呀！

他想起自己十多年前四兄弟在龙池山上，似乎已经穷途末路，那种求生的欲望是多么强烈，向往美好生活的追求是多么强烈。可是那是在天灾面前，是无法避免的。而现在是人祸，是一种战争之祸把这些原本可以安居乐业的人逼得走投无路，四处漂泊呀！

一会儿工夫，阿发他们几个都先后到了客厅，并一一坐定，经海英这么一点拨，阿光完全换了一副口气地说："昨晚乡亲进永丰城你们什么时候才清楚的？"话很轻，但很清晰，口气很重。说完，他用眼光一一扫了一下眼前的兄弟。

大家一言不发，面面相觑。

"乡勇团前年一次买了二百条枪和上万发子弹，现在枪能用吗？子弹还有多少？"阿光又问了大家一句。

客厅里还是静悄悄的，没有人回答。

"日本兵已是兵临城下，可永丰城门洞大开，连那些枪能不能放，还有没有弹药都不清楚，那还要乡勇团干什么？还要乡勇团团总干什么？"阿光似乎又要上火，用如炬的目光盯着阿彪，"你给我说明一下。阿彪！"

"老板，我的工作没有做好，请您原谅。昨晚那些难民是零零星星进来的，这种情况的流动，以前也有。但有进有出，当时我们并没有留意，到今日早晨才发现进来的人都滞留下来了，才赶紧向您报告。至于枪弹问题，如正常情况再用一二年没有问题，现在如果日本人进犯，必须马上购买一批弹药。不然，真是麻烦。讲实话，我也没打过仗，也不知道这仗怎么打，打多大，需要多少子弹。"阿彪被阿光责问不免有些慌乱，他用一种负疚的口吻向老板报告。

这一席话也算答得入情入理。打仗谁都没有经历过，每个人心里都没有数。但是，子弹像枪的饭，没有子弹那枪还不如一根木棍。可是这子弹现在到哪里去购买呢？

“能不能派人马上采购一批弹药？”听了阿彪的报告，阿光心里一震，必须立即准备充足的弹药。否则，如果日本人一进攻，一切将来不及了。

“现在，全台湾兵荒兵乱，日本人已遍布全岛，不要说买子弹，买到了如何安全运回来都是一个大难题呀。”李文福听了阿光的话，叹了一口气。

“那大家还有什么主意？只要能购进弹药，倾家荡产都没有问题。”阿光有些着急。

“请连大叔出面吧，他人脉丰沛，路子也广。”阿发也感到问题很严重，阿光的话很在理，这枪没有子弹怎么行，可是日本兵说到就到，怎么去解决这个燃眉之急呢？在永丰城，排来排去，懂得解决这一难题的非连永福阿叔莫属。

“那天阿力凡阿叔不是有一整盘的计划吗？”胜天说，“只要能抵挡一阵，以后还可以从日本人那夺过来。况且，阿叔不是一直交代尽可能避免在永丰城交战吗？”

“只能这样了，但大家要每天竖着耳朵，睁着眼睛睡觉，现在是非常时期，我们又没有一个人经历过战争，凡事先作打算，免得到时应付不及，吃大亏。”讨论不出个所以然，阿光心里总感到不实在，但说来说去，只能那几句话。他沉思一下，便请大家先吃饭、休息，“阿彪，从现在开始每天晚上要多派岗哨、明哨要有，暗哨也要有。另外，还要加强练兵，才能够主动应对。”

“阿光哥！这一切我会安排好。来前我已跟阿彪商量妥当，您尽管放心。现在您面对的事情太多，您跟阿发哥多考虑大的事。”胜天看到阿光那双眼睛因为熬夜加上忙了一整天已经通红通红，心里一阵感动。乡勇团是自己原来承担的工作，和平时期，风和日丽其重要性显现不出来。现在是非常时期，举足轻重，自己应该为阿光哥多分担一些，多担待一些。

“非常时期，大家多辛苦一些，同舟共济。拜托了。”阿光目送大家出去，心里却再也平静不下来。

战争是一项未知的东西，永丰城的建设发展到了今天付诸了多少心血啊。下一步一定要竭尽全力保护好，还要发展好啊！

这个问题如一个千钧重担死死地压在阿光的肩上。

也许是太疲劳了。

也许是现实已经告诉他，日本兵的进犯已经不可避免。

阿光心里作了细细的盘算，待几个兄弟出去不到半炷香工夫，他竟然靠在客厅的太师椅上踏踏实实地睡了起来。

这天很热。

走出屋外，不消片刻便会大汗淋漓，屋子里倒好，这神奇的闽南建筑，花岗岩条石墙体，三屋小楼，红瓦片屋顶，加上南北通透，风很大，客厅里不一会儿便响起了阿光匀称的呼噜声。海英从厨房里走出来，云生兄弟和魏永富、屠父也从屋外回家看到阿光睡得如此踏实，走路都蹑手蹑脚，不敢打扰他这美梦。

恰恰此时，一只知了不知是受到惊吓还是其他原因，从屋外“扑棱、扑棱”飞进客厅，可是转了几下却找不到原路，便趴在客厅的顶上肆无忌惮地鸣叫起来：“知了，知了。”

海英一时着急，云生兄弟一个打着竹竿，一个拿着扫帚在屋里追赶着这小生灵，想把它赶出去，免得打扰了父亲难得的好梦。可是那小生灵好像不通人性，这边被追赶了，便“扑棱”一声飞到另外一个地方，追来追去，而那知了的鸣叫声却断断续续。

“老板……”正在此时，阿昌一头冲进客厅，看见仍在熟睡的阿光和在驱赶知了的云生兄弟，赶快止住了叫声。

“管家，有急事吗?”魏永富看见阿昌那匆匆的行色，压低嗓子问。

“……”阿昌用手指了指阿光，做了一个不要吱声的动作。

“怎么样? 阿昌，日本兵来了吗?”阿光转了一个姿势，擦了擦酸涩的眼睛醒过来了。

“老板，打扰你了。”阿昌走近阿光，“刚刚阿彪报告，出去的探子发现，大约有一百多个日本兵朝永丰城开来啦!”

“哦！真来了!”阿光此时倒显得从客不迫，“离我们还有多远?”

“二十余里地。”

"好，请阿发、胜天、阿彪和李先生过来商议一下。"

"好。"阿昌应道，正欲出门，却见他们几个已经走进院子。

"这是日本人进入永丰城的第一次战斗，我们必须打赢，必须打出一个大胜仗。"阿光看见大家满脸的严肃，深知兄弟们都有压力，"胜天、阿彪你们看，怎么打?"

"我刚刚接到探子报告后，便和胜天兄商量了一下，这场战斗如打赢了，对鼓舞永丰城的士气十分有益。于是，考虑了三个预案。一是如果日本兵不进城，我们利用夜色，在城外围歼；二是如果他们进城了，我们则在城里围歼；三是假如敌人战斗力强，一时打不过，我们便边打边退，引进山上各个击破。这样可以发挥我们坐拥地利的优势。"

"李先生，你看。你是军师。"阿光将目光投向李文福。

"我看很不错，最好在未进城便给他们当头一棒，这样也不惊袭居民，注意要善于用计谋。打的同时，别忘了想办法缴一些枪支弹药武装自己。"李文福考虑到这日本兵进犯，弹药自然不少，目前永丰城最缺的是弹药，如果打一次仗能补充一批弹药，那岂不是一件美事情呀！

"胜天、阿彪你先去吧，有问题多请教李先生。"阿光觉得李文福考虑问题总是很细致，很全面，不由得内心一阵欣喜。回过头，他觉得还有一件事非常重要，但要提出来却又有些记不起来了，正在努力回忆着。是啊！一个人面对突如其来的事情，越是想要安排得周全一些，越怕事情遗漏掉，却越容易遗漏掉。

"阿光哥！是不是要考虑粮食的问题?"阿发看到阿光在不停地搔着脑袋，估计他想得问题太多，把这个问题疏忽了。如果按照第三套方案，乡勇团一百多号人退到山上，没粮不行啊！古人说，兵马未动，粮草先行。

"对！粮！"阿光立即兴奋起来，这阿发平时不吭不哈的，但关键时候总能发挥重要作用，"你立即组织劳力，将粮仓里的粮食转移一部分到阿叔山上去，以应不时之需。"

"现在吗?"阿发看到自己与阿光想到一块了，也越发高兴。

"对！马上。不然等日本人到来，便来不及了。同时，把这里的情况向阿叔报告。让山上乡勇团的弟兄也作好准备。"

“好！”阿发掉头走出门外。

再说，日本军在桦山资纪的指挥下，向台湾进发，占据这片土地比他自己预料得还顺利，几乎没有几天，几乎没有跟大清驻军较量，便一举占据了基隆港。这天晚上，当桦山资纪将指挥部搬进已占领的基隆城中心时，始终有一件事让这个凶险奸诈的日本将领夜不能寝，甚至感到心惊肉跳。那便是基隆城那些平民百姓，竟然赤手空拳跟自己荷枪实弹的正规军进行近身搏斗，而且还杀死杀伤他们数十个职业军人。

那天，他看到这些老百姓前仆后继，浑身是伤，鲜血淋漓地像一头头猛虎扑食，扑向自己的军人。这不能不让他感到恐惧，感到吃惊。“八嘎，叫武田、佐佐木过来。”桦山资纪半躺在那太师椅上，疲惫得将头仰靠在上面，他的眼光朝着天花板在思索着今后的台湾的战略计划。一个更为阴险的思路便慢慢在他的脑子里形成。

“报告！”一会儿工夫，武田、佐佐木两个上尉便一前一后进入桦山资纪的办公室。

“进来！”桦山资纪以日本军人独特的武士道姿势，看着自己的两个得力助手站在面前，便以温和和自信的口吻问，“武田君，佐佐木君，你对今天基隆港码头之战有何意见？”

“这……”武田看了看佐佐木，有些支吾。

“嗯？”桦山资纪鼻子里发出了一个声音，看来他对自己部下的回答不甚满意。

“报告将军，要占据台湾，并在今后有效地统治台湾，清军不可怕。”武田终于鼓足了勇气回答说。

“那可怕的是什么？”桦山资纪不露声色，用手指了一下佐佐木，“你说！”

“报告将军，最可怕的是那些老百姓。中国人不怕死，大大的不怕死。”佐佐木也不含糊。

“好！请坐。”很明显桦山资纪对部下的回答十分满意，“基隆城之战我们吃了一些亏。但用中国人的话说，便是‘吃一堑，长一智’，什么意思，就是吃了一次亏，增长了一次见识。下一步我们一方面要用更强的兵力将那些敢死分子杀光；另一方面，还要采取安抚政策，要多利用中国人，让他们为我们尽快全面占领台湾服务。明白吗?”

“将军，明白!”武田、佐佐木异口同声地回答。

“好！很好！你们手中不是有一个原来在永丰城乡勇团当团丁的阿六吗？下一步要占领永丰城了，这个人可靠吗?”

“报告将军，这个阿六一身毛病，喜欢钱，喜欢女人。当年在我们伯父公司当差，人倒可靠。”武田说。

“那就先给他钱吧，以后再拿回来。”桦山资纪狡黠的目光向武田作了暗示。

“我的明白。”武田应道。

“不是还有一个女人吗？那个中国女人?”

“是的!”这回轮到佐佐木回答，“在日本占领基隆之前，她已被日本军本部先期派到基隆城做情报工作，为后期部队进入搜集情报，搜罗爪牙。这个人的丈夫原来也在永丰城，这个女人因与当时的乡勇团团长有染，引起纠纷。后来被他的丈夫休了。这个女人尽管识字不多，但很有谋略，用中国人的说话，‘肉毒鲤鱼，人毒妇人’，这个叫黄氏的女人花样多，手段辣……”佐佐木还想往下介绍。

“很好，永丰城我们要尽快占据，你们要将这一男一女用好，让他们为大日本皇军服务，为我们效劳。”桦山资纪说着说着，突然提高嗓门说，“永丰城坐拥地理优势，又拥有战斗力很强的乡勇团，我们要尽快占领。这几天，你们要将方案考虑得周全一些。最好不流一滴血便让这里成为我们的领地。”

“是!”武田、佐佐木回答得很干脆，便快步走出桦山资纪的办公室。

这里还要专门介绍一下阿六和黄氏。

这个阿六，正是当年与黄福寿一起想在阿光在南投未立足之前烧死他们的小喽罗，他从小便跟着黄福寿混迹四乡五邻，是南台湾无人不晓，无人不知的社会混混。后来，阿光施以真诚，使黄福寿良心受到谴责，再加上永丰城开发过程中，阿光对黄福寿及其兄弟不计前嫌，施以重用。结果黄福寿却因本性难改，栽在一个女人身上。后来，黄福寿恩将仇报，投靠海盗张云飞，阿六追随而去。那次，林胜天为首的乡勇团在铲除张云飞海盗残余过程中，一网将之打尽。本来，这阿六已栽在武功高强的林胜天手上，恰恰这小子也有一些气功和手脚，在林胜天施以拳脚时，他憋了一口气。当时，大家都以为这小子已经一命呜呼。而实际上他是佯死，待人们一离开，他便趁着黑夜逃离出永丰城。

他发誓要东山再起，以报此仇。因此，一直逃到基隆港当时一家叫武田株式会社里当了伙计。再加上这人有些灵巧，便深得日本老板武田的信任，又学了日本话。直到这次日本人占领基隆港，老武田便将阿六推荐给日军联队长侄子武田当翻译。

这几天，阿六心里甜滋滋的，觉得十年隐姓埋名，终于有了出头之日，不时耀武扬威，炫耀街头，很是踌躇满志。

而那个黄氏，便是阿福原来的妻子。发生了与黄福寿的那档事之后，便被阿福一纸休书赶出家门，在那个年代，休妻本是富人家的事，但此事却发生在身无三分银的阿福家里，黄氏自然求之不得。尽管她出身普通庄户人家，但自信长得漂亮，又有几分妖冶，她根本不屑阿福浑身臭汗，食不果腹的生活。那天，阿福休了她，她头都不回。不久便利用几分姿色，暗里做一些皮肉生意。日久天长，便也认识了一些有钱人家，当然也认识了佐佐木这样一些神秘人物。

武田和佐佐木是日本陆军学校的同学，又同是桦山资纪的左右手，听了桦山资纪的训话，自然心神领会。离开他的办公室，同学间便认真地研究起对策起来。

“佐佐木君，我以为应该立即将两条狗给放出去。”武田说。

“一个明里为我们搜集情报，一个暗里为我们传递信息，你看如何?”佐佐木边走边说。

“你是……”武田还不甚明佐佐木的意图。

“阿六当作难民先进去，弄清永丰城情况。黄氏去开一个茶楼，派几个士兵化装成侍应生，随时为我们传递情报。”武田似乎早就成竹在胸。

“噢，可是你要知道，他们原来是死对头呀!”

“这不难，对这类人，我自有应对的办法。”武田家族是祖传的生意人家，精明过人。尽管战争让这个富家子弟成为一个军人，但生意人的某些细胞却得到真传，他干每一件事都将对方摸得很清楚，并诱于利益，牢牢将对方套紧，使自己的利益放到最大。

“哦!”佐佐木半信半疑，但他了解武田的精明，沉思片刻也装着恍然大悟地应了一声。

“佐佐木君，这件事，不难。交给我来办吧!”武田看到佐佐木那神情，报以诡秘一笑。那笑，让这个搞情报出身的佐佐木也琢磨不透。

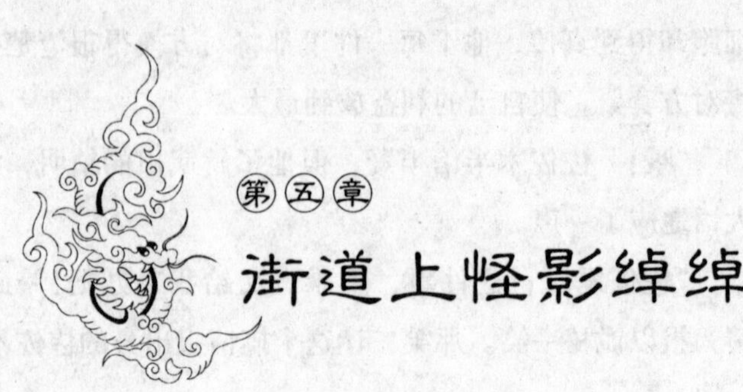

第五章 街道上怪影绰绰

林胜天、阿彪从阿光家出来，便商量将乡勇团的力量分成两拨：一拨由副团长率领留在城里应对不时；另一拨便准备由他们亲自带出城，趁黑夜主动出击，奔袭二十余里外的日军驻地，这样一来既可长乡亲们的志气，也可杀一杀日本人的威风。另外，他们还想借这次战斗从日本军那里抢一些枪支弹药，武装充实乡勇团的装备。

这一段时间，天气异常闷热。但当夜幕降临之后，暑气却得到迅速缓解。李文福、副团总阿林和林胜天、阿彪商量后决定，晚上十点钟出发，十二点以前形成包围圈。凌晨就是发起攻势最为有利的时机。几个人反复思考，觉得这种方案应该可行。但毕竟几个人都没有指挥作战的经历，心里总觉得没有百分之百胜利的把握。

这回，大家都把眼光投向林胜天。因为，当年他在打击海盗的历次战斗中，表现都十分英勇，是几个人当中，作战经验最为丰富的。

“我觉得有一个问题一直没有考虑清楚。日本人在基隆港打了大胜仗，他们要取永丰城胜算的可能性也很大。可是，他们怎么到了永丰城之外二十里的地方怎么就安营扎寨了呢?”林胜天猛吸了一下手中的旱烟,“这一点好像不合乎情理。”

“是啊!永丰城没有朝廷的驻军,难道这一点他们不清楚?”李文福也觉得有点纳闷。

“报告团总!”正当几个人百思不得其解,寻找原因时,一个派出去的探子回来报告。

“什么事?”阿彪抬起头问了一声。

“刚才,我和几个兄弟在街道上的逃难人群中查看,发现人群中有一个很像阿六。那个人难民打扮,但见了我们赶快用破草帽遮住头。”探子说。

“噢!阿六,是不是以前黄福寿的死党?”林胜天的身子好像突然被火烫了一下。

“对!”

“十年前,在清理尸体时少了阿六,十年后他又突然出现在永丰城,而且还遮遮掩掩?”阿林自言自语,他在考虑,这事一定有蹊跷。

“他身边还有人吗?”阿彪又追问了探子一句。

“有,两三个人。”

“再死死盯着,有什么情况及时报告。”林胜天交代探子一句,然后,回过头说,“看来,我们考虑问题还不能十分简单,这阿六在这个时候回永丰城,而且身边还有人,绝不是偶然的。阿彪,我们还得多派一些精明的探子出去。不然,我们的工作……”

“报告团总。”林胜天话未说完,又有一个探子来报告。

“什么事?”阿彪问。

“报告团总,永丰城靠城门的边刚刚开张‘美香の茗’茶馆。”探子气喘吁吁,一边报告一边擦着额头的汗水。

“哦,好事一桩又一桩。阿彪,这件事你有掌握吗?”林胜天将目光直盯着阿彪。

“怪了!这几天连一个泡也没冒,怎么就会出那么多鬼事呢?”阿彪被突如其来的信息弄得丈二金刚摸不着头脑。

“那老板是永丰城的人吗?”李文福追问探子一句。

“不像，永丰城的人我化成灰都认识，那进进出出的人没有一个熟面孔。”

“好！继续监视，有情况随时报告。”阿彪有些着急。这些事是他从来没有经历过的。

“对！继续监视，但要注意，不要打草惊蛇。”林胜天低头沉思，感到这里面有文章，自己面对的绝不是两军厮杀较量，而是更复杂的关系和更狡猾的对手。

“阿六！茶馆！”林胜天口头反复念叨着这两个名词，他的手将旱烟斗不停地在桌面上敲打着。他知道这两个非同寻常的名词必定与日军侵占永丰城有着某种联系，但联系着什么？会产生什么样的后果？实在令人琢磨不透。“李先生，你见多识广，你看看。”胜天感到这肩膀上的脑袋从未有过这么涨痛，身上的压力从来没有那么大。

“时间不早了，乡勇团还出发吗?”副团总阿林看看月色，提醒大家。

“李先生，你看?”胜天似乎有些着急。

“古人云，‘知己知彼，百战不殆’。看来我们对日本军知之甚少呀!”李文福没有正面回答胜天，而是引一句古人的话，启发他。是啊！一个乡勇团总要面对从未交手，又毫无了解的日本正规军，那么，其胜算的可能有多大呢?

“知己知彼，百战不殆。”这下轮到胜天反复念叨和琢磨这句话的意思了。

“对，胜天兄，你是总指挥，该怎么做，果断地下命令吧。”李文福和阿彪不约而同地说。

“好！既然永丰城鬼影甚多。那么，我们便采取三项手法。”胜天看了看这月色，月亮西斜，天已过零时，不能再有犹豫了，就下达了命令：

“阿林，你立即召集乡勇团在城中央集合，做夜袭日本军的动员，声势要大。然后，带着八成兵力出城，转一圈，天亮前秘密回城；余下两成兵力则继续监视这两个目标，留心还有没有新目标。”

“是！我马上去办。”阿林应声便出门去。

“阿彪，你去把阿福五兄弟请来，他们面生，叫他们仍然以逃难乡亲的身份混夹在难民当中，作为我们的眼线，发现情况及时报告。”

“好！我立即去办。”阿彪也迅速消失在夜色当中。

看到他们两个出去，林胜天将目光转向李文福：“李先生，我们装着闲来无事去闯一下‘美香の茗’茶馆，探一下那里的虚实如何?”

“哈！胜天兄。你真是一个帅才，脑子一转，一盘作战计划便滴水不漏。”李文福高兴异常，“有武艺高强的兄弟一道出战，我自然没有问题。”

“这便叫以不变应万变，虚实结合。”胜天有些得意。

“好！我们什么时候出发?”

“你看呢？我的大军师！”

“天快亮了，这个时候去最合适！”李文福信心百倍地看着林胜天，脸上露出欣喜的神情。

不到一炷香工夫，屋外传来了号角的声音，宁静的永丰城立刻变得喧嚣起来。不一会儿，那城中央便传来了阿林副团总那带着浓浓漳州腔闽南话声：“兄弟们，日本军占我基隆，占我大清领土。现在，又虎视眈眈想一举占领我万千乡亲用血汗开发建设的永丰城，我们能答应吗?”这阿林虽然没读几天书，但做起动员报告来，倒还口若悬河，抑扬顿挫，那富于煽动的言语，立即引起了一百多乡勇团的感情共鸣，话音刚落，那群血气方刚的乡勇团后生仔便群情振奋，振臂高呼：“不能！不能！不能！”

乡勇团成立十余年，永丰城的乡亲无人不晓，无人不知。可是，在半夜时分这种突然集合，而且高呼口号，全副武装的事情却还是第一次。后生们的呼喊声把永丰城震得嗡嗡响。已经熟睡的乡亲纷纷打开灯，推开窗户，用好奇的眼光看着市中心那广场的后生。大家的心都十分紧张。因为，日本人占领了基隆，尽管大家没有亲眼见到，却因为这么多逃难乡亲背井离乡，流离失所，大家的心都悬在胸口上，现在看见这帮乡勇团要出征，在发誓，心里感到安慰，感到那颗悬在胸口的心少了一份紧张，少了一份焦虑。

就在这时候，在街道旁边，屋檐底下许多逃难人们也擦了擦酸涩的眼睛在张望，这些本身已经深受背井离乡之苦的乡亲，看到乡勇团个个荷枪实弹，来回奔跑，以为新的一场战斗又将降临永丰城，个个脸露惊恐的神色。而此时，在广场的一个角落，受武田派遣佯装成难民，混迹在人群当中的阿六却显得特别兴奋。因为，他来前武田告诉他，只要搜集一条情报除将得到日本军统帅部桦山资纪发得一笔丰厚的奖金和奖章外，一旦永丰城占领他还可登上乡勇团团长的宝座。

“武田君就在离这二十余里的城外驻扎，他率领的日本军随时随刻便可打进永丰城，之所以在那驻扎，是因为要吸取基隆港的教训，争取少流血和不流血。”阿六头枕着已经打烊的店铺门槛，他闭着眼睛回想着前两天武田君的训话，想到武田君笑眯眯地承诺，仿佛自己的眼前是一条通往成功的康庄大道，在那条道路上洒满着金钱、黄金，而这条康庄大道旁则是无数秀美可人的妙龄女子向他招手。

阿六笑了。

阿六笑得特别开心。

“嘿、嘿、嘿……”这些笑声却惊动了他身边的几个神秘人，这些人是武田派来配合他的，也是保护他的日本军人。只不过，此时他们都以难民的装扮，混在难民之中。

“嘿、嘿、嘿……”阿六梦中笑得很开心，笑得口水不断地往下滴。

“八嘎，六。你的！”身边的日本人被吵醒了，他不客气地用脚踹了踹正在做美梦的阿六，“听听，那边的什么的干活？”

“哦！哦！太君。”阿六和美梦被打断了。他抬起头，看见离他几十尺远的地方，乡勇团正在集中，那个是谁呀？他似乎不太熟悉。还命令要到二十里外的城外去打皇军。这一听，非同小可，他立马把身边的日本拉近身边，将刚才乡勇团阿林副团总的话翻译了一遍，“快，快回去报告武田太君，永丰城乡勇团两百多人立马发兵要攻打皇军了。快！快去，我再了解一下情况。”

那天亮前的天色最暗，阿六身边的日本兵汉语也只能听只言半语，听了阿六的翻译后，觉得搜集到一条重要情报，而且事态十分紧急，便不顾一切，拉上一个同伴，拔腿便往夜色下的城外没命地跑去。

阿六自然也十分得意，此时他已没有丝毫的睡意，他索性爬起来，装成百无聊赖的难民在永丰城瞎逛起来。他像一头狼，那贪婪的双眼发着绿光，希望捕捉他希望得到的猎物。

林胜天和李文福正在家里梳妆打扮，他们将自己打扮成两个有身份，又有涵养，却又喜欢拈花惹草的小老板，正准备出门到“美香の茗”茶馆走一趟。因为，那里的秘密必须尽快揭开，而揭这个秘密非他们莫属。

这李文福还真是一个天生的演员。你瞧，他还特意在自己的嘴唇上贴上一撮仁丹胡子，一眼看去活脱一个日本人。

“报告团总。”正当胜天想叫住外面安排社会治安维护工作的乡勇团力量布置的阿彪，检查自己和李文福的打扮时，阿福的兄弟急匆匆地冲进来报告。他几个兄弟这几天都由阿光亲自采药医治，伤口已经基本痊愈了。

“阿昌，怎么样？”林胜天一下认出这个难民打扮的兄弟。

“胜天哥！我们五兄弟化装成难民待了半夜，没错。那个阿六便是黄福寿的死党，他身边的四五个人尽管化装成难民的样子，但全都是日本人。刚才，乡勇团的集合，他们便有两个人连夜出城了。”阿昌话说得很快，但很兴奋，尽管不知道这是林胜天布的什么阵。但能为永丰城做事，心里却十分快乐。

“好！告诉阿福死死盯着，有情况随时报告。”林胜天脸上终于露出了轻松的笑容，他朝李文福看了又看，“我们该出发了吧！”

“哟西。”李文福一句玩笑。

“李先生，你讲的什么话。”胜天有些不解。

“日本话！”李文福还是笑笑。

“你会说日本话？”

“噢！当年我曾留学过日本！”李文福伏在胜天的耳边，调皮得像一个孩子。

林胜天、李文福装成喝得醉眼蒙胧的两位有钱商人，故意一倒一歪地想出门。但脚还没跨出门槛，细心的阿彪却发现了破绽，低声叫了一声：“停一下。”

“什么事？”被阿彪一叫，李文福以为又出了什么事。

正当此时，阿彪从厨房倒了一碗地瓜烧不由分说，劈头盖脸便朝他们身上泼去。

“你……”林胜天被这酒一泼有些莫名其妙，正想过去抓阿彪揍一顿，却被李文福死死拉住手："阿彪这浇得对！我们差一点疏忽了。"

"哦！哦！哦。"胜天心领神会。于是，三兄弟畅怀一笑。

"美香の茗"茶馆便开在永丰城街道的末端，门口挂着两盏红灯笼，在凌晨前一阵阵微风吹拂中轻轻地晃动，门口站着两个个子不高，却挺精神的青年汉子。因为离天亮还有一段时间，永丰城的四周显得十分安静。可是谁知道，在这个宁静的夜色下，还有多少晃动的影子让人看又看不清，猜又猜不透。

林胜天和李文福装成喝了一夜酒的醉汉，相互搀扶，东倒西歪地走近茶馆。站在门前，门外站着的那两个汉子格外警惕。两兄弟相视一笑，便力求将戏演得更逼真一些。

"你瞧，这美香什么?"林胜天满口醉语地问了问身边的李文福。

"管他什么香，进去看看。"李文福也似醉眼蒙眬地说。

二个人一步一颠，摇摇摆摆朝那茶楼走去，不难看出，那是一扇虚掩的门。看到有两个醉汉模样的人进来，门口站着的年轻人倍加警惕。

李文福朝胜天使了一下眼色，便装着目空一切的样子，旁若无人地朝大门走去。

"哼!"正要将脚跨进大门，一个青年人用手挡住了去路，用鼻子哼了一声。

"我们要喝茶!"林胜天用手拨开那挡路的手。

"八嘎!"原来一直不露声色的另一个门卫，突然从口中吐出了一句话。

"什么?"林胜天没听清楚，这话是什么意思。可是他身边的李文福却听得真切，他心里乐开了花。他在想，原来，这真是又一个日本人的黑窝呀。于是用手提了一下胜天的手，暗示他别再吱声，由自己来应对。

"您好！我想去品品茶。"李文福用非常娴熟的日本话回答，并用手指了指头上的帽子。

"嗯！你也是日本人?"年轻的门卫听到这么标准的日本语，警惕性立马放松，态度也友善了许多。

"不是的，我在日本东京帝国大学留学。"李文福也装着十分亲热的样子，“你们是日本人吗？怎么会到这里来？”

“这个……”看到李文福发问，那青年正要回话，屋里走出一个女人，便将后半句话收了回去。

“怎么啦？”那女人一张口说话，足足让林胜天呆了半刻钟。尽管天已放亮，尽管那女人打扮得花枝招展，但在浓装艳抹下，他一眼便认出，这个女人便是阿福的前妻黄氏。可是，为防止对方认出自己，他装着喝得烂醉，半靠在李文福的肩膀，耳语着叫他尽快离开。

面对眼前的女人，李文福正在思考对策，听了林胜天的耳语，知道这里一定有奥秘，便半推半就地先安排自己的退路，用日语说：“太太，我看到这里新开一家茶馆，想进来泡一壶茶。你看行吗？”

结果，李文福这一问不打紧，那黄氏也结结巴巴地回答：“先生，我的茶馆刚开业，暂时不接待客人，改日欢迎光临。”

门卫作了翻译，李文福装着一种无奈和遗憾半扶着林胜天回到家里。

一进家门，各路人马均汇集在这里。当林胜天、李文福一身酒气推门进来时，片刻之间把他们笑得一个个人仰马翻。

这一笑，把大家一夜未眠的疲劳笑得一干二净。

“别笑了，胜天，在‘美香の茗’茶馆你暗示我是什么意思啊？”李文福没有忘记刚才林胜天捏他一下肩膀。

“兄弟们，真是天下之事无奇不有。你们猜那‘美香の茗’茶馆的老板是谁呀？”林胜天故意卖关子地问大家。

“谁？”兄弟们感到很奇怪。

“那便是勾引黄福寿的阿福原来的老婆黄氏。”林胜天像发布新闻一样，“那阿六，也就是黄福寿的死党也混在逃难人群当中，他们已经成了日本人的走狗。”

“啊……”在座的人都惊得合不上嘴，“怎么会呢？”

“怎么就不会呢？”李文福看着大家，“对付日本人远比当年对付海盗要复杂艰巨得多，大家要多留一个心眼。否则，我们对一件事不能全面了解就匆忙作出判断，那必定要吃大亏。”

“这样啊？”林胜天倒吸了一口冷气，“如果不是探子报告及时，我们乡勇团一出发，阿六这些耳目马上报信，那么日本军子弹上膛瞄准我们，一枪一个，我们将必败无疑。”林胜天为自己差点盲目指挥而吓出一声冷汗。乡勇团建立十多年，那是阿光哥花了无数心血建立的武装，也是永丰城父老乡亲的保护神哪。如有不测，怎么对得起全城乡亲啊！

这些话，这些事尽管就发生在一个夜里，但此时的永丰城乡武装的这些首脑们却似乎经历了巨大的认识改变，变得更聪明，更有见识，更老练一些了。

“胜天哥！昨天我一番动员，乡勇团又是誓师，又是浩浩荡荡出城。那阿六以为我们要打日本军，便赶快将情报送出去。而日本兵紧张一夜，却不见乡勇团的踪影，那阿六岂不是……”

“对！就要这样不断制造假情报，假信息，让日本军天天忙得不亦乐乎。让阿六、黄氏这样的走狗睁着眼睛看不见东西，竖着耳朵听不见声音，最后被日本鬼子踹到一边。而我们却要信息灵，动作快，找准机会打几个胜仗。”林胜天信心满满，“至于怎么做，大家可以多想办法，多出点子。”

坐在一旁的李文福看见大家脸上都挂着一夜成功后的喜悦，便不失时机地告诉大家：“日本人的那些当家本事还是我们中国人教的，大唐时期鉴真和尚东渡，向琉球国传授中国文化。现在日本文字中还有许多是我们的汉字。我们中国人是他们的师傅，师傅哪有被徒弟打败的呀。每个人都要有信心。”

先生毕竟是先生，一席话，尽管声音不大，但很在理，一帮闽南汉子听了以后，个个跃跃欲试，正谈论热烈，阿光和阿发也兴高采烈地走进林胜天的家。

原来，他也是刚刚听到管家阿昌报告，得知林胜天几兄弟昨晚彻夜未眠，动静弄得很大，收获也很大。除特地来向兄弟们表示慰问外，还准备把胜天、李先生一起请到山寨里，与阿力凡阿叔现场商量下一步诱敌进山，围而歼之的计划。

“胜天，想不到你变成将军了！”阿光很兴奋，“一个晚上，永丰城被你搞得鸡犬不宁，那些日本兵想睡不敢睡，这样搞一段时间，保证会出现许多神经病。”

“还好，现在刚刚开始。阿光哥，现在不比以前了，有了李先生这个洋军师，我这肩膀上好像一夜之间多长了好几个头，运转也快了。”胜天受到阿光表扬，好像有些不好意思，便将李文福夸了一声。

“什么叫洋军师啊？”阿发有些不解。

“你不知道？”胜天反问道。

“知道还问你？真是！”阿发装着生气，用眼睛瞪了一下林胜天。

“李先生是留学日本的，既有中国的文化，又了解那日本矮子，这叫知己知彼。”胜天略显自豪，“如不是他的点拨，我昨晚盲目带队去攻打日本军，说不定，人还没去，人家情报早送到了，还不是送肉送砧板，随人宰割呀。”

兄弟们又你一言我一语谈论着，不知不觉太阳已经从门外照进客厅，那令人生烦的知了又没完没了地鸣叫了起来，大门外的街道上又开始了一天的热闹。这几天，这平时风平浪静的永丰城有不少新面孔，又有一些新的消息，不少乡亲在窃窃私语。尤其是，昨天晚上乡勇团又是集合，又是宣誓，动静很大，大家都以为要打大仗了。可是，一觉醒来这永丰城又恢复了平静，大家如同坠入云雾当中，不知道这世道到底发生了什么变化，这昔日静静的永丰城背后到底隐藏了哪些秘密？如此让人感到焦急，感到不安。

“别闹了。胜天、李兄、阿彪我们今天到山寨走一下。这场仗迟打早打，一定会打。大打小打，一定与诸罗山有密切关系，我们要赶快上山与阿叔商量。阿林，家里的事你一定要睁大眼睛，尽心尽力。”阿光已预感这场战争已经摆在眼前，逃不掉，摆脱不了，已经大有一触即发的形势。

不当家，不知油盐贵。

一个新城的当家人此时感到这肩上的压力太大；

他在为全城乡亲的生命安危担忧，

他在为大清的土地会不会沦入敌手担忧。

这个闽南子弟总感到自己身上有一种不可推卸的责任。

这是老祖宗一辈辈传下来，后辈一天天耳濡目染的凝聚力。

此时阿光的脑海在不停地翻腾着，作为大清的子孙，他在庙里时曾听师傅不止一次地教导过，当年开台始祖颜思齐开台时便带领着自己的先辈一代又一代，一辈又一辈在这块土地上前仆后继，流血流汗，一方面拓荒台湾，一方面带领先祖们驱逐荷兰鬼子。那些故事虽然已经过去几十年，但至今回想起来，却仍然清晰于耳，铭记于心。

“这是老祖宗留下的土地，这是老祖宗世代相传，生生不息，用无数鲜血汗水换来的土地，现在交到我们这一代人手中，纵使不能让它繁荣昌盛，也绝不能让它从我们手中丢失。否则，那便是对列祖列宗最大的不孝，对九泉之下的老人最大的不忠。”阿光在思考着。

此时此刻他的心平静下来了。

尽管那窗外的知了还不厌其烦地鸣叫着，他此时此刻，他却仿佛感到这不是知了的鸣叫，而是一曲曲悦耳的奏乐，一曲曲高亢的警钟，一声声列祖列宗语重心长的嘱托。

拼了这一百多斤，无论如何也要保住这片热土，绝不让老祖宗蒙羞。

要让永丰城得以安宁。

阿光心里暗暗下定了决心。

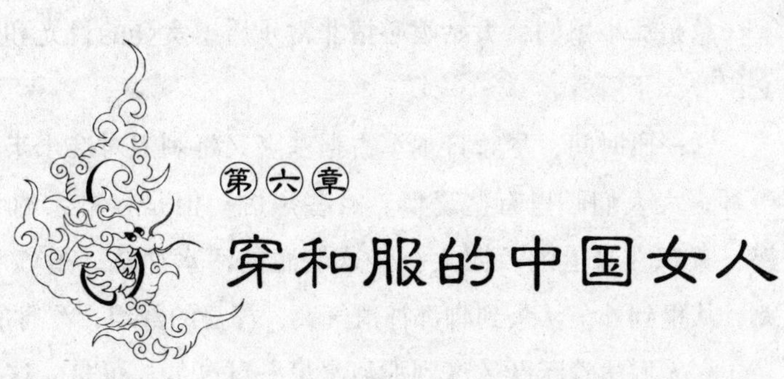

第六章 穿和服的中国女人

持续的高温着实让永丰城的人们受尽了酷暑的煎熬，庄户人家每天从田里干完活回家总是先到小河里先美美地洗上一个澡。这是一个天然的浴场，清澈见底的河水从诸罗山上的每一棵大树的根脉，每一块岩石的缝隙中渗透而出，丝丝水流慢慢汇集，最后变成溪流随着那沟沟壑壑奔腾不息，直泻到永丰新城。

那水比一般的河水要清凉得多。

男人们这么热的天只穿一条大裤衩子，上半身裸露着，长期被这阳光暴晒，一个个黑里透红，油光闪亮。到了这河里也不遮不掩，随心所欲，爱怎么洗，便怎么洗。那些已经成家的男人更是肆无忌惮，动作夸张，旁若无人地扯起那宽大的裤头死劲地搓着身上的污垢。唯有那些女人，那些小媳妇、大姑娘看着那河水中赤身裸体的男人，表面上羞羞答答。但心里却春心荡漾。躲在远处一会儿指着这个，一会儿眼睛又瞄上那个指指点点。尤其是那些年青力壮，身上长满腱子肉，胸肌特别发达的，又还没有结婚的男人充满着阳刚之气，往往成为女人眼中的艺术品。看久了怕被人说闲话，看短了却又不过瘾。

总是那小媳妇，大姑娘心情非常矛盾，贪婪的目光和害臊的心情相互交织着，矛盾着。

这一段时间，尽管日本军占据基隆又将刺刀对准永丰城的消息已不绝于耳，大人们心里有些恐惧，有些焦虑。但是，每天的劳作和骄阳的烘烤，累积在身上的一团火一经这清澈的河水冲洗，暑气和疲乏便迅速驱离，从里到外，从头到脚都神清气爽，浑身的舒坦，浑身的轻松和快乐。

女人们尽管跃跃欲试到那河水里一试高低，可是，这世道不允许，闽南人祖祖辈辈的祖训注定了这女人只能在家里烧上一脚盆水，在这小得不能再小的空间中孤芳自赏，不可能像男人一样拥有丰满胸肌，一样展露自己姣好的身材和那起伏有致的曲线。

庄户人家的女人是这样，“美香の茗”茶馆的老黄氏也是这样。前一段时间，日本军官武田和佐佐木给她一笔钱，还派了几个据说武功高强的日本兵当保镖，在永丰城开了一个茶馆，任务很明确。那便是利用她曾在这里待过和多少有些姿色的条件作幌子，搜集永丰城，尤其是乡勇团的情况，以便为日军占据这块土地，又不流一滴血作准备。武田对她作出许多承诺，在她的眼前铺设了一条充满诱惑的人生道路。这一切，足以让黄氏这位出身贫苦，却又水性扬花，害怕吃苦又贪图荣华富贵的女人充满着幻想，充满着对未来的憧憬。

可是，来到永丰城之后，现实却让她大吃一惊。十年光景，这座新城早已变得让她不敢相认。原来还是穿着露着屁股的大裤衩子，吃着野菜稀饭的那些庄户人家，现在都已是日日光鲜，说不上腰缠万贯，却户户都是丰衣足食，家家安居乐业，人人都住上了新建的小楼。

看到这一切足以让黄氏的脑际中掠过一丝丝愧意。

如果当年不是贪图黄福寿那死鬼；

如果本本分分跟着阿福勤耕吃苦；

如果……

此时，这位被关在茗茶馆里边表面上被称为老板，却如同金丝雀一样的女人不止一次地反问自己，再想想目前自己的安逸生活，那后悔之心只短暂地漂浮了一会儿，她似乎对自己目前的生活更显得意，更显满足。

“这鬼天气，热死了。”黄氏恶声恶气地骂了一句，这一段时间，黄氏几次想到街上走一走，去看一看。可是，她动了几次念头，却又没有勇气。她怕被原来的邻居认出来，被乡勇团的那些团丁认出来，说不定被认出来后还会被那些凶悍的“查姆”们揪着脑袋吐唾沫，甚至还会被当街脱掉裤子羞辱一番。只是前几个晚上，夜深人静，她偷偷溜出去走了一下。那一走觉得一身轻松，永丰城的夜晚凉风习习，少了屋内的约束，少了那日本保镖饿狼一样发绿的眼光。

此时，黄氏坐在二楼的窗台上。这十年光景，自从被阿福休了之后，她觉得自己是这世界上最幸福的人，是天上人间都没任何人管她的人。可是，现在这日子却乏味得多了。她以前的那些老主顾都不敢来永丰城，而那些年轻的日本兵尽管每日双眼射着绿光，那直勾勾的绿光功率再大，却不踏进她的房门。

习惯了以前的生活，现在闲下来，她闲得发慌，闲得浑身不自在。

“老板，洗澡吗？”此时门外女佣阿环问了一声。

“洗。”黄氏不耐烦地应了一声。

“洗热水？还是冷水？”阿环又补充了一句。

“洗温水。”人这东西，有了钱口气也大了许多。

“好！我去办。”阿环尽管心里一百个不满意，但连嘴上嘟哝的勇气都没有。因为，她前几个月刚刚从泉州渡东，为寻找立足之地便没有选择地投到这家门下。但来了几个月，却看见门口每天站着两个脸无表情，嘴里叽哩咕噜的男人，再看看这个叫黄氏的老板，心里直嘀咕。这到底是一个什么人家？什么样的老板呀？

一会儿，阿环将水准备好了。黄氏摇摇晃晃进入浴室。宽衣解带之后，这个靠肉体享受荣华富贵的女人脸上突然涌上了一阵暗淡的神色。那洗澡的木盆盛满了温水，当已脱得赤条条的黄氏弯腰想跨进浴盆的刹那间，她看见那浴盆正如一面天然的大镜子。自己赤裸的尊容倒影在盆内，这与平时只有一面小小的铜镜勉强看到自己的脸容有着巨大的区别。

黄氏的目光开始在自己身上游走，渐渐有些失色，她看到了自己日渐衰老的身躯，那已经跨出的脚还没落入水中又抽了出来。蹲下身子，那一脸倦意的脸上也已出现浅浅的皱纹，那曾是满头的乌发也出现了几根白发……

一种莫名的悲伤从心里油然而生。

女人啊！年过四十豆腐渣：一个靠姿色取悦男人，换取金钱的女人，已是徐娘半老，还能再有以前那样的风光吗？这不看不知道，一看满心的悲伤……

黄氏不愿再看自己的这副尊容，她也对洗澡失去了兴趣。突然，一种对前途，对人生的失望之情迅速占据了整个心身，她用双手死死捂住那曾经让自己走红，让自己引以为傲的脸蛋，一股前所未有的悲伤化成伤心的泪水汩汩从双眼涌出……

黄氏开始嘤嘤地哭泣，接着，越哭越伤心，越哭越大声。

她怨自己命苦，怨阿福无能，尽管家乡有嫁鸡随鸡，嫁狗随狗，嫁了狐狸满山走的祖训，可是，自己嫁给阿福，要吃没吃，要穿没穿，导致了自己落到现在的下场。

她担心女人失去姿色，便会像一双被人丢弃的破鞋扔到路边被风吹、雨淋、日晒，以致过路的人瞅都不瞅一眼，甚至还挥起一脚踢得无影无踪。

“与其日后暴尸街头无人理睬，倒不如豁出这条命，按照武田的要求好好地帮日本人搞情报，延续前半生的荣华富贵。”黄氏虽然出身乡野，也没有更多的文化，却有着所有城市女人的野性，疯狂和贪婪。她把自己的衰老，自己的一切不如意的根源都归结在阿福、阿光、阿发……以及永丰城所有庄户人家的身上。

“我要报复，我要把这座城所有人的幸福来换取我自己的幸福。”黄氏止住了哭声，她用浴盆里的水死命地洗刷着脸上的泪水，将牙齿咬得格格作响，思考着报复永丰城所有庄户人家的计划、措施和办法。

黄氏想得十分得意，想得有些欣喜若狂，她准备豁出去拼一拼。于是，她将放在一旁的那套刚换下来的旗袍用脚踢到一边，换上了一套崭新的日本和服；她不准备在房间里躲着不出门，准备从明日起，不，从今晚开始穿上和服在永丰城走几圈，力争多为武田多搜取一些情报，多换一点今后可供自己享受的荣华富贵。

她决定与自己的身世诀别，过一个崭新的日本女人的生活。

人这东西特别怪，一旦这脑子转入死胡同之后，往往会做出她自己都无法理解的事情。这个黄氏正是这样，约莫一个钟头，这个曾经十年时间以皮肉换取奢华生活的女人，竟然毫不犹豫地选择了背离祖国，背离乡亲的道路。

换上和服，黄氏觉得浑身的轻松，为了让已有不少皱褶的脸更光滑一些，她一次又一次地打上粉，上了胭脂。然后，扭着那并不苗条的身子准备到永丰城走一遭，甚至还想到阿光老板住宅附近去看一看。

她，此时已经像一个赌徒，孤注一掷去寻找她希望得到的东西。

黄氏一切准备就绪，从二楼到了大门口，正欲出门却看见门外走进一个男人。那忠于职守的日本保镖还在盘问着。

“你的，找谁?”日本人问。

“找你们老板黄氏。”来人一身难民打扮，可是口气却大得惊人。

“阿六?”尽管门口的灯笼灯不亮，尽管那阿六满身尘土。可是，那坏蛋一张口，那闽南话却立即让黄氏分辨出来了。

“找我?有事吗?”黄氏与阿六十年多前便认识，那是黄福寿与黄氏在幽会时，那观风站岗没有阿六不在场的。

“黄氏?”阿六想不到说话并身穿和服的女人竟然是以前认识的黄氏。灯光下，看到这半老徐娘经过一番精心打扮，倒也有几分妩媚，有几分迷人，但话一出口，倒觉得不妥。于是，立即用一种貌似谦卑的口吻说，“噢，黄老板莫非要出去?”

“嗯，有事吗?”黄氏倒认真起来，一副公事公办的样子。

“能借一步说话吗?”

“嗯，进来吧。”黄氏装着一脸矜持地应了一声。

“哼，臭婊子，假正经。”阿六心里在骂着，可是，脸上却笑嘻嘻地说，“对，有件事想找您报告报告。”因为来永丰城之前，武田曾明确，他们彼此不相干，都由武田直接领导。但并不愚钝的阿六心里明白，在武田心中黄氏的位置远比自己重要。你瞧，我阿六天天躺在街头巷尾，每餐靠永丰城施舍的稀饭度日，那大肠小肠早已因没有油水，生锈打结。而这臭婊子住的是花重金租来的别墅，还有保镖守护。

阿六思前想后，自己与黄氏相比，什么也不缺。而自己要取得武田的信任，获取更多的白银，一定得委曲求全，借助黄氏这根藤蔓才能往上攀爬。

这是这一段时间，阿六花了整整几个不眠之夜才得出来的结论。

走进黄氏的房间一阵扑鼻的香粉味几乎让阿六有些晕脑，按他自己的理解，我阿六也绝非一个没见过世面的男人，莫说当年跟着黄福寿闯街头，抢地盘，吃香喝辣，玩过多少女人。光这几年跟着武田株式会社的老武田在基隆港招摇过市，虽不敢跟老板比，也少不了进那烟花巷楼，极尽风流，现在屈尊拜门，只是万不得已而已。

“阿六，你胆子好大，竟敢夜闯我的茶馆，难道你就不怕落个你那大哥一样的下场?”黄氏半个月没有跟男人近距离接触，那水性扬花的秉性似乎对男人就有一种特殊的需求。尽管她看不起眼前的阿六，但半个月没有近男人，似乎一种抑制不住的春心荡漾，她用眼光乜视一下眼前唯唯诺诺的阿六，很有一点趾高气扬的神色。

“嫂子，旧事莫提，那黄历早已翻过去了。况且，我与黄福寿能相提并论吗?”阿主竭力搜寻最文绉绉的语言回答。

“没有心结就好，出来混碗饭吃不容易，大家理应相互关照。”黄氏看到阿六一副媚意，也趁机打了个圆场。

“咳……”阿六看到黄氏态度亲热起来，便换了一副神态，有点可怜兮兮的神态。

“怎么啦，有心事?”

“谁说不是呢? 武田先生对我们如此器重，可是，来了半个月我们却不能准确地提供可靠情报，心里有愧呀!”阿六希望黄氏将自己一番赤胆忠心向武田报告。

“你我都已经十分尽责了。只怪那阿光鬼点子特别多，隔三差五又是宣誓，又是全副武装声称攻打日军。可是，喊了半个月，我们跑步送了好几份情报，几个兄弟一跑来回四十里路，脚都跑断了。结果屁都没有放，弄得武田先生白忙乎，还对我有看法。”黄氏有些同情，可是，每次都把阿六之间用我们联结起来。

“我看这里面有蹊跷。”

“为什么？”

“里面一定有高人在指点。否则，阿光他们哪有这种水平，土包子一个。”阿六有些不服气。

“哦？”黄氏听了以后，不由得吸了一口气，“怎么说？”

“听说，永丰学堂有一个先生是当年留学日本的，本事大着呢！我一直在想，是不是这家伙在做军师。”阿六有点神秘。

“那你为什么不派人详细了解一下？”

“正在想办法。”阿六看到黄氏来了兴趣，故意卖了一个关子。因为，阿六那脑子十分清楚，如将这里的情况搞清楚，那绝对是一等一的重要情报，肯定得到武田的奖赏。

“那我应该做哪些事情呢？”黄氏知道武田最近的心情，对尽快弄清永丰城的情况十分焦虑，听了阿六的一番话，眼睛一亮。而且，她也想在武田面前好好表现一番。

“你？”看到黄氏有点迫不及待，这个混迹江湖的老手，他那不大的眼睛一转，却洞察了这个女人的内心世界。

“是啊！你不喜欢我们联手吗？”黄氏有些迫不及待。

“我们还分彼此吗？我搜集的东西肯定要交给你的。”阿六讨好地说。

“真的呀！六哥！”阿六话音刚落，黄氏神采飞扬，嗲声嗲气地从凳子上蹦了起来，一步跨到阿六跟前，一把将阿六抱在怀里。这阿六也不是省油的灯，乘势把黄氏抱在怀里，而黄氏更是半推半就坐在他的大腿上，不停地扭着那水蛇一样的腰肢，不停地撒起娇来。

阿六此时倒显得异常冷静，这个走南闯北的情场老手，心里很明白，眼前这女人并不是真心地喜欢自己。现在，这非同寻常的举动多半是为了自己的那份情报。还有则是她以前每天晚上灯红酒绿。这半个月到了永丰城，尽管十年前她曾在这里生活过，可是，此时的永丰城已经是一个让她感到陌生，感到欣奇却又敬畏的城市。她带着新的使命，而且是一个背叛祖国、背叛民族和人民的使命，却寂寞难耐，失去了基隆港放纵自己，不断翻新的鱼水之欢。现在这该死的阿六送货上门，黄氏的双眼燃着熊熊的欲火。这也恰好填补了她那空虚的心灵、满足了她如同深渊的欲壑。

“黄老板，你不会又想设计让我重走我大哥走过的路吧?”阿六虽然知道，这黄氏如同千年老阴沟，几辈子的人都通过，贱得不能再贱。可是，她被那武田喜欢着，况且那门口还有两个保镖护着，他还不是那种见火便点烟，色迷心窍的人。不然，他就不会几次逃离生死关，最后还被武田所信任，派到永丰城来。

“哪能呀！六哥!”黄氏声音变了调，那声音听起来都有些发颤。讲实话，被黄氏这亲热地一抱，阿六也感到自己久饿遇上了大地瓜——求之不得。心中开始怦、怦、怦地跳个不停。可是，表面上却咬紧牙关表现出一种坐怀不乱的正人君子风度，双眼却在那胸脯上贪婪地盯着，看着，就差流出满地的哈喇子。

“咳，你这脑子那么好使，怎么可能走你大哥的路子啊!”他听了阿六这么一说，佯装生气地扭着那水蛇腰。身子在阿六身上一扭一扭，浑圆的臀部在阿六的大腿上来蹭动着。这一切，早已让这个游荡男人心猿意马，片刻间热血沸腾，全身的每一根神经末梢都亢奋起来。

大凡连自己都不爱，连自尊都不要的人，不管是男还是女，他们的心目中，绝对没有廉耻，绝对没有朋友、兄长，没有自己的祖国与民族。这阿六和黄氏正是这样，这对以往有血海深仇的男女，为了自己不可告人的目的，为了自己的肉体需求与所谓的荣华富贵，不惜出卖民族，出卖自己的兄弟姐妹，出卖自己的祖国。

阿六不再是正人君子，他的脸上露出一副邪淫的奸夫本色，伸手摸了把黄氏的胸脯。

“嗯，”黄氏将身子一扭，“你还没有将弄清楚这个情况的办法告诉我。”看到阿六猴急猴急的样子，黄氏却有意地提价。

“别，咱们一边做一边讲不成吗?”

“不成。”黄氏不依不挠，还佯装正经地捡起腰带扎起衣服。

“宝贝，别。我是想……”阿六边阻止黄氏那双想束腰带的双手，趁机将脑袋往那女人的胸脯一拱。

一阵让人毛骨悚然的尖叫；

一阵让人作呕的呻吟……

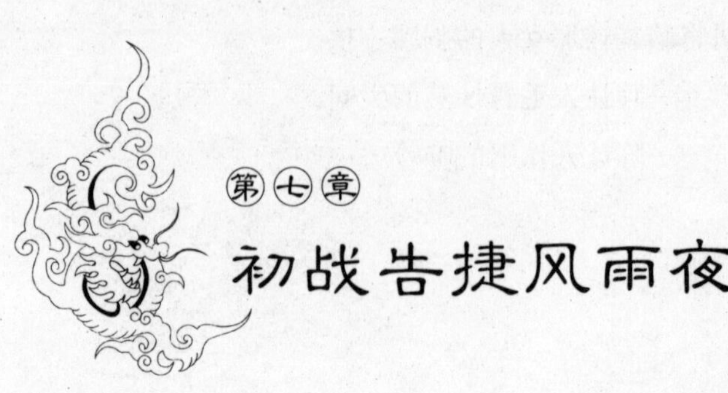

第七章 初战告捷风雨夜

这么酷热的夏天已经多年没有见过。地上被晒得滚烫，庄户人家光着那厚厚老趼的脚走在沙土路上，还不时地跳动，那每家每户看家的狗儿则趴在门槛内，伸出舌头不停地抖动散热，懒洋洋地不肯出门半步。

唯有那知了不知疲倦地鸣叫着，不管白天黑夜地发出沙哑的声音。

天气热，人们的心情特别烦躁。

可是，最烦燥的莫过于武田和佐佐木。这半个月他们被桦山资纪任命为正、副大队长，准备占领永丰城。但这个桦山资纪在临出发前又给他们下达了不流血和平占领永丰城的死命令。而众所周知，这永丰城的乡勇团兵强马壮，而且个个武艺高强，功夫了得。加上前几年阿光老板花了重金购入一批洋枪之后，其战斗力远近闻名。多少人，包括海盗毛贼听到永丰城的乡勇团都望风而逃。现在日军要占据永丰城，还要不流血，可是不轻的担子呀。

武田在山坡上一棵古樟树下焦虑地来回踱步，那行军帐篷里如同烤房一样的高温，让两百多余个官兵东倒西歪在丛林中的大树底避暑，只有几个哨兵因为占据有利地形的需要站在山岗的矮树下挥汗如雨。那知了仍然在不知疲倦地鸣叫着，叫急了，叫烦了，便偶尔撒下一泡尿。蝉多了，那尿也多了，一次又一次地撒在武田的脸上、身上。这些丝丝蝉尿倒给烦躁不安的武田带来些许的清凉。

这山间古树参天一棵连一棵，一棵比一棵粗，一棵比一棵大，形成了树的海洋，树的世界。而在这海洋，这世界当中却长着无数个头很小，浑身长满花纹的蚊子。这些小生灵长期吃素，这次送来了两百多个彪形大汉，又是血气方刚，无论白天黑夜都有充足的荤源，都有那热乎乎的热血，一个个财大气粗，精神饱满，于是他们不管白天黑夜都轮番进攻。吃饱了休息，休息了，饿了接着吃，一个个吃得滚瓜溜圆。

这可苦了武田和他的士兵们，被这花蚊子叮了以后，身上瞬间隆起了一片又一片的疙瘩，奇痒无比，用手稍稍一抓，虽有些舒服，但过了一两天，那被花蚊子叮过的伤口便红肿发炎，流淌着那浓浓的血水，半个月下来，所有士兵都体无完肤。

“八嘎……”武田已近四十岁，从军二十多年，尽管经历了无数大小战斗，但趴在山野吃这花蚊子的苦还是第一次。这种有苦说不出，有劲使不上的滋味足足让这个手上沾满鲜血，从来都杀人不眨眼的魔王束手无策。一股汗水从额上往左脸颊上流淌着，他正想伸手去擦干净，但手还没触及脸颊，右脸颊又好像被什么东西狠狠叮了一下，他知道又是那可怕的花蚊子作祟了。不禁怒火中烧，用力打去，只听“吧”一声清脆的声音响起，打得自己右脸颊火辣辣的，张开手，那花蚊子被打死了，死得很难看，手掌上留下一摊血和那变了形的蚊尸。

武田似乎出了一口闷气，看看山下，再看看那神奇莫测的永丰城方向，苦思冥想，寻找突破目前困境的良策。

这半个月，派进去的阿六、黄氏和几个日本兵，隔三差五地送来情报，报告乡勇团要进攻日本军的消息，武田和佐佐木精心布局，排兵布阵，专门等待乡勇团上门送死。可是，左等右等，布袋都已张开了几次，弄得两百多号日本兵熬了十几个夜晚，连乡勇团的人影也没见到，自己的兵都一个个被折磨着哈欠连天，叫苦不迭。

“武田君。”正当武田在苦苦思索的时候，佐佐木一边抹着额头的汗珠，一边跑步过来，“你看天上乌云翻滚，要下雨了。”

“是吗?”武田抬起头，看见那山上的大树不断摇摆着，云端里的云由白转黑，开始滚滚而来，“真是，这老天爷要下雨了，我们得救了。”

“再下去，我们的战斗力要大打折扣了。”佐佐木有些担心地说。

“老天保佑。但愿赶快下雨吧!”武田仰天长叹，他像是在祈祷苍天，又像是祈求菩萨保佑。

夜幕终于降临了，风也越刮越大。

天上的云层越积越厚。

这一切，很快将白天的酷热带得无影无踪。武田终于轻松地吐了一口气。两百多个官兵经过十余天的煎熬也忍不住一阵狂欢，对着那呼呼而来的山风疯狂地起舞着。就在这时，那远处的山顶响起了一阵炸雷。

接着，这雷声一声连一声，一阵连一阵，越响密，越响越沉。当雷鸣与闪电互相交递，把那远处黛色的山峰照得闪亮中，似乎撕成无数片。开始让那些刚才还有些兴高采烈的日本官兵脸上出现了惊愕，出现了恐惧。

“轰……啪……哗……”又一阵雷电的炸开，接着那倾盆大雨便铺天盖地而来，日本官兵们慌不择路地向帐篷走去，他们想借助那帐篷躲避风雨，可是，也许是老天爷对侵略者的一种惩罚，这些原先他们躲之不及的帐篷，那像蒸笼、烤箱一样的帐篷，此时却成为他们争相抢夺的避难所。

狂风呼啸，山上的古树枝“噼里啪啦”地响着，一根又一根被折断，半个月来的高温酷暑把大地晒得干燥无比，现在被这暴风一刮，飞沙走石，一个个日本兵既要防止东西被卷走，又要防止沙尘卷进眼睛，在山林里东西不辨，南北不分，急得团团转，恐惧之情充满着山野。

风越刮越大，那盘旋的风由山谷卷入山梁，又从山梁返回山谷，由此而已，形成龙卷风，那来回折腾发出的响声令人毛骨悚然，日本官兵们惊恐不已。

天越来越暗，刚刚还阳光普照，强光照得身上热辣辣的，现在山上暗成一片，天地之间已经无法分辨。白昼瞬间变成了黑夜。

雨，那如注的大雨也趁机来凑热闹，倾盆大雨从天上浇下来，一个个雨水珠一会儿成了雨泡。

这是豪雨，是一场多年未见的豪雨。

山冈上乱成一锅粥，这些自称训练有素的日本军官兵，晕头转向，想逃命没处逃，不逃命随时又可能被狂风卷走，被暴雨吞没。

“佐佐木君……”武田有些慌乱，他紧紧地抱住身边的一棵大树，在雨帘中寻找自己的副手，呼喊着副手。可是，刚张开嘴巴，话刚出口那声音被山风暴雨淹没了。正当儿，一阵巨雷夹杂着闪电“轰……吧”划破漆黑的天空，在他的头顶炸响。这时，乱了方寸的武田才感到自己的无知，在响雷的时候是不允许站在大树下，更不允许大声呼喊。否则，那将招致雷击，将有杀身之祸。

武田看到乱成一团的山冈，乱成一团的军营，有些绝望。他想歇斯底里大声呼喊，却又担心招致雷劈，急得像被那山洪冲得打圈圈的蚂蚁，只好望着黑沉沉的天空无奈地叹气。

这场雨也给酷暑难耐的永丰城扎扎实实地降了一次温。

当山雨欲来，昏天暗地的时候，永丰城内满街的人们便慌不择路地往家里逃，而那些栖身街边的难民们也赶快寻找能供给自己避风躲雨的地方。

正在忙活的海英看见飞沙走石，知道暴风雨即将来临，一边忙着收集东西，一边招呼云生带着小弟妹回家。总之，暴风雨要来了，大家既有结束酷暑的欣慰，又有防止山洪暴发的担心。

此时的阿光却另有一番想法。

他站在院子里，不停地察看那呼啸而过的狂风，不时地将手伸展出去接着从天而降的巨大的雨珠，脸上露出了近半个月来难得的宽松的微笑。

“云生，叫爸爸回客厅来，要下大雨了。”海英挺心疼自己的丈夫，这个永丰城这么大，这么多乡亲，各项工作千头万绪。现在，日本兵在城外虎视眈眈，一个头家压力大呀！

“爸！要下雨了。”云生张口提醒阿光。

可是，阿光在凝视张望，一动不动。他的心在思索着一个非常重要的问题。前一段时间，林胜天、阿彪和李先生三天两头组织乡勇团誓师出征，制造假情报让阿六和黄氏送出去，弄得日本军天天以为乡勇团要进攻，把他们那紧张的神经快绷断了，逼得他们疲惫不堪，几乎要发疯了。

现在，狂风暴雨即将降临，消灭日本军正是天赐良机。

“阿昌，叫阿发、胜天、李先生、阿林、阿彪来一下。”阿光没有回答儿子的叫唤，只对管家交代了一声，“要快，越快越好。”阿光说完，那语气当中充满着自信，充满着喜悦。

“这……”看到大雨将临，阿昌有些迟疑地看了老板一眼。

“这什么？快去。”阿光头也不回，用严厉的口吻说。

“老板……”一会儿工夫，几个人顶着狂风和即将来临的大雨冲进了阿光的客厅，阿彪的说话声中还带着微微的喘气声。

“阿光哥，有急事？”阿发问。

“不！”阿光微微一笑，“是有一件喜事，天大的喜事。”

“是吗？”胜天丈二金刚摸不着头脑，这狂风暴雨即将到来，何喜之有？

“前几天，你们已经把日本军官兵搞得精疲力竭，现在消灭他们的机会来了。”阿光一改往日那沉稳的性格，“胜天、阿彪立即组织乡勇团，借着狂风暴雨分散出城，出其不意，把日本鬼子消灭在那山冈上。”

“现在？”阿彪担心自己听错，这狂风暴雨躲都来不及，还出征打仗。

“对！我们面临下雨，日本人也面临下雨，可是我们不疲劳，日本人疲劳；我们熟悉这里的环境，而日本人不熟悉。我们占据了这场战斗的绝对优势。”李先生悟出了阿光话中的道理，作了补充。

“噢！”经李先生一解释，几个人便明白了阿光兴奋的缘由，异口同声地应了一声。

“注意，以往是大张旗鼓，动静越大越好。可是这次，要偃旗息鼓，无声无息，让那些阿六们也毫无觉察。明白吗？”阿光看着胜天，“别忘了，回来时，注意搜集战利品，尤其是枪支弹药，那些都是好东西。”

“那……”阿彪还想问什么，却欲言又止。

“别问了，出发。”胜天对阿光的意图已经心领神会，他朝阿彪一招手，“请大家除枪外，还带上大刀，脱掉上衣。”

“光膀子？”阿彪又问了一声。

"对！光膀子！"林胜天不再解释，用非常肯定的语气说。

乡勇团的人在永丰城居民慌忙避风躲雨的混乱中，三三两两鱼贯而出。阿六这些化装成难民的情报人员，在不知不觉中，乡勇团早已在雨帘中急行军朝日本军占据的小山冈进发。

狂风裹着大雨疯狂地从天倾泻而下。

那雨水如拳头一样死命地砸在每个乡勇团员的身上，然后溅起一片水珠，洒落开去，让这两百多个乡勇团丁睁不开眼睛，他们一边不时地用手抹着水珠，一边以最快的速度急行军。

地上地久旱的土地被这暴雨突然的冲刷和浸泡立马变得泥泞不堪，光着脚走在这如山洪一样奔腾的小路上，一瘸一拐，东倒西歪。"快……"阿彪身上背着枪弹，手上提着一把明晃晃的大刀，大步流星，正指挥乡勇团加快速度急行军，但话音刚落，自己却脚下一滑，摔了个四脚朝天。他一个鲤鱼翻身，吐了一口满是泥浆的口水，骂了一声"干妮姥"又匆匆消失在那苍茫的雨帘当中。

这是一帮汉子，一帮中华民族优秀子孙组成的汉子。养兵千日，用兵一时，这个乡勇团成立十余年训练有素，个个身怀绝技。可是以前主要是维护社会治安秩序，打击海盗而已。而对民族之敌却没有面对面交锋过。这半个多月，当他们看到自己的同胞背井离乡，衣不蔽体，听到阿福他们对日本占领基隆港那血腥场面的描述和叙说，他们心中充满着义愤，充满着熊熊怒火，此时尽管狂风暴雨，但这如注暴雨却像一桶桶山茶籽油，对这火越浇越旺，形成了势不可当的复仇之火。

胜天、阿彪冲在最前面，他们的脚像鹿腿，在狂奔，在飞奔……

他们的身后是近两百个充满仇恨，充满阳刚之气的永丰城乡勇团团丁们，他们像诸罗山的一群狼，一群希望以满腔热血报复民族之仇的野狼。那狼两眼发着绿光，充满着复仇的焰火……

二十里路，很快便跑完了。

"阿彪，日本军就在那小山冈上。"胜天指了指前方。阿彪和几个头目看那山冈上，日本军官兵正在狂风暴雨中乱成一团，心里不由得发出一阵欣喜的笑声。

“你带一队左边包抄，我带一队右边包抄。”胜天看到刚刚乌天黑地，现在下了一阵雨，天稍稍有了一点光亮。但时辰不多，预计不需多久，天就要暗下来了。“冲出去，杀他个片甲不留。如果天黑，大家先伸手摸胳膊。光膀子，是我们的人。有衣服的，便杀。杀他个干干净净。”

“好！将胜天哥的话传下去。”阿彪交代身边的小头目，头也不回冲了出去。

“冲呀！”

“杀呀！”

胜天、阿彪各率一路人马，形成左右包抄的阵势，那些还在狂风暴雨中无计可施的日本军官兵，看见两百乡勇团团丁像野狼一样扑上来，才想赶快回帐篷里取枪，却看见那帐篷早已无影无踪，武田和佐佐木想赶快集结队伍应战，却见那乡勇团团丁已挥起大刀杀过来。

“八嘎……”武田这会儿真疯了。他从刀鞘里抽出军刀想拼个鱼死网破。早见乡勇团团丁一个个手起刀落，冲入日军官兵的人群中，像切西瓜一样，一些日军来不及反应，早已成为刀下之鬼。

那日本军官兵的脑袋不时从颈上掉下。

那汩汩而出的血污很快便与山洪、泥浆交织在一起。

污黑、污黑，顺着山洪和雨水而下。

杀声震天，污水横流。

乡勇团越战越勇，山冈上流下的污血浊水越来越急。

天，开始暗下来了。

刚才在眼前清晰的人影慢慢变得模糊起来了。

“阿彪，摸胳膊。”胜天看到那武田和佐佐木由一帮日本兵簇拥着，开始向山头的一端且战且退，想溜。而明晃晃的刀却失去了光泽，为怕误伤了自己人，胜天叮嘱阿彪。

“知道。”说话间，阿彪正砍掉一个日本兵，他一边擦了溅在脸上的污血，一边应答。

乡勇团团丁们听到团总发布了命令，开始改变战术，在黑暗中不再贸然挥刀，先伸左手一摸，如对方胳膊上有衣服，便认定是日本人，那右手的刀便“刷”的一声砍下去；而摸到对方是光膀子，便认定是自己人，松手去追杀另外一个猎物。

这场战斗，历时一个多时辰，在兵力几乎一比一的情况下，日本军官兵除保护武田佐佐木逃离的三十余人外，其余人全部成了乡勇团的刀下鬼。

“胜天哥！天黑了。怎么收缴枪支弹药？”山冈上平静下来了。经过一场生死搏杀的乡勇团团丁们也席地坐在泥泞的山冈上喘着粗气。天黑了，日本军逃离了，尽管遍地都是敌人留下的枪支弹药，却无法辨认清楚去搜集。

“布置岗哨，防止敌人反扑。”胜天告诉阿彪，“等明天再说。不！马上派人回去找火，连夜收拾，预计这日本鬼子会带援反扑。”

“好！”阿彪杀性正浓，却不知日本鬼子那么不经打。余兴未了，也只好按照胜天的命令，先派出哨兵。他正要安排团丁。突然，有一个声音从黑夜中传出：“你们看，永丰城来人了。”

“哪里?”阿彪问了一声。

“喏，那边一片火光。”

“那会是谁呢?”胜天正在琢磨，在这狂风暴雨的夜晚，怎么会有那么长的火龙朝这走呢？他在黑暗中用力睁着一双眼睛看着。

不一会儿，那一条火龙，一条巨大的火龙已经由远及近，慢慢的，清晰地映入人们的眼帘。

阿光、阿发、李先生带着永丰城的乡亲们赶来了。

那冲天的火光，那无数把噼里啪啦的松明火发出的响声传了过来。并且映红了小山冈半个天空。

阿光走在最前面，他看见已略显疲惫的乡勇团弟兄，高兴地说：“兄弟们，永丰城的乡亲来慰问你们啦!”

“兄弟们，快！快过来喝姜糖茶！”海英、山花和海兰几个女人带着他们的同伴各挑着一担还冒着热气的姜糖茶出现在大家的面前，抢起勺子装好姜糖茶给一个个光着膀子，浑身泥泞的兄弟们递茶。

原来，乡勇团出发后，心细如针的阿光料定这场战斗非常艰辛，在狂风暴雨中急行军两个钟头，又接着一场厮杀。战斗之后还要经得山风的侵蚀。弄得不好极容易伤风得病。于是便组织海英她们煮了几大锅的姜糖茶赶来了。

“阿光哥!”看到阿光亲自带人来慰问，胜天非常感激。

“胜天兄弟辛苦了。”阿光一阵欣喜，转过身对正在递姜糖茶的海兰叫了一声，“海兰，过来。你老公是英雄，你先敬老公一碗茶。”

“阿光哥！你拿我开心。”海兰听见阿光的叫声，看看与阿光并排站在一起，满头满脸不知是泥还是血的老公，充满着自豪感，却又表现出闽南妇女那种贤惠与羞涩。

“快呀!”阿光追问了一声。

“来了。”海兰经不住阿光的催促，似乎像一个羞羞答答的少女，装满一碗茶递给自己的老公，然后低声地说：“让我担心死了。”

“会吗?”胜天充满着自豪，心疼地看了一下自己的妻子，“我这没事了，你去慰问其他兄弟吧。”

“嗯。”海兰扭了一下身子，又消失在火光中。

“胜天，辛苦了。想不到我们的兄弟如此神勇，就那么片刻工夫解决了日本鬼子。”阿光将自己的双手分别搭在胜天和阿彪肩上，哈哈一乐说。

“阿光哥，你看。”胜天非常兴奋，“除了几个逃走的军官和士兵外，大部分的日本官兵都没有脑袋了。”他指着火光下那横七竖八倒在地上的日本军官兵，一个个都缺着脑袋，静静地躺在那血与污泥混合的山冈上。

“永丰城的乡亲感谢你们，感谢我们的乡勇团。”阿光把声音提得很高，然后转过身告诉胜天，“组织兄弟们点着火把把那枪支弹药搜集起来，立即返城。”

“好。”阿彪应声便走向团丁兄弟之间。

“老板，下一步要注意那日本鬼子反扑和报复。”李文福一直没有吭声。这是因为这仗打得真是大快人心，他的心中那口恶气终于吐出来了。另外，他从这一段时间的接触当中，深深地感觉到，阿光作为永丰城的头家，除了有着强烈的民族自尊心和爱国精神外，还有着非凡的才能。尽管他以前没有指挥军队和打过仗。但能恰到好处地捕捉战机，做到出奇制胜。这足以让自己佩服得五体投地。

“好！我……”胜天听了阿光和李文福的话觉得十分在理，应了一声。正当这时，那阿彪满脸沮丧地回来报告：“胜天哥……”

“出了什么事？阿彪。”看到阿彪那满脸的悲伤，胜天暗暗吃了一惊。

“这次战斗，七个兄弟捐躯了。”阿彪痛苦地说。

“伤的呢？”胜天这才感到打仗不管胜负，总会有伤亡，刚才只顾得高兴，这件事忘了了解，内心一阵负疚。

“十几个。”阿彪想到自己几个钟头前还活蹦乱跳的兄弟，现在却在一场搏杀中去了，心情特别沉重。

“他们在哪里？”阿光的头沉重地低了下来，看着阿彪问道。

“老板，在那边。”阿彪自从当了团总，自己的部下还未伤亡过，而此时片刻之间伤了那么多，泪水已止不住地从这个七尺汉子的脸上扑簌而下。

“阿发、胜天、李先生，我们去看看他们吧。”阿光觉得自己的眼眶发酸，从阿龙开始每当一个兄弟从自己身边离开，总会让他痛苦许久，那兄弟的音容笑貌总会不时地在他的脑海浮现。讲实话，从步入人生开始，他从不怕困难，从来都充满着自信。可是，他却最怕兄弟从自己身边离开。

七个兄弟一排摆开，他们浑身是血，浑身是泥，光着膀子静静地躺在山冈上，一个个睁着眼睛，怒目而视。不难看出，在他们生命尚存的那一刻，为了永丰城乡亲的安危，为了民族的领土完整，为了脚下的这块土地，他们同仇敌忾以命相搏，直至最后倒下去。但是，他们离开的时候，还不放心，那一双双虽然没有生命气息的双眼还在怒视着敌人……

“兄弟们，安息！你们走好，在那个世界好好安息吧。”阿光自言自语地说着。与人家向死者行了三个鞠躬礼。然后，俯下身子亲自用手一一帮他们抚平双眼。

瞬间，这位七尺汉子，这位年过三十的汉子，泪水哗哗地流了出来。他用手背反复擦拭着，口中反反复复念叨着那已亡兄弟的名字。

许久，许久，这山岗上静悄悄的。

人群中传来了哭泣声，这哭声，越哭越大，越哭越悲伤。

“兄弟们，别哭了。不要再悲伤了。”阿光抬起头交代阿发他们，“走！将他们抬回去厚葬。记住，这些已经亡去的兄弟就是我们永远的兄弟；他们的父母亲人永远是我们的父母亲人。从此之后，我来赡养他们，不！是永丰城的人共同赡养他们，让他们永远过着幸福快乐的生活。”

阿光的声音有些沙哑，但字音十分清楚，意志十分坚定。

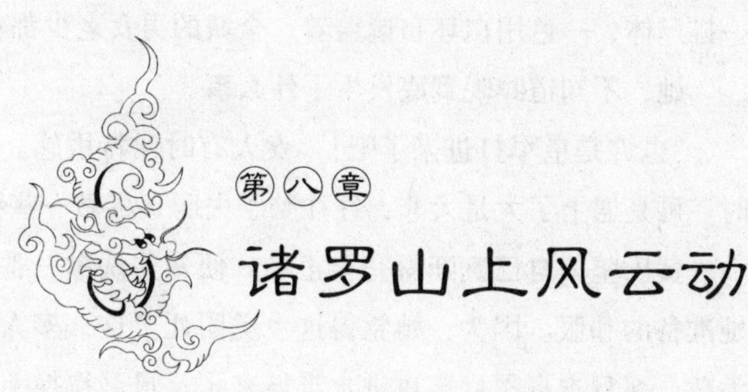

第八章 诸罗山上风云动

天亮了！

暴风雨过后的永丰城特别清静。那前一段没完没了的蝉鸣兴许是天气一凉，便戛然而止。

清凉，幽静仿佛一夜之间又回到大地，回到永丰城。

当阿六睁开眼睛的时候，他这才蓦然看到乡勇团扛着一队死伤的兄弟，满身泥泞地从城外回来，他有些不解，有些茫然，昨晚一场十多年未见的狂风暴雨，街道这些乡勇团还跟日本皇军干上了一仗？他满身狐疑地随着人群，战战兢兢地往城中心走去。

他要去看个清楚，看个明白，兴许还能给武田先生搞个情报。

与阿六同样焦急的还有黄氏。

这个习惯淫乐的女人，只有咬牙切齿地过了半个月没有男人的生活。自从那次阿六送货上门之后，每当需要时便着那日本保镖利用夜色以商量工作为名，将阿六叫到自己的房间进行苟媾。昨天晚上，两个男女闲来无事，少不了又是翻云覆雨，一直快天亮了，那阿六才离去。而黄氏被折腾的精疲力竭，睡了一觉。等到眼睛睁开从窗户往外看时，却见城中央摆着一排尸体，一色用白坯布遮盖着，全城的男女老少都在烧香叩头。

她，不知道昨晚到底发生了什么事。

“也许是皇军打进来了吧！”女人有时候特敏感。那是在遇到小事小非时。可是遇上了大是大非，往往脑子失聪，尽做一些错误的判断。

黄氏坚信自己判断得完全正确，便匆匆洗漱一番，换上了武田他们为她准备的和服。因为，她觉得这乡勇团死了这么多人，一定是大败。既然大败，那日本皇军肯定攻进永丰城来了。自己得换上日本和服上街去迎接皇军，迎接武田和佐佐木他们。

主意一定，这个女人不觉心花怒放，一副日本女人装束打扮，扭着那大屁股大摇大摆在街上显摆起来。她感到自己终于熬到头了，来永丰城半个多月，几乎每天都窝在家里，不敢出门。现在，日本皇军打进来了，终于可以出头露面，出去吸一口新鲜空气，招摇过市了。

“我黄氏是谁?”黄氏心里在默默地想，偷偷地乐，她不由得身子轻飘飘的，下意识地挺起那并不挺拔的胸脯，翘起屁股，这样可以多少让自己在走动中不断地颤动，有点动感，以吸引行人的眼球。然而，让黄氏很泄气的是，当她从楼上下来，正要招呼那保镖出门时，却被他们制止了。

“我要看看，那乡勇团死了多少人？我们皇军这下可打了大胜仗了。”黄氏趾高气扬，用手拨了门前挡住去路的日本后生仔。

“不！黄老板，你错了。不是皇军打胜仗。”那保镖用生硬的中国话告诉黄氏。

“难道是皇军打败仗不成?”黄氏看见保镖竟然挡路，一脸不高兴。

“嗨!”

“为什么?”黄氏一脸愠怒，“你看，那躺在那地上的乡勇团尸体?”黄氏指着市中心的尸体和烧香的人群，觉得自己很有把握，振振有词地责问。

“黄老板，乡勇团昨晚借着暴风雨，突然袭击皇军，我大日本皇军除武田君和佐佐木君少数人逃离外，大部分都已经殉国。”

“谁说的?”黄氏简直不敢相信自己的耳朵。

“探子回报的，而且刚刚阿六还特地来报告。”保镖回答得非常认真。

而且，那脸上充满着悲哀。

“啊……”黄氏感到天旋地转，四肢发软。她是一个放荡惯了的女人，现在被当成金丝雀一样养了起来。要玩没得玩，要吃没得吃，要男人除了那粗鲁得让人恶心的阿六外，也没别的男人。这一段的生活，简直要让她发疯了。

她本以为出头之日到了。可是保镖一席话却让她颓然瘫倒在地上，犹如一个泄了气的皮球。

永丰城的中心却是另外一番景象。

七个为国捐躯的勇士的尸体一字排开，棺材上盖着白坯布。周边是两拨道士为逝者做道场。全城的乡亲听说乡勇团为了保护永丰新城，冒着暴风雨跟日本军搏杀，把日本军杀的丢盔弃甲，对他们都无比敬仰。

为了表示对逝者的哀悼，全城男女老少都走出家门，不管有什么亲戚关系，也不管有什么血缘相连，大家都披麻戴孝，三步一叩，向勇士们献香叩头。

设定时间一到，阿光带着永丰城的主要头家阿发、林胜天及阿彪、李先生披麻戴孝，给逝者上香。

连永福、魏永富和屠户这些老人也噙着泪水来了。

山上的阿力凡老人也带着乡亲起来了。

全城的男女老少都出动了。

永丰城中心尽管哭声一片。但那更多的是悲壮，是生者对逝者的崇拜和敬仰之情。

这道场足足做了三天三夜。

考虑到天气炎热，为不使逝者的身体腐烂变质，阿光下令个个选配上等柏木棺材，葬在那小山冈上，让他们的英灵永远守护着永丰新城这片土地。

那小山冈便是阿光开发永丰城第一个晚上宿营的山头。站在那里，永丰新城尽收眼底，将勇士们安葬在那里，可以让他们永远安息。

阿光在上香时并没有讲一句话。

因为，他觉得对逝者最好的纪念莫过于守护好这片土地，不让勇士们的血白流，让他们瞑目。

一连几天，永丰城都沉浸在对逝者的怀念和对日本军的仇恨当中。阿福五个兄弟看到这一切义愤填膺，找到阿光要求参加乡勇团，为逝去的兄弟报仇，为守护永丰新城尽力。

“阿光哥，我们这一仗已经让武田这帮日本人对阿六完全失去了信任，让我们参加乡勇团吧。”阿福带着四个兄弟向阿光要求说。

“那跟踪阿六的事……”阿光想了想，阿福的话不无道理。前一段，由于大家精心策划，制造了很多假情报，让阿六和黄氏不断地送给武田，让他造成判断失误，搞得日本军半个多月的日日夜夜神经高度紧张，却不见乡勇团的踪影。结果当他们神经刚松弛下来，已是疲惫不堪，乡勇团却出其不意利用暴风雨作掩护，杀得日本军横尸遍野。

可以料定，从此日本军不可能再相信阿六和黄氏了。既然如此，阿福跟踪阿六的任务也已完成。

“胜天，你看？”听了阿福的话，看到阿福五兄弟摩拳擦掌，阿光征求一下林胜天的意见。因为，乡勇团工作由他总负责。

“我看阿福可以撤回来了，留在那也发挥不了作用。如果在这种情况下，吸引新鲜血液到乡勇团，对乡勇团的兄弟也是一种激励。”林胜天点头称是。

阿发、李先生和阿彪也一致赞同。

“我们是不是先灭了那阿六，不杀死这汉奸，兄弟们会死不瞑目的。”阿福听说阿光同意他五兄弟参加乡勇团，立马提出建议。

“不！结果阿六那是分分秒秒都可以做的事，但永丰城还有第二、第三个，甚至更多的阿六啊。”阿光轻声地说。

“阿光哥的意思？”阿福听完阿光的话，百思不得其解。

“阿光哥的话没错。阿福，在永丰城不止一个阿六，还有你原来的妻子黄氏以及日本的伪装特务。”林胜天觉得此时应将黄氏在永丰城的情况告诉阿福，让他有一个足够的认识，了解当前永丰城面临的复杂形势。

“你说什么？黄氏在永丰城？”阿福大吃一惊地问。

“嗯！”胜天点了点头，‘美香の茗’茶馆的老板便是黄氏，她每天都由日本便衣保护着，她跟阿六一样在收集情报。”

“这贱女人，丢人呀！”阿福大声叫着，觉得这个昔日与自己同床共枕的女人怎么会堕落到这种地步，怎么会变成日本人的鹰犬呢？他的心在滴血。片刻，愤怒地一跃而起，“我去杀了她，这个辱没祖宗的贱货！”

“不！不能杀！”看到阿福怒发冲冠，李文福非常理解阿福这位热血汉子此时的心情，“阿光哥说得对，结果他们只是分分秒秒的事。可是，不能杀，至少现在不能杀。而且，还要保护他们。让他们不断地向日本军送假情报，最后让日军去杀他们。”

“为什么？”阿福还没完全理解李先生的意思。

“要杀，早被我们杀了。留着他们对我们有用。这次大胜日本军有他们的一份功劳。”阿光突然开心地笑了起来。

“这样……”看到阿光笑声如此爽朗，阿福兄弟似乎已经了解了阿光的用意。

“阿光哥！刘永福将军派人来了。”屋子里谈得热闹异常，管家阿昌进门报告了一声。

“谁？”阿光问了一句。

“刘永福将军派人来了。”阿昌很认真地重述了一遍。

“刘永福将军？”

“对！刘永福将军听到我们大败日本的喜讯，非常高兴，特地派人前来联络。”阿昌说。

“好！我们去迎接他们。”阿光一阵欣喜，手一招，带着众兄弟到门外迎接。

原来，永丰城外一战让企图迅速占领永丰城的日本军几乎遭到灭顶之灾。这一战也是日本军从基隆城登陆后，损失最惨重的一次战役。桦山资纪看到从那溃退下来三十几个残兵败将之后，勃然大怒，差一点刀劈了自己一直以为最为能干的手下大将武田和佐佐木。

后来，幸得身边几个军官力保才使这两个倒霉鬼捡了性命。

桦山资纪感到这是奇耻大辱。这是因为与自己正规军作战的不是清军的正规军，而是看家护院的乡勇团。更重要的是，这场战役是在乡勇团十几个人死伤换取日军一百多人死亡的战果中结束的。这，足足让桦山资纪食不甘味，坐如针毡。

“桦山资纪正从台南一带镇压义军的日军中抽调精兵强将对永丰城进行报复。”来人是一个五十多岁的中年人，黑高个，却取了一个与他名字不相吻合的名字叫陈文。坐定之后，他告诉了阿光这个信息。因为，永丰城这一战，对日军迅速占据台湾的计划打击太大，影响太大，侵略者为挽回影响正从已经南下的部队中选取精锐力量，重新北上，企图对永丰城乡勇团实施报复。“所以，刘永福将军派我们前来联络，请你们务必作好准备，千方百计保存自己的实力。”

“这样啊！”阿光听了以后，深深地吸了一口气，日军的报复这是他预料当中的事。但是，他们为了应付一支不足二百人的永丰城乡勇团，而要大动干戈却是意料之外。

“以台南为总部的刘永福将军，在台南士绅的支持下，希望大将军出面主持武力保卫台湾的大事，领导武力保卫台湾的斗争。”陈文风尘仆仆，一边说一边用手擦去脸颊上混着污泥的汗水，从上衣贴身的地方取出盖有刘永福将军印信的函和他发布的《与台民盟约》、《钧台民布告》，接着说，“刘永福大将军号召我们‘誓与土地共存亡’，并表示‘年将六十，万死不辞’的反抗日本武力占领台湾的决心。现在，他已邀请台南所有的抗敌将领和台湾民国的官员会商抗日大事。在刘永福大将军的号召下，台南已有十四个不同派系的义军统一到抗日保台的旗帜下。”

“佩服，佩服，我大清国有这样的血性男儿，江山可保，民族有望，民族有望。”听了陈文那充满激情的话，阿光异常兴奋，不停地加以赞扬。略停一下，他感到有几个问题必须请教陈文，便说，“陈大哥，这桦山资纪要调集精兵强将反扑，要进攻永丰城，可是我们这乡勇团充其量也就两百人，尽管这次战斗又缴了一百多支枪，可是兵力不足。怎么办？”阿光毕竟不是行伍出身，面对来势凶猛的日军，多少有些担心。

“这倒不要紧。应我们台北义军之请，刘永福将军已经从义军中抽出精兵两营，交由吴彭年率领北上支援，这两个营的精锐兵力到时将会驰援诸罗山一部分力量。”陈文口若悬河，那语气抑扬顿挫，十分富有鼓动性，听了以后让人信心十足。

“陈大哥这一席话，让我们增强了信心，加上我们的乡勇团力量和诸罗山的有利地形，日军再强，我们也一定要严防死守，尽大清子孙守土之责。”阿光说。

“当然，你们这一仗确实也为整个台湾各地义军抵抗日军的战场解了围，帮了刘永福大将军的忙啊！”陈文说后，非常感激地看了阿光一眼，“刘永福将军非常担心永丰城乡勇团面临的压力，更担心一旦战斗打起来，永丰城的生灵遭受涂炭。临行前反复交代，战斗打响，有能力时拒敌在城外；如敌我力量悬殊，则设想诱敌至诸罗山。”

“诸罗山？”林胜天重述了陈文的话。

“对！利用诸罗山的天然屏障，我们坐拥地形熟悉的优势，在那里举起义旗，在乡勇团的基本力量上，加上山上的乡亲及周围十里八乡的抗日力量，形成强大的战斗力。”陈文一口气将刘永福将军的意见表述完毕后，端起身边的大碗开水，“咕咚、咕咚”喝了个精光。

“这将是一场持久的生死搏啊。”李文福已从陈文的话中看到了眼下面临的严重性。尽管前一段与阿力凡阿叔商量过这件事。而且，阿发前一段还将粮食搬了一批到山上做应急准备。可是，那是按常规计划，日军两百多人进犯永丰城预设的。假如按照陈文所说，日本这次报复的军队人数肯定超过两百人；如果十里八乡的义军都在这里结集，那人数太多，粮食、枪支弹药等后勤保障将是一个大事。

“是的，以后若干年永丰城压力都会很大。”陈文口气十分肯定。

“既然如此，陈文先生我们何不将今天的会搬到山上去召开呢？在那里一是可以察看地形，二是可与阿力凡阿叔一起研究。”阿光觉得打仗这事，自己很外行，尽管到永丰城十余年了，也去过山上无数次，可那都是去联络山上的乡亲。现在，如真要将山上做战场，不熟悉地形是万万不行的。

“我正有此意。而且刘永福将军为了兼及这里的义军，已命令我留下来与大家一起战斗。”说完从怀里掏出了盖有刘永福印信的介绍信。

“那正好，我们这里还没有一个指挥打过仗的人，陈先生来了可是帮上大忙了。”阿光一脸兴奋。

“阿光兄弟！错了。我来是来当军师的。指挥乡勇团这支力量还是要靠你们。更重要的是你们前一段不是打了一场震惊台湾，震慑日本人的大胜仗吗?”陈文说完爽朗地哈哈大笑起来，笑得十分开心。

“那是偶然的，而且是在阿光哥的指挥下，我们这一帮人共同的杰作。”林胜天被陈文这么一说，内心充满着信心。尽管面临的压力如此巨大。

“这不就对了吗？要打败日本人，靠一个人不行，靠一个地方不行，要靠大家，靠全台湾义军的力量。”陈文看了看阿光，“我同意你的意见，将会搬到山上去开，而且不光是我们，我想把永丰城周边的几支义军力量一起组织起来上山去，把义军的旗帜插在诸罗山上。你看如何?”

“这也是我们以前所想到的，真是英雄所见略同呀。”李文福接过话题。

“陈先生，你放心。永丰城一定做好后勤保障，同时将乡勇团这支武装交给你了。”阿光心情似乎很激动，站起身叫了一声管家。

“老板，叫我。”阿昌应道。

“对，你派几个人，到周围几支义军的村落，请他们明日上诸罗山寨，共商举义旗，打日本之事。”

“好。”阿昌应了一声，“我马上去办。”

一场大雨过后，永丰城的酷热稍微得到了缓解。但阿福却久久不能入睡，尽管几天前阿光已经同意将他们五兄弟编入乡勇团。可是，那天说到那“美香の茗”茶馆的老板竟然是自己原来的妻子，而且此时已投靠日本人，成了日本人的走狗，让这个从来没有感觉过失眠是什么味道的七尺汉子几个晚上彻夜未眠。“干妮姥！这贱女人!”阿福不断地翻身，心里却在不停地咒骂。

尽管十年前就被自己休了，但毕竟是自己以前同床共枕的妻子呀！毕竟是自己渡东时一并带她过来的呀！一个乡间女子，放着好好的人不去做，放着好好的日子不去过，却一天到晚想吃那闲饭，过那不齿的日子；而且，水性杨花再不齿，跟中国人也还说得过去，而偏偏让自己的身子给日本人糟蹋，帮日本人残害自己的同胞。简直是让人无地自容。

阿福躺在床上不停地翻着身子。

床上铺着早夏季刚收割下来的干稻草做的铺子，躺在上面，总有一股浓烈的稻草清香，翻一个身总会有一阵窸窸窣窣的声响，越翻身越是心烦意乱。

“杀了她，一定要立马杀了她！”阿福不由自主地说出了自己的想法。

“大哥！你要杀谁?”与阿福挨着睡的是老二，他这几天看到大哥那坐卧不安的神态，知道阿福正为黄氏那没脸没皮的事，搜肠刮肚想办法。更知道，这阿福尽管没文化，但却是一个富有正义感，又是侠肝义胆的兄弟。他最容不得自己身边的人做那些昧良心的事。自从黄氏与黄福寿勾搭成奸后，他怒火万丈想先废了黄福寿后再一刀砍了黄氏，只是五兄弟苦苦为黄氏求情，才免其一死，一纸休了她。

从此，阿福沉默寡言，每天大量地抽烟，一有机会便喝酒。这黄氏是他隔壁村的女人，与他青梅竹马。成婚后看着大家渡东好赚钱，便携着新婚妻子来台湾了。离开泉州府前，双方父母都反复叮嘱他要照顾好黄氏。可是，黄氏犯了那让男人不可饶恕的罪过。留了，恶心；休了，担心。因为，台湾这社会，让一个女子在外只身闯荡确实让人不放心。只是，时间慢慢地推移，这种思念和担心随着逝去的日子渐渐谈忘了。

十年了！尽管阿福偶尔还会想起黄氏，可那只是瞬间，只在一刹那间在脑海中一掠而过。因为，按照阿福善良的愿望，也许黄氏能够从往事当中悔悟，已经改邪归正，重新组建家庭；也许黄氏在某一个角落租一块地勤耕勤俭过着踏实的日子；或许能做一些小生意维持生计。可是，前几天林胜天告诉自己，现在的黄氏已成为日本军官的情人，成了日本侵略者的走狗，正在永丰城搜集情报，出卖灵魂……

这，是阿福做梦都不敢想的事情。

然而，这件事却实实在在地发生了。

这个黄氏就在永丰城，就在离自己这不足一炷香工夫就能到的地方。

“该杀！”阿福并没有回答老二阿鸿的话，又翻了几个身才将自己的想法，伏在阿鸿的耳边轻声地说了出来。

“不是有日本保镖吗?”阿鸿有些吃惊。

“不就两个吗，四个又如何？我们五兄弟呀。”阿福话说得很自信。

“要不要报告团总?”阿鸿觉得自己五兄弟刚入乡勇团，稳妥一些应报告团总阿彪或林胜天才行。

“你怎么会这样贪生怕死呢?越来越不像兄弟啦?”阿福有些生气地说。

“我们听大哥的吧!”隔壁床的老三也附和地从床上爬起来。

“对!这死查姆不杀也太可恨了。”老四、老五一致赞同。

“大哥!你说什么时候杀?”老五年纪最小，做什么事情都是急性子。

“要杀便早点下手，省得多留她一天，让她多做一些罪孽。”阿福口气十分坚定。

“那出发。”阿鸿手一挥，自己已从床上跳到房间中间。

“等一下，杀她还得弄出一点声响出来。”老三神秘地建议。

“什么意思?”老四感到不解，问了一声。

“杀死黄氏和保镖后最好能留下一个标记，好汉做事敢做敢当。”老三说得很认真，“准备一块木板，上面写上‘诸罗山义军’字样，完事后放在那死尸身边，也可吓一吓阿六这拨汉奸。”

“好!好!好!”老三的话音刚落，众兄弟一致叫好。

“嘘!”阿福看到这拨十多年来肝胆相照的兄弟如此侠义，如此同心，欣慰不已，但此时夜深人静，他生怕惊动别的兄弟，制止了大家的激动。

一切准备妥当，五兄弟换上夜行衣，便从乡勇团宿舍鱼贯而出，片刻便消失在街道上。

此时，正是黎明前的时光，整个永丰城静悄悄的，五个兄弟装着乡勇团巡逻，装着若无其事的样子，径直朝“美香の茗”茶馆走去。

刚走近店门口，那两个日本保镖早已警惕地用手一挡，拦住了去路。

“干什么的?”日本保镖用生硬的中国话，凶神恶煞般地问道。

“要你狗命的!”阿福和阿鸿不由分说，一跃而上，一人一个一把抱住那保镖，只用手用力一扭，只听“咔嚓、咔嚓”两声，两个保镖的脖子便被扭断，像两袋麻包一样软软地倒在门前，再也没了气息。

“冲上去，杀那死查姆。”阿福顾不得许多，正飞起一脚，用力将那店门踹开，“咣”的一声，大门打开，阿福直冲楼上，扑向黄氏的房间。

正在熟睡的黄氏此时正在做着美梦，忽听见楼下动静很大，已经哆哆嗦嗦地起身点灯，准备穿好衣服到楼下看个究竟。突然，房门被踹开了，睡眼蒙眬中看见一个男人提刀冲了进来，心里直叫“完了，完了”。因为，前几天当她了解到日本被乡勇团打得丢盔弃甲之后，便预计自己的日子不再太长，纵使离开永丰城，武田也一定会将过失归咎于自己和阿六头上，那是杀头的罪过。不回去，永丰城的人也不会放过自己。

回去是死，留下来也是死。

既然是死，倒不如好好快活几天。几天来，她每吃一餐饭都好像吃着最后的晚餐一样，想尽千方百计将身上的银子打发出去。每晚还叫阿六来享受人生之乐。今晚，她一次又一次地使尽她的独有手法和万种风情，诱导阿六与她寻欢作乐，直搞到前一个钟头，才把精疲力竭的阿六放出门外。

那一瘸一拐的阿六刚回去入睡。黄氏似乎有了一丝满足，她正在做一个美梦，梦见那阿六又雄赳赳地返回来，准备梅开二度。可是，当她睁开眼睛时，却见自己原来的丈夫阿福手提明晃晃的大刀，站在床前。

“阿福，你别吓我。这三更半夜的，毕竟一夜夫妻百夜恩。何苦呢?”黄氏吃了一惊，她仍然故作镇定地挤出一副可怜的笑对阿福说。

“死查姆，你恶贯满盈，死期到了。”阿福怒目相对，不再与她多说，手起刀落，一摊污血立即溅在那房间的四周，那脑瓜咕噜噜地从床上滚到地下。

“撤!”砍掉黄氏的脑壳阿福终于轻松地吐了一口气，他将那明晃晃的大刀在黄氏的被子上擦干了污血，才从容不迫地将随身带来写好“诸罗山义军”字样的木板扔在那死查姆的尸体上。

走下楼，早见屋里还有两个日本保镖也被兄弟们收拾得干干净净，阿福似乎完成了一项人生重大的历史使命。手一挥，与兄弟们一道吹着悠扬的口哨离开了“美香の茗”茶馆。

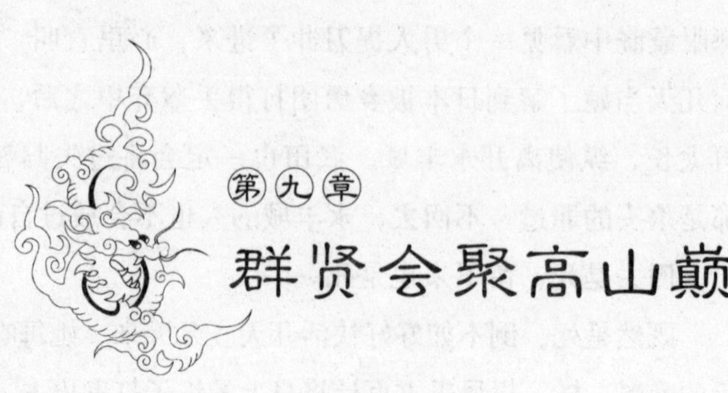

第九章 群贤会聚高山巅

桦山资纪带领他的部队占据基隆港后，便乘胜一路南下。这个诡计多端的侵略者，日本天皇已任命他为台湾的首位总督。基隆城的得手更让他得意忘形。由于永丰城背靠诸罗山，坐拥地理优势，这个狡诈而又精明的侵略者派出自己的两个学生。对，这是他此生最得意的门生，带着一拨精锐部队去开拓那块土地。因为，尽管那里地利被永丰城乡勇团占据，可是乡勇团平时看家护院，没有打过仗，甚至连小仗也没见过。

在他的想象中派武田和佐佐木这两个军官去对付一个不足两百人的乡勇团，已经是牛刀杀蚊子——小题大做了。

将武田和佐佐木派出去之后，桦山资纪便带着其余部队一路南下，这一段清朝军队不战而逃。几天前，在台北闹得沸沸扬扬被台湾士绅推举为“台湾民主国”的总统唐景崧，又是更改官制，又是制定国旗，又是授印信发布文告，搞得整个台湾热气腾腾，这足以让这个日本侵台统帅七个头八个大。

桦山资纪在司令部办公室来回踱着步，走近窗前看到台湾这片肥沃的土地正是夏收季节，远远看去，田地上那一片又一片的水稻穗浪滚滚，还有那一眼望不到边，犹如山上木竹一样的作物随风摇曳，他知道那是一片甘蔗林。这台湾，土地肥沃，物产丰富，那延绵数百里从北到南横隔东西的中央山脉有着无穷无尽，取之不竭的樟脑；那阿里山还有木质上乘的桧木；那田野上盛产着稻米和优质的蔗糖。他从心里无限感激天皇陛下的英明，如果占据了这个宝岛，将为日本国本土源源不断地提供丰富的物产，将为大日本帝国称霸世界奠定基础。他从内心深处感激天皇陛下恩赐自己成为台湾的总督，给予自己主宰这片沃土的权力。

“天皇万岁！”桦山资纪不觉得踌躇满志，他觉得自己已经踏上这铺满黄金的土地，他的身边是充满诱惑的宝藏，那是几辈子，几代人也享用不完的金银财宝呀！想着，想着，桦山资纪一时心潮澎湃，热血沸腾，从太阳旗下刀架上取下他心爱的宝剑握在手中，娴熟地飞舞起来，边舞还哼着日本家乡的歌谣。

剑舞完了。

歌也一曲终了。

桦山资纪端坐在太师椅上，这是中国有钱人家客厅里必备的家具，端坐在这样富有中国情调又古香古色的太师椅上，反复思考着他的作战计划，总觉得这大脑皮层特别的兴奋，特别富于想象力，桦山资纪心旷神怡，自己不但是要占据这块土地，更是台湾的总督，是今后主宰这块土地的主人。他希望这块土地的人能俯首帖耳任由自己摆布。甚至皇军每到一个地方，当地士绅都能举着彩旗，举着日本国旗夹道欢迎。让自己的部队从北到南，长驱直入，一路顺风顺水。然而，基隆一战开始改变了他的想法，这块土地的人要征服不容易，尽管清廷军队不堪一击，可是那些平民百姓却有着特别强烈的自尊心，回想到基隆码头那些光膀子的码头工人和居民，面对日军明晃晃的刺刀时，竟然把肚子当城墙，前仆后继的情景，又让他摇了摇头，感到下一步自己向南推进的计划充满着变数。

屈指一算，武田和佐佐木出发也半个月了，除了经常接到他们永丰城乡勇团将来袭，然而第二天又接到不见乡勇团踪影的电报外，并没有别的消息。这个老谋深算的日本军人一辈子打了不少仗，占了不少地方，却一直感到永丰城这支乡勇团是一个谜，是一个让自己解不开的谜。

“难道将自己最得力的左右手派出去还对付不了一个小小的乡勇团？”桦山资纪默默地反问自己，“不可能，绝对不可能。”片刻他又很绝对地否定了自己的想法。

永丰城这样神奇难测，桦山资纪感到自己的面前要把握主动，驾驭局势实在不容易。

唐景崧搞的台湾民主国闹腾了一会儿，可是没几天，这个总统便带着一千多清军连夜西去，放弃台湾回大陆去了。让人感到难办的就是那个刘永福的黑旗军，曾经在抗击法国人的战斗中屡战屡胜，在台湾民间有巨大影响力的大将军正四处招募兵力，其势不可阻挡，确实让自己有些头大。

“八嘎！”桦山资纪在反复思考着，他的心开始有些焦躁起来，咬了咬牙，“集中力量一举歼灭刘永福黑旗军。”桦山资纪下了决心。因为，这是目前日军占领台湾唯一可以抵挡一阵的台湾武装，解决他们，占据台湾便功告名成了。

想到这里桦山资纪脸上露出了得意的微笑，浑身上下也备感轻松。

“报告。”正当桦山资纪在浮想联翩，充满喜悦时，卫士报告。

“什么事？”心情好，桦山资纪少了往日的那种威严。

“武田君、佐佐木君求见！”

“武田、佐佐木？”听到卫士报告，桦山资纪的脸上露出了不祥的神色。以前每天都有电报汇报军情，这几天没有任何消息，却突然出现在司令部求见。这一反常的现象已告诉他战况不妙。

“进来。”桦山资纪脸色阴沉地回答。

“报告！”正当桦山资纪怒气正盛之时，却见武田和佐佐木浑身泥泞和血污地走进办公室，看着他们那一副狼狈相，足足让桦山资纪目瞪口呆，久久说不出话来。

“你们怎么会变得如此狼狈不堪，有辱我大日本皇军的威严！”桦山资纪严厉地呵斥道。

“报告将军，我们遇上暴风雨，正在这时，那永丰城乡勇团趁机偷袭军营……”武田说话间有些哽咽，自他带兵以来，从来没有经受过这么大的挫折，一百六十多条生命被一个民间武装杀死，扪心自问，实在是羞愧难当呀。

“偷袭军营怎么啦?”桦山资纪声音比刚才还大。

“一百六十三个皇军官兵殉国！”武田的声音非常微弱，此时的武田已经如丧家之犬，往日的骄横和威风一扫而光。

“你说什么？再说一遍！”桦山资纪听了以后从太师椅上跳了起来，一个日本军的正规军队，一个两百多人的日本军精锐之师，竟然被一个看家护院不足两百人的乡勇团打败，一百六十三个日本军人殉国。耻辱！耻辱啊！桦山资纪似乎要疯了一样，他压根儿就没想到，这两个自己一直视为军中奇才，一文一武的得意门生做出如此丢人现眼的事情。

“一百六十三个大日本军官兵殉国。”武田鼓足勇气再说了一遍。

“猪，两只猪，两只死猪！”桦山资纪怒不可遏，举起身边的长剑疯了一样冲过去，似乎不将这两个败类杀死不解恨。

“将军，息怒！”正当桦山资纪要怒杀武田和佐佐木时，司令部的所有军官一齐大呼“刀下留情”，其中一个年长的军官“扑通”一声跪在地上，这一跪所有在场的军官都齐刷刷地跪在地上为他们两个求情，“现在刚踏进台湾，战争需要人，刀下留人，让武田君和佐佐木君戴罪立功吧。”

看到眼前的情景，眼珠已经红成一团火的桦山资纪愣住了，他吐出了一口粗气，又看了看跪了一地的军官，稍稍缓了一口气说：“看在大家的面上，死罪可免，但干苦活，干苦活去。”说完手一挥，已由二个卫士将武田和佐佐木押出办公室。

“你……”看到武田二人被押出办公室，桦山资纪用手指了指刚刚第一个下跪求情的年长的军官，“你亲自指挥组织四百个最优秀的士兵，由武田、佐佐木带路，马上出发，重返永丰城，要将乡勇团杀个片甲不留，让永丰城焦土三尺。”

“是！”年长的军官，不再含糊，双脚一并给了桦山资纪一个军礼。

这位年长的军官是桦山资纪的同学，他们早年毕业于京都陆军学校，名叫龟井次郎。刚才看到桦山资纪一脸怒气，他知道这位兄长的性格。可是，他也十分清楚自己的两个既是部下，又是学弟的能耐，知道他们在出征永丰城的过程中一定是遇上了强敌。故咬一咬牙，将武田两个倒霉鬼从桦山资纪的刀口下保住，只是希望他们能再上永丰城，总结正反两方面的经验，以戴罪立功。

“龟井君，要注意我们是要占据台湾，目的是让这里的老百姓归顺我们，为大日本国发展，要坚持刚柔相济，以柔克刚。这是中国人的至理名言。请谨记。”桦山资纪怒气未消。可是，对眼前这位老学弟却十分客气，他换了一副脸孔接着说，“永丰城的占据事关大局，关系到大日本皇军能否在台湾立足和发展，拜托了。”

“将军放心，龟井一定尽责。”龟井次郎再次给桦山资纪行了一个标准的军礼。

从“美香の茗”茶馆黄氏那里淫乐了几乎一晚未合眼的阿六，黎明前他刚离脚，黄氏同四个保镖都被杀死。他躺在城门旁一个简易搭盖的窝棚里，当时正做美梦。

“阿六，阿六……”突然，阿六觉得有人在用力推他，在似梦非梦，似睡非睡的时刻，他仿佛看见黄氏赤身裸体俯身在自己身边，于是，他又是伸手在空中乱舞，又是不断地呼唤“宝贝、宝贝”。

“阿六，黄氏和保镖都被人杀死了。”身边的几个化装成难民的日本军人，如同黄氏身边的保镖一样已在他周边相处了半个多月，他们知道这个浪荡子一样的阿六与黄氏的关系，急切地用手用力推搡着阿六，以唤醒他。

“谁被人杀死了?”这句话非常刺耳，只听话音刚落，阿六一个鲤鱼打挺跳了起来，还不住地擦着那惺忪的眼睛。

“黄氏!”身边的人回答得很肯定。

“什么时候?”阿六不相信，自己从那里出来还不足一炷香工夫。就在此之前那黄氏还把自己折腾得精疲力竭，怎么……他不敢再想下去。

“刚才，刚才五条黑影从那出来，我们便飞身进去一看，黄氏死了，四个兄弟也殉国了。”

“啊……”阿六惊叫一声，他不敢相信，但看到身边的日本保镖回答得那么认真，又不能不信。他不由得打了一个寒战，庆幸自己命不该绝，快了一步。否则，一定逃脱不了和黄氏一样的下场。

阿六和身边的四个保镖不禁形若寒蝉，瑟瑟打抖。因为，他们知道武田君他们已被乡勇团打得丢盔弃甲，此时已消失得无影无踪。而黄氏今天的结局，也许明天就落到他们的头上。

“快！快报告武田太君！”突然，阿六像疯了一样叫了起来。

“阿六君，武田君已经撤退，已经找不到了。”保镖说。

“那！那……”阿六两眼发直，看看四周，脸上出现了一种绝望的表情，“那我们逃命吧。”

“啪！”还未等他把话说完，保镖早已一脚踹了过去，“蠢猪，冷静下来。”

“你……”阿六看着站在自己跟前的保镖，竟然敢打自己，想站起来一搏高下。

“啪！”又是一记响亮的耳光打得他眼冒金星，“蠢猪，找死！你以为你是什么东西。”却见那平时不吭不响的保镖此时也换了一副脸孔，劈头盖脸地朝他拳脚相加，这是阿六想也不敢想的。“蠢猪，正是你的无能，造成了我大日本军的战败和黄氏，黄老板的死亡，你再叫，死啦、死啦的。”那保镖似乎又要飞起一脚，吓得阿六惊慌失措，但那飞起的脚却在半空中停了下来。

保镖余怒未消地重新坐回地上。

顷刻间阿六清楚了自己的分量，那每日左右他的所谓日本保镖并非保护自己的，而是在监督自己一言一行的日本特工。自己的小命时时刻刻都攥在他们手里，随时随地都有被掐死的可能。想着想着，他如同霜打的茄子耷拉下脑袋。

“太君，那下一步怎么办？”阿六头脑清醒之后，一改往日的那种威风，向刚才踹自己的日本人问道。

“你说！”那日本人硬是不给面子，凶神恶煞似的。

“我说？”阿六揣摩不清日本人的意图。

“走！按照你们中国人的话，三十六计，走为上计。”那日本人似乎对阿六不屑一顾。

“什么时候走？”阿六可怜巴巴地问，“太君！”

“今天晚上找武田君去!”

昨天晚上“美香の茗”茶馆的老板和保镖一夜被杀，让永丰城的人惊得合不拢嘴。那老板是十年前勾引黄福寿那个贱女人，而十年后那贱女人又投身日本人，残害自己同胞的消息，更让永丰城的乡亲目瞪口呆。

这消息传得很快，乡勇团副团总阿林也搞得莫名其妙，立即着团丁飞身上山寨将这一情况报告在那商议组建抗日保台义军的阿光他们。更让阿林弄不明白的是，阿光哥他们刚在商议组建统一的抗日义军，怎么昨晚杀死黄氏的人却明码实价地留下“诸罗山义军”的名字呢?

正在山寨开会的各方人马，包括阿力凡阿叔听到这个消息，同样百思不得其解，大家都在猜测哪里又冒出一支义军武装来呢?

“阿光，你的想法?”陈文见阿光一直没有吭声，这个消息来得太突然，他不停地吸着大旱烟斗，吸了一口，便又轻轻地将烟斗在桌子上敲敲，反反复复就是不吱声。他在思索，杀死黄氏的不可能是永丰城外的人，因为了解黄氏在这里，在为日本人服务的人肯定没有。永丰城内了解她的人只有几个人。他细细逐一排查，最后落到了具体人的头上。

“这个人杀死黄氏有什么好处?”陈文再追问了一句。

“这个，不是明摆的吗?”李文福终于开口了，“了解到这黄氏作为中国人为日本人搜集情报，便恨之入骨……”

“对！李先生说得对!”阿光终于开口了。

“那会是谁呢?”林胜天仿佛在问自己，又像是在问阿光。

“有谁知道那老板是黄氏?”阿光没有正面回答，而是给了胜天一个思路。

“噢，我明白了。非阿福和他的几个兄弟莫属。”林胜天终于说出口来。“这阿福是一个一身侠义，是非分明的人，以前他不知道那“美香の茗”茶馆的老板是日本人的眼线，更不知道这个眼线的老板是他原来的妻子。可是前天他知道了，这个眼睛容不住沙子的汉子，只让黄氏多喘了一个晚上的气，便结果了她。”

“是一条汉子呀。”阿发听了以后叹息了一句。

“可是，他这一来，肯定会激起武田更疯狂的报复。这一点，我们必须从思想上，军事上做好应对才是啊。”陈文听了大家的分析感到问题越来越严重，一百六十三个日本兵被一锅烩，这是日军登台以来损兵最多的一次，而一个情报眼线一夜被端，可也是第一次。况且，这黄氏跟武田还有一腿。

“这样吧，我以为目前形势虽十分严峻，但大家也大可不必惊慌。以前阿力凡阿叔曾说过，日本军进来，尽可能避免在永丰城交火。因为那边是平原，是新城，到处都有乡亲。子弹不长眼，容易造成误伤。”李文福接着说，“日本鬼子不管来多少人，永丰城能守则守，不能守则退到山上来，以山寨为大本营，诱敌深入，只要日本人上钩，进入这茫茫大山，便由不得他猖狂和放肆了。”

“李先生所见极是，诸罗山地形复杂，地势险要，更重要的是这山上野生动植物十分丰富且易守难攻，一旦引敌进入大山，我们进退自如。”阿力凡说，“以前，我们的老祖宗在这山上打击荷兰鬼子，驱逐法国人，无不每战必胜。”

“那，趁今天各位豪杰都在场，何不登高望远，察看一下地形，如何?”陈文原来是刘永福大将军手下的一个营的统领，他知道熟知地形，是迎战敌人，灵活机动保存自己实力的前提条件。

“走，看看去。”阿光也很兴奋。在永丰城住了十多年。但对诸罗山的情况却了解不是很多，一旦战争打起来，心中没有数是不成的。

一行人由阿力凡阿叔领着。不要看阿力凡已经六十有余，可他那干瘦干瘦的身躯却充满着无限的活力，在崎岖的山间小道，他走在人群的最前头，有说有笑，健步如飞。

“阿叔，你真像一只老山羊啊。”李文福是个嘴巴闲不住的人，看到脚步轻盈，有说有笑的阿叔，开了一句玩笑。

“别笑话我，讲实话，山寨住了一辈子，每天出门爬山越岭是基本功，这是每一个山里人都必须具备的。你看看我们这些后辈那绝对比山羊还山羊呢。”阿力凡的倔犟个性令人赞叹，他指了指在身后的乡勇团山寨分团的团总阿山耶和阿水耶。

“别夸我，我们后辈比起你可差多了。”阿山耶被阿力凡表扬一通，又看了左右有那么多山下来的人，脸上不禁一热。

“站在这里看地形位置最佳。”站在高山的一个突出位置，阿力凡面不改色气不喘，指着那一望无际的苍茫大山，那里群山起伏，层层叠叠。这山是有几千尺高，那竞相生长的古松、桧木，樟木……还有说不出名字，道不清树龄的古木一棵比一棵大，一棵比一棵粗，粗到几个人甚至十几个人也难以环抱过来。而在这古树参天当中，还有那比胳膊还粗的藤蔓攀延着大树纵横交错，那巧夺天工的造型，那幽幽深谷中不乏有那些不知名的动物在鸣着，站在那仿佛进入了一个神奇而恬静的世界，赋予人们对美好未来的追求与幻想。

“你看，这是一种叫花梨菇的蘑菇，那叫鸡肉菇……”路边是一层层落叶覆盖的土地，层层落叶已经开始腐烂，它的腐败为这些鲜美的菌类生长提供了优质的温床。阿山耶轻轻用脚撩开上面的落叶，展现在人们眼中的是一片连着一片，一丛连着一丛的蘑菇。“山上一旦粮食不足，将这些蘑菇煮上一大锅便是最可口的食物。”

“你看，那是什么?”正当阿山耶给大家介绍情况时，林胜天叫了起来。

大家顺着他手指的方向看去，却见一只似狐非狐，似鸟非鸟的动物，从那棵大藤蔓中一跃飞向另一棵大树上，那矫健的身姿在那高耸入云的巨树当中令人惊叹不已。

“哦！那便是我们山里人称作飞狐的东西，这样的东西不稀罕，还有山猪、山鹿、山羊……总之，这山里是一个动物、植物天然的王国。当然，那山涧中还有娃娃鱼、棘胸蛙及各种说不清，叫不上名的淡水类。总之，山珍河鲜应有尽有。”

“真是物产丰美呀!”李文福叹息了一声，这位闽南汉子，留过洋，进过大城市，却对这山间的珍稀了解甚少，便有感而发，“正是这些丰美的物产养育了我们的民族子孙，养育了山寨的子孙后代。可是，现在日本鬼子想占我们的河山，掠夺我们如此丰美的物产，大凡有血性的子孙都不会答应的。”

李文福的一番感慨尽管有些文绉绉而且声音并不高，但字字句句大家听起来都十分顺耳，如同一记记重锤打着每个人的心弦，引起久久的回响。

大山是安静的。

大家都不再吭声。

然而，每个人都知道自己肩上所承担的重任。

“我一直在想，如果能将日本鬼子引诱到这里，山寨乡勇团的后生们可以攀爬到任何一棵大树上，以施放毒箭、飞刀。纵使不浪费一枪一弹，便可让他们莫名其妙死在这山里头。这样，还可节省不少的珍贵枪弹。”阿力凡总是充满信心。

“对，纵有漏网之鱼，再布置一些枪手在几个重要部位，也足以一枪一个让日本鬼有命进山，没命下山。”陈文是一位久经沙场的将军，他对这险峻的地形赞不绝口。

“陈文大哥。”看到大家兴致不减，信心十足，阿光突然想起，既然是十里八乡的义军会聚在这里，总得有一个称呼，便问道，“各路义军汇集这里总得有一个称呼吧。”

“那是自然。但我是行伍之人，这肚子里没有一滴墨水，务请李文福先生确定如何?”陈文会心一笑，将眼光投向李文福。

“叫诸罗山义军如何?”

“哈！哈！这就奇怪了。今天我们取名诸罗山义军，可是昨晚山下杀死黄氏的那些好汉却抢先一步用了这个名字啦。”林胜天开了一句玩笑。

“这便叫什么……”阿发摸了摸脑袋，因为前两天李先生讲了一句，觉得特有文化，特新潮，正想说出来。可是，毕竟识字不多，想现买现卖时却忘词了，急切之下，他满头大汗向李文福投去求助的目光。

“那叫顺应天意，英雄所见略同。”李文福接过话题。

“对！只要我们山上山下，十里八乡，顺应天意，齐心努力，定让那日本鬼子在诸罗山吃尽苦头。”阿力凡看到身边这些来自十里八乡的年轻人一个个信心十足，十分高兴。

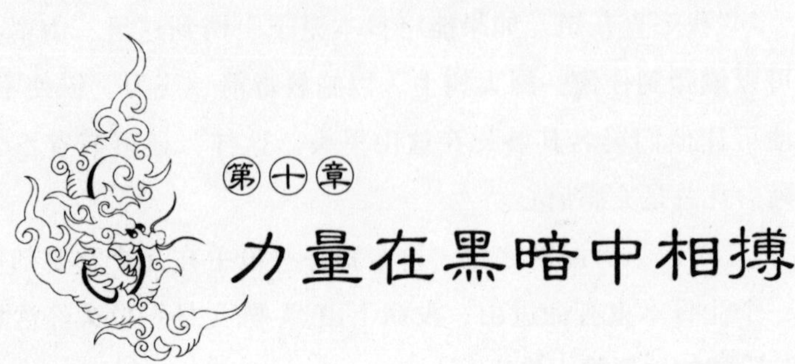

第十章

力量在黑暗中相搏

听到黄氏被杀，阿六惶惶不可终日。

几个时辰前两个人还翻云覆雨，现在却阴阳两隔，这使他陷入无限的惊恐之中。原来，他以为自己离开永丰城十余年，此次受武田太君的重用派他回永丰城搜集情报，穿着一身破烂混迹于难民当中，身边还有四个武艺了得的日本军人当保镖，可以重温当年跟随黄福寿那种耀武扬威，一旦日本占领永丰城，说不定可以登上乡勇团总这个宝座。那是万人之上的位置，何等威风啊！

可是，黄氏的被杀，让他从痴迷的高山上一下掉入山坑当中的深涧，而且还被那冰凉的山泉水呛了一肚子凉水。

进永丰城他以为神不知，鬼不觉。殊不知连那日本女人装扮，每天保镖护卫，足不出户的黄氏都被人发现，以致招来杀身之祸。而自己天天混迹在难民当中，哪能不被识破的？只是，刀已搁在脖子上还没往下砍而已。更重要的是，原以为身边的四个保镖是保护自己的，刚才接二连三的被那小鬼子用脚来踹，他明白了一切，自己不过是武田看家护院的一条狗，而那些所谓保镖则是驯这条狗的驯养员。自己被他们使唤着，并且随时随地都有可能被其踹死、杀死，或者一颗子弹打死，打到脑浆迸裂，五体分尸。

想到这里，阿六不寒而栗，整个精神都要崩溃了。

可是，阿六毕竟是阿六。尽管没有多少文化，但混迹社会，混迹江湖已有一二十个年头。从当年与黄福寿在南投招摇过市吃白吃、收保护费开始，经历了永丰城的前期开发，与黄福寿形影不离；当年黄福寿阴沟翻船又追随他投奔海盗张云飞。要不是自己多少有些气功，那次林胜天剿灭张云飞的晚上，肯定脖子被扭成麻花而一命呜呼。后来，一次偶然的机会，凭着自己的小聪明混入武田手下当随从……

自古人生命运难测啊，阿六从内心重重地吐了一口气。

下一步怎么办？阿六苦苦地思考着。此时他躺在永丰城的街道店面前，那是三层骑楼式建筑，这一个多月他和四个日本人每天晚上居无定所，不断更换地点，忍受了酷暑的折磨和那凶悍花蚊子的轮番叮咬，那种日子真难熬呀！眼看有了希望，现在武田的日本军被打败了，黄氏被杀了，自己想逃却没路子，而且身边那四双眼睛分分秒秒，形影不离地盯着自己。

更重要的是，除了这些人，可以肯定那乡勇团也早已盯上了自己，说不定自己身边的难民当中，就有乡勇团的眼线，就有乡勇团握着刺眼大刀的杀手，他的刀刃几乎横着自己的脖子……

不服输，不愿束手就擒，不甘心失败是阿六难以改变的秉性。此时，他一边谋划摆脱人生的又一次危机，考虑如何跨过人生的这个坎；一边却眼睛贼溜溜地盯着他左前方不远的阿光、阿发和林胜天的大院，三栋大院，三扇大门。

这三个令人羡慕和三个令人向往的地方。阿六想从那三间神秘的大院中了解些什么，或许能找出一份有价值的情报，赶快逃出去，将这份情报呈送给武田或其他日本人，以重新得到武田太君的信任。

阿六就是这样把那双眼睛半睁半闭地盯着，而脑子却又异常活跃，寻找思路和走向。

太阳出来了，前几天暴风骤雨刚过，新的一轮高温天气又来临了，太阳一跃出地平面，那强烈的光束照在地上，照在人的身上便火辣辣的疼。还在夜眠状态的知了似乎被这突如其来的阳光强烈刺激后猛然惊醒，张开嘴巴便吱呀吱呀没完没了地鸣叫了起来，让原本因这酷热难当而心烦意乱的人们更加心神不安。突然，他脑子一转，觉得发现了一个秘密，像哥伦布发现新大陆一样，每一条神经突然兴奋起来，“霍”的从地上坐了起来。

“什么的干活?”阿六这一突然地举动不要紧，身边的日本人却以为他想逃走，厉声喝问。

“没有，太君，我发现了一个重要的情报。”日本人严厉的责问倒让阿六头脑清醒了许多，黄氏突然被杀，加上前一段情报失准已让他们完全失去了对自己的信任，现在自己已被保镖们严密地监控着，顿时满腹怨气油然而生。但怨也罢，不怨也罢，已经毫无办法，但表现在言语上却出乎意料的恭敬，“报告太君，这阿光、阿发和林胜天昨晚没有在永丰城。”

“嗯?”日本保镖半信半疑地用眼光盯着阿六。

“你不了解，那阿光的老板每天都有早起的习惯，天一亮便在永丰城转转，风雨无阻。那阿发和林胜天也大致如此。可是，今天已是这个时辰，却不见他们的一点踪影。”阿六用一种讨好的口气说。

“哦!”兴许这句话撩起了日本人的兴趣，他的口气似乎缓了许多。

“不早起干什么去了?”日本人觉得不无道理，又追问一句。

“昨晚黄老板被杀，而现在阿光他们还未露面，这里面肯定有问题。”阿六自作聪明，将两者的关系紧紧联系起来。这样一可撇清自己与黄氏的死有关系，再将日本人的注意力往阿光身上引。

“为什么?”日本人听完阿六的话，眼睛睁得很大，一看就知道他对阿六的话产生了兴趣。

“我可以肯定，我们包括黄氏早已被乡勇团盯上了。而且永丰城的乡勇团正跟外面的刘永福义军有联系，或许阿光昨晚已经在某个地方参加义军的会议，准备联手抗击皇军。”这阿六说得头头是道，尽可能将问题讲得严重一些，其目的无非是设法恢复日本人对自己的信任，将问题说得严重一些，让日本人同意尽快撤离这个是非之地。

黄氏被杀让阿六明白了自己的处境，更明白了自己在日本人眼中的分量，从而产生了一种前所未有的危机感，甚至感到他的颈上脑袋随时都有落地的可能。现在，唯一的办法便是离开这里，离开这个是非之地。好死不如赖活着，命保住了，便有了重新挣扎，东山再起的机会。

可是，从头到尾他却不吐露希望尽快撤离的意思。

“这样……”日本人看着阿六那一脸严肃，虔诚至深的样子，似乎改变了对他的看法。

“你、我。”阿六用手比画着，“到哪去转一转，再证实一下?”

“转一转?”日本人有些吃惊。

“对！“阿六口气十分肯定。

“遇上乡勇团怎么办?”日本人有些迟疑。因为武田带领的两百多精兵被打得所剩无几，黄氏的一夜被杀已经让他觉得自己的处境岌岌可危。

“不要紧，为了大日本帝国的利益，值。”阿六不禁慷慨陈词，拍了拍胸膛，表现出一种忠心可鉴的样子。

“嗯……”日本人还在权衡。

“别怕，要死我去。”阿六见日本人那样子趁机表现其忠心可鉴的样子。

“走吧。”日本人不知是被阿六的忠心感动，还是看到自己已是穷途末路，推了推半躺半倚的三个同伴，将放在地上的破草帽往头顶上扣了扣，五个人一前一后，佯装百无聊赖地朝阿光他们的宅院门口走去。

永丰城街道上的人逐步多了起来。夏天来得早，庄户人家为避开酷暑已经早早起来，投入了夏收工作。这一段逃难的人多了，谁也无心去注意谁。他们行色匆匆，准备早点到田地收已经成熟的早稻，趁着雨后有几天好天气，太阳大早收成，早晒干，早进仓。否则，不知道哪天下雨，哪天日本人来了，还没有将粮食存好又出现变数。因此，他们的眼中只有早稻，只有那橙色的稻谷，根本没有逃难人群的存在，自然更没有这么早便在街道上东张西望搜集情报的阿六他们。

这一切，恰恰被阿六看得真切，他那贼溜溜的眼睛扫来扫去，发现竟然没有一个人用正眼看自己，心里乐成一团花。阿弥陀佛，如此顺利，如果搜集一份情报，那便可以寻找托词，赶快离开这是非之地。

世界上钱重要，官重要。但千重要，万重要，唯独这老命最重要。大哥黄福寿聪明一世糊涂一时，丢了性命，再漂亮，再风骚十足的女人你也享受不了了；再多的钱财，再丰盛的山珍野味你也享受不了了。

阿六的思绪始终没有离开命这个议题，他觉得自己此生远比黄福寿大哥要聪明得多。尽管自己是他的徒弟，是他的小弟，自己毕竟比他能混，比他识时务。

阿六五个人一前一后，表面上若无其事，可脑子里却在观察阿光他们的宅院。说真的，这三座大院今天真是反常，太阳升得老高，大门不开，人也没有进出。当走近距那院门十五六步时，阿六始终没有发现有人在关注自己，心中暗暗高兴，为了进一步向日本人表达忠心，便低声地对身边的那日本人说："你们在这附近溜达，我走近大门看个究竟，如果我有什么不测，你们便撤。"说完，那双眼睛还噙着满眼的泪花。

这一切，把四个日本保镖几天来对阿六的不好印象顷刻间化为乌有，甚至还为他的一片忠诚而感动不已。

阿六一副从容不迫的形态直接向阿光等三个宅院的大门走去，他想到那门向里张望，在日本人面前表现出其耿耿忠心。然而，他刚跨出两三步，离那大门还有十步左右的距离时，有五六个全副武装的乡勇团丁似乎从天而降。他们个个身材高大，身背火枪，手提大刀，威风凛凛，冲着阿六而来。

就在这瞬间，阿六的身子不觉颤抖了一下。他的心在暗暗叫苦，眼前这个为首的团丁面孔时那么熟悉，似乎在哪儿见过。

阿六定了定神，当他的目光与这团丁一刹那接触时，他脑子一片空白，差一点失声叫出来。

原来，这团丁便是这半个多月来混在难民当中与自己若离若分的阿福。而这阿福不就是当年黄氏的老公吗？阿六此时仿佛一下全明白过来了。他了解到黄氏昨晚的死因，了解了自己目前的处境，了解到实际上自己早已被乡勇团盯上了。

命中该绝，这永丰城的乡勇团太绝，这阿光的手段太绝，绝到阿六碰上了对头冤家，而且已经原形毕露。

阿六本想鼓足勇气，扑上去，拼个鱼死网破，拼个视死如归。

然而，似乎一切又不像他所想象的那样，这个阿福好像根本不认识他，只是用那严厉的眼光向他发出警告，然后又领着自己的手下若无其事地走开了。

阿六觉得自己神经过敏，他的脊背上渗出一阵冷嗖嗖的汗水，浑身上下软乎乎的，但阿六毕竟是阿六，坏事干尽，场面也经历不少。他灵机一动，便装着若无其事，吹了一声口哨原路退回到日本人中间。

“太险，太险，”许久，阿六终于说出了一句话，“那个便是黄氏原来的老公。”他用嘴巴朝阿福远去的身影努了努。

“什么老公?”日本人不知是没听清还是要刨根问底。

“那个刚过去的团丁是黄老板原来的老公，前一段化装成难民天天跟踪我们。”阿六心在怦怦跳，他想告诉日本人，自己的处境。他们的小命捏在乡勇团手上，如同乡勇团手中的蚂蚁，随时都可能像黄氏一样被捏死。

三十六计，只有走才是上策。

“这样啊!”这回也轮到了日本人品尝危险的滋味了。为首的那日本保镖也深深地吸了一口气，“撤，马上撤。”

“不!”阿六回答得很肯定。

“为什么?”

“现在撤，正中了乡勇团的下怀，我们必死无疑。”

“那……”

“等晚上天黑再偷偷混出城去。”阿六装着沉着应付，胸有成竹。

“噢!”日本人对阿六的忠诚已经深信不疑，他竖起拇指，夸了阿六一番。

再说龟田次郎接受桦山资纪派往永丰城的命令后，带着武田和佐佐木及四百多个官兵日夜兼程直扑永丰城，那武田和佐佐木对龟田次郎将他们从桦山资纪的刀口下救出感激不尽，一路上行军，表现非常出色。离城二十里左右，便到了那日本军殉国的地方，这一对患难兄弟触景生情，正当悲伤满腹，悲伤不已之时，突然见阿六及四个日本人仓皇逃来，立马站住双脚。

“八嘎，干什么的!”这一段不见，而现在却又见到这五个不中用的角色如此狼狈，武田不禁怒火熊熊燃烧，他恨不得冲上去，一刀将他们劈个四分五裂。

“武田太君，我们发现重要情报。”走在最前面的阿六，看见武田手握军刀，不禁头皮一阵发麻，赶快报告。

“又是重要情报，狗屁!”武田将两个眼睛瞪得像个铜铃。

“对！黄氏、黄老板昨晚被永丰城乡勇团杀死了，还有四个皇军。”阿六说话间，他身边的四个日本人肃穆而难过地低下了头。

“为什么?”武田的脸上掠过一丝悲哀。

“那乡勇团大大的坏了，现在刘永福的黑旗军已经跟他们合作了。”为了尽快把问题表述得更清楚，免除杀身之祸，阿六快言快语。

“你的良心大大的坏了。”武田余怒未消，“情报假的，我们大日本皇军死了这么多!”

“不！情报是真的。但乡勇团狡猾，狡猾得很，不信你可以问太君。”阿六额上沁出了汗球，他转过身指了指身后的日本人。

“你们的，可是真的?”武田用刀指着那四个日本人。

“是的！武田君，”日本人看到武田火气冲天不敢怠慢，“那永丰城乡勇团大大的坏了，那阿光老板死了死了的。”

“这样，向永丰城前进，”武田将牙齿咬得咯咯响，说，“进城后，那阿光老板要保护，永丰城的今后还要他，知道吗?”

“阿光要保护?”阿六有些不解，听了武田的话，张着嘴巴有点不敢相信耳朵。

“对！我们要的是长期占领台湾，占领永丰城，我们要粮食，要蔗糖，要樟脑。因此，没有阿光的服务不行。”龟田次郎看到阿六有些不解，简要地作了说明。这话既是回答阿六，又是对所有的日本军官兵说的。

“是!”阿六和日本军官终于明白了龟田次郎的意图。

而此时，阿光、阿发、林胜天正和简宏顺、连永福他们在永丰楼酒店聚会。

日本人要占据整个台湾，刘永福为首的黑旗军以台南为中心，组织各派别的义军，形成强有力的抗日保台力量，在城镇、在乡间、在山区神出鬼没伺机打击入侵者，抗日之火在台湾燃起。宏记老板简宏顺一方面暗地里组织粮食支援义军，一方面依靠海峡这条与大陆紧紧相连的运输线上的丰沛人脉帮助义军购置枪支弹药。同时，明里暗里还要与日本军周旋，真是忙得不亦乐乎。

夏收季节终于过去了。

一场不大不小的雨。

接踵而来的便是台风季节。一场热带风暴给永丰城带来了酷热的气候终于告一段落了，耳边少了知了那烦人的叫声。几个月不见了，外面街道上一片忙碌，阿光为招待远道而来的简宏顺特地在永丰酒楼订了一间雅座，此时宾主端坐在八仙桌上，呈现出一种少有的轻松和快乐。

"老板，这兵荒马乱，想不到你还来永丰城，真是让我们这后辈感动不已。"阿光是昨晚接到阿福报告，听说阿六和那帮日本人连夜逃离永丰城后，赶快结束山上各义军首领的会议匆匆赶回家的，谁知还未进家门，却见简宏顺的马车已经停在门口。

"不错，这几个月我每当听到永丰城的情况，总是将心悬在喉咙上。因此，不来看看心里总是放不下。"简宏顺说着，口吻中带着一丝疲惫和对阿光他们的一片怜爱。这几个月不见，他瘦了许多，憔悴的脸上皱纹纵横交错，不停地吸着旱烟，不停地咳嗽。

"你太疲劳了，要注意休息。"林胜天看到阿叔似乎心事重重，便觉心里一阵难过。阿叔已经六十好几的人了，除了经营这么大的家业，还牵挂着永丰城。更重要的是日本人占据台湾，面对这种民族的屈辱，简宏顺阿叔作为一个满腔热血的老人，他不会退缩，更不会隔岸观火。这一点，今天一见面便从他那疲惫而沧桑的脸上看得一清二楚。

"没有事啦，抗击日本人刚刚开始。"听了侄儿的话，简宏顺那拿着旱烟斗的手一挥说，"不赶跑日本人，我死不了；纵使死了，也不会瞑目。"

"这一点，我们都充满着信心！"阿光接过话题，叹了一口气说，"只不过，尽管人生三十多年我们经历了许多坎坷，但带兵打仗却没有任何经验，幸好现在刘永福将军派陈文大哥来了，加上永丰学堂的李文福先生，他是留过日本的先生。”说罢，阿光将陈文、李文福一一介绍给简宏顺认识。

“这样，我便放心了。”简宏顺说，“开发永丰城我们花了多少心血，可是刚刚取得成绩，正准备收成果加快发展时，贼来了。”简宏顺突然提高嗓门骂了一声，“干妮姥！”

“阿叔！”阿发看到大家心情都很沉重，接过话题，“我最担心，日本人占据永丰城，乡亲们遭殃呀。”

“这也是大家共同担心的，”陈文说，“我们现在的关键是将日本人拒在永丰城外，一旦抵挡不住，便引诱他们进入诸罗山，在山上把他们牵得团团转，然后寻机一部分一部分地加以消灭。”

“那山上的乡亲不也遭殃吗？”说到诱敌上山，阿发又不禁为自己的老泰山和乡亲们担心。

“这一点，陈先生的计划是最好的。”阿力凡说，“阿发，莫担心。阿爸以及阿爸乡亲的祖祖辈辈在这山上消灭了无数的外国入侵者，而且每次都以胜利告终。”

“你们现在最重要的问题是什么？”简宏顺看了看大家。突然想起了这个问题。

“现在，陈文大哥来了，旗帜一扬附近十里八乡的义军都团结起来了，人没问题；前一段，阿发组织力量将大批粮食运送上山了，粮没问题；枪弹呢，前段时间袭击了日军，杀了一百多个日本军官兵，缴了一批枪弹，目前没问题。可是如果这仗打起来了，那是大问题。”

“是啊！这仗一年两年兴许结束不了。现在台湾大部分地区都被日本人占据了，这枪弹得从长计议，寻找解决的办法。”李文福说。

“现在关键的问题在这里，我这次从台南来，沿途日本兵搜查非常严格，不要说大批枪弹，连一把护身的大刀也被收缴了。”简宏顺面带难色，这位长期做两岸生意的老人，听了大家的话深感面临的困难重重，但抗击日本人这仅仅是开始，今后面临的困难将更多，压力会更大。

尽管这永丰酒楼烹饪的每道菜都非常可口，可是大家围着大圆桌，看到这满桌闽南风味的菜肴，都没有动筷子的意愿。话却一句接一句地说，问题却一个又一个地摆出来，大家神色凝重。

一根大蜡烛点完了。

店小二又换上了一根新蜡烛。

看到第一根刚点完的蜡烛的蜡流到周边，阿光一次又一次反复用小竹片挑起来放在新蜡烛上。

满桌的老人和后生一辈心情沉重，大家没再吱声，只是默默地看着他在不厌其烦地剔那烛泪。

“老板，阿叔，我们喝酒吧！”许久许久，阿光发现包厢内静悄悄的，才觉得自己内心压力太大。这个新一代闽南渡东的领导者感到要战胜日本人既要有勇，更要有谋。既要立足当前，更要着眼未来。“这酒呀，要一杯杯喝；这饭要一口口吃。目前，我们只管拒日本人于城外；退而言之，上山。但不管如何，我们是坐山虎，是地头蛇。纵使日本人再凶，枪再多弹再足，充其量也不过是来山虎，是强龙。我们有一句古话说是强龙难压地头蛇。时间久了，他们便不可能与我们斗。”

“对！我们先喝了这杯壮胆酒，庆功酒。”陈文那大嗓门又叫了起来。

“陈大哥说得没有错。上次那场战斗取得那么大的成功，我们还没庆祝呢。现在，简老板、陈文大哥来了，我们何不痛痛快快庆贺一番呢！”阿光发自内心的兴奋起来。

“干杯！”连永福第一个站起来响应。端起陈文的一碗白酒，像喝开水一样，“咕咚咕咚”，不消片刻，那酒碗早已见底。

“干杯！”大家异口同声，干完了手上的大碗白酒。

正当大家酒兴正浓的时刻，包厢门被推开了。阿彪满头大汗地推门进来，气喘吁吁地报告：“探子来报，日本军官一个名叫龟田次郎的带着上次逃命而去的武田、佐佐木及四百余人日本军朝永丰城开来了。”

“哦！还真快。”陈文看看大家，问道，“现在大概在什么位置?”

“在离永丰城二十余里的地方。”阿彪应道。

“二十里，两个多钟头。”林胜天看看天色，“现在是晚上九点多，假如不出问题，天亮前他们将发动对永丰城的攻击。”

“这样!”阿光自言自语，他在心里盘算着，日本军四百多正规军人，且这次是有备而来的。我们的乡勇团人数不超两百人。尽管这次诸罗山已举起义旗，十里八乡的乡亲也加入了义军的行列。但是，各乡领头的乡亲们刚走，离全部队伍集结还得四五天时间。

“陈文大哥，你看?”林胜天看到阿光眉头紧锁，知道他内心承受着极大的压力，便将目光投向陈文。

“还是请阿光兄弟定主意吧!”陈文建议道。

“对！吃饭千人，主事一个，阿光你大胆做主。”简宏顺、连永福、阿力凡和魏永富、屠户都点了点头。

“日本军人数是我们乡勇团的两倍。半路设阻已经不可能；面对面强攻，我们不是对手。”阿光沉思片刻，抬起头看着大家，“我的意见，将乡勇团撤到山上，放他们进来。但留下一批探子收集情报，争取日军立足未稳之时，寻找机会，出其不意，狠狠打他一下，打到痛，打到赶出去为止。”阿光说完，将盛酒的碗重重砸在桌子上。

包厢里静悄悄的，既没有人反对阿光的意见，也没有人支持阿光的意见，静得吓人。

阿光把眼睛朝大家的脸上看了一遍、两遍、三遍，看到大家脸色十分严峻，一言不发的样子，有点摸不着头脑，又补充道：“不知大家的意见如何?”

包厢里的人还是静悄悄的。

还是没有人肯说一句话，表明自己的观点。

因为，大家心知肚明，阿光这一席话是一种最佳选择。可是，这样一来不发一枪一弹便让日本人占领了永丰城的土地，觉得有些便宜了这些侵略者，觉得让永丰城的人们没有了颜面。

“大家说话呀!”静默了许久，阿光毕竟年轻有些沉不住气。

“我看这是上上之策。”陈文终于开口了，“我的意见，宴会马上结束，我和胜天、阿彪立即组织乡勇团撤离。但胜天兄，乡勇团留下三十个左右的人化装成庄户人家留在城里，由他们组织搜集情报，我和阿彪带上人马就藏在后山的丛林里，如条件成熟，明天，或明晚下半夜寻找一个适当时机杀个回马枪。争取成果大一些，可以激励全城的父老乡亲。”

“这一段时间，阿光、阿发、胜天几个人不要轻易出头露面，要若无其事做你们的老板。”简宏顺补充说。

“那，他们的保卫工作？”阿彪感到保卫他们的安全，是乡勇团的责任所在。

“照旧，可以改为家丁或保镖。”连永福建议。

“留多少人？”阿彪觉得心里不踏实。

“主要放在阿光家里，十个八个吧！”简宏顺说，“人不在多，在于精。况且依我的经验，纵使日本人进来，他还得紧紧依靠阿光，绝不可能对阿光下手。”

“好！天色不早了，大家早点歇息。”阿光站起身朝着陈文和阿彪作了一个揖，“拜托二位了，今后务请小心谨慎，多多保重。明天，我们这些人，不，是全永丰城的人，在期待你们胜利的消息。”

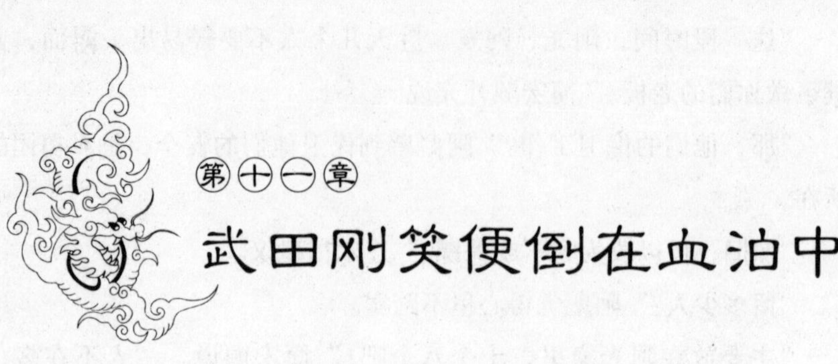

第十一章

武田刚笑便倒在血泊中

从永丰酒楼回到家门口已是晚十点左右。这个时间永丰城早已进入美妙的梦乡，整个城虽然即将面临一场血与火的浴血战斗，但善良的人们似乎没有这种预感，没有丝毫的危机意识，整个城沉浸在一片温馨和宁静当中。

也许此时年轻的夫妻正在享受着人间那甜蜜的鱼水之欢；

也许此时老年人正在回味着白日里的天伦之乐；

也许此时那些年幼的孩子正被母亲搂在怀里沐浴着浓浓的母爱。

可是，这些闽南阿哥们此时却在为全城的父老乡亲们的安危在伤身劳神，运筹帷幄，调兵遣将，彻夜奔波。

应该快天亮了吧！这鸡已经啼了三四遍了。

走在街道上，阿光不时地回顾这个温馨而美丽的城市，不时地环顾这恬静而清幽的一切。这是自己与多少乡亲用了十多年时间建设的家园啊！牛耕田，鸟吃谷；人家生子，他享福。这是我们的土地，这是我们用辛勤汗水和鲜血换取的成果，跟你日本鬼子有个屁关系，你们却漂洋过海想占领这块土地，想掠夺我们的成果，想骑在我们头上作威作福。

“这是有可能的！”阿光心底里用闽南话狠狠地说了一声。他停住脚步，那诸罗山上似乎响起了猫头鹰的叫声，“哇，哇，哇”一声接一声。在很小的时候，他曾听过这声音，当时觉得非常恐怖，内心一阵阵害怕，甚至浑身颤抖。后来，庙里的师父告诉他，这猫头鹰是益鸟。它之所以发出这种声音是半夜捕捉到老鼠或蛇什么害人的东西，而发出的胜利的声音。从那开始，每当夜深人静听到这声音时，他心里总有一种胜利者的感觉，充满着胜利者必胜的信心。因为，这种声音是害人虫惨败或者灭亡的信号，又是胜利者的欢歌和鸣奏曲。

恰逢此时，听到猫头鹰的叫唤，他感到身上的压力减轻了许多，浑身变得轻松了许多。

“妈！快点！这锅里的尿都快煮干了。”阿光的脑子还在不停地遐想，却见家门已经在自己的脚下。突然，家里院子里传来了儿子云生兄弟的声音，还有山花她们几个妯娌的声音。他不禁纳闷，这夜深了，这些女人孩子怎么还不睡？

推门走进院子，一股浓烈的尿臊味夹杂着怪怪的味道直扑鼻子。院子里一口大锅沸腾着，海英、山花、海兰带着三家孩子们正忙得不亦乐乎。

“你们这是唱哪出戏呀？”阿光百思不得其解，一脸轻松地问。

“阿伯，阿伯回来了。”林生和天生看到阿光进门，兴奋地叫了起来。

“做箭，做毒箭。杀死日本鬼。”二儿子云生赶快报告阿爸。

“做箭？”阿光看那院子，山花、海兰正用柴刀将那山上的毛竹劈成一片片，然后像一根根箭削好，放在一口大锅里煮着。

“一定是阿姆叫你们做的？”阿光一阵欣喜，在三妯娌当中，山花性格最烈，但又最多点子，像这种做箭，杀日本鬼子的事只有她才想得出来。

“阿伯太老练了，一猜便中。”胜天的儿子天生最崇拜阿伯了。

“那为什么还要放到锅里去煮呀？”阿光有些不解，将天生搂在怀里，问他。

“阿伯，阿妈说这锅里是尿和山上最毒的药，箭在那一煮，箭头会更硬，一射中日本鬼，他便中毒死掉。”天生边说边用手比画着，开心得不得了。

“噢，怪不得那么臭，差一点把我们几个阿公、阿叔都熏得晕过去了。”阿光十分高兴，更十分喜爱这几个孩子，用手拍了拍天生的脑袋。

“真的吗？”听说这臭气会把阿大、阿叔熏得快晕过去，天生很吃惊，伸手想把大锅底下的火灭掉。

“别，你阿伯是骗你的……”海英看到孩子们那么可爱，再看看阿光他们刚回来，赶快让座。

“老板，阿叔，我便与孩子们说一说情况吧。”阿光看着这群单纯的女人和孩子们，觉得应该将一些情况及时告诉他们，让他们有一个强烈的自我保护意识。

因为，日本兵便在永丰城外，只有首先保护自己，才有一切。生命是最宝贵的，生命是任何金钱都不能换回来的。

“对！坐下来，大家一起坐。”简宏顺看着孩子很开心，但一股从来没有过的强烈的责任感油然而生。这些天真无邪的孩子，这些清纯得像一张白纸的女人，明天将面对日本人，如何保护他们，做到不损一根毫毛，比什么都难哪！

“山花，这做毒箭的主意可是你出的？”阿光坐下便问山花。

“他阿伯，日本鬼要占领永丰城，能那么便宜他们吗？”山花不改那快言快语的性格。

“山花嫂子已经将全城的妇女孩子都发动起来了，你没看见每家每户都在削箭、煮箭呀。”海兰赶快补充，她那眼神简直把山花当成将军，当成统帅。

“哦！”阿光倒吸了一口冷气，心里暗暗庆幸这个问题好在发现得及时，发现得快。

“怎么啦，山花有错？”海英看到阿光那脸上的神情，有些不解。十余年的夫妻之情，她了解自己的丈夫，考虑问题总是很全面，很细心，处理问题总是滴水不漏，“哦”的一声，已经表明阿光已经感到问题的存在。

“简老板，你是长辈，你说一说行吗？”阿光向简老板投去求援的目光。因为，这个家族，尽管亲如兄弟，甚至胜过兄弟，今天最权威的莫过于简宏顺了。

“我说?”简宏顺看了看阿光，问道。

“对！请简老板说。”阿力凡、魏永富也点了点头。

“那就恭敬不如从命。”简老板看着眼前的男女老少，看了看身边这其乐融融的三个家庭说，“海英、山花、海兰，日本人已经到城门口了，明天或许过一会儿他们便会进城，我们面临着危险的境地。面对这样的情况，你们，”简老板用手点了三妯娌，“你们的任务便是像母鸡一样管好自己的孩子，保护好他们。因为，保护好他们，保护我们永丰城的乡亲是我们的责任。对付日本人有乡勇团，有义军。孩子是我们的希望，万万不能出差错啊。”简宏顺一席话，语重心长，“你们快去睡吧，山花，我这里还有几句话，你还得告诉全城的女人们，你们切不要乱说乱动，否则，便会给义军打败日本人添乱，甚至还会伤及自己的性命。那日本人是豺狼啊!”

“听清楚了吗?”简宏顺话音刚落，阿力凡又强调，“你们要听话!”

“阿爸说话听清楚了吗?”心情焦急的连永福还不放心，看到海英她们只低头不语，又补充了一句。

“听到了。”海英带着大伙参差不齐地回答。

“山花!”阿力凡知道自己的女儿喜欢争强好胜，特地叮嘱着说。

“知——道了!”山花看着父亲还像关照小孩一样提醒自己，便佯装生气，“人家林生都已经十一岁了，还把我当孩子。”

“哈！哈！哈!”看到山花像顽皮孩子一样的回答，几个老人不禁开怀大笑起来。

“好了，大家赶紧去睡吧，天快亮了。”阿光看到几个老人直打着呵欠，便叫了一声，“阿昌，你赶快安排老人们去歇息，我跟陈文大哥几个还得商量一些事。”尽管天快亮了，大兵压境，阿光想反正躺下也睡不着，不如再把一些问题商量一下，小心没大错。

“好，我马上办。”阿昌应了一声便引着简宏顺和阿力凡几个老人进屋休息了。

“阿光，我……”几个老人进屋了，只有屠户和魏永富还站在原地不肯走。他嘴巴张了张，欲言又止。

“师傅，阿爸，你们还有事?”

“对，现在世道这么乱，我们两个商量一下，从明天开始我们还是回到永丰酒楼去。”屠户说。

“那又为什么?”

“我们住外面，等于你多了一双眼睛，多了一对耳朵。一来可以多了解信息，二来那酒楼毕竟是我们手中办起来的，现在世道乱，我们在那里坐着也可安民心呀!”魏永富看到屠户想回答，自己抢过话题。

“你们年纪这么大了，何必呢?”阿光对老人的一片真诚感动了，但他却不忍心让一个已过花甲之年的老人为自己担惊受怕。

“我们活到黄土都埋到脖子上了，会照顾好自己的。”屠户讲得很诚恳。因为，他们已经多次商量过。

“这……”阿光左右为难。

“不要犹豫了，海英我们也商量过了。国难当头，每个人都要尽力。”魏永富看到女婿很为难，口气十分坚定。

“那你们要多注意保重，假如有什么动静则马上回来，万不可让我们担心。”阿光非常感动，“你们先休息吧。”

“那好!”老人走进内屋。院子里只剩下陈文、李文福、阿发、胜天和阿彪。

“阿光哥，如果日本军打进城，我们上山了，怎么联系呀!”阿彪有些焦急，看到老人孩子都走了，急切地问。

“山上的事由陈文大哥和你全权负责。如果有特殊情况，你们便从宅院后门那假装拍上三声掌声，这胜天知道，那里的一个看门阿伯便会开门。”

“哦!”阿彪心里似乎轻松了一些。

“另外，明天战斗时我们见机行事，如果打起来，你们一定要小心，因为你们身边没有多少兵力。”陈文很为阿光他们担心。

“这你不必害怕，这里我自己有底。讲实话，纵使赤手空拳，三五个日本兵无法靠近我和胜天。只是阿发，他以前没学过多少拳脚，留下十个兄弟可以重点照顾他。更重要的是，日本人进城不可能对我们做出任何伤害的事情。而你们便不同了，要眼观六路、耳听八方，多留神，多保重才是。”阿光说到这里，心里似乎有着一种莫名的牵挂，尽管就在身边，但他不想让自己朝夕相处的兄弟受到任何的伤害。

因为，那阿龙两兄弟尽管走了十多年，但音容笑貌总是在自己的脑海中浮现，兄弟和朋友不能再有闪失了。

“阿光哥！我们都休息吧。忙了一天一夜，你也很疲劳了。”林胜天看看那东边的天空已经出现鱼肚白，离天亮最多只有一个时辰了。

“好……”

“砰！砰！砰……”阿光好字刚出口，城门外已响起了激烈的枪声。

大门推开了，阿福带着一帮乡勇团全副武装集结在门口。阿福大汗淋漓走到跟前报告：“老板，日本军攻城了。”

“哦，来得真快呀！”阿光此时反而异常的冷静，他看看陈文和林胜天，“你们安排乡勇团撤离了吗?”

“已安排了，早三个小时都已进入后山冈。”胜天答道。

“那你们怎么还在这?”阿光指着阿福问道，他为自己兄弟的生命安全担忧。如果日本人看见全副武装的乡勇团肯定不会放过的。

“我们是负责打探消息的，你看我们穿的是庄户人家的衣服。”已是三十多岁的阿福此时却像一个孩子呵呵一乐。因为，这一段让他参加乡勇团，让他有机会杀日本军，尤其是让他杀死那投靠日本人的黄氏，他觉得自己活得很值，活得很有面子。

“不！阿福。你们不光要穿庄户人家的衣服，这枪、这刀带在身上也有一个讲究。不然，还没轮到你杀死日本人，自己早已没命了。”阿光用深情的眼光看着阿福，“既然是做探子，要有勇，更要有谋。”

“知道了，老板。”被阿光批评，阿福却像女人一样低下了头。

“日本人来了，大家散吧。阿昌，把蜡烛火吹灭了吧。”阿光用手一指，阿福那一帮兄弟便迅速消失在黎明前的黑夜当中。

“我们!”阿光看到身边只剩下阿发、胜天三个兄弟，轻轻地吐了一口气，“看来今晚是睡不成了。走，到三楼的窗口上看看这日本矮子怎样要花招的。”

“对，那三楼视野好。日本人一进城便可看个真真切切。”胜天应了一声。

“老板点灯吗?”阿昌看见老板三兄弟摸黑登楼，在身后问了一声。

“你说呢?”阿光反问了一句。

“点灯，岂不成了日本人的枪把子?”胜天低声训了阿昌一句。他觉得好笑，这阿昌聪明得很，但毕竟年轻又没有经历过多大的困难，有时讲出的话，让人感到幼稚和可笑。

“砰！砰！砰！”黑暗中又一阵激烈的枪声响起，那子弹飞过的夜空出了一条亮光，鬼子的大部队像饿狼扑食一样扑进永丰城来了。

宁静的永丰城再也不能平静下来了。

先是那四处逃难的乡亲惊恐不止的呼喊，接着便是大人呼喊孩子，儿子呼喊母亲的呼声。

再接着，就是日本军穿着大皮鞋横冲直闯的脚步声。

这呼声喊声一声声透过黎明的夜空传入人们的耳中，已经熟睡的永丰城居民被惊醒了。

这咔嚓咔嚓的皮鞋声如同一记一记榔头击打着人们的心灵。

永丰城的平静被打破了；

永丰城的安宁失去了；

永丰城乡亲温馨的梦被打碎了。

“妈！妈！外面怎么啦?”山花搂着的女儿被这枪声、脚步声惊醒了，她的双手紧紧地把母亲抱在怀里，像一只受惊的小兔子在母亲的怀抱里瑟瑟发抖。

“别怕，孩子，阿妈在你身边。”山花不时地用手抚摸着女儿的背，不断地安慰自己的孩子。

“阿妈，外面怎么啦?”正当山花安抚女儿时，房门被推开了。儿子林生穿着拖鞋跌跌撞撞地冲了进来。

“林生上床来。”山花女儿这边还未安抚好，却见儿子又扑了过来，一种母亲的职责油然而生。

“阿妈，阿爸呢?”林生毕竟比较大，他用手一摸发现爸爸不在床上，惊恐地问了一声母亲。

“阿爸和阿伯、阿叔在一起，林生靠近阿妈，别吱声。日本人来了。”山花这才感到做母亲的伟大，做母亲崇高的母爱。

山花左手在为女儿抚背，右手为儿子抚背。因为，长辈曾教导她，这是安抚小孩受惊情绪最好的办法。不出所料，大约过了一炷香的工夫，孩子们便在母亲的安抚当中重新进入了梦乡。

天终于渐渐地亮了。

山花将一条被单轻轻地盖在两个孩子身上，她从门后取出一把那几妯娌连同儿子、侄儿们经过几天几夜加班削好、煮好的箭，轻轻地关上门，同时反锁一下，便迅速地登上自己家的三楼。

她看到，那城中间日本军官横冲直撞，从外乡逃难来的难民们已被包围在中间，一个鬼子军官模样的人站在街道旁边一堆木头上，嘴巴叽里咕噜地向部下说些什么话。然后，那一拨拨像疯狗一样的日本兵开始挨家挨户地朝永丰城的庄户人家敲门。

不用说，那日本兵就要将各户人家赶到市中心开会、训话。

一切布置完毕。

这日本军官似乎特别开心，站在那高处，环顾永丰城四处，仰天哈哈狂笑起来。

这，便是日本军武田少佐。上次他带领的部队被乡勇团杀得抱头鼠窜。现在，他不费吹灰之力，就占据了永丰城，他正在为自己的伟大战果而狂笑着。

山花是一个烈性子的女人，是一个山寨酋长的女儿，同时更是一个敢作敢为，并有一定拳脚功夫的女人。她此时站在三楼的窗子内，看着一个温馨美丽的永丰城被破坏，被侵略者所占领，早已怒不可遏。她看看四周，却不见自己的丈夫阿发，更看不见那些神勇无比的乡勇团兄弟，却看见侵略者如此肆无忌惮，心中的怒火禁不住熊熊燃烧。

“干妮姥，回家去吧！”这句闽南粗话是老实巴交的老公阿发在发怒时才偶尔出口的，曾几次出口被山花点着鼻子批评。而此时却禁不住从这位刚烈的女子口中冲出。

她再看看那市中心，几个日本兵正提溜着几个试图逃出日本人包围圈的女人、孩子，又是拳打，又是脚踢。一个不知名的女人为保护孩子，被日本人手一拉扯，那布扣子大襟衫被扯开了，露出了白花花的胸脯。

女人一方面为了保护孩子，一方面为了保护自己的圣洁，冲上去与拉扯她的日本兵撕咬着，无助地呼喊着。周围的一帮难民想出手相助，却被荷枪实弹的日本军用枪指着。

这些毫无人性的日本军就像猫逮老鼠一样，伸出肮脏的手想去抓那女人的胸脯，一个个发出狰狞而恐怖的笑声。

那女人的哭喊声打破了黎明前的寂静，那是撕心裂肺的呼喊。

那孩子看到母亲被这么多男人侮辱着，像一头小虎扑向日本军又咬又踹，那毫无人性的日本人一刺刀扎过去，片刻那孩子便没有再呼喊的能力，软软地倒卧在地上……

被围的逃难乡亲被兽行激怒了；

大家冲上前去，要搏杀，要拼命；

母亲像一头母狮呼啸而起……

这一切，都被窗口上的山花看了个真真切切。

她仿佛看到那倒下去的便是自己的儿子；

她仿佛看到那受尽凌辱的是自己的姐妹。

而此时，她看到站在木头堆上的武田非但不制止自己士兵的兽行，还在仰天大笑。

山花尽管已是两个孩子的母亲，尽管也已经不是神兵队的队员，也不是乡勇团的团丁，但她知道，尽管自己是一个女人，是两个孩子的母亲，但自己是一个大清的女人。大清男人可以顶天立地，大清的女人也照样可以。

泪水从她的眼中夺眶而出。

这是愤怒的泪水；

这是复仇的泪水。

她咬了一下牙关，拿起身边的毒箭，瞄准站在高处的武田，使尽全身力气，瞄准，再瞄准，拉满弦，射出去。

山花心里想着，嘴上念着。

一松手，那箭真是神箭，那箭真是毒箭。

市中心的那位可怜而又无辜的女人，正要使尽最后一丝力气扑向日军时，那日本军早一刀扎向她的心脏，血如泉涌从她的胸口喷然而出。

“干妮姥！”山花第二次从自己口中涌出了闽南语粗话。但话音刚落，那箭不偏不倚正中武田的喉部，正射中仰天大笑的武田的喉管。

武田便在进入永丰城不到两个小时之际，莫名其妙地倒在地上。

沉重地倒在地上。

永远也没有力气再爬起来了。

“干妮姥！”山花还想呐喊，并准备将第二支箭搭在弩上，却发现自己的手被后面一双大手死死地拉住了。

“阿爸！”山花发现身后的老父亲，老人用既惊愕，又欣慰的眼光看着女儿：“走，不然被日本人发现，非但你没命，全家都会没命。”

“我……”这山花就是那么倔，她想挣扎开父亲的手。

“走……”阿力凡不容女儿挣扎。

也许是在黑暗中有无数双眼睛盯着日本人的暴行；也许是山花前一段已经将永丰城的女人们都团结起来；也许是这第一支箭像冲锋的号角。山花第一支箭射出去，武田倒下后，从永丰城的各个角落，不同角度纷纷向日本军射出千支万支的毒箭。这些箭如疾风、如暴雨铺天盖地而来，倾泄在日本军当中。

那些以为乡勇团被皇军威风吓跑的日本军不费一枪一弹轻而易举夺取了永丰城，正在得意之时，便不明不白在这黎明之际倒在一片片污血当中。

那些正在挨家挨户驱赶乡亲的日本兵“扑通扑通”倒下去了。

在市中心张牙舞爪的日本兵也追随武田去了。

“八嘎！”龟田次郎正在与佐佐木商量天大亮之后如何抓捕乡勇团，看到身边的官兵不明不白、接二连三地倒下，还没弄清怎么回事，却见地上已经横七竖八倒了十余具尸体，惊愕地狂叫着……

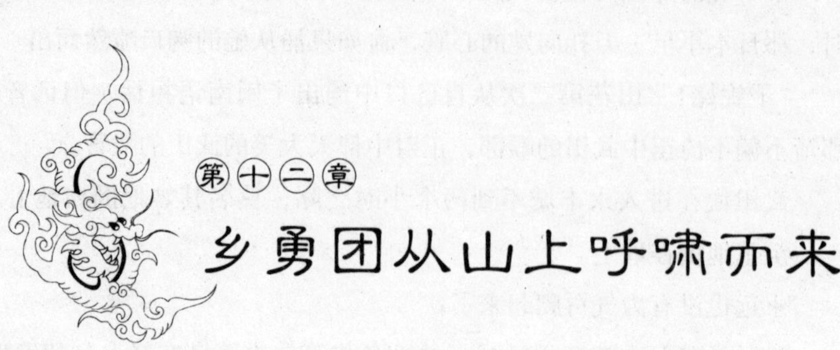

第十二章 乡勇团从山上呼啸而来

一场箭雨从天而降。

眼看着身边的日本军官兵一个个倒下，吓得阿六双手抱着脑袋，浑身发抖。他睁开眼睛滴溜溜地观看，希望在这关键时刻为佐佐木他们提供有价值的情报。但这时正要天亮，又还未天亮的永丰城四面来箭，朦朦胧胧，只有呼呼的箭响，却不见发射的人和位置，每个日本军都陷身于箭海之中，动弹不得，没有丝毫的招架之力。

天终于大亮了。

等阿六站起身子看到满是污血的永丰城时，不禁浑身像筛糠一样地发抖。“死了那么多日本人，这龟田次郎和佐佐木定然不会放过自己。”看到一地的日本兵尸体，阿六的脑际不自觉地浮现这么一个念头。

“阿六，八嘎！”正当阿六还在激烈的盘算如何再次争取龟田次郎的信任时，却听见佐佐木在十余步路远的地方在叫他，这足以雪上加霜，让他吓得差点尿了裤子。

“完了……”阿六心里暗暗叫苦，自己在永丰城混了这么久，怎么就没有发现这乡勇团还有这种绝活，用这种叫箭的原始武器呢！太君肯定饶不了自己。

“你的，过来！”佐佐木话音刚落，龟田次郎用手里明晃晃的军刀指着阿六呵斥道。

“是！太君！”阿六不敢怠慢，快步上前，又是点头，又是哈腰。

“这神箭是什么人的干活？”龟田次郎那双眼露出两道凶光。

“乡勇团，乡勇团的干活！”阿六不假思索，振振有词。

“乡勇团用神箭？嗯？”佐佐木的眼里明显地露出不信任。

“是！肯定是乡勇团的干活。”阿六口气十分肯定。

“上次与皇军交战为什么乡勇团用刀枪？”龟田次郎步步逼近。

“这……”阿六有些失语。

“八嘎！”龟田次郎似乎有些发疯。因为，当他低下头，认真看看那被箭射中的日本军官兵的伤口，个个发黑，已经死去的官兵脸上乃至全身都发黑。不用说，这箭上一定附有剧毒物质，这些殉国的军人是中箭加上剧毒而亡的。“把各家各户的乡勇团抓出来。死啦，死啦的。”

“死啦，死啦！”龟田次郎的话音一落，那疯狂的日本兵便又像恶狼一样向各家各户扑去。

“死啦……”阿六想赶快远离龟田次郎，也举起手中的枪，追着日本兵出发。

“阿六，你的慢！”佐佐木喝住了他。

“我？”阿六正想拔腿而去，却听见佐佐木的声音。

“嗯！阿光、阿发、林胜天住什么地方？”

“在那边，我带太君去？”阿六想趁机靠近佐佐木表现一番。

“不！”

“那……”阿六有些茫然。

“告诉各个小队，阿光、阿发、林胜天的房子不能进去。”龟田次郎向身边的军官交代。

“这……”军官有些不解。

“这，这是命令！”龟田次郎狡黠的眼光眨巴了一下，鼻孔里哼了一声，让人琢磨不透。

而此时，一楼的院子里海英、山花、海兰和孩子们正围成一团，山花发了首箭便一箭让武田毙了命，足以让她心花怒放。更重要的是她的一箭引来万箭齐发，一场暴风箭雨让十余个日本军官兵毙命，让她感到前所未有的开心。

“你们不知道，那狗娘养的武田还以为他是什么东西，张牙舞爪，就被我一箭过去，便一命呜呼。你们没有看见，他从木头堆上一头栽下那狗吃屎的样子，着实让人开心呀!”山花咯咯笑开了怀。

“阿妈精敖（真牛）!”林生听了以后，带头鼓起了掌，为妈妈鼓掌。

山花又说又笑，让海英和海兰羡慕至极，妯娌三个有一个如此出息，如此出众，她们也觉得脸上很有光彩。

“唉!”笑声刚落，山花又有某些遗憾。

“怎么了，山花？你已经立了大功，还有什么气可叹呀!”海英看见山花突然叹息，便问道。

“要是那时，全永丰城的人都有好箭法，那日本矮子死的人就更多了。”山花脸上露出了某些不满足，“可惜大部分都没射中。”

“好了！嫂子。你已经功不可没，如换上我们说不准浑身发抖哟。”海兰觉得自己与山花尽管只有一墙之隔，却不能做出嫂子一样的举动，心里觉得有些不安。

“阿姆，你是我们的抗日英雄哪!”云生和天生也为山花喝彩。

一群女人和孩子，他们对日本鬼子的残忍，对战争的残酷知之甚少，只为眼前取得的初步胜利在欢庆着。

在三楼的房间里，阿光、阿发和林胜天的心情却是异常的沉重。

此时，他们在这小会客室相视而坐，看到第一支箭从阿发家射出，便知道那是山花的杰作，接着第二支、第三支……当这箭像雨点一样射出去时，三个男人预感到问题十分严重。但制止是无能为力了，这些入侵者不可能吃哑巴亏，必然要反扑，必定要报复。那么面对这种强敌的报复，作为永丰城的头家，更多的是在思索如何更有效地保护自己的乡亲。

山花犯了一个严重的错误，这个错误将全城的老百姓暴露到日本鬼子的刺刀前，这个错误兴许还影响了昨晚研究的寻找战机，狠狠打击日本兵的作战计划。

“阿发，你下去好好教训你的查姆。”阿光觉得心里很火。

“这……”看到阿光生气，阿发站起身想下楼教训山花一通。可是，他正要挪步又不能不顾及妻子的倔犟性格，虽然她是一个女人，可性格却比驴还倔。你听，现在她还为自己的杰作高兴不已，你去一说，非在这帮女人和孩子面前碰得一鼻子灰不可。

“胜天，你叫山花上来！”看到阿发迟迟挪不开步，阿光了解这个兄弟老实巴交的性格，叫他去，还不如不叫。

“我？”胜天指了指自己，似乎也有些为难。

“对呀！你怕……”阿光极少有生气的时候，正想提高嗓门，门外却响起了脚步声，简宏顺、连永福、阿力凡先后走进小会客室。

“我去……”阿力凡接过话题，“这查姆，都两个孩子的母亲了，做事如此欠周全。”

三个老人脸色严峻，除了魏永富和屠户去永丰酒楼外，实际上他们一夜也未合眼，一直从窗户上观察那市中的情况。刚才，阿光在生气，他觉得阿光的话没有错，如果永丰城的人没有一个权威命令，大家各自为战，没有保护意识，这许多灾难将无可避免。

“妈妈……”

“孩子……”

“大叔……”

突然，市中心老人、孩子、女人、男人的哭声、叫声、无助的呼唤声从窗口传入。大家停止了讨论，不约而同从窗口朝外看去，不看不知道，一看吓一跳。

原来，那市中荷枪实弹的日本人已挨家挨户将乡亲们从家里赶出，并汇集在那里，旁边还有一大摊被收缴的弓箭，几个家中被搜出了箭的男女老少被单独放在一圈，那恶狼一样的日本兵不时用枪托砸，用皮鞋踹，把他们打得满地打滚。

几个性格比较倔犟的汉子和女人，为保护自己的孩子，不顾一切冲向日本鬼子，竟然被那日本鬼子用刺刀活活挑死。

鲜血在市中心流淌着。

乡亲们尽管被刺伤，仍然顽强地支撑起浑身是血的身子扑向日本鬼子。

日本鬼子的嚎叫声；

汉子们勇猛的怒吼声；

女人们的咒骂声；

老人、孩子们的啼哭声与那带血的腥风裹挟在一起。

这市中心已成了血腥之地，入侵者屠杀永丰城乡亲的场所。

会客室里的人一个个惊呆了，伤心和痛苦的泪水不停地从脸颊上往下流去。

“干妮姥，我出去。”阿光看不得自己的乡亲，自己的同胞遭到涂炭和杀戮，他把手中的旱烟斗死命地往地上一砸，准备下楼，出门，到广场上去。

“不行，阿光哥！”林胜天看见阿光怒不可遏执意出门，叫了一声，用自己的身子挡住了大门。

“我不去，难道大家就在这里眼睁睁地看着日本人杀我们的乡亲？”阿光哽咽着，用手擦拭了一下那满脸的泪水。

“你出去，一定会死，这日本鬼不可能放过你！”胜天执意坚持着。

“不！出去肯定有危险。但，日本人听说是我，绝对不会杀我。”阿光看了看大家，“他们是要占据永丰城，要占据永丰城必然不敢伤害我。”

“不行，你以为你是菩萨呀！”一直不吭声的阿发，眼看胜天拦不住阿光，也大声嚷了起来。

“阿叔，你们在家，如果山上派人来联系，便告诉他，今天让日本人折腾，等到半夜他们折腾够了，疲惫不堪了，集中精力狠狠打他们一下。我现在去，虽然不能保证保护所有乡亲，但绝对可以少死伤几个人。”阿光去意已决，他对站在门栏边的林胜天和阿发说，“走，我们三兄弟同去，纵使日本鬼子要一试高低，三五个鬼子，还很难近身。”阿光考虑问题总是比较细心，比较全面。对处置任何一件事，对结果预计也有一个最佳和一个最坏打算。如果出去，这日本鬼子翻脸不认人，他知道自己和林胜天的功底，两个人换他十几条命是没问题的。

“要不要带上几个保镖？”连永福看他们三个赤手空拳，心里似乎没有底。

“不，带上保镖更不安全。”阿光显得十分自信。

“那将乡勇团布置一些在周边以便接应？”阿力凡觉得这阿光有勇有谋，但周边有自己的人心里更踏实一些。

“都不要，你们尽管将心放在肚子里。”阿光说，“生死有命，富贵在天。以前，我阿光发高烧在路边几天几夜没人管都死不了。现在，这算得了什么。我命硬得很。”他在心里不断地为自己加油，以增强自己的自信。可是有一句话他却始终没有说出口，那便是这全永丰城两万多个父老乡亲都是自己带来的，或者是冲着他的名字投奔来的。保护他们的生命安全，让他们在这里安居乐业，繁衍生息是自己的责任所在。

“去吧！要多注意保护自己，胜天你要眼观六路，耳听八方。”简宏顺觉得永丰城眼下形势十分紧迫。这日本人将乡亲们赶出去，便是逼永丰城的头家露面，迟了说不准会有人遭殃。阿光的话有道理，既然他们已经进城，与日本人见面那是迟早的事。

“你要当心。”听说阿光要带着阿发、胜天出门见日本人，海英三个女人泪水涟涟，站在门口，却不知说什么话合适。

“你们不要想那么多。只有一条，我们出去后，你们，”阿光用手指了指大家，“不管男女老少都不能乱说乱动，在家里泡茶。听到了吗？”

“听到了。”云生几个小孩异口同声。

“好了。”阿发的心怦怦直跳，他知道阿光胆子特别大，他想做的事，谁也阻挡不了。

“吱”的一声，阿光家的大门被打开了。

身背短枪的阿六一看到阿光、阿发和胜天，一前一后从院子里走了出来，不觉又吃惊又兴奋。赶紧上前一步又点头又哈腰地走到阿光跟前说：“老板，我是阿六，今后请多关照。”

“我能关照你吗？”阿光用眼睛扫了一下眼前这个如同蟑螂一样恶心的阿六，头也不回地径直走向市中心。

阿六看到阿光那不屑一顾的神情，便拔腿走在前面，赶到龟田次郎跟前："报告龟田太君，永丰城老板阿光、阿发和林胜天先生来啦。"

"哦，阿光老板来了？"那龟田满脸杀气，听说阿光几兄弟都来了，立马换了一副和善的神色，跨过几大步来迎接，"你好啊！阿光先生。"

那样子，真像是与久别重逢的故友相见，迎上来伸出手。

"你就是龟田先生？"阿光没有伸出手，而是冷冷地问了一句。

"是的，是的，在下龟田次郎，请阿光老板多多关照。"龟田自打圆场。

"你是日本人，我是中国人，中间隔着大海我能关照你什么？"阿光跟这侵略者说话没有兴趣，冷冷地回答。

"不！不！不！阿光先生真会开玩笑。"那龟田表现出一种侵略者少有的幽默，"以前你是中国人，可现在你是日本人了。我们是同胞，是乡亲，是兄弟啦！哈！哈！哈！"看到阿光沉着脸，龟田自我解嘲，哈哈大笑起来。

"是吗？"

"当然，当然。"

"那请问龟田先生，有你们这样对待自己同胞、乡亲和兄弟的吗？"阿光看到东倒西歪，遍体鳞伤，倒在地上的永丰城乡亲，看到地上四处流淌的鲜血，义愤填膺地质问。

"那是他们先杀了我们的兄弟！"龟田被阿光质问得无话可说，沉默了一下解释说。

"是啊！是啊！老板，大日本皇军昨晚被这些刁民射死了十多个人。"阿六此时却像一只哈巴狗在一边帮腔。

"这里有你说话的地方吗？"阿光头都不转，恶心了阿六一句。

"龟田先生，说起来好笑，你们是荷枪实弹，训练有素的军人，这些是手无寸铁的庄户人家，你说他们杀死了你的兄弟？"阿光用咄咄逼人的目光看着龟田次郎。

"他，他们用这些毒箭杀死我们兄弟的。"龟田的话有些语无伦次。

"我是他们的兄弟，这一点无可厚非，你说，你们也是他们的兄弟。请问，他们为什么不杀我，而要杀你？"阿光越说越流畅，他等待龟田的回答。

“这个，这个。”龟田失语了。但他眼睛一转便将怒火发泄在一旁的阿六身上，“阿六，你说为什么？啊？”

“我，我，我……”这回轮到这哈巴狗，这汉奸没话可说了。

“龟田先生，中国和日本的文化历史有许多共同之处。想必中国有一句古训你也清楚，‘水能载舟，也能覆舟’。这永丰城的乡亲便是水。”阿光语气很轻，但字音却很重，“你现在是在肆意地糟蹋水，难道就不怕明日覆舟？”

“啊！啊！啊！想不到阿光先生满腹经纶。”阿光一席话，说得龟田语无伦次。

“胜天，阿发，我们走吧。”阿光手一挥，便与阿发和林胜天离开市中心，只走了两步阿光扭过身子，给龟田次郎留下一句话，“现在，看你如何对待眼前的水了。”

“阿光先生，改日拜访，后会有期。”他的身后传来了龟田次郎的声音。

阿发和林胜天默默地跟着阿光返回宅院，进入会客厅，简宏顺一帮老少们已焦急万分地等待着阿光他们。

一脚踏进客厅，阿发颓然坐在椅子上，满头的汗水往下流淌着，久久没有发出一句声音。

“怎么啦？”山花在阿光走后被阿力凡几个老人训斥了一番，知道自己由着性子，乱了整个作战部署，现在看到阿光他们安全返回，一颗悬着的心终于放了下来。现在，看到老公坐在那椅子上不言不语，便用少有的温柔上前询问。

“我这背上的汗水像诸罗山的山泉哗哗地往下流淌着。”林胜天顾不得这么多老少，脱下身上湿透的衣服，用力一拧，那汗水噼里啪啦地落在地上，“想不到阿光哥处变不惊，那口才，那气势却把龟田镇得哑口无言。我呀，生怕出乱子，将拳头都捏出了汗水。心想如有变化，这条命少说也要换他十几个日本鬼才够本。”

“是啊！总算有惊无险，终于平安回来了。”阿发看见胜天说话，终于开了口，他回头用眼睛瞪着自己的妻子，“你呀，好歹也是两个孩子的母亲了，做事总是照自己的性子，差一点弄出人命来。”

“还说，人家不是已经知道了嘛。”山花这性格的可爱便是知错就改。刚才，几个老人说了她一通，此时她已经知道自己错了，态度十分温顺，在许多长辈和小孩面前如此可怜巴巴，倒让阿发于心不忍。

“老板。”喝了一杯茶，阿彪才选择了开口的机会。

“哦，阿彪你不是在山上吗？什么时候下的山，我倒没看见。”被阿彪一叫，阿光才从沉默中缓过神来。讲实话，刚才自己有这样的表现，有这样的应变能力是连他都没有想到的，离开那里，自己才感到害怕。现在坐在客厅里才刚刚缓过神来。

“他已经下来有一阵子了，有事要向你报告。”海英看到阿光满身是汗，一边用湿毛巾帮他擦汗，一边解释。

“好！”阿光用目光跟阿发、林胜天交换了一下意见，“我们到楼上说吧。老板，阿叔？”

“嗯！”简宏顺这次来得非常及时。这位见多识广的老人，看到这帮后生将面临的情形着实千头万绪，能帮忙当一下参谋也十分乐意。

“老板！这一夜，乡勇团的兄弟们都睁着眼睛一直盯着永丰城，大家一夜都未合眼。刚才，陈文先生和李文福先生商量了一个意见，叫我下来跟你报告。对了，连他妻子都上山去了。”

“这个李先生呀，虽然是一介书生，倒是文武双全。只是山上条件不好，让文人上山吃这苦，我于心不忍。”听完阿彪的话，阿光叹了一声。

“他说，一定要与兄弟们一道，打好这一仗才回学校。”阿彪说，“陈文大哥他们商量了一下，决定今晚发动进攻，你看？”

“简老板，你们几位长辈的意见呢？”阿光想听听几位长者的意见。

几个老人都点了点头。

“阿光，千人吃饭，主事一人。”简老板十分感激这后生仔，十多年来在决策之前都如此尊重长辈，更觉得阿光遇事冷静，是一个能成大器之人，鼓励他大胆做主，“你就大胆下决心，这帮矮子太嚣张了。”

“那我就说了，”阿光口气坚定地说，“这日本军一路行军已经十分疲惫，昨晚又折腾了一夜，连我们都已经十分辛苦，他们便不言而喻了。今晚非打得他满地爬不可。”

“对！”大家异口同声。

“阿彪，今晚下半夜，最好在子时左右，乡勇团集中全力，狠狠打他们一下。注意不要恋战，最好近战，我们枪不如他们的好，用大刀砍杀；乡勇团分两半，一半边打边引诱其进山，另一半后面包抄，形成前后夹击。注意顺便夺取枪支弹药。打几次仗，把我们乡勇团的枪支换一遍。现在，我们什么都缺，尤其缺枪支弹药，今后更需要。”

“好！我马上返回山上做准备。”阿彪得了命令，立即想从后院出发。

“还有，现在到晚上要叫乡勇团的兄弟们踏踏实实休息，养足精神。”林胜天看见阿彪要出发，叮嘱了一句。

“好！”阿彪应了一声，头都不回地走了。

“我们在家的人也不能闲着。”阿光用目光扫了一下，最后落在了阿昌身上，“你去通知里长，然后叫他们一个个传消息，今晚听到枪声、砍杀声没有通知不准出门，在家待着，免得误伤。”

“好！我马上办。”阿昌出去了。

“我们这些人在家待着。现在，大家也休息去吧！”阿光自己也感到眼睛酸溜溜的，一看太阳已经西斜，困得不行，也想休息一下。因为，他心里十分清楚，这打击日本鬼子不可能一两天就结束，以后这样的日子经常会遇到，必须有健康的身体，还必须有长期作战的思想，切不能操之过急。

“阿叔，阿叔。”阿光刚把事情安排好，那林生兴冲冲地走上楼来。

“怎么啦，林生？”看见这长得虎头虎脑的小侄子，阿光十分怜爱，一下把他拉到身边，问道。

“那日本军把全城的阿伯、阿叔都放了。”林生指手画脚地告诉阿光。

“真的吗？”阿光把头伸向窗口外，果不其然，那早上被驱赶到市中心的乡亲，估计日本鬼子从他们那里问不出什么东西，再加上阿光早上挑出了那几句话，日本鬼子不得不将他们放了。

阿光目光凝视窗口，他在心里反复思考，这日本人今天早上吃了亏，死了人。可是，抓了那么多乡亲，而且还收缴了那么多的弓箭，可是什么线索都没挖到，便这么轻易地放人了。不可能！永远不可能！这些侵略者，口口声声称台湾乡亲为兄弟，那是一种骗人的鬼话。而这骗人的鬼话后面，却隐藏着许多阴谋。他告诉自己，今后的形势将更加残酷。

阿光、阿发和林胜天并没有到床上去睡。

尽管大家从昨晚到现在都未合眼，都很疲倦，却丝毫没有想躺在床上睡觉的意思。

因为，全城两万多条生命系于他们身上呀！谁能睡得下去，谁能睡得安稳。

夕阳西下，接着便是上月升起。

阿光他们在客厅里的太师椅上不停地抽着旱烟，不时地看着门外那朦胧的月色。

海英她们煮了一锅绿豆汤，蒸了几盘米粿。这是闽南人的习惯。熬夜伤身，上火，喝一碗绿豆汤可以祛火解毒，蒸上的米粿可以耐饿。昨晚没睡，预计今晚他们也不可能睡。穷苦人家出身，现在日子好了，但饮食习惯却难以改变。

勉强喝了一碗绿豆汤，就了一块米粿，阿光满脑子都是今晚打日本人的事。他坐在太师椅上抽着旱烟，一锅又一锅。太困了，他迷迷糊糊地打了一个盹。突然，他在梦中被一声猛响惊醒，一阵激烈的枪声从市中心传了进来。

睁开眼睛，屋外已是一片朦胧的月色。兵荒马乱，这个城市的人们早已惊恐地躲在家中，甚至连平时常常狂吠的看家狗也知道了什么，懒得叫唤了。

这真是天助我们哪！朦朦胧胧的月色正是乡勇团出手的绝好机会。愿菩萨保佑，愿保生大帝保佑！阿光心里默默地为自己的乡勇团祈祷。

一股浓浓的香从一楼往上飘。他轻轻地嗅了一下。知道了，这一定是海英三妯娌在给神龛的保生大帝供香，她们正虔诚地祈求他老人家的庇佑。

“几点了？”阿光被枪声惊醒，看了看身边正打呼噜的阿发，轻轻地推了一下阿昌，问。

“应该已是子时。”阿昌拭了一下眼睛，有些兴奋地说，“老板，听那枪声，乡勇团从山上下来了。”

“冲啊!”

“杀啊! 灭了小鬼子。”

“兄弟们，杀绝小鬼子，保护永丰城!”这声音从众多的呼喊声中传了出来。阿光听得很真切，这是阿彪兄弟的声音。这声音太熟悉，因为这声音很特别，音量很高，带着浓浓的泉州府的声音。

“冲呀!”

“杀呀!”

这声，一声接一声，连成一片，形成喊声的海洋。

怪呀! 就那两三枪，然后，再也没听到枪声啦。

阿光头都没伸出窗外，他悠然自得地抽着旱烟，一口接一口。然后，不停地吐着烟圈。

“怎么没有开枪呀!”阿发有些不解，他在客厅里不停地走来走去。

“坐下，安安心心地坐下。”阿光用手指了指兄弟。

“你还坐得安心?”阿发有些不解。

“嗯。”

“为什么呀! 阿光哥!”阿发开始着急起来。

“开枪，我们处于劣势。没有枪声，意味着我们占据主动。再耐心听一听，明日我们再出去看一看。乡勇团一定取得了大胜利了。”阿光信心满满地说。

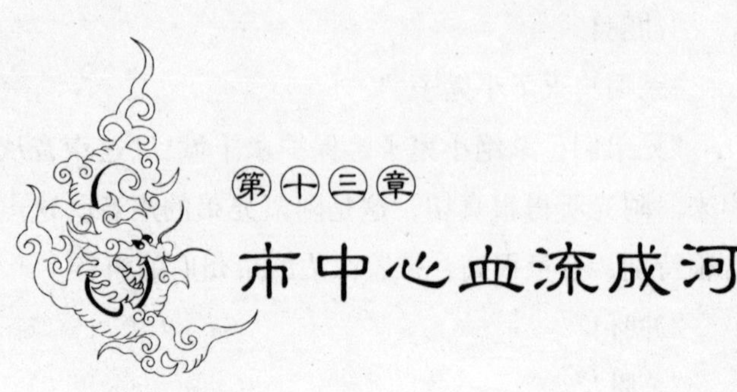

第十三章

市中心血流成河

尽管初次见面，龟田次郎被阿光几句不冷不热的话呛了一阵，使他对占据永丰城的思考更复杂了许多。原来，他以为永丰城是一个新建的城镇，人口不多，看家护院的乡勇团也只有区区二百多人，充其量是坐拥着险峻的地理优势而已。第一次发兵，他跟桦山资纪报告，便批准叫武田和佐佐木去，这便已是牛刀杀蚊子，小题大做了。谁知道，一次突袭竟然使其失去一百六十多位精英。当时，他听到这一消息也很不理解。当桦山资纪指派他率兵再次进攻永丰城时，就那么不到一天一夜时间，已隐隐约约地感到这是一块难啃的骨头。

黎明前那次箭雨，又让他失去十余条士兵的生命。

印象当中应是土里吧叽，一介武夫的阿光，竟然不怕刀光剑影带着他的兄弟出现在他的市民中间。而那几句不愠不火的话，却显示出这人有着常人所不具有的毅力和气质。考虑了许久，龟田次郎从长治久安的角度，暂时将十几个士兵被乱箭射死的恶气憋了下去，暂时放了被驱赶到市中心的所有永丰城居民。

回到指挥部，龟田次郎脱下一身军装，抽出军刀开始舞起来。边舞边思考对策，这是他长期以来养成的习惯。他希望，此次亲征，虽然出师不利，一进城武田和十几个帝国军人殉国，但从明天开始，不！从现在开始便能扭转局势，顺风顺水。

这永丰城的夏天特别的热，舞了一下刀，便使这龟田大汗淋漓，卫兵送来了湿毛巾。他一边擦拭着身上的汗水，卫兵一边帮他打着蒲扇取风。而龟田次郎的脑子却一刻也没有休息。

屋外，知了仍然像往常一样没完没了地鸣叫，四周的树枝静静的，静静的没有一丝风。龟田半闭着眼睛，看见那耀眼甚至有些刺人的阳光，脑子里突然想到当这阳光退去，黑夜来临时的永丰城；看到这城里步履匆匆，表面上老实巴交，却摸不清底细的中国人；还有那黄氏及四个日本军人就这样莫名其妙地被杀了，而且被谁杀的至今也没有一点线索。此外，便是那从没上过学堂，没有老板巨贾那种满头流油光滑的阿光……“不识庐山真面目”，龟田次郎自我解嘲地念了一句中国古代的诗词。然后，有点无可奈何地摇了摇头。

“今天乡勇团没有出场，这乡勇团狡猾、狡猾的。”这龟田次郎已经五十多岁，跟桦山资纪一样经历过无数次大大小小的恶仗，跟无数的敌人搏杀，见过无数个场面。然而唯独没有见过永丰城这么难应付的局面。

龟田次郎想着想着，刚刚似乎稍稍平静的心又开始烦躁起来。他从太师椅上站起来，从窗口上投出眼光，那正是永丰城的市中心。这时，他才蓦然觉得，自己所站的房子正是前几天易主的茶馆的房子。他低下头，兴许这房前几天还是黄氏住的，或许这黄氏身首分离正是在自己所站立的地方。

“八嘎！”龟田次郎不禁从牙缝里迸出了两个字。他不相信，自己一生行伍生涯，历经过无数次血雨腥风，大风大浪都经历过来，还能在这小小的永丰城翻船。

“报告。”正当龟田次郎在绞尽脑汁思考应对之举时，手下一个军官在门外喊着。

“进来！”没有好心情，龟田恶狠狠地回答。

“龟田君，武田君和战殒者已经火化完毕。”进来的是佐佐木，他是武田的同学。今天，只在片刻之间武田倒在乱箭之下，让他惊恐不安。

那时，他就在这武田身旁，武田因为不费枪弹占据永丰城心情特别好，正仰面哈哈大笑。然而，就在这瞬间，那箭，那不知是否从天外飞来的神箭正中他的喉部。可怜这武田如同一袋面粉软绵绵地倒下来。佐佐木惊愕之余，俯下身子想看个究竟，发现也只在片刻之间，武田那伤口发黑，而且迅速蔓延，一会儿全身都发黑了。

这射中武田的箭头上涂有剧毒的药呀！就那么一支箭，却比一颗子弹还厉害，从此让他和同学阴阳两隔了。

“嗯！佐佐木君，请大家节哀，等消灭了乡勇团再把他们的头颅拿来祭拜武田君。”龟田似乎没有佐佐木的那种悲哀，他的语气淡淡的。

“是！”尽管佐佐木内心充满着悲伤，但他了解这龟田的秉性，这人杀人如麻，残忍至极，如果发现部下与自己不是同心同德，什么事都可能干得出来。

“今天晚上，你的……”龟田把佐佐木叫到跟前，压低声音神秘地将自己的计划告诉了他，“你的，明白?”说完，龟田的眼里露出一股冷冷的阴光。

“我的明白。”佐佐木双脚一并向龟田行了一个军礼。

“好！你，马上按照我的意见办！”龟田不容佐佐木迟缓半刻。

“是!”听完龟田的话，佐佐木飞身出去了。

再说，阿彪向阿光报告了与陈文、李文福他们一起商定的当晚的作战计划后，便按照计划要求，先安排所有的乡勇团团丁休息。

子时一到，陈文带着乡勇团副团总阿林及一百多个团丁，借着夜色全副武装从小山冈呼啸而出，直奔市中心旁不远处的日本军帐篷。这些乡勇团的兄弟们，自从上次趁着暴风雨袭击日本人大获全胜之后，一个个信心十足，斗志高昂。借着夜色，这些永丰城的子弟恨不得以一当十，三下五除二将那日本鬼子赶出自己的家园。

经过日本军一日一夜的折腾，此时的永丰城格外安静。

只有几声狗的狂吠。此外，整个永丰城没有任何的声音。

陈文有着丰富的作战经验，每次战斗他总是冲在前头，呼喊着，领着他的部下冲锋陷阵；阿林熟悉永丰城的每一个角落，在他身后挥舞着大刀直扑日本军营。

日本军营由两排二十顶帐篷排列而成，没有灯光，没有皎洁的月色，朦朦胧胧的夜色当中，偶尔有一个哨兵的身影在晃动，给人以神秘莫测的感觉。

“枪上膛，刀出鞘。”陈文与阿林交换了一下意见。

“枪上膛，刀出鞘，朝后传话，快步前进。”阿林朝身后的团丁命令道。

这一百多个乡勇团白天埋伏在山上，透过参天大树，已经清晰地看到日本人那种猖狂的入侵者罪行，早已憋了一肚子的火气，听到阿林发布命令，个个义愤填膺，巴不得三步当做两步冲上去将那日本鬼子杀得片甲不留。因此，一个个就如出山的猛虎冲向敌群。

“阿林，我们各带一队人马，形成南北夹击的态势。”陈文朝身后的阿林交代了一句。

“好，没问题。”阿林手一挥，带着一部分乡勇团从另一个角度朝日本军营靠拢。此时的阿林心情十分激动，他的上辈也是从泉州府来渡东的，在台南原来跟着林胜天负责打击海盗的工作。后来应阿光之邀，他随胜天六个兄弟到了永丰城，这个闽南汉子，个子不算高，但躯体里却装着满腔热血，他经历了永丰城人用鲜血和汗水开发新城的过程，日本人要占据这座新城，掠夺他们开发的胜利果实的消息让他怒不可遏。昨天，他带着乡勇团退到山冈后的密林中，看到与自己朝夕相处的全城父老乡亲被驱赶到市中心，受尽凌辱时，禁不住火冒三丈，三番两次要冲下去拼个你死我活，都被阿彪和陈文他们制止了。

这时间真难熬呀！

这难熬的不是天气的炎热，也不是蚊虫的叮咬，而是埋伏在山上一天一夜，眼睁睁地看到自己的兄弟姐妹受欺凌，而不能冲上前去救他们于水火，不能冲上前去厮杀一番。

现在，机会来了。

机会便在自己的眼前。

快到日本兵的帐篷前，阿林看见眼前不远处有两个哨兵的影子在晃动，他运了运力气，如同猛虎扑食，一个箭步冲上前，瞅准一个哨兵的脑袋就那么一下，“咔嚓”一声那哨兵的脖子便生生被扭断了。

这是在台南参加打击海盗前学的拳脚功夫。这几年，永丰城夜不闭户，路不拾遗，功夫没地方使，今天终于有了一展身手的机会。

转过身，他想继续去收拾另外一个哨兵，却见他早已被自己的手下，手起刀落，一个脑袋咕噜噜地滚在地上。

“干妮姥，冲进去，杀他个满地爬。”阿林很兴奋，第一个冲进第一座帐篷。

“点灯！”帐篷里黑洞洞的，没有一点动静，阿林感到有些异常，便命令部下。

蜡烛灯点亮了。

这能住二十余人的帐篷让阿林大吃一惊。

里面空无一人，只有日本兵随身携带的衣被。

静悄悄的，甚至连枪弹也没有。

“报告，帐篷里面没有人。”他的一个部下报告说。

“报告，这帐篷里面也没有人。”他的又一个部下报告说。

“报告……”

报告之声一声接一声，但回答都一样。

这两排二十顶帐篷空无一人。

只有在帐篷下留下迷惑乡勇团的几个哨兵。

“我们上当了，撤！快撤！”阿林正在思考着眼前这怪现象，却见陈文匆匆赶来，他的手不停地擦着额上滚滚的汗珠。

“撤……干妮姥，日本鬼……”阿林心里涌出了一种无明之火，正张开嘴骂的时候，乡勇团的四周，已经埋伏的日本鬼子以乡勇团三四倍的兵力，将他们包了个严严实实。

“冲出去……“陈文很着急，挥起了手中的大刀。但“砰”的一声枪响，陈文的身体像被什么东西撞了一下，“扑通”倒在地上。那张明晃晃的大刀“哐啷”一声落在旁边。

“陈文大哥！背上陈文大哥，撤！”阿林的脑子一片空白。但有一点他十分清楚，自己和乡勇团落入日本军亀田次郎设计的陷阱，处在十分被动的境地当中。现在，唯一的选择便是将兄弟们带离日本军营，冲出去，多留一些种子，多保存一些实力。

陈文躺倒在阿林的脚下，手捂着肚子痛苦地呻吟着。阿林弯下腰，看到那肠子已经流了一地。这陈文也真是一条硬汉，看到这状况，用手将那流出体外的肠子放回腹腔。然后，将衣服包好，将腰带扎紧。带着疲倦的苦笑告诉阿林：“阿林兄弟，我们中埋伏了，不能久留，快撤出去，要快……”

“背上，快撤呀！”阿林急了。

“是！”身边两三个团丁簇拥着背起血淋淋的陈文开始突围。

乡勇团已经被日本军包围得严严实实，尽管月色朦胧，看不清这四周有多少日本兵，但可以肯定其数量要超过乡勇团人数的数倍。

“兄弟们，杀呀！杀出去！”阿林疯了一般。黑夜中，乡勇团和日本兵看不清，也分不清。背上背着的枪发挥不了作用。他干脆将枪斜背在肩上，举着那跟随他十多年的大刀，高喊着。

“八嘎！”日本鬼子此时看见乡勇团一百多人被包围得严严实实，疯狂地扑上来了。

冲在前面，背着陈文的乡勇团又被挡了回来。

“阿林兄弟，前面被日本军围死了，冲不出去。”几个乡勇团团丁护送陈文的，退了回来，焦急地朝他报告。

“往西走！”阿林叫了一声，举着刀冲在前面，但刚走几步，他的周围已响起了密集的枪声，那子弹飞过的地方划出了一道道火光。“砰！砰！砰……”这枪声越来越激烈，周围的乡勇团团丁不时地传来了倒地的消息。

“干妮姥，杀呀！”阿林嗓子喊哑了，他知道自己和所带的乡勇团已陷入日军的重重包围之中，撕开口子，早一点冲出去，便能多保留一条生命。

“阿林，我们已经被包围得死死的了，没路可冲出去了。”朦胧的月色中，一个乡勇团头目满身是血地向阿林报告。

“别着急，集中所有的兄弟，朝一个方向冲出去，快呀！快！”阿林的心在流血，他身边的兄弟一个个倒下去了。

一个个倒在自己的脚下。

一会儿工夫，所有的乡勇团团丁都集中了起来。阿林用眼睛扫了一下，一百多个人来，可是身边不足五十个人了。他的眼睛湿润，喉咙有些哽咽，他定了定精神，用那嘶哑的声音大声呼喊：“兄弟们，是生是死在此一举，杀一条血路冲出去!”

“冲出去！冲出去!”团丁们听了阿林的呼喊汇集成一种声音，向西边方向勇猛地突围。

“砰！砰！砰……”又一阵激烈的枪声响起，阿林身边的兄弟又倒下去一片。连同那背着、保护陈文突围的兄弟也接二连三倒下去了。

“冲……”阿林愤怒至极。他的双眼在冒火，如果不是晚上，一定能发现他的双眼是通红通红的。此时，他正挥起手中的大刀疾呼，像一头发怒的雄狮在怒吼。然而，“冲”字刚出口，仿佛胸前被人重重打了一拳，几乎同时，那脑袋也被人敲了一下。他感到浑身上下有许多热流在往下流淌着，眼睛直冒金花，他还想大声呼喊，却觉得自己喉咙被什么东西堵塞；想再挥起那大刀，发现自己刀已离手；想冲，但四肢却没有一丝力气……

慢慢地，慢慢地，他感觉这四周不再有朦胧的月色，不再有兄弟们的厮杀声，不再有那密集的枪声……

阿林终于倒在地上，他两眼睁得像铜铃，倒在那白天还十分滚烫的花岗岩条石地板上。

在山冈上准备接应的阿彪在陈文和阿林出发后，已做好一切准备。一旦他们得手，便带上剩余的一百多个乡勇团团丁冲上去搬运枪支弹药和装备并迅速转移到山上。

作为团总，阿彪觉得这次作战是三个指头捡田螺——十拿九稳的事。因此，带着他的一帮兄弟端坐在山冈上的丛林当中，静候着城中传来的喜讯。

山上静悄悄的。

除了树丛中的蛐蛐声，此时所有的小鸟都进入了安睡之中。阿彪将眼睛死死地瞪在市中心的方向，他多么希望旗开得胜。如果在日本人进入永丰城的第一天能打一场胜仗，对于父老乡亲们来说，莫说欢天喜地，甚至比过年、比秋收还要开心呀!

“砰!砰……”开始响了两枪。然后，一切又归于平静。这两枪正是阿林他们碰上第一个哨兵时开的枪，这两枪却把阿彪的心提到嗓子眼上。

“阿弥陀佛，保生大帝，你要保佑你的乡民呀。”阿彪不禁在心底默念着。他把手中的枪推上了子弹，一双手死死握着枪把子，死命地握着，慢慢地他觉得手心出了汗，那枪把子也湿漉漉的。

“砰、砰、砰……”又是一阵激烈的枪声从市中心四周密集地响了起来，而且越响越激烈，越响范围越小，阿彪的心也越提越紧。

“团总，团总!”黑暗中有一个探子跌跌撞撞走上山来。

“我在这，怎么样?”阿彪听到探子的叫唤，心一阵阵着急起来。

“我们中计了。兄弟们扑了空，被日本人包围了。”报信的探子浑身是血，气喘吁吁。

“到底怎么回事?”阿彪目光咄咄逼人。

“那日军军营只有几个诱惑我们的哨兵，里面没有一个人。我们一进去便被日本人死死包围了。”探子说完竟然号啕大哭起来，“弟兄们死了，死了很多。”

“这样。”阿彪感到问题的严重，日本人四百多人，我们一百多，四比一，他们占绝对优势。现在唯一的办法是，自己带着身边还剩的一百多个兄弟冲进去，拼死将被包围的兄弟解救出来。

“兄弟们，出发，救我们的弟兄!”阿彪没有再做任何的思考，话音未落，早已举起大刀消失在朦胧的月色当中。

枪声像炒豆一样在市中心响起，流弹在半夜的天空呼呼作响。阿彪带着他的兄弟弄不清现在陈文和阿林到底被包围在哪一块地方，只得竖起耳朵听，睁着眼睛看。看到两边枪声特别密集，子弹划出的弧光特别亮，便带着兄弟们朝那冲去。

他知道，陈文大哥、阿林兄弟以及一百多个乡勇团弟兄应该在那里。

他们被日军包围在那里。

如果能从日军后面狠狠打上一阵，一定能撕开一个口子，将他们救出来。

陈文大哥是刘永福将军派到诸罗山的义军首领；阿林是乡勇团的团副，是自己形影不离十余年的兄弟；还有那一百多个乡勇团团丁是和胜天哥几个一手训练的闽南子弟呀！

“团总，团总在哪里？”正当阿彪奋不顾身，勇猛直前的时候，从黑夜中迎面冲出一个人来。

“谁？我是阿彪。”阿彪不假思索地应道。

“团总，陈文大哥受重伤，阿林哥可能……”来人泣不成声，“啪”的一声跪在阿彪眼前，不停地磕着头。

“你说什么？”听到陈文、阿林的不幸消息，阿彪发怒了。他将牙齿咬得咯咯响，他想狠狠地踹那团丁一脚，但忍住了，高喊一声，“兄弟们，为陈文大哥报仇，为阿林团副报仇，杀绝那日本矮子。杀呀！”

……

乡勇团的兄弟们听到阿彪这一声吼，个个怒火冲天，奋不顾身冲向日军军营。

五十步，

四十步，

三十步，

……

阿彪和乡勇团的兄弟终于与日本军面对面了。

枪发挥不了作用，只有刀呼呼生风的声音，只有刀砍在枪上的金属碰触声，只有刀砍脑袋那切西瓜一样的声音……

乡勇团以一当十，以十当百地冲击重围，把日本军砍得东倒西歪。阿彪那久待的拳脚功夫终于得到发挥，他不时地感到一阵阵热血喷射在自己的脸上、手上、身上。一会儿，感到浑身上下湿漉漉的，他不知道，这让自己浑身湿漉漉的到底是汗水，还是日本军被砍杀溅过来的污血。因为，此时，他只有一个想法，杀！杀！杀！最大限度地杀死日本鬼，最大限度地救出自己的兄弟。

阿彪左冲右杀，终于突破了日本军对乡勇团的包围圈，他手足并用一口气砍翻了身边的七八个日本兵，与被包围的乡勇团弟兄团聚。

“团总来了。”正在与日本军混战得筋疲力尽的乡勇团弟兄，看阿彪如同蛟龙入海，冲进敌群营救他们，立即欢呼起来，扑向阿彪。

“兄弟们，带上受伤的兄弟向小山冈上撤。快!”阿彪看见兄弟们，高呼着。

“冲呀！跟着团总冲出去!”兄弟们欢呼起来。

那边日本军看见拳脚并用，所向披靡，杀死不少日本兵，直窜被围困的乡勇团的人便是乡勇团团总，立马集中兵力像铁桶一样将他们围住，似乎要把他们围得水泄不通，甚至窒息而死才罢休似的。

“别乱，我在前，你们背靠背，排成长方形状，别走散，听我号令杀出去。”看到张牙舞爪数倍于己的敌人，看到倒在地上流尽最后一滴血的兄弟，阿彪格外冷静，他向周边的兄弟发出了命令，“生为大清人，死为大清鬼。兄弟们，杀呀!”

“生为大清人，死为大清鬼，兄弟们，杀呀!”乡勇团兄弟重复着高呼阿彪的话，齐心协力，一百多号人，一百多把明晃晃，铁铮铮的大刀，仿佛像一阵狂风，一阵暴雨在日本军的包围中撕开缺口，呼啸而去……

就这样，阿彪像一只领头羊，率领他的一百多个兄弟，突出了日军的层层包围，跳出了那鲜血横流、尸横遍野的市中心，转入大街，进入小巷，迅速地向小山冈冲去，片刻便消失在那茫茫的大山之中。

后面是一帮日本军天杀的狂叫，还有那呼呼从头顶上飞过的子弹。

“把他们引进山冈，那里才是我们的天地。”阿彪看见后面的日军追兵脚步声越来越远，枪弹声越来越稀疏，告诉身边的团丁们说。

“好，团总！我们杀回去，引诱他吗?”兄弟们杀兴未尽。

“不!”阿彪终于停住脚步，他看到身后已经逐步安静，天已渐渐亮了。这个时候我们外面敌众我寡，天又将放亮的时候，再出去又将陷入重围，而日本军也不会再追赶。“我们先回去吧。”当他看到身边经过一夜搏杀的兄弟，已经十分疲倦，无论从时间、体力和兵力都不容再恋战，退入山林休息后才能再谋日后。

进入丛林，阿彪赶紧叫各分团清点人数，一种悲哀的情形涌上心头。

出发前，总共二百二十八个兄弟；现在，只剩下一百三十六个；总共九十二个兄弟已经告别大家，远离而去。这里，还包括陈文大哥、阿林兄弟。

看着身边这一个个浑身是血的兄弟，想想那已经远离自己、阴阳两隔的面孔，阿彪的心像台湾海峡的浪涛在不断地翻滚着，他的鼻子在发酸，眼眶在湿润。但他却出奇的冷静。男人，尤其是大清的男人、闽南男人，他既有宽阔的胸襟，更有着坚不可摧的意志。泪水属于女人，与男人没有关系。今天这一仗，尽管失去了九十二个朝夕相处的兄弟，明天要让日本鬼子用十倍，一百倍的人来偿命。

阿彪的心在滴血，他那握着大刀的手在不停地颤抖。他强忍着悲痛，将牙齿咬得咯咯发响……

第十四章 屠户死未瞑目

市中心从子时起便交织着砍杀声、枪响声，充满着惊慌，充满着恐惧感的庄户人家只能趴在窗口瑟瑟发抖地看着朦胧月色下乡勇团和日本军的厮杀。

很多年纪轻的庄户人提着菜刀，甚至握着扁担想冲出去助乡勇团一臂之力，但夜色当中分不清敌我阵营，生怕误入敌阵而送死，只好焦躁地躲在家中干着急。

这人上了年纪睡眠都比较浅，往往一个小小的动静便猛然惊醒，昨晚子时那市中心发出几声枪响之后，屠户便用手推了推共一个房间安睡的魏永富。

“永富兄，外面响枪了，你还睡得着？”屠户轻声地问。

“我也睡不着呀！这兵荒马乱的，怎么睡得踏实？”魏永富一边打着蒲扇，一边轻声叹息着。

几声枪声过后，这市中心又还原了寂静的时空，两个老人却全没了睡意，也没了谈话的内容，只是不停地翻着，不停地打着蒲扇。

“噗，噗……”那蒲扇声一会儿从屠户手上发出，一会儿从魏永富的身边响起。

“干妮姥，小日本……”老人又是叹息，又是喃喃自语。是啊！生长在那个年代，生长在这多事之秋，对于过了古稀之年的这一对老人来说，虽然已经少了年轻时的那种血气，仍然时时为永丰城担心，为城里那么多父老乡亲担心。

“干妮姥，如果老子年轻个十岁，一把杀猪刀非得砍倒他十个八个不可。”屠户有些气不过。他不知道日本在什么地方，也不知道这日本人哪颗螺丝松掉，放着自己家的生活不好好过，偏偏要漂洋过海来打架。他重重地吐了一口气，用那后脚跟狠狠地砸了一下床板，“乓”的一声，那木板床被砸得直响。

“是啊！也确实太难为阿光他们哪！”魏永富的心里想着女婿、女儿和外孙。这么乱的世道，老人着实为自己的儿孙们担忧呀！为所有永丰城的乡亲们担忧呀！

这枪的子弹不长眼，谁碰上谁倒霉，这一点老人更加清楚。尽管他们焦急地关注城中心的情况，却不能了解那里的一切，只听到偶尔一两声枪响，还有不时传来的厮杀搏斗声。

躲在家里的乡亲们提心吊胆，把一个个拳头攥得直冒汗。

“冲呀！杀绝那日本鬼子……”

“杀呀……”

“小鬼子，你上来啊！”

……

乡勇团与日本鬼子的厮杀声、呐喊声不时地透过夜空，穿过那闷热而潮湿的空气进入每一个人的耳际，也让两位老人再没有一丝的睡意，他们不停地翻着身子，把那老骨头翻得又酸又痛。

“咳，也不知道乡勇团那些后生仔能不能打得过这日本鬼子。”屠户索性爬起来，倚着那窗户，想看一看市中心的情况。但天朦朦胧胧的，他以为自己眼神不好，眼前只是模模糊糊的一片，他用手把眼睛擦了又擦，拭了又拭，那枪声和厮杀声让他们坐卧不安。

这一夜是那么漫长，仿佛是这太阳的哪个部件出了问题，千方百计才修理好，慢吞吞地露了一丝朝晖。

“我们去看看，永富兄。”屠户已经按捺不住内心的焦急，拉了一下魏永富的衣服。

“走，把你那杀猪刀带上。”魏永富在床上烙了一夜，浑身酸溜溜的，一点力气都没有，心里挺烦的，恨不得带上一把刀，上街砍他几个日本人解恨。

是啊！这永丰城从建设到现在十多年时间里，每日每夜宁静温馨，来了你们这些瘟鬼，搅得大家不得安宁，非杀光了才解恨。

“不行，带上刀岂不是自己送肉上砧板，自找死啊？”屠户看着魏永富着急地制止他，“真要杀他小日本，不愁没机会嘛。”

“说得也是！”魏永富点了点头，觉得这屠户世面没见过多少，这脑子倒还是挺灵活的。于是，老哥俩一前一后，一边扣着衣扣，一边朝那市中心走去。

永丰酒楼到市中心最多也不过两三百步远。

雾并不浓，潮湿而闷热的空气，打开店门便扑鼻而来。两个老人没有了往日的欢笑，一前一后向那市中心走去，还远处便看见不时有持着枪的日本兵在晃动。

一会儿，又有一队荷枪实弹的日军在巡逻，屠户和魏永富相互交换了一下眼色，装着若无其事地继续往前走去。突然，当他们慢慢走近市中心时，一股浓烈的血腥味扑鼻而来。

“屠户，这味道不对呀！怎么血腥味那么浓？”魏永富轻声地提醒屠户。

“是啊！怪不得我直想反胃。”屠户回答说，“杀了一辈子猪，闻过一辈子猪血，唯独这人血让我一闻便发晕，莫非昨晚这死了人吗？”

“什么人的干活？”正当老哥俩边走边说，转角处突然冲出两个端着枪的日本兵。魏永富抬头一看，这两个日本矮子浑身上下都是血，甚至那手上端着的枪，那枪上装着的刺刀都还有血渍。

“我们老人随便走走，随便走走……”屠户心中一惊。他知道了，这里昨晚必定经历了一场殊死搏杀。

“回去，回去。再走，死了，死了!”哥俩想再前进几步看看个究竟，那两个日本鬼子吼了起来，两把明晃晃的刺刀已逼近他们的胸膛边。那刺刀在刚冒出太阳的晨光映射下折射出一道道寒光。

“嗯，哼。嗯，哼!”面对这如狼一样的日本兵，屠户如同见到苍蝇一样难受，他们举目望去，只见那离自己上百步远的地方，那市中心东倒西歪躺着一大批血肉模糊的人，而那些人的服装几乎都是乡勇团的。

两个老人的心抽搐了一下，仿佛被人用刀深深地扎了一下，痛苦地想喊又喊不出来，想挣扎又没了力气。

“乡勇团的那些后生仔被杀了，而且……”屠户想大喊一声，可是他的四周没有别的人，想一脚踹进去，踹死眼前的日本兵以一解心头之恨。但不行，自己年老体弱，而且赤手空拳，他在后悔当时出门听信这魏永富老东西的话，没有将那杀猪刀带出来，不然，就两下工夫杀了他们。

“怎么办？那是我们的子弟呀!”魏永富将眼光在屠户眼前扫了一下，屠户也传了一个眼色。两个老人彼此心领神会。接着，那屠户觉得身体有些不适，捂着胸口，在原地打了一个趔趄，歪歪斜斜地倒在地上。说实在话，这一半是装，但大半是老人一夜未眠，确实被眼前这残酷而血腥的场面深深地刺激。太惨了，这么多年轻力壮、血气方刚的后生仔就在一夜之间被杀死了，而且死了这么大片，死得血肉模糊，经历一生风雨的老人也承受不了这么残酷的打击。

这些都是永丰城乡亲的子弟，都是永丰城最优秀的儿子，可是为了保护永丰城，保护永丰城乡亲的安宁，他们在人生刚刚开始便过早地走了，难道能够让他们暴尸街头吗？

可是，当下只有自己两个老人，他要在哥俩的默契配合中，早点唤醒全城的父老乡亲，请大家赶快来，大家团结起来，为自己的优秀儿子们装殓，还要为他们做上几天几夜的道场，让他们体体面面上路，以便他们以后在另外一个世界上过上平安稳定富裕的日子。

“屠户，屠户哥，你怎么啦？”看到莫名其妙突然倒在自己脚下的屠户，魏永富明白了老兄的用意，他扯开喉咙，大声呼喊，招呼周围的人来救他，让全城的乡亲们出来看到眼前惨烈的场面，看看那走到另一个世界的儿子们。

魏永富一边呼喊着，一边不停地用手掐着屠户的人中。同时，他的眼睛不停地看着四周，盼望着乡亲出来携手抵抗这日本鬼子。

“老东西，你昨晚上没有吃饭吗？大声点。”屠户微闭着眼睛，看到两个日本兵退到一边，张开嘴巴嘟哝着，催促着魏永富。

“快来呀！屠户不行了！”魏永富又大声呼喊起来。他这声音尽管不大，却透过晨曦进入永丰城的家家户户。这个昨天晚上被日本人折腾了一夜的永丰城人家，一个个如惊弓之鸟，大家知道天早已亮了，但却没有一个敢先打开大门走出来。谁都不愿意，走出家门触了那霉火。

永丰城是一个年轻的城市。前几年人们每当茶余饭后都开开玩笑，戏称这里是“小小永丰城，三间豆腐店，城头放个屁，城尾听得见”，这几年那永丰渠开通后，生产上去了，庄户人家富裕了，建设步伐加快了，才初具规模。但庄户人家天生胆子小，昨晚那市中心又是冲，又是杀，早吓得一个个战战兢兢。此时虽然天已大亮，往日早有出门习惯的人，也只是将大门打开一条缝，将脑袋伸出去，探一探看见那街道上冷冷清清，便又缩回头，赶紧将门重新关好、闩上。

多事之秋，少找麻烦。

现在，魏永富这么一叫，便立即将全城的乡亲们从家中叫了出来，大家争先恐后，赶到魏永富的身边，又是掐，又是揉。

躺在地上的屠户听见身边人声鼎沸，知道已聚集了不少乡亲，猛地睁开眼睛大声说：“各位老哥，各位兄弟，你们看，我们的乡勇团……”他用手指了指，眼眶里涌出了一串串泪水。

乡亲们顺着屠户的手指一看，一切都明白了，明白了老人的良苦用心。

立即，永丰城像锅里的开水，沸腾了。

“血债血偿！”

“杀死日本鬼子！”

“还我永丰城子弟！”

……

永丰城的男女老少从各家各户拥向市中心，每个人带着悲伤，带着愤怒，带着一种强烈的复仇心，拥向乡勇团子弟倒地的地方。

日本兵看到蜂拥而来的永丰城人，个个怒不可遏，他们想制止永丰城的人进入乡勇团献身的现场，集中了几十个荷枪实弹的官兵拿着军刀形成隔离带，但都被愤怒的乡亲们冲破了。

“乡亲们，冲过去看看我们的孩子啊！”屠户在怒吼着。

“冲过去看看我们的孩子！”万余名永丰城乡亲，不论男的女的，老的少的，一齐高呼，一齐冲向市中心。

这几十步远的地方，日本兵和永丰城老百姓在前进后退中拉锯着，不到一炷香的工夫，老百姓越来越多，日本人抵挡不住了。

“砰！砰！砰……”他们拉开枪栓，先是朝天放枪，然后直接向人群射击。走在前面的几个乡亲倒下去了。

这时，人群开始有些乱，一些胆小的开始往后退，有一些人在紧张地观望，还有一些仍然不顾一切地往前冲。

“老东西，你继续往里推，我去一下就来。”屠户看到这阵势，推了一把身边的魏永富说。完了便准备冲出人群，再发动乡亲们一齐努力，冲击乡勇团献身之地，将他们的遗体抢出来。这些子弟是永丰城的骄傲，是永丰城的荣光，按照闽南风俗应该做七七四十九天道场，让他们的亡灵早日升天。

“这么多日本人，当心呀，兄弟！”看到屠户要离开，魏永富提醒这一生相伴的兄弟。

“还有什么好怕的？六十多岁，黄土都埋到脖子上了，最了不起跟他们拼一拼，只要够本不就行了。”屠户用一种少有的宽松和幽默对自己的老兄弟答道。

“老不死的东西。”看到屠户钻出人群，魏永富无奈地摇了摇头。

屠户头也不回地离了人群。因为，他看到乡勇团那些子弟献身的惨状，虽然不是近距离，但几十步远，那几十个后生仔浑身是血地倒在地上，让这尽管一生没儿没女的老人感到难以言表的难过；那遍地殷红的鲜血，经过那炙热的土温烘烤而散发出来的血腥味，几乎让他感情失控，号啕大哭。

人活在世上，要有脸面。自己虽然不识字，充其量是一个杀了大半辈子猪的屠户，但他了解为人之道，知道什么叫正直，什么叫骨气。他最大的遗恨便是自己已是六十多岁的老人，少了十几年前那股血脉和气力。

“咳，干妮姥，老子如年轻十岁，一把杀猪刀够矣！”屠户叹了一口气。

魏永富和屠户清晨在永丰城呼喊到现在的一切都被亀田次郎看得清清楚楚。昨天晚上，这位奸诈狡猾的侵略者设计了一场陷阱，利用乡勇团偷袭日本军营取胜的麻痹心理，天黑便预留下几个当诱饵的哨兵，近四百个日本兵悄然安排在帐篷附近的地方隐蔽起来，当不知是计的乡勇团长驱直入时，他埋伏在四周的官兵，以近乎三倍于乡勇团的力量，紧紧将之包得严严实实。

讲实话，如果不是阿彪带领的另一拨力量殊死相搏，这一百多号乡勇团肯定一个不剩。想到这里，这位老辣的武士道有些得意。他在为自己率兵进攻永丰城所取得的第一役胜利而得意。

这一得意让他一个晚上都处在每根神经末梢的亢奋当中。

天还未全亮，便有部下相告有两个老人想进入市中心。于是，亀田次郎立即将阿六找到，叫他辨认这两个老人是谁，他想再伺机扩大自己的成果。

“阿六，那两个人是谁?”亀田次郎问道。

“哦，太君。那一个是魏永富，他是阿光老板的岳父。”阿六讨好地说。

“岳父?”亀田对这名词不甚了解。

“对！就是他妻子，不，夫人的爸爸！”阿六补充道。

“哦！”亀田似乎明白了，“另外一个?”

“那个叫屠户！”阿六回答得很认真。

“屠户又是什么意思?”亀田又不清楚。

“屠户是杀猪的人。他是阿光的师傅，同时又是他的干岳父。”为了让亀田了解更清楚，阿六尽可能介绍得更清楚，更详尽。

“师傅？干岳父?”亀田越听越糊涂。

“对！以前阿光曾跟过他学杀猪；并且，阿光的太太又是他的干女儿。”

“这样！哈！哈！哈！”龟田发出了一阵令人毛骨悚然的狂笑，“阿六，盯住他。”

“是！”阿六不敢懈怠。他看到屠户走出人群，便手一挥带上六个荷枪实弹的日本兵尾随而去。

屠户离开人群有两个打算。一方面是招呼更多的人去市中心，把乡勇团那些子弟的遗体抢出来入殓。因为，再过一会儿时间，人体僵了便不好装殓。这些子弟为大家而去，应去得体体面面；另一方面，他一路思考，自己已活到快七十岁的人了，已是高寿，这十余年碰上阿光这帮后生仔自己过上了难得的风光日子，人前人后受到永丰城人的尊敬。现在，日本鬼子来了，自己一生平平庸庸，也应该尽些力。因此，他想回去把那把跟随他一生的杀猪刀拿出来，再显显当年杀猪的风采。

主意一定，他便迈开大步朝永丰酒楼走去。

太阳已升得老高，永丰酒楼的厨师们已经开始了一天的劳作。那胖嘟嘟的年轻厨子是自己一手调教长大的，正在大铁锅前熬炸着天亮前刚从肉铺里买回来的大油和肥肉。这些肥肉炸出了油，再添加一些生葱、蒜末，经油里一炸，特别的香，煮面、拌面特别是蚵仔面，加上一点葱爆猪油香喷喷、滑溜溜，十分诱人食欲。有了这油，食客们都赞不绝口。

“肥仔，今天买几斤大油呀？”屠户看到自己的徒弟，满脸欣慰地问道。

“师傅，你今天这么早出去？坐下喝杯茶，我给你沏壶好茶。”胖仔忙放下手中的活。

“不要了，好好做，我还要出去。”屠户转过身，发现自己身后几步远处那阿六已带着六个日本兵尾随而来，用一个眼色向自己的徒弟作了暗示。

“这……”胖子用眼光一瞟已发现了情况，明白了师傅话中的含义，他放下手中的活计，紧紧地跟着师傅。

“别跟，你干你的活，这里我自有安排。听话，好好做人。”屠户已感到自己离危险越来越近，料定自己的寿限到了。因为，那一帮尾随而来的日本兵肯定来者不善。

果不其然，师徒俩说话间，阿六已经带着六个日本兵冲进酒楼，正在酒楼里干活的帮工惊恐地躲到一边。

“你们不要怕，一切由我担当。”闽南的汉子历来敢于担当，屠户走近窗台，把胖仔推到身后，怒视着那如同哈巴狗一样的阿六，“猪生狗养的东西，你今天要和阿公试试?”

“屠户，你挑动市民闹事，今天寿年已到。走，跟我去见龟田太君!”阿六有些心虚，尤其是面对着这位永丰城人人知晓的屠户。撇开他是阿光老板的师傅，干丈人不说，光屠户那杀猪技术，足以让人生畏。

“是吗?你过来试试。敢吗?”屠户一副顽皮的样子。

“老东西，别看你是阿光的什么人，现在是什么年代，找死!”阿六从身上背着的枪匣子取出手枪，一帮日本兵也围拢过来。

“来呀!”屠户叫着，趁他们不留神，迅速从那炸得沸腾的油锅中舀起一大勺猪油朝他们奋力泼去。

“哇!哇!哇!”这沸腾的油不偏不倚全都泼到阿六和他身边的几个日本兵身上，烫得他们如同杀猪般的倒在地上嚎叫着。

“还叫?叫得还不够。”屠户一不做，二不休。一只手顺便从刀架上抽出许久没用过，似乎有些生锈的杀猪刀，那刀足有一尺多长，以前杀猪只要他稍稍用力，总是直插猪的胸膛，那再大再壮的猪也一命呜呼。另一只手，又熟练地再舀起一勺沸腾的猪油朝那帮狗东西泼了过去。

又是一阵杀猪般的嚎叫，六个日本兵倒在地上痛得满地打滚，呼天喊地。

“你们快逃命!”屠户看到一边吓得瑟瑟发抖的胖仔他们呵斥道。

“师傅，你……”胖仔不放心朝夕相处、相依为命的师傅。

“快走，听话。”屠户不再理会胖仔，手提着那一尺长的杀猪刀，冲向倒在地上打滚的日本兵。

一刀一个，解恨呀!

再一刀一个，心里舒畅呀!

……

他手中的刀进出六下，六个日本兵已经蹬了腿。

“干妮姥，爷爷杀了一辈子猪，今天终于第二次尝了杀人的滋味。”屠户想起第一次在澎湖杀的是海盗，这次一口气杀了六个日本兵，“舒服呀！解气呀！”

“那还有一个，一次解决。”当屠户的杀猪刀从第六个日本兵胸膛抽出来时，自己也已被那污血溅得满身通红，当他看见阿六捂着脸鬼哭狼嚎、呼爹喊娘的时候，他站起身来，想一跃过去结果了他。可是，兴许是地上铺着的花岗岩石泼到了猪油，很滑。他一不小心打了一个趔趄，身子歪了一下，重重地倒在地上。

那杀了六个日本兵的杀猪刀也甩在一边。

就在这时，不远处的日本兵看到他们的同伴被屠户一个个结果，加上阿六声嘶力竭地呼救，一窝蜂冲向前来，“砰、砰、砰”一声声乱枪朝屠户射来。

屠户身上的鲜血从各个部位喷射而出，重重地又倒在地上。可是，就那一会儿，又顽强地支撑着身子，用他那坚强的意志想继续寻找跟随他一辈子的杀猪刀，嘴里还在嘟哝着：“阿六狗东西，爷爷要宰了你……”便睁着愤怒的双眼倒了下去。

“一个年将七十的老人，换了六个日本兵，我赚了。”屠户用极其微弱的声音说着，他觉得自己身上很轻，自己在飘着，那声音像蚊子叫一样轻，只有自己才感觉得到。可是，这种感觉只存在了那么一瞬间，他又立马感到此生还有一种遗恨，觉得此生仍不满足。因为，阿六这个作恶多端的汉奸从自己的手中溜走了，自己是一心一意要把他带走的。

屠户的眼睛并没有闭上。

因为，他感到自己死了也难以瞑目。

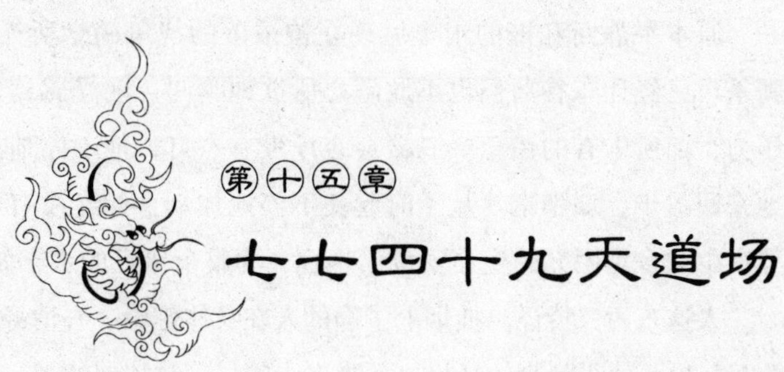

第十五章 七七四十九天道场

阿光这一夜又未合眼。

子时过后，市中心响了几枪。然后，又归于一片寂静。他判断是乡勇团的兄弟与日本军展开近身肉搏，他正满怀信心地期待着凯旋而归的兄弟。可是，不一会儿，那里枪声四起，而且从那枪声辨别是市中心四面八方回绕过来的，这才使他感到这枪声响得不对，感到乡勇团的兄弟们陷入了日军的包围。

“怎么回事啊？阿彪！”阿光、阿发和林胜天焦急地期盼着阿彪能派人回来报告消息。可是，左等右等却等不到一个人影，一种焦灼的火迅速占据了每个人的胸膛。三个人的心从乐观的期待，变成深深的疑虑，到现在焦虑的期盼。

一阵激烈的枪声骤然响起，而这枪声似乎由外而内形成包围圈，并且越响越激烈，那从永丰城城上空飞过的弹痕带着“啾、啾”的声音，他们的心一阵阵收紧。虽然他们不是军人出身，但随着时间的推移，他们已知道，战况的发展已经慢慢地证实了他们的担心，乡勇团今晚战斗开展得不顺利。

原本平静而和谐的永丰城现在被浓浓的战争硝烟所笼罩着，这枪声、厮杀声已经让布谷鸟们也不敢随心所欲地鸣叫。阿光感到一种前所未有的压力，前所未有的焦急。三楼会客厅没有点灯，他不停地在地上漫无目的地来回踱步，那旱烟斗从子时起便不停地加烟，始终没有熄过火，他在为黑夜中的乡勇团兄弟生命安危而担忧，为整个年轻的永丰城而担心。

人这东西，特怪。抽烟上了瘾的人在身体健康、心情舒畅时抽上一口就浑身轻松，从头到脚的轻松。那吸进去的尽管是浓烈的烟，可是却能转化一股莫名其妙的快意，给人以神清气爽的感觉。可是，到心烦意乱时，尽管也埋头抽烟，而每抽一口是那么苦涩，那么难受，而这种难受却又丢不下，越是难受越是想抽。此时，阿光便是这样，来回地走着，来回地抽着。

“阿光哥，我出去看一看！”林胜天看到阿光如此焦虑地担心着乡勇团，实际上他也已经控制不了自己的情绪，就这么一个钟头时间，已经三次向阿光要求亲自到现场了解情况。

“不成，那枪弹不长眼睛，外面情况复杂。”阿光断然拒绝。因为，自己一路走来，已经失去了许多兄弟。他希望自己的兄弟们能健健康康地活着。

生命最重要，没有任何东西可以比生命更重要。

“那……”

“别说了，再等。”阿光话虽如此，但熟悉他的兄弟已明显感到此时他的心是何等的沉重，何等的焦急。

门被推开了。

海英端着一大盆热气腾腾的东西进来。朦胧的月色当中，他们看不到那热气，却感觉到这是一盆刚出锅的点心。

“阿光哥！”尽管结婚十多年，生了儿女，但海英仍然像婚前一样称呼着自己的丈夫。这一段，阿光彻夜彻夜地没有合眼，她总是在一楼彻夜彻夜地陪伴着。

女人啊！但凡男人商量大事不能听，不能插嘴；但凡男人的冷暖却要记在心，关照好。这是闽南人长辈教育下代的遗训。因此，每当子时一过，海英总是要熬一些莲子、银耳和绿豆的热汤，让阿光既作点心，又可清心火。

这些东西除莲子是简宏顺老板从大陆那边运过来的外，银耳、绿豆都是永丰城的地产。

为了不让外面看到这屋里有人，海英先将窗帘拉上。然后，从身上掏出火柴将豆油灯点上。做完这一切，才分别给阿发、胜天各端上一碗。最后，才盛上一碗放到阿光跟前，温柔地说："有事别着急，慢慢来，先喝了降降心火。"

这话如百灵鸟的鸣叫，着实让阿光本已烦躁的心得到些许的安慰。他三下五除二喝了一碗莲子汤，用手背擦了一下嘴角，却迫不及待把头朝窗外张望，他多么希望阿彪能赶快派人来报一个平安呀！

"老板，阿彪派人来了。"正当阿光心急如焚的时候，管家阿昌站在门口。

"快，快，请他们进来。"阿光有点迫不及待。

"是！"阿昌应道，一转眼工夫，从楼梯上跌跌撞撞冲进一个浑身是血的人来。刚进门便"扑通"一声跪倒在地，失声痛哭起来。

"阿松。"在昏暗的豆油灯下，林胜天认出了这个自己当年从台南带来的兄弟，他现在担当乡勇团一个分团的团总。

"怎么啦？快，坐下说。"阿松这一举动，让阿光感到不妙，预感到自己的担心和忧虑成了现实。

"先喝一碗莲子汤吧。"站在一旁的海英赶忙端上一碗莲子汤。

"阿光哥！失败了！失败了，我们乡勇团失败了。阿彪哥叫我赶快向你报告。"从生死难料的战场回来的阿松浑身是血，一边泣不成声，一边断断续续地向阿光报告情况，"陈文大哥、阿林哥殁了，乡勇团九十多个兄弟殁了……"

"啊……"阿松的话如一记炸弹，在阿光他们的心头上炸响，让他们头嗡嗡发响。屋子里立即安静了下来，静得只有他们急促的呼吸声和痛苦的叹息声。

"干妮姥，小鬼子我跟你拼了。"林胜天握着的拳头重重地砸在茶几上，"砰"的一声刚刚装莲子汤的碗被震了起来，然后落在地上，摔了个粉碎。

客厅里又归于寂静，归于无声当中，几个人为失去陈文大哥，失去阿林，失去九十多个朝夕相处的弟兄而陷入无限的哀思当中。

天，便在他们的哀思当中慢慢地放亮了。可是，阿光还没想出应对的办法，大家低着头，没有再吱声，会客厅里又陷入了一片寂静，而且静得有些可怕。

“胜天，再派几个探子出去，了解一下市中心那里的情况。”阿光终于从嘴巴里吐出了一句话，面对张牙舞爪的强敌，面对着奸诈险恶的龟田次郎，如果稍稍不慎，就会变成盲目决策，就会造成不可挽回的损失。

“阿光哥，我们的探子已经好几批在外面，一有新情况随时都会进来相告的。”胜天看到大家的心情如此沉重，也找不到更好的语言加以安慰，这一仗打得凄惨，九十多条生命，九十多个昨晚还生龙活虎的兄弟就在片刻间离去了，他心在滴血，他真想大哭一场。

“报告！”正当大家束手无策，焦急万分时，阿昌又带着一个探子进来。

“怎么样？什么情况，快说。”阿光看见那探子张着大口气喘吁吁，全身眼泪、汗水、血渍交织着，已经预料不是好兆头，绝不可能带回好的消息。

“老板。”那探子话刚出口，又是“扑通”一声跪倒在地，泣不成声。

“站起来，大丈夫哭个鸟。”看到那探子的举动，阿光火从心中窜了起来，一改往日的冷静，骂了一句粗话。

“有话好好说，阿光哥。”海英看到丈夫从来没有那么粗过，知道他心里烦，便在一旁扯了一下阿光的衣服。

“噢！”阿光被海英一提示，心里仿佛冷静了许多，这些兄弟在生死边缘线上挣扎，刚从刀口下回来，自己实在不该如此粗暴对他。于是，立即换了一种口气，轻轻地走过去，双手将探子搀了起来，“兄弟，我心里也痛苦。你站起来，慢慢说吧。”

“阿光哥，屠户阿伯他，他……”那探子被阿光用手一牵，止不住号啕大哭起来。

“屠户阿伯怎么啦？”听到屠户，听到自己的师父，听到自己的干丈人，阿光的身子猛地抖动了一下，迫不及待地追问着。

“他，他杀死了六个日本兵，最后被日本人乱枪、乱刀打死了。”终于探子明白地表达了自己的意思，失声痛苦起来。

“啊……”阿光和海英不约而同失声叫了一声，颓然坐在凳子上。

这是情同父子的救命恩人哪！

这是……阿光不敢再回想下去，他正想怒吼一声，看见自己身边的海英已经瘫倒在地，振了振精神，转过身将妻子扶起来放在太师椅上坐好，一边细心地为她抚着背，一边安慰说：“阿英，冷静，冷静。我马上去看看。”

“阿昌，你看着海英嫂子，我和胜天出去看看。”阿光交代了阿昌一句，便与胜天、阿发一拨人走下楼梯。

这是经过鲜血浸泡了一夜的永丰城市中心。

魏永富和城里的乡亲们正扛着屠户的尸体在对峙着，他们要冲破日本人刺刀的阻隔进入昨晚已经献身的乡勇团兄弟的身边。大家怒吼着：

“还我兄弟！”

“血债血偿！”

“日本鬼滚回去！”

……

这一边日本军在龟田次郎的组织下，如临大敌，他们手中枪上的刺刀发着刺眼的寒光，直逼着乡亲们的胸膛。

“胜天，我们要站在第一排，这些兄弟是为永丰城而死的，死得光彩，死得体面。我们……”阿光想了许久，终于说出了自己想说的话。

“阿光哥，我理解了。”阿发和胜天加快了步伐，想当阿光的挡箭牌，挤进人群，站在阿光的前头。

乡亲们看到阿光老板走在最前面，怒气冲天，大家怒吼着，正加快步伐朝前涌去。

在一边正指挥日本军的龟田次郎眼看场面即将失控，又看到阿光这些永丰城的头家绷着冷峻的脸走来，挤了一副笑脸说：“阿光先生，你看……”

阿光没有正眼看龟田，更没有把这如狼似虎的日本兵放在眼里，如入无人之境，想突破日本兵的人墙往那乡勇团倒地的地方走去。

“八嘎!”一个像日本军曹的人手一挥，几个日本兵将刺刀逼近胜天、阿发和阿光的身体。

双方在僵持着。

阿光将牙齿咬得咯咯响，从牙缝里挤出了一句话“一边去”，只见他左右开弓，将那一个个日本兵拨得倒在地上，四仰八叉，嗷嗷狂叫。那军曹拔出身上的军刀大叫一声，又想组织日本人扑向阿光。阿光不禁怒火万丈，只是侧过身，避开刀锋，朝那小子背上轻轻一戳，那小子立马龇牙咧嘴像木头人一样，站在那一动不动。这一切，足足让龟田次郎目瞪口呆，他这才感到，这个其貌不扬的永丰城老板不但心细，有满腹的谋略，更有一身不显露出来的拳脚功夫，便用手做了一个退下的姿势，让日本兵退了下去。

阿光旁若无人，走进魏永富身边，接过抬着屠户尸体的门板，他没有言语，没有泪水，昂起头，刚毅地与胜天、阿发兄弟一起，带着永丰城的乡亲缓缓地走进乡勇团献身的地方，先将屠户的遗体安顿好，然后，与大家一起将遇难的乡勇团兄弟一个个，小心翼翼地排列好。

九十二条已经逝去的生命，
九十二个令人敬仰的灵魂，
有二十出头的年轻人，
有年近七十的长者。
他们为了中华民族，为了永丰城的乡亲，
走得匆忙，走得壮烈，
走得令人泪雨纷纷……

阿光没有说一句话，也没有流一滴泪。他只是无声地、默默地带着自己的永丰城父老乡亲恭恭敬敬对着逝者“扑通”一声跪了下去。

“扑通……”他的后面是片无声地哭泣，是一种无言的控诉，一种巨大而无声地力量。

一叩头，
二叩头，
三叩头。

没有人指挥，没有人带头。阿光那无声胜有声的行动，感染了后面的永丰城的男女老少，他们知道一个道理，不是在无声中灭亡，便是在这无声中获得新生。

市中心此时很静，静得除了两万多人呼吸声外没有任何的声音，静得连那平时偶尔狂吠的狗也趴在那里，看着主人们那无声地控诉，无声地哀思。

这一片无声的怒火，令亀田次郎、佐佐木一帮日本鬼子感到吃惊，感到恐惧，感到脊梁骨在不时地冒着虚汗，开始收起枪，退到远远的地方。他们不知道，下一步这永丰城的阿光老板和他背后的男女老少要做什么事，要做出什么惊天动地的事情来。

“阿发、胜天！”许久许久，阿光站起身，用悲伤和低沉的声音告诉自己的兄弟，“通知父老乡亲，十里八乡买上最好的棺木，请上最好的道士为阿叔、陈文大哥和阿林以及众多逝去的兄弟做上七七四十九天道场，让他们风风光光上路。”

阿光的话不多，他的声音不大，却让他背后的乡亲们都听得十分清楚。他们用信任的眼光看着自己的头家，屠户阿叔他们的血不会白流，这一笔账一定会算清楚，这个仇一定会报。

阿叔他们每一条命要用十条八条日本鬼子的命来偿还！

“老板，这十里八乡的义军首领都来了。”正安排完这里的事情，阿昌急急忙忙赶了过来，附在阿光的旁边耳语了一下。

“知道了，他们在哪？”阿光问了一下阿昌。

“首领们都在家里候着，义军们都在后山与阿彪他们会师了。”阿昌答道。

“阿发，你在这里料理，我和胜天先回去。”阿光叮嘱阿发，那眼神却远远地向亀田次郎瞟去。

“阿光哥，放心。”

“走。”阿光没有迟疑，他回头深情地看了自己的师父一眼，恋恋不舍地弯腰鞠躬，眼睛里喷出两道熊熊的怒火。

这十里八乡的义军是听到永丰城遭受重大损失而匆匆忙忙赶来的。

九个义军领袖看到永丰城这年轻的头家一脸悲哀从市中心赶回来，都充满着悲愤，发誓要以血偿血，以命抵命，保卫这永丰城，保卫这台湾的每一寸土地。

“各位兄长，我阿光深深地感谢你们!”阿光一进门，伏地便拜。众兄弟赶快前来将他搀起，纷纷表示在阿光的指挥下，同心同德，共赴国难。

“阿光老板，都是中国人，都是大清子孙。今后，一切听你的，请下令我们应该怎么做!”这是六寮乡的义军首领廖云辉，他也是漳州府当代来渡东的，年约四十岁。

“一切听从阿光老板的指派。”第二个说出来的是泉州府渡东的第二代李玉隆。

“对！阿光老板尽管吩咐，赴汤蹈火在所不辞，不打败这日本鬼子誓不罢休。”这位同样是漳州府当代渡东的张银嘉。

“……”首领们听说一夜之间九十二条生命为抗击日本鬼子献身了，都一致要求阿光举起义旗，同仇敌忾，将日本鬼子赶出台湾去。

“感谢各位兄长，感谢各位乡亲。”阿光热血澎湃，再次给大家深深地鞠了一躬，“现在日本鬼子杀气正盛，永丰城乡勇团又蒙受如此重大的损失。昨天晚上损失的九十二位兄弟连同武器也一并损失。目前境况是敌强我弱，如果硬冲硬打，我们势必还会吃亏。”阿光说到这里轻轻地叹了一口气。

“不要怕，今天我们又带了两百多号人。”李玉隆说。

“不！玉隆兄弟，你们带来的两百多号人，加上乡勇团的一百三十多人，充其量才三百多号人。而日本军足有四百多人，而且他们是受过正规训练的军队，力量对比还是敌强我弱，这个格局还没改变。”阿光细细地给大家分析。

“那怎么办?”廖云辉有些着急。

“不要着急。既然要这样，我们便要充分利用坐拥地理的优势，讲究策略，以少胜多。”阿光将眼光投向林胜天，“我想请胜天兄弟将计划告诉大家，请大家一起商量。”

“好！好!”大家一致拥护。

“胜天，你将刚才我们商量的计划向各兄弟报告吧。”阿光说。

“阿光哥和我刚才商量的是，要充分利用因为乡勇团损伤，永丰城乡亲被发动起来的有利条件，利用给乡勇团献身兄弟办丧事的机会狠狠地教训……”胜天将话音压得很低，然后做了一个内外配合的手势。

“我看很好。”张银嘉几个义军首领赞不绝口。

“各位兄弟，如果大家没有意见，那么请大家做好准备，每支义军选出五六个人形成一拨道士，这样九个乡加上永丰城便组成十支道士班子，给逝去的乡勇团兄弟做道场。这些人最好都有一些拳脚功夫，能够近距离与日本人一比高低，到时由胜天兄弟统一组织。其余力量在山包上与阿彪兄弟汇集，由阿彪兄弟和李文福先生统一指挥，作为外援力量。”阿光对胜天的话作了一个小结。

“这个计划很好，我担心的是进入道场的兄弟不可能带上枪或刀这些武器，怎么去迎敌呢？”廖云辉听了以后感到心中没有数。

“对，还有做道场，日本人可能在旁边看，不一定近距离，他们都有枪。一旦冲突起来，他们开枪，如何保护乡亲们呢？”问这话的是李玉隆。

“还有……”大家你一言，我一语提出了一些比较具体的意见。

“兄弟们考虑问题真是周全。”看到大家的意见非常热烈，阿光心里热乎乎的。他深深感受到人多力量大、众人拾柴火焰高的道理。“这就是我刚才为什么强调，凡是进入道场化装成道士的人都要有拳脚功夫，能够近距离一搏的道理。到时一有动静，外围兄弟用枪和刀，日本军势必大乱，自然去迎击外围的兄弟，我们则从中间突破。”

“噢！”大家恍然大悟地会心一笑。

“我也赞同阿光的意见。”正当大家热烈讨论之际，连永福、阿力凡等几个老人也走了进来，几个乡的义军首领看到进门的几个老人个个精神矍铄，信心一振。

“你们看。”连永福身上穿着那穿了十几年的外衣，解开扣子露出十余把明晃晃的飞刀，我每飞出去一刀，准会让一个日本兵毙命，十六把刀，十六个保证不会少。“

“我，一般三五个年轻人也不能靠近我。”阿力凡也意气风发。

“阿叔，你们年纪不少，就不要去了，有我们这些年轻人足够了。”阿光用仰恭的眼光看了看跟前的长辈，感激不已。

“不！这日本鬼子欺人太甚，如果我们不发发威，说不定他还以为我们是乖猫呢！”魏永富的心还沉浸在失去同伴的悲伤当中，“我虽没有连大哥，阿力凡大哥的功夫，但我还有一条老命。”

“阿爸，您别想那么多，有我们年轻人哪。”阿光一阵心酸，大敌当前这些古稀老人都跃跃欲试，自己作为年轻一代，心中有愧呀。

“还有，还有我们。”这边话音刚落，山花却从门外挤了进来，“屠户阿叔将近七十岁了，还一口气杀了六个日本鬼子，我们年纪轻轻还不能杀他几个？”

一时间，会客厅里斗志昂扬，大家信心百倍，一致表示在阿光的统一指挥下，报仇雪恨，同仇敌忾，保卫家乡，保卫国土，誓死也要将那日本鬼子赶出去。

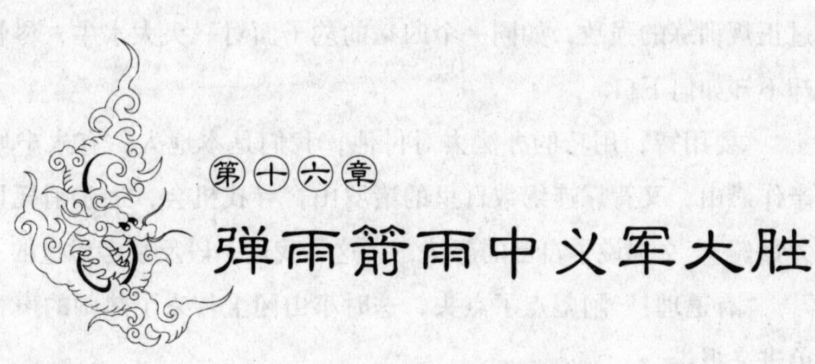

第十六章 弹雨箭雨中义军大胜

一夜之间失去了九十二个弟兄，尤其是失去了陈文大哥和阿林兄弟，这如同当头一棒打在阿彪的脑门上，足足让他几个时辰缓不过神来。虽然，经过自己带一帮兄弟殊死拼搏，救了部分乡勇团弟兄回来，但那逝去的兄弟却永远离自己而去。然而，这个劲还未缓过来，又传来屠户阿叔用杀猪刀连杀六个日本兵，最后壮烈就义的消息，让阿彪关起门来痛哭一场。可是，面对着眼前的困境，面对着乡勇团弟兄一百多双期待的眼光，他咬了咬牙，将痛苦和伤心的泪水吞到肚里。

“阿彪兄。”阿彪整个心还沉浸在对已逝去的兄弟的缅怀当中，他躺在岩洞里一个人正默默地流着泪水，听到李文福先生的叫喊，他慌忙用手背擦去眼角上的泪珠。

“噢，李先生。”阿彪的行为有些慌乱。

“阿彪兄，这次战役大伤乡勇团的元气，我们要对下一步工作的艰巨性有足够的认识。”李文福说着，将目光死死盯住阿彪的脸。

“李先生，你知书识理，下一步该怎么办？”阿彪感到自己的脑子有些乱，作为乡勇团团总，面对还剩下的一百多号弟兄，又要面对四百多个受过正规训练的强敌，如同一个凶猛的豹子面对一头大水牛，尽管饥肠辘辘却不知如何下口。

“要用智，用巧的办法去对付他，我们是本地人，有永丰城两万多乡亲作靠山，又背靠连绵数百里的诸罗山，寻找机会，逐步消耗日本鬼子的力量。”李文福说了自己的想法，“这是我这一段反复考虑过的。”

“有道理!”阿彪点了点头，这时小山冈上传来了热闹的声音，一个兄弟进来报告。

“什么事?”阿彪抬头问了一声。

“报告团总，这十里八乡的义军首领都赶来了，并且还带来两百多个兄弟。”

“是吗?”在身处困境中，听说集结了两百来个义军兄弟，无疑给阿彪带来了些许的安慰。他站起身与李文福走出山洞口，“先生，我们去看一下兄弟们。”

不一会儿，胜天带着九个义军首领也赶来了，大家坐定按照阿光刚才与大家商量的意见，对力量作了安排，决定待到下午太阳下山时分，由各路义军首领带十个左右兄弟装扮成道士，进入市中心，以为献身兄弟做道场为名义，伺机寻找战机。

“阿光哥跟大家商量，只要一得手便迅速将日军引上诸罗山，避开他们反扑的锋芒。”胜天看看大家，信心又重现在这位闽南汉子的脸上。

“对！这就对了！”李文福不住地点头称赞。

天还是那么闷热，加上这山上温度高，每个人身上都黏乎乎的，胜天不停地擦着从脸颊上流下的汗水，反复叮嘱今晚出发的兄弟应注意的问题。

夜幕慢慢地降临下来了。

市中心由阿发安排点起了一堆堆的篝火，那熊熊的木柴火烧得很旺，那火红的火苗窜得很高，映红了大半个天空，也映红了那整齐排放的九十二口棺木。首先进入市中心的是连永福老人带领的第一支道士模样的人。今晚的连阿叔尽管天气如此炎热，却穿着他那特制的外衣，他手上拿着一副钹，随着十个吹鼓手，鸣奏着让人肝肠寸断的哀乐进入市中心，按照闽南人的习惯开始念经、奏乐。

接着由廖云辉为首的装扮成第二支道士模样的人也进入了市中心；

第三批进入的是李玉隆为首的装扮成道士的人；

第四批进入的是张银嘉……

此时的阿发带着满脸的肃穆，满脸的悲伤，领着乡亲们按既定方案一个一个地迎接着那从城外进来的做道场的队伍。

过了一个多时辰，十支做道场的队伍全部进入了市中心，十支队伍如同竞赛一样，带着对已经逝去兄弟的哀悼，带着对入侵者的刻骨仇恨，铆足了劲开始吹奏各种富有闽南民间习俗的哀乐。

那哀乐顷刻间笼罩着永丰城的上空，占据着每个永丰城乡亲的思绪，激起了人们对英勇献身兄弟的无限的哀思。

市中心开始出现嘤嘤的哭声。

这哭声从一个人，慢慢发展到两个人；

这哭声从小声，慢慢集成大声，最后变成泪水的海洋。

此时，阿光带着胜天、阿发以及家眷来了。他们身上披麻戴孝，在哀乐回响的市中心停下脚，并在屠户和众多献身的乡勇团团丁的棺木前下跪叩头。

阿光还是那样，尽管一脸悲伤，但始终努力控制自己的情绪，不让自己流下一滴眼泪，他记住自己的誓言，男儿有泪不轻弹，要将这悲痛的泪水化作报仇的无限力量。

屠户终生未娶，膝下无男无女。阿光作为徒弟，又作为干女婿按照闽南风俗作为长子，作为丧主先三跪九叩地跪拜，举行家祭。

此时屠户的灵柩前摆着全五牲，阿光带着妻儿披麻戴孝，双手擎着一炷袅袅飘去的香火，撕心裂肺地喊着："阿叔，不孝男携妻儿来给您老人家送行啦！"

阿光这一喊，他身后的阿发、胜天也各还带着自己的妻儿效仿着阿光呼喊着："阿叔，您的不孝儿孙给您老人家送行了。"

全城的乡亲们听完阿光兄弟肝肠寸断的呼喊，也齐刷刷地下跪，哭泣声此起彼伏。

"各位逝去的兄弟，阿光和众乡亲来送你们一程啦，一路走好。"阿光接着说。

“全城乡亲送你们啦。”他的身后乡亲们的哭喊声此起彼伏。

永丰城的人们来自闽南的村村落落，按照闽南风俗，德高望重而且三代同堂的连永福作为好命人作为司仪祭拜。那李福祥则负责封钉仪式，他一边擦着脸上的泪水，一边清了清嗓子，大声念“の句”，祝福“点斧”。

李福祥站在屠户的棺木前念念有词，阿光、阿发、林胜天等家眷及众乡亲一齐作为孝子贤孙跪在棺尾端，连永福边钉钉，边呼喊着：

“一点东方甲乙木，子孙代代居福禄。”连永福提高嗓门，拖着长长的声音喊着。

“好。”阿光和身边的兄弟家眷，乡亲们应道；

“二点南方丙丁火，子孙代代发家福。”连永福又说了一句。

“好。”阿光和大家应道；

“三点西方庚辛金，子孙代代大富贵。”连永福接着说。

“好。”阿光和大家应道；

“四点北方壬癸水，子孙代代大富贵。”

“好。”

“五点中央戊己土，子孙之寿如彭祖。”

“好。”

最后一根钉连永福只是象征性地轻轻点进。然后由丧主阿光用牙齿轻轻咬拔出来，这就是闽南风俗当中的出钉（出丁），预示将子孙后嗣绵延不绝，预示着永丰城子孙后嗣绵延不绝，源远流长。

这时，由各路义军首领装扮的道士及丧乐队铙钹击出行进节奏，阿光带着众兄弟和全城乡亲从屠户灵柩开始，绕着已经殉国的乡亲绕行三圈。

总之，一切按照闽南的风俗为已经逝去的屠户和乡勇团兄弟举行了庄严和隆重的葬礼。

市中心庄严肃穆，气氛十分悲哀，阿光每应一声，片刻便引起全城乡亲的呼应，还未待连永福喊完，那市中心已被哭声所淹没。

一片哭声，

一片哀号。

整个上空被无比悲哀的气氛笼罩着，萦绕着。

钉钉仪式刚结束，阿光感到自己积压在内心的那种对师父的思念之情，那种崇敬之情已经让自己难以自制。他是一个讲良心、讲情义的人，是师父在自己人生最困难的时候，给自己以父亲的爱，这种不是父子，胜过父子情深的情谊让他难以自制。

这时，头顶上突然惊雷炸响，乌云翻滚，接着大雨倾盆，仿佛这苍天有眼，也在为逝者哭泣，为逝者歌颂，为逝者送行。

亀田次郎开始戒备森严，看到一个个生面孔从城外拥入如临大敌。但他却隐隐约约在耳际中响起了那天早上阿光的话："水能载舟，水也能覆舟"。他想利用这个机会趁机多抓几个乡勇团团丁，浇灭永丰城的抗日之火。因此，尽管那如惊弓之鸟的阿六被屠户阿叔泼了一身的滚油，到处都红肿起泡也被他带在身边，叫他指认哪些是乡勇团团丁，以便一网打尽。

"这里有乡勇团团丁?"亀田虎视眈眈看着一群群鱼贯而入的人，一边恶狠狠地问阿六。

"没，没有。这些都是外乡人。"阿六战战兢兢地回答。

"里面乡勇团团丁的有?"亀田次郎还不满足。

"没，没有。"阿六脸上的血泡在泛着光，在热风的吹拂下，不停地掉着泪水。

亀田次郎有些失望，更有一些担心。此时看见阿光带着永丰城的头家及其家属来到棺木前下跪叩头、祭拜，并引发了铺天盖地的悲愤共鸣，响起一片哭声之时，这狡诈的亀田次郎终于明白了，这个永丰城的头家在争取民心，在争取"水"的支持，在争取这"水"更好地承载他们这条舟。

亀田次郎立马改变了策略，叫了身边的一些军曹和士兵，也效仿阿光他们的动作列队走到棺木前如同黄鼠狼给鸡拜年，给已逝去的屠户和乡勇团行礼。因为，他尽管到永丰城才几天，却深深地感悟到永丰城的民心民力。虽然，自己手握四百余个经过严格训练的正规军，但永丰城却有两万多个老百姓，他们没有经过任何训练，却有着地理优势，用中国自己的话说，永丰城的每个人吐一口唾沫足以让日本兵淹死。况且，他们还有一支乡勇团，各家各户还有古老的冷兵器大刀、长矛以及足以让人致命的神箭。

亀田领着手下三个列队的士兵，也一步三叩首给逝去的乡勇团上香，鞠躬。但侵略者不论装得如何虔诚，如何悲伤，永丰城的乡亲却洞察着这些人的狼子野心。

“亀田君，我们大日本皇军如何给这些草民鞠躬，这有失我天皇的天威。”佐佐木在亀田身边啰啰唆唆。

“蠢！我们不是给这些人鞠躬，我们是给永丰城丰富的物产鞠躬。”亀田在鞠躬之际，听到佐佐木满腹啰唆，心里非常不快，“诸罗山上有取之不尽的樟脑、茶叶，永丰城有大米、蔗糖，这些都是帝国扩张，称雄亚洲急需的物资。”

“消灭了乡勇团不就一切都归于平静了吗?”佐佐木似乎还不服气。

“蠢猪，要实现永丰城长治久安，必须软硬兼施，人都死了，靠谁呀?”亀田次郎听见佐佐木仍然喋喋不休，心里已经非常不耐烦。

“噢!”佐佐木不再言语了。这个在基隆城也待了几个年头的侵略者已经从亀田次郎的话语中更加深刻地领会了中国民间流传的恩威并举的真实含义，也跟着亀田次郎叩起头来。

亀田次郎这些举动，开始着实让永丰城的父老乡亲百思不得其解，但聪明的乡亲们冷静思考后，就那么两炷香工夫，便看出了这个狡猾侵略者包藏的祸心，明确了他们的真实意图。于是，便愤怒地怒吼着：

“日本鬼子滚出去!”

“血债血还!”

“以命偿命!”

……

接着，围在外圈的乡亲们像潮水一样往里涌，恨不得一口气将这帮侵略者撕得粉碎。阿光和阿发、林胜天觉得此时正是出手的绝佳机会，他们用眼光交换了一下，决定趁着群众群愤激荡，市中心比较混乱之际，收拾几十个日本鬼子给屠户阿叔，乡勇团的兄弟们陪葬。

阿光抬起头，正好一阵暴雨迎面扑来，市中心的人们早已湿淋淋地站在那边。可是，却没有一个人想回家换衣服。他趁机擦了一下脸上的雨水，一眼看去，看见连永福阿叔正用眼光看着自己，便向他使了一个眼色。连永福老人心领神会，故意将手中的钹往地上一摔，随即将身上的外衣一掀露出了藏在里面那十几把明晃晃的飞刀。一个熟练的动作，一连串三把飞刀透着寒光，那背着短枪满脸杀气的军曹还来不及反应，便沉闷地扑倒在地。

“什么的干活？”龟田没有发现离他不远处的军曹倒地，但出于职业习惯，他感到气氛不对，着急地问了一声。

“嗯！”佐佐木不知情况，也在左右观望着。

也几乎就在连永福三把飞刀出手时，其余由九支义军首领装扮成的道士早已瞅准自己身边的日本军快速出手，大家都使出自己的绝活，个个腾空而起。有的扑上去，“咔嚓、咔嚓”一次次声响便将日本兵的脖子拧成麻花；有的如同天降金刚把那日本兵砸得脑浆迸裂；有的飞拳而出让那日本兵一命呜呼。

“龟田君，快！”佐佐木被眼前的一切惊呆了。他缓过神来，立马组织十余个日本兵将龟田次郎团团围住，保护他突出重围。

市中心日本兵和永丰城的乡亲混在一起。刚才，连永福老人三把飞刀让三个日本兵毙命后，这位老人转过身，看见有四五个日本兵为了逃命，一边哇啦哇啦狂叫，一边慌不择路丢弃手上的枪支，不觉心里好笑，嘴里狠狠地骂了一句：“猪生狗养的东西，往哪里逃？”便又五把飞刀悠悠出鞘，片刻间那五个日本兵便倒在地上不停地蹬着腿。

廖云辉也是民间武林高手，连永福阿叔一动手，他早已一身腾空，跃身到正在握枪站岗的两个日本兵身后，双手并举，一手一个，只听他嘴里“嗨!”的一声，两个鬼子的脖子便已粉碎，两颗罪恶的脑袋耷拉了下来。

张银嘉是拳击高手，小时候曾跟着阿伯学过几年的南少林拳，多年不用，多少有些生疏，但看到逝去的兄弟，早已义愤填膺，他迅速占领地形，看到两个日本兵抱头鼠窜，飞起一脚把第一个踹出足足丈把远。转身又是一脚，另一个也连吭声的机会都没有，便见了阎王。

李玉隆虽然没有占据有利地形，站在他身边三四个日本兵，看见他正想发动早将四支明晃晃带刺刀的枪逼近他的胸膛，正当周围兄弟焦急万分时，他做了一个下蹲的姿势，然后，使用了全身气力，一个扫堂腿将四个日本兵扫得四仰八叉，正在此时，他身边的兄弟们一跃而上，三下五除二，这日本兵瞬间也没了气息。

市中心正在祭奠的阿叔和乡勇团的乡亲们被眼前的一切所振奋，心中的怒火被迅速点燃，奋不顾身地加入了搏杀的行列，大家三个一群，五个一伙赤手空拳地围着一个日本兵厮打起来。

在外围站岗和巡逻的日本兵先是看到龟田次郎由几十个日本兵保护着狼狈地突出重围，然后，又看到在人群中的日本兵被厮打得如杀猪一般吼叫，既不敢开枪，因为开枪难免会伤到自己人；又没有胆量冲进去帮忙，因为冲进去，免不了会陷入永丰城人民的汪洋大海，只能在外围朝天不停地开枪，不停地干号着。

“杀呀！杀死日本鬼子！”

“用日本鬼子的血来祭奠我们的兄弟！”

“把日本鬼子赶出永丰城！”

“大清子弟誓与国土共存亡！”

……

这市中心广场本来不大，现在有拳脚功夫的在厮杀，抓不到日本兵的乡亲在助威，整个广场像一团火，一团熊熊燃烧的火盒，那火焰腾空而起，厮杀声、助威声响彻了永丰城的上空。

“砰、砰、砰……”小山冈上的枪声响起来了。阿彪看到出发的机会到了。他环视了一下义军兄弟，便将大刀一举与李文福带着三百余个义军如潮水一样涌来。

阿光看了看整个战局，比下午大家预料得还好，自己虽说不上眼观六路耳听八方，但此时，他用眼睛随意扫过去，这地方足足躺了四五十具日本兵的尸体。虽然，龟田次郎和佐佐木侥幸逃脱了，但总算为献身的师父、陈文大哥和乡勇团的兄弟报了仇，雪了恨。但他的内心十分清醒，不能恋战，这日本兵毕竟四百多号人，死了四五十个，还有三百多个，一旦他们组织反扑，永丰城的乡亲们还得遭殃，刚刚从十里八乡汇集的义军难免蒙受损失。

见好就收，来日方长。

“胜天，快，快叫廖云辉他们里应外合组织义军首领与阿彪呼应，抓准时机多收拾几个日本兵，然后迅速撤离永丰城，将义军转移到诸罗山。”

“你呢?”胜天不放心。因为，自从到永丰城那一天起，简宏顺阿叔便把保护阿光全家的任务交给自己，十几年来兄弟间几乎形影不离。现在市中心局势混乱，他担心阿光遭遇不测。

“我没事，快走!”阿光容不得他半点迟疑，顺势推了他一把。

“山花，你注意照顾阿光哥。”胜天看看周围阿发他们几乎没有任何拳脚功夫，只有山花能够抵挡一阵，匆忙之中叫了一声。

“胜天哥，放心。”此时的山花早有英雄无用武之地的感觉，被胜天一叫觉得一阵兴奋，她将眼光朝四周一看，如同一个称职的保镖从阿发身边走近阿光。

“我不怕！快去快回。”阿光信心满满，叮嘱胜天一句。回头看见山花那一本正经的样子，觉得心里一阵好笑，调侃她说，“你把阿发保护好便行了。”

周围还是吼声震天，一些未被乡亲们逮上的日本兵吓得如同惊弓之鸟，连滚带爬。再看看那林胜天走进廖云辉几个义军首领面前交代完毕，那些道士装扮的人们早已迅速撤离消失在夜幕当中。

阿光的心终于落了下来。

“阿发、胜天。”看到林胜天又一阵风地转了回来，阿光叫了一声，“我们再给阿叔叩个头，祝他老人家一路平安。”

“好!”阿发、胜天应着，三家老小连同魏永富、阿力凡、连永福叩完头，便分两排静静地站在屠户和乡勇团兄弟的棺木前默哀。

此时，市中心又归于平静。阿光站在那里一阵前所未有的伤感如同狂风骤雨卷来，他的鼻子一阵阵发酸，泪水止不住从眼眶冲出。回想到十余年前，自己跟随师父当学徒抓猪尾巴，当挑夫、学卖肉开始，这位终生未娶，膝下无儿无女的老人始终将自己当做亲生儿子一样严格教育，耐心培养。尤其是那次遭遇海盗张云飞追杀，师父一路保护，最后离开故土在台湾相依为命，这一幕幕的历史如同现实一样在眼前展现。自己有多少个夜晚流着泪水，发誓只要有发达的一日，一定要尽力报答师父的培养之恩，让他老人家过上幸福的晚年。可是现在，刚刚有了条件，师父却为了大清的国土，大清的尊严献身就义……

恩未报，又添仇。

“师父啊……”阿光止不住泪水涟涟，但他怕被人看见。因为，他曾多少次跟兄弟们说过，大丈夫，男子汉，决不能轻易流泪，不能像女人一样没有出息。

现在，自己怎么啦？这泪水是那么不听话，那么止不住，如同断了链子的珠子不断地往下掉呢？阿光努力地控制自己的感情，但自己越想控制，那感情的闸门越关不住；越不让自己流泪，自己的眼泪却肆无忌惮地哗哗就往外流淌着。

“师父……”终于，阿光再也不能自制，他大吼一声，趴在地上痛哭失声。他这哭声让他身后的胜天、阿发及其家人的眼泪如决堤的洪水夺眶而出。

大雨还在瓢泼而下，阿光坚毅地抬起头，人们看不清他那满脸的是泪水，还是雨水，但永丰城的乡亲们都知道，这位永丰城年轻的老板，这个台湾闻名的闽南阿哥此时悲痛无比的心情。

阿光的呼声引来了永丰城人的悲愤共鸣；

哭声此起彼伏，震荡着永丰城的夜空。

“阿光，别难过了。今晚已经很成功，师父在九泉之下会高兴的。”许久，魏永富一把抹干了老泪，附在阿光的耳边轻声地说。

“对！阿光。听阿叔的话。”阿力凡也在提醒。

“阿光，节哀吧。”这道场还要继续做下去。连永福此时已经还原了他做长辈的身份，也在一旁劝阿光。

“阿光哥，听阿爸和阿叔的话。”海英走近丈夫，用自己的衣袖抹去他脸上的泪水。这时，阿光抬起头，看见日本兵正在收拾他们刚刚死去同伴的尸体，那昏暗的灯光下摆着一大片侵略者的尸体。

阿光看着，看着内心掠过一丝快意。

这龟田次郎没有想到今晚会突如其来出现如此难堪被动的战局。尽管他在进入市中心祭奠人群时已做了详尽的布置，安排了大量的兵力在外围站岗，防备乡勇团残余力量发起突然地进攻。想不到一进入人群中，乍一眼看还是呆头呆脑，甚至是土里吧叽的庄户人家个个是武艺高强的神兵天将，当他听到“咔嚓、咔嚓”声，自己的士兵便一个个脖子被拧断，“呼、呼、呼”几声几个军曹被飞刀夺命的瞬间，便浑身发抖。还好仰仗着这大半生军旅生涯，历经无数次大小战役，保持着头脑一丝冷静，在二十余个军人的殊死保护下逃出重围，捡了一条性命。

正当他跳出重围，发现自己还有一条命时，那背上的军衣已经湿成一片。他知道这不是刚才的暴雨所致，而是受惊吓出的一身冷汗，这是死里逃生的一种幸运。他看看这市中心，就在这一短短的瞬间，就在这没有一声枪响的瞬间，自己的士兵已经倒下一大片。感到这不是一个城市，更不是一个市中心，而是一个杀人的陷阱，而是那老屠户杀猪的屠宰场。

一种从来没有过的恐惧在龟田次郎的脑海中膨胀起来。看到那死去的部下，他感到浑身在颤抖。

那是经过正规训练，经过自己亲自挑选的精兵强将，却在这一窝农民手中毙命了。这画面让他不敢回首，这是足以让他终生畏惧的梦魇。

“佐佐木，组织火力，杀死……”龟田次郎似乎要发疯了，他大喊一声，叫住佐佐木，准备朝那无辜的永丰城人，那些无辜的庄户人家开枪。但说时迟，那时快，那阿彪带领的三百多名义军早已埋伏在四周，如同排山倒海席卷而来。

“朝那边。”身后的枪一响，龟田次郎头皮一阵发麻，他知道自己最担心的事情出现了。永丰城的乡勇团残余势力打过来了，便又将指挥刀转向身后。

而此时，他又觉得上了这乡勇团的当，那山冈上冲下来的乡勇团，绝不是阿六提供的一百多人，而是二三百人。他们个个都持着洋枪，身背大刀，勇猛异常，一阵冲杀，外围的日本军倒了一大半。恰恰在他应付乡勇团之时，市中心刚刚还在念经的人群中，足有一百多人趁混乱朝山上方向突围。

龟田次郎感到自己在乡勇团的内外夹击当中，顾前难顾后，顾头难顾尾。就这样，在短短的一刹那，市中心内外的乡勇团会师了，而且迅速消失在丛林，消失在夜色当中。

“追上去，杀死他们！”佐佐木有些发疯，他很难控制自己的情绪，歇斯底里狂叫着。

“不！猪！死猪！”亀田次郎在怒骂着，挥起军刀要怒杀佐佐木。

“亀田君！”佐佐木不知所以，有点像热锅上的蚂蚁。

“蠢猪，现在冲进丛林追杀乡勇团，无异于送肉上砧板。找死！”亀田次郎怒吼着，“叫阿六，死啦！死啦的！”

亀田次郎将今晚日本兵的死伤，将今晚战役的惨败归咎于阿六这个不中用的东西。因为，他提供了不准确的情报。

“报告亀田太君，阿六正受伤昏迷着。”听到亀田气急败坏，他身边的军曹忙着解释。阿六昨天被屠户泼了一身滚烫的猪油，现在正全身浮肿躺在帐篷里呻吟着。

“八嘎！”亀田次郎狂叫着。

那乡勇团残余呼啸而来，呼啸而去，来无影，去无踪；

那原本只剩下一百多人的乡勇团，一夜之间却变成四百多人。

不，还有更多、更多，数也数不清；

那刚刚还有模有样在念经的道士，顷刻间个个身手不凡，把一个个训练有素的日军打得丢盔弃甲，又在片刻间消失得无影无踪。

这一连串的问题，就发生在反掌之间。亀田次郎感到万分的惊愕，大江大海都闯过来了，自己却在永丰城这小河沟翻了船。

原来，他以为永丰城的头家阿光是一个很难对付的角色，一切根源均来自他。可是，此时，他和他的助手、家人却一本正经仍不慌不忙地给市中心的逝者叩头、祭奠。

莫非这正为中国人常说的，是天上的各位神仙，各位菩萨在帮助他、保佑他？

亀田次郎左思右想，百思不得其解。

“八嘎！”亀田次郎在夜幕下狂叫着。他正想找阿六来出口恶气，却回过头看见他的部下正在收拾残局，他的士兵已经有七八十个倒下没有了生命的气息。

他有些绝望，却又十分不甘心地一屁股坐在地上呼哧呼哧地喘息着……

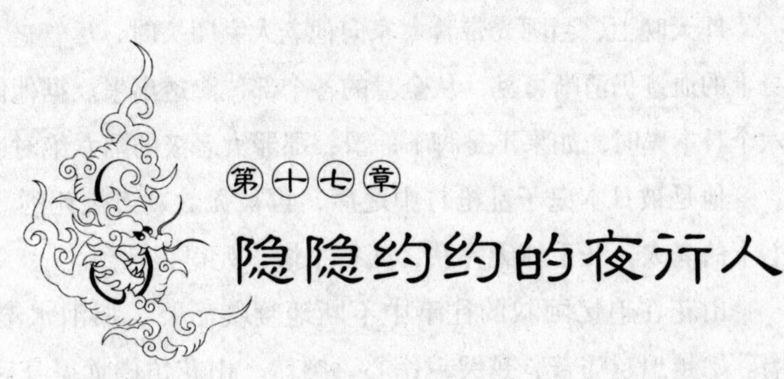

第十七章 隐隐约约的夜行人

山花这几天的情绪变化如同春夏之交的气温，上上下下不停地起伏着，昨天早上听说乡勇团的兄弟一夜牺牲九十多人，这令人悲伤的消息左耳刚接收，又听到令人敬仰的屠户阿叔竟然不顾自己年近七旬，先是用油泼，然后亲手用杀猪刀一口气捅死了六个日本兵，最后壮烈牺牲。

一个年将七十的老人啊！如此壮烈，如此有血性，着实让每一个人所敬仰，着实让山花泪流满面，着实让山花坐立不安。这个曾是山寨酋长阿力凡掌上明珠的诸罗山女子，有着常人没有的胆量，更有别的女子没有的倔犟和野性。

面对着日本军的入侵，那些男人可以做到，甚至七十老人都可以做到的事，我山花为啥不能做到？如果这样下去，岂不白白浪费了年轻那会儿学到的一套拳脚功夫？昨天到现在，她每时每刻都在考虑这个问题。

坐在家里，她不时地想着屠户阿叔慈祥而刚毅的脸，那是一张令人敬佩，充满长辈慈祥的脸庞，他对自己这帮无亲无故，没有任何血缘关系的后一代充满着父爱，充满着长辈的期盼。现在，连一餐好饭都来不及吃，连一句交代的话也来不及说，就空腹上路了。

昨天晚上，当阿光带着大家向他老人家叩头时，尽管老人已入殓，但他身上的血迹仍清晰可见，从全身的各个部位渗透出来。据他们说，阿叔杀完六个日本鬼时，如果不是脚下一滑，那罪大恶极的阿六绝对逃脱不了。

他是被日本鬼子乱枪打中之后，再被无数刺刀挑死的。他，这个年近七十的老人，几乎体无完肤，死得很惨，死得很壮烈。

山花在追忆阿叔的往事中不断地嘤嘤而哭，那泪水湿透了一张张手绢。她越想越痛苦，越哭越伤心。突然，山花仿佛觉得身后有了轻轻的动静，接着一只手轻轻地放在自己的肩上。凭着直觉，不用看，一定是自己的父亲阿力凡走近了身边。

“山花，别难过。”阿力凡在女儿的身边找了一张凳子轻轻地坐了下来，然后将拐杖放在一边。

“阿爸，阿叔是个好人呀！”见到阿爸，尽管已是两个孩子的母亲，山花仍然像做女儿时一样地撒着娇。

“阿爸知道，但阿叔死得值。”阿力凡眼角也湿润了，“阿爸要上山了，这阿彪带着的义军已经转移到山上去，山下这里要听阿光的话。”

老人语重心长。他嘴巴嚅动了几下，终于没有再说什么。只用粗糙的手怜爱地为女儿抹去脸上的泪水。

“阿公，你别走，我不让你走。”孙子林生和慧生听说阿公要回山寨，将拐杖死死拿在手上，执意不让阿公离去。经历过风雨的孩子特别懂事，就那么几天，天真无邪的孩子看到了流血，看到屠户阿公和一帮叔叔转眼中离去，他们担心自己的阿公，不忍心老人家回到山寨，不忍心老人家离开自己。

“乖仔，把拐杖给阿公，阿公要赶快回去，阿彪叔叔他们已经上山了，阿公要回去照顾他们。”阿力凡看了看自己的女儿和两个外孙，脸上流露出一种深深的怜爱之情，他俯下身子把两个外孙紧紧地搂在怀里。

“我偏不！”慧生顽皮地撅着嘴巴，扭了一下身子，“我偏不让阿公走。”

站在一边的山花心里非常矛盾，眼下世道那么动乱，她从内心深处实在不忍心让年迈的父亲离开自己，尤其是昨日屠户老人的离去，让这个做女儿的后辈心里带着难以抹去的伤痕，留下了深深的遗恨。可是，她也知道阿彪已经带着几个义军首领和那三百多义军兄弟上了诸罗山，那里缺谁都可以，唯独缺了阿爸不行啊。

一家子，老少三代人争了一番毫无结论。

正好这时阿发领着阿光和胜天进了门，他们是专门来送阿力凡阿叔回山寨的。

“阿爸，我不让阿公走。”慧生看见阿发回来，一阵开心，赶快扑向前去想搬救兵支持自己。

“为什么呀，说说道理看看。”阿光看着这懂事的孩子，怜爱地摸了摸那还带着泪花的小脸。

“阿叔，外面日本鬼子很多，我怕阿公被他们打死。昨天屠户阿公才被打死。”小孩子甩着头，童言无忌找到了不让阿公回山寨的理由。

一丝阴影掠过了在场每一个成年人的脸。山花的心一沉，这也是自己的担心呀。自己想了很久，想了很多。尤其是昨天屠户阿叔的离去，这种感觉更加强烈，但这种不吉利的想法，她不敢说出来。说出来，那是一种晦气。可是现在却从慧生嘴巴说出来了，足以让她的心怦怦直跳。

“慧生，不能乱说！”山花有点生气，抓住孩子的手用力拉了一下。

“哈，哈，哈。”阿力凡为孩子天真的想法爽朗一笑，“慧生，你外公呀，是专门杀鬼子的人，外公有一身功夫，我才不怕他们哪。”

“那也不行。”孩子仍不让。

“慧生听话。”阿发看了看时辰已经不早，便示意山花将孩子带出去。

“阿叔，义军三四百人都上山了，您老人家负担很重啊！”阿光走近阿力凡，“而且，这次龟田次郎又吃了大亏，下一步的反扑将更加疯狂，如果知道义军上山，肯定会不顾一切报复，我们要有足够的思想准备。”

“是啊！我已是年近七十的人，按屠户兄弟的话说是黄土都埋到脖子上来了，按你们闽南的规矩已经是高寿的人了，死得过了。可是，看见这日本鬼子来欺负我们，我就气不过，不拼个你死我活，我就不甘心。”阿力凡一边说，一边用那拐杖在地上不停地戳着，戳得那地上出现了一个个小坑。

“阿叔，你要多保重。”老人一番充满激情的话让阿光深受感动，感到自己的鼻子酸溜溜的。这种动情是以往没有过的，这时他才发现，男人，再强悍的男人也有自己最脆弱的一面。尤其是师父的离去，每当碰到长辈，每当碰到面临困境的话题，总能每时每刻勾起对他老人家的无限思念，总能让自己的灵魂受到一次洗礼。

“我没事。”阿力凡轻松地笑着，但细心的人不难看出，老人那笑是装出来的，这位饱经风霜，历尽人生坎坷的老人是在后辈面前故作轻松，不让他们看到自己内心的悲伤。

“胜天，请四个兄弟护送阿叔回山寨，要一直送到寨里交给阿彪兄弟才能返回。”阿光没有再看别人的脸，用不容置疑的口气说。

“好！放心！”胜天说着，一帮人便拥簇着阿力凡走出院门，一直送到小山冈下。

送走父亲，山花的脑海里慢慢形成了一个非常完整而系统的打算。她走进卧室打开装衣服的大木箱，那里存放的是自己出嫁时带来的嫁妆。当然，还有几套参加山寨神兵队留下的夜行衣。当她将那套夜行衣捧在手上的时候，山花情不自禁地为自己年轻做姑娘家时的疯狂忍不住痴痴地笑出声来。

她想起了打海盗，自己女扮男装，冲冲杀杀；

她想起了与阿光他们打斗，被阿光点了穴……

一出出，一幕幕，山花手上拿着那套夜行衣，越看越对自己那年轻的岁月越感到兴奋，越为自己年轻的那些往事感到自豪。只是，十多年过去了，自己已是两个孩子的母亲，那些至今想起还历历在目的日子却再也难以逆转。

山花在屋子里再也坐不住了。

乡勇团的那些兄弟已转移进山，这永丰城却显得更加空虚，更加冷清。说不定，那日本鬼子隔一两天会好了伤疤忘了疼，甚至以十倍疯狂，百倍仇恨进行反扑，永丰城乡亲的处境将更加困难，环境将更加恶劣。她把眼光在屋子里扫来扫去，想到前一段时间与妯娌们一起制作的那神箭，眼睛一亮，灵机一动便有了新的计划和打算。

在以后十余天的日子，永丰城好像风平浪静。

义军进诸罗山去了。据山上传来的消息，阿彪正对会聚的四百多名十里八乡联合起来的义军连同新参加的永丰城子弟进行训练；山下这永丰城日本兵这次损失惨重，从乡间传来的消息说，连同那晚被杀死的和屠户阿叔杀死的日军达到九十四人。这个数字是一个很不吉利的数字。九十四，在闽南便作为“久死”，解释起来便是笃定要死光光的意思。

这一段时间，阿发、胜天陪着阿光，既要应付日本军的侵占，组织指挥好山上四百多义军的衣食住行，保证后勤供应；又要安排永丰城的生产、生活。因为这里除了万顷农田外，还有糖厂，学校以及永丰城两万多乡亲的安危。因而，几乎是彻夜彻夜地奔波着，很少在家里过夜，更少真正睡上一个安稳觉。

永丰城的天也是这样，前一段天气异常，热得地上不断地冒着热气，赤脚走在地上都要蹦起来，连那常常在诸罗山间鸣叫的布谷鸟似乎也上了火，叫起来那声音都有些嘶哑。

这天太热了。

也许老天爷也不忍心继续这样忍下去。今天开始，天上开始滚动着乌云，并且一阵比一阵紧地刮起了大风。

“这天要下雨了。”山花心里暗暗乐着。

果然，离往常天黑还要三四个时辰的时间，天上开始电闪雷鸣，接着乌云翻滚，转眼间这天黑得要掉下来一样，与地连在一块，分也分不清，辨也辨不明。永丰城的庄户人家纷纷拔腿往家里走，要迅速地回到家里躲避这场暴风雨的来临。

这风很大。

飞沙走石，庄户人家门前的瓜棚果架顷刻间没了踪影，那周围的小树被吹得东倒西歪，小山冈上的参大大树虽然撼不动，可是那比胳膊还粗的枝干却噼里啪啦被一根根折断。

这雨更大了。

随着那狂风肆虐，开始，雨像豆大，瞬间却迅速如瓢泼倾盆而下，刚刚还冒烟的土地一会儿就成了汪洋，永丰城的街道变成了小河，那滚滚的洪水顺着地势，夺路而去……

山花安顿完林生和慧生吃完晚饭后，安顿他们早点上床睡觉，自己在窗台上痴痴地看着那狂风暴雨。“砰——啪”又一声雷鸣闪电划破了夜空，一道炫目的亮光把永丰城照得如同白昼。可就在一刹那山花看见了还在雨中巡逻的五个日本兵，他们蜷缩着脑袋躲在离自己宅院七八十步的屋檐底下……

正在入神看这风雨的山花灵机一动，脸上浮现一种近乎难见的笑容，她动作敏捷地转过身，迅速把箱子里的夜行衣换在身上，拿起了箭飞身出门。

那风还在刮，那雨根本没有停的意思。这时的山花如同又回到了十几年前，回到了姑娘时代，她从家后门冲出去，冲进雨帘当中，转了几个弯，尽管这暴雨被狂风助着从斜斜的角度扫过来，让她有点喘不过气来，但她似乎信心百倍地把自己隐藏在一个墙角里。

天很黑，还要等到另外一道闪电她才可以看见那五个日本巡逻兵。

“砰——啪”，终于一道令天地都动摇的又一道闪电雷鸣划破了夜空，天上的菩萨保佑，那五个日本兵还蜷缩在那屋檐下。此时之间的距离不过十几步远，山花心里一阵高兴：“猪生狗养的日本鬼，你们死定了。”她从牙缝里挤出了几个字，从腰间抽出那已经用毒药煮过的箭搭在弓上，稍稍运了运力气。

“嗨！”山花只轻轻一声，那蜷缩在屋檐下的日本巡逻兵一声不吭便倒下去一个。

“再来！”山花有些得意，又连续射了四根箭。

当又一次闪电雷鸣时，她用手抹了抹脸颊上的雨水，清晰地看见，那五个日本巡逻兵身上各中了一支箭，已经倒在那夺路而下的山洪当中……

山花会心一笑，转过身又迅速消失在雨夜当中，绕过几道弯，从后院的门回到家里。

刚伸手推门进屋，阿发看见被雨水淋得湿透的妻子手带着箭回来，惊讶得张开嘴巴合不上：“山花，风大雨大，大家都躲在屋里，你这是……”

“别乌鸦嘴……”泼辣的山花一句话把阿发的嘴堵得严严实实。

阿发还想问个究竟，却看见妻子这副装束，也十分了解妻子的秉性，省得自讨没趣。因为山花那神态已明白告诉了自己，她去干什么事情了。

阿发赶紧帮妻子脱下身上湿漉漉还在滴水的夜行衣。然后动作麻利地帮她换上干净的衣服，拥着她躲进被窝里。

秋后的雨很冷呀，省得伤风感冒。

兵荒马乱的年头，大家要自求多福。

第二天，日本军发现自己的五个巡逻兵夜巡未归，即派人出去寻找，却见那五个冤鬼早已僵硬地横尸街头，身上的肌肉已经发紫发黑。

在以后的相当一段时间，几乎隔几天便有一两个日军陈尸街头的情况发生。这使永丰城的日本兵人人自危，他们不敢两三个人离开营地，更担心在夜间巡逻时突然从天外飞来毒箭而一命呜呼。这一消息却给诸罗山上的阿彪等义军首领有了一个极富想象力的启示。虽然，他们不知道这事是谁干的，但却是一个值得效仿的事情。于是，阿彪将众义军首领集中起来到阿力凡家商议下一步的工作。

因为在诸罗山，阿力凡是山神，是土地爷，他了解这里的一山一水，一草一木，他饱经沧桑，脑子里蕴藏着无穷的智慧和力量。

"阿叔，义军上诸罗山已经一段时间了，现在山下的日军不动，我们又没下山。山上山下犹如隔山舞剑，这样终不是事呀。"一进门阿彪开门见山，便向老人请教。

"是啊！阿叔，义军当中一些年轻人都着急了。尽管山上粮草不缺，物资丰富，加上山寨乡亲热情相助，但日久天长，总会坐吃山空啊！"廖云辉也是直言不讳。

"阿叔，你可是土地爷，得给我们多指点指点。"张银嘉更是单刀直入。

阿力凡一边热情接待这帮后生仔，一边叫管家上菜。然后笑吟吟地说："这一段时间义军在练兵，日军在练魂。上次在为屠户兄弟他们送行的时候已经把龟田次郎搞得做噩梦。但他毕竟是一个豺狼，惊魂过后势必会反扑过来的。当然，如果他不反扑，我们如何下山去逼一逼他呢?"

"阿叔，近日山下老传来消息说，日军经常不明不白地被毒箭射死，父老乡亲还以为我们派人下山去的呢！"阿彪听到这个消息后也想破头皮，这种危险的活会是谁干的呢？他掐着指头反复算，排来排去也未找出一个甲乙丙丁来。

“肯定是永丰城人干的。”阿力凡也早听到这个消息。但老人心中有数，有这种箭法，有这种胆量的在永丰城……老人家胸有成竹，他的内心有些担忧，又有些高兴。此时当后生们问及，他不失幽默地回答。

“阿叔，你真会开玩笑!”廖云辉看到阿力凡如此风趣，心中暗暗盘算这位满头白发、一身瘦巴巴的阿力凡一定了解这次杀死日本军的人是谁。便接过话题，“阿叔，如果我们经常组织几个身手不凡的高手下山袭扰永丰城的日军，你看可行吗?”

“这就对了，这种人可称为夜行人。”阿力凡很认真地说，“我们可以在义军当中挑选一批高手经常出击，做到来无影，去无踪。有机会便下手，没有机会便休息。”

“这样，一日杀一个或者两个，那四百多个日本兵也不要太久便可以全部结果了。”李玉隆觉得这办法很好，可以大胆地进行尝试。

“当然，如果这样把日本兵惹急了，他们便像一个马蜂窝被捅破了，所有的马蜂便会拥出来围着你叮咬。那么……”阿力凡打了一个比方。

“那么，我们就把他们引进诸罗山。”阿彪兴奋地打断阿力凡的话。但末了，觉得不妥当，因为打断了老人的话，阿彪觉得对老人欠尊重便不好意思地向老人说，“阿叔，我缺教养打断了你的话，请见谅。”

“呵，呵!”阿力凡说，“尽管我和你们是两代人的岁数，今后常在一起大家万万不要太拘礼，有话直说。我啊，七十岁的人哪，能跟你们在一起也落个年轻。但有一条要切记，诸罗山是风水上等的地方，自从当年开台王颜思齐带领山上山下先祖打击荷兰鬼开始，我们赶走了一批又一批的外国侵略者，而且每打必胜。现在日本鬼来了，我们完全有信心叫他们有命来，没命回去。”

“为什么呀?阿叔?”张银嘉虽然对台湾抗击外侵的故事听过一些，听到阿力凡老人这么一说却十分感兴趣。他看到今天时间宽松，而且前一段笼罩在兄弟们脸上的悲伤气氛已经渐渐淡去，便打破砂锅问到底。

“是啊!阿叔你不妨告诉我们一些?”阿彪赶紧接上话题。

“这个呀!一是诸罗山连绵百里，一山连一山，一沟接一沟，山山相连，沟沟相通。山上的古树参天，古藤缠绕，相互依存，相互关联。莫说外人，就是山寨里不常进山的人偶尔进去也会不辨南北东西。而义军如果藏身诸罗山莫说你们四百多人，就是加一个零，甚至两个零，谁也发现不了。”阿力凡得意地发出笑声。

“还有第二呢？”正当大家聚精会神听阿力凡介绍诸罗山时，阿福什么时候进来也没有人知道。他虽然不是首领，但前一阵杀敌有功，也混成了一个小头目。这么久躲在山上，手痒痒的。听说众首领拜访阿力凡阿叔，便悄悄跟着来了。

“第二呢，这山上物产丰富，除野菇、竹笋、野菜外，还有鹿子、野猪、野鸡……数不尽、点不完。莫说阿光早派人送了那么多粮食，纵使没粮，几百人在山上待上几年也吃不完，用不尽，而外人进来就说不准了。对吗？”

“那第三呢？”不知谁又在追问。

“那第三呢，便是你们这些屁股都有三把火的年轻后生仔，身体好，能吃苦。”阿力凡顺手拍了一下站在身边的阿彪的屁股，引得大家哄堂大笑。

“那第四呢？”阿彪又问。

“这第四，这第四呢？”阿力凡看了看大家欲言又止，他点起了身边的旱烟筒，考虑了片刻最后卖了一下关子，“第四点是一个秘密。这个秘密只有我阿力凡知道。只有到那关键时刻才能告诉大家。当然，这个秘密是撒手锏，是义军胜利的生命线。”

“阿叔，为什么不现在告诉我们呢？”阿彪有些着急。

“这个暂时不能告诉你们。等到告诉你们的时候便说明，我阿力凡要与屠户一样了。”阿力凡刚才兴奋的脸色迅速被悲伤所占据着。此时那屠户的音容笑貌仿佛历历在目，老人的眼角开始湿润起来。

“阿叔，我不该问，不该让你伤心。”看到阿力凡此时满脸的悲伤，阿彪有些后悔。他这才知道，这位年事已高，其貌不扬的老人心中装着许许多多无人知晓的秘密，装着自己年青一代人共同的追求，共同的理想。

只是，他把这些隐藏得比年轻人更深，更难让人察觉而已。

第十八章 夜色之下的搏杀

这一段，永丰城的天气渐渐凉了下来，庄户人家已开始秋收了。可是龟田次郎的心却特别烦，甚至比那酷热的夏天还烦躁。士兵被那来路不明的箭射中，不几天便会中毒死亡，他指派阿六一帮人员昼伏夜出，几个月下来非但没有任何收获，昨天晚上连那帮人也被飞箭射中了两个，真让他坐卧不安啊。

现在，他焦躁地在屋里来回踱步，绞尽脑汁想寻找应对之策。可是，越想越烦，越想头越大。他真不明白，永丰城的乡勇团一夜之间消失，没有了踪影。而永丰城内表面上似乎平静如水，暗地里却暗流涌动，搅得这位历经数次战斗的日本资深军官六神不安。

龟田次郎曾将怀疑的目光投向阿光老板和他的几个兄弟。尤其是那次市中心的祭奠仪式上，尽管场面很乱，阿光和他几个兄弟都稳坐钓鱼台，几乎看不出他们与乡勇团有任何瓜葛。可是，有一点龟田却十分清楚，外界传闻得近乎神奇的这位闽南阿哥是个人物，因为几次场合他出现，虽然不动声色，可是从那举止当中，龟田次郎已发现这个人有不俗的拳脚功夫，也包括那个林胜天。因此，这一段时间龟田派出力量二十四小时昼夜盯梢，如果发现问题准备除之而后快。可是，时间过了那么久竟然发现他除了白天出门看看田里的作物、学校和糖厂外，几乎足不出户。甚至龟田几次由阿六带着以突然造访的形式去探个虚实，却每次都发现他在家里不是泡茶聊天，便是与家人一起玩耍，而且每次都没有新面孔。

这，让龟田想对他使点什么劲都没有任何理由可以下手。

“龟田君，不能再这样下去了。我们在明处，这乡勇团在暗处，他们来无影去无踪，我们处处被动挨打，长期下去，我们愧对天皇惠泽。”佐佐木站在旁边，看见龟田如此焦虑，便建议道。

“不能这样下去？怎么下去？”龟田没有好心情。自从他带四百多号日本兵占领永丰城不足半年，除那晚遭乡勇团暗算，在给屠户送葬时损失近百个官兵外，这一段陆陆续续，零敲碎打又有几十个官兵殉国。

作为指挥官，龟田次郎深感自己辜负了桦山资纪的期望，面对困境已是心急如焚。

“龟田君，我军绝不能坐以待毙，应该主动出击，杀上诸罗山一举将乡勇团歼灭，以绝后患！”佐佐木这一段被龟田指挥得团团转，尤其是夜间日本军防不胜防，那哨兵、巡逻兵被杀成了家常便饭。佐佐木每每疲于奔波，已深感心力交瘁。因此，一讲到这乡勇团便将牙齿咬得咯咯作响。

“杀上诸罗山？”龟田次郎带着迟疑的眼光问道。

“是！我们只有这条路作为选择。”佐佐木避开龟田的目光，壮着胆子应道。

“蠢猪，那诸罗山像公园一样好玩吗？”龟田次郎何尝不想一夜之间把乡勇团赶尽杀绝，根除后患。可他毕竟是一个久经沙场的指挥官，每当他抬头望那茫茫诸罗山，总有一种本能的胆怯，心里越想越虚，越想越不踏实。

进山容易，出山难呀！

“那难道只有坐以待毙这条路了吗？”

“不！”龟田的眼里露出一道凶光。

“这……”佐佐木似乎还不甚理解龟田的意图。

“明天，集中兵力挨家挨户搜查，凡是有枪支、弓箭等武器的一律拉到市中心枪毙，枪毙！”

“噢！”佐佐木明白了。龟田这样做既可以把永丰城的乡勇团同伙抓出来，杀一儆百，还可以借此机会，逼山上的乡勇团出山。

因为，如看到日军杀他们的亲人，消除了隐患，而山上的乡勇团必然会下山营救。然后布置伏兵将他们一网打尽，这样岂不一石二鸟。

“报告龟田太君！”正当龟田和佐佐木在商量第二天挨家挨户搜缴武器神箭的时候，阿六急冲冲从门外闯了进来，看来又有什么重要情况要报告。

“什么事，阿六？慌慌张张的。”佐佐木对日本军最近屡屡受袭，而阿六每每提供的情报又不准确已经很生气，要不是龟田次郎几次阻拦，早就恨不得一刀将他劈了。因此，对阿六的每次报告都不以为然。

“我刚才爬上小山冈的一棵树上往下看，阿发家里的人正在做神箭。说不定，皇军屡次遇袭是他们家干的。特别是他的妻子山花原来就是山寨神兵队的人，也有一身不俗的武艺。”

“哦，为什么现在才报告？”龟田有点不相信阿六。

“龟田君，我去把她抓起来拷问一下。”佐佐木此时倒立即来了兴趣，拿起武器便想出发。

“慢。”龟田呵斥道，“听风便是雨。这削神箭的在永丰城到处都是，刚占领永丰城时我们不是抓了很多吗？能将他们都杀了吗？况且这阿发是永丰城的老板之一。动了他，以后我们怎样才能管好这座城呀？”

“那……”佐佐木想问个明白，却又欲言又止。抓不是，不抓不是，龟田这种态度，真让佐佐木左右为难。讲实话，以前他跟龟田相处不多。这一段时间的相处，让他感到很难揣摩龟田的意图，心里感到非常的郁闷。

“你们回去吧，让我冷静思考一下。”龟田不想让他们两个唠唠叨叨不停。

佐佐木悻悻离去。

他的后面跟着耷拉着脑袋的阿六。

夜幕又降临了。

这永丰城的夜里那样的宁静。背倚着那连绵百里的诸罗山比起台北和台南来，早晚温差很大，午间还似乎让人感到有些热得烦躁，但一到夜幕降临却迅速凉爽下来，有时甚至让人感到一些凉意。庄户人家不少人都已经穿上了长袖的衣服。

山花看到今天天气不错，便早早煮好了饭，安排林生和慧生吃饱了，催促他们早点上床睡觉。

“慧生，早点睡。”山花大声叫了一下女儿。

“不要这么早，我还不想睡。”女儿不情愿，隔壁家的云生和弟弟松生还在过家家呢，被母亲一催促撅着嘴巴不领情。

“慧生，我们到云生家玩吧！”儿子听见隔壁的云生玩得开心，兄弟俩“咯咯咯”的笑声让林生没有丝毫的睡意，他叫了一声妹妹，一溜烟走到隔壁家去玩耍了。

山花正要发火，但那兄妹俩已经早走得没影了，只好无奈地摇了摇头。这一段时间，这山花几乎夜夜出门，凭着自己当姑娘家时学会的一些武艺，寻找机会杀死了好几个日本鬼子，自然心里乐滋滋的。可是乐归乐，她不愿将自己的秘密告诉任何人。老公阿发倒不怕，反正他知道了也无所谓，知道了也不敢说。山花最担心的是被阿光知道。这个年纪与阿发相仿的异姓兄弟，人人对他既敬畏又亲热，当然也包括自己。如果他知道自己经常单身出没去暗杀日本兵，肯定把自己骂得狗血喷头不可。

这几天，山花似乎感到奇怪的事一件件地出现。明明自己晚上才杀一个人，却在第二天听说日本人被杀了三个；甚至还发现晚上也有与自己一样穿夜行衣的人影在大街小巷晃悠，瞧那轻飘飘来，又轻飘飘去的身影，可以说那轻功绝非自己之下。那么，这些人是谁？是阿光哥？林胜天兄弟？还是山上的义军兄弟下山来了？多少个夜晚，当山花脱下夜行衣，擦干身上的汗水时，这个问题总会像看戏一样，一出一出地再现在脑海里。

夜，终于深了。

这坐等时间的日子真难熬呀！因为，山花觉得只有到了夜深人静才是自己纵横驰骋的好时光，是自己最开心、最得意的时刻。

林生、慧生终于玩累了，趴在床上像两只可爱的小狗甜甜地进入了梦乡。

老公阿发傍晚被阿光叫走，至今还未回屋，预计还没有那么快回来。此时换好夜行衣的山花每根神经都那么活跃，从后院的围墙中一个跟头腾空而出，轻轻地落在院外的小巷里，随即又转了几个圈到了距市中心不远的小巷墙角上。此时的山花压根儿不是一个女人，更不是已经两个孩子母亲的女人，而是一个身经百战的战士，她那鹰一样的眼睛在黑暗中来回扫描着，她在细心寻找着自己的猎物，去寻求报仇雪恨的目标。

也就在这会儿，离她二十几步远的对面街道上一晃而过，闪过一个与自己装束相似的夜行人，这让她心情为之一振，难怪前两天老有人说日本军被杀死的数量与自己了解的不相符。原来，在这永丰城万籁俱静的夜晚还有与自己一样追求的人在忙碌着。

她正想换一个位置，以选择最好的机会和角度出手。突然，身边一阵风吹来，她赶快贴着墙角，正要抬头看，又有几个黑影从身边掠过。这一切，使她的猜想得到了证实，山上的乡勇团兄弟下山了，而且不止一两个人，而是几个小组，十几个或者更多的人。

山上的猫头鹰叫了几声，这给漆黑的永丰城多少增添了一些阴森森的恐怖气氛。这种声音山花小时候经常听到，压根儿没有惧怕的感觉。只是如此一来，她的胆子更大了，周围有那么多的弟兄在晃动，自己并非孤身一人在单打独斗。

又是一阵脚步声从街道上传来。山花睁大眼睛看见几个日本巡逻兵从这处走来了。“机会来了，送死的来了。”山花心里有着说不出的高兴，她拿出弓，从腰间的箭袋取出毒箭。

搭上，瞄准。

她拉开了弓，正要放箭时却发现一道道手电的光亮朝她射来，日本军“哇啦哇啦”地发出狂叫，有的在拉枪栓，凌乱的脚步声迅速朝自己跑来。

“不好，被日本兵发现了。”山花心里吓出了一身冷汗。但山花毕竟是山花，经历了许多场面，此时她的头脑却冷静得出奇。因为，论外表自己穿着夜行衣，脸上抹着浓妆，别人是认不出来的。论轻功自己行走如飞，加上这地形熟悉，大街小巷，拐弯抹角可以毫不夸张地说闭着眼睛也能逃得出去。

山花静了静脑子，放弃了将箭射出去的打算，转了一个身朝小巷疾步如飞。然而，刚转一个身前面又射来一束手电的光线。

前有堵截，后有追兵，情形万分着急。

这时的山花开始有些慌乱，看来这日本矮子已经发现了自己，并且有了防备。女人便是这样，大事面前很糊涂，小事面前却十分清楚。面对这种险情她只有内心暗暗叫苦，心想这次完了。

“把手举起来，”正当山花走投无路之际，她身后的围墙上传来了一个很低沉的男人声音，这声音似曾相识，却突然又记不起来是谁。山花本是男儿性格，尽管是女儿身，却是一个天不怕，地不怕的人。尤其是看到日本人前堵后追，一旦落入他们之手，自己没命倒没什么，关键是还会牵连全家甚至阿光他们。如果这样，那后果将是非常严重的。

听了围墙的招呼声，这山花也考虑不了太多，将手一举，趁机腾跳了一下。而那围墙上的人轻轻一扯拉着她接连翻越了几幢屋顶。然后朝小山包飞驰而去。

日本兵先是哇啦哇啦狂叫着，然后朝着山花他们的身影不断地放枪。

子弹“啾、啾、啾”地朝她耳边飞过去；

一道道弹光在黑暗中划出了道道红光。

山花只感觉到攥住她手的人力气非常大，把自己的手攥得很紧，甚至有些生疼，可是一句话都不说。她身不由己，随着他那飞快的步伐，躲过日本兵的追击，躲过了身边“啾啾”而过的子弹在小山冈的林子转了一圈。

然后，又那么轻车熟路地回到自己宅院后隐秘的后门，把她用力一推低声地说：“回去，别再乱跑。”便又消失在黑夜之中。

这时，山花听出来了，这声音好像是林胜天的。

山花一头雾水，感到今天情况反常。现在，想起来感到有些后怕，她定了定神感到这一段时间自己每晚出门肯定被阿光和林胜天掌握得一清二楚，只是他们有他们的事，顾不了自己太多。另外，也可以肯定，每晚在永丰城活动的人肯定不止自己，一定还有阿光、胜天以及山上乡勇团的弟兄。

更重要的是除了他们知道自己的行动外，那日本鬼子，那龟田一定盯上了自己。怪不得刚才胜天拉着自己在小山包转了一圈再返回，目的是为了给日本人制造山上乡勇团下山的假象，让自己远离危险。

山花一脸沮丧，正想转身进屋，忽然听得市中心那里枪声大作。不一会儿厮杀声此起彼伏，山花知道乡勇团兄弟和日本兵将是一场残酷的搏杀，因为，前一段双方都在憋着一股劲，憋着一股气。于是，浑身上下又增添了几个胆，她脑子转了转，又想转身冲出院子。

“山花，请止步。阿光哥有交代。”山花正要抬脚，黑暗中从旁边突然走出一个保镖。不见面，山花也知道，这个叫阿松的保镖是胜天的心腹，是负责保护阿光安全的。

“阿光哥?”山花心里吃了一惊。

“对！阿光哥发现你出门，便叫胜天哥救你回来。”阿松看着山花，黑暗中那目光坚定，他在忠实地履行自己的职责。山花觉得有些遗憾，凭着自己的功力今晚要离开这院子是没有希望了，对外面的两军搏杀，自己只能隔墙观望了。

永丰城的枪声从市中心向外延发展，稠密的枪声和偶尔传来大刀砍杀的金属撞击声一阵一阵传入耳际，令人心惊肉跳。

阿光和胜天两兄弟都穿着夜行衣，他们蹲在一栋靠近市中心的房子的屋檐下，看着山下的乡勇团在阿彪他们的指挥下与日军搏斗。

龟田下午与佐佐木商量本准备明天集中兵力挨家挨户搜查收缴武器的，想不到夜幕已降临便有不少探子回来报告，这永丰城大街小巷不时有夜行衣打扮的人在飞来飞去，便料定乡勇团派出兵力下山，立马改变了部署。原来，他们以为，乡勇团这次下山只是个别摸岗哨，杀巡逻兵的力量，兴许放一把火，放一些箭，骚扰一番便打马回朝。想不到，这次山上足足下来一百多个强敌。

“报告，城上的几个哨兵全部被乡勇团杀死了。”一个巡逻兵模样的人匆匆进来报告。

“佐佐木，你带一些力量去，务必歼灭乡勇团。”龟田次郎向佐佐木下了命令。

“报告，刚才在市中心巡逻的五个太君被突如其来的一股乡勇团打死!”阿六慌不择路一头撞了进来。

“报告，军营附近出现大量的乡勇团……”又有一个日本兵进来报告。

“报告……”

报告之声应接不暇。可是，这种现象的出现让龟田次郎变得更加冷静。他知道，今晚永丰城四处告急，这肯定是乡勇团有备而来，切不可自己乱了方寸。否则，将会顾此失彼。这乡勇团有高手在指挥，丝毫也不能马虎。

“佐佐木。”龟田次郎灵机一动，叫了一声。

“佐佐木君已经出去。”身边的一位军官应道。

“请他马上回来。”龟田次郎有些着急。

“是!”传令兵应声而去。

“报告，龟田君。”一会儿，佐佐木满头大汗地赶了回来。

“你立即组织二百人左右的力量，悄悄地在乡勇团回山的路上……”龟田看着佐佐木，用手做了一个合围的姿势，将后半截话咽了回去。

“明白!”佐佐木应了一声。

“要快，要不动声色，要精兵强将。”龟田一连用了三个要，然后手一挥说，“去，快去。”

此时，龟田次郎好像完成了一项杰作，从桌子上的酒瓶里倒了满满的一大杯清酒，一仰脖一饮而尽。

此时，永丰城的大街小巷阿彪和几个义军首领各带着一拨弟兄在搜寻战机，他们见到日本兵便杀，刀枪齐上。阿福带着他的几个兄弟正从市中心出来，看见五个日本巡逻兵便立马来了精神，“阿鸣，冲上去，我们兄弟一人一个结果他们。”阿福举起手中的刀，招呼一下兄弟。

“好!”阿福的话音刚落，他身边的四个兄弟早已从墙角上一跃而出，一人一个，手起刀落，顷刻间五颗日本兵的脑袋在地上咕噜咕噜地滚在一起。

“走!”五兄弟将沾满血污的大刀在日本兵尸体上擦了一下，直奔日本军营，因为按阿彪下山时的统一布置，义军最后将冲进那里抢一些枪支弹药返回诸罗山。

“杀!”

“杀死那鬼子!”

阿福带着四个兄弟离日本军营还有四五十步远，那厮杀的声音已经不绝于耳，他们举目看去，朦胧的月色之下，三四十个人交织在一起，由于距离近，双方都挥舞着大刀在砍杀着。

“快，阿鸣。我们过去支援他们。”看不清哪一拨是谁领导的义军，阿福迅速地抹了一把脸颊上不停往下流的汗水，叫上阿鸣，自己早已冲在前头。

这一拨是林胜天带领的几个兄弟，为了不让人出来，他今晚也穿着一身夜行衣。尽管看不清面孔，但从那娴熟的刀法中，阿福已认出林胜天，看到日军四处调动兵力，为了保护好林胜天，阿福边砍杀，边接近他低声说：“日军调动兵力了，你赶快撤，由我们来收拾。快!”

“好!”林胜天看着双方厮杀得不可开交，却意外地有阿福五兄弟前来相助，我们的力量已远占据上风，便点了一下头，连翻两个筋斗退出战斗。

“兄弟们，两个对一个，瞅准了再砍。”阿福看着林胜天离去，再看看被包围得大约九个日本兵，而义军足有二十个人，便一声令下，自己和阿鸣围着一个大个子，奋不顾身地砍杀起来。

也许是经过刚才好一阵的砍杀，也许是碰上阿福、阿鸣两兄弟身手不凡，没有几个来回，那日本兵早已气喘吁吁，力不从心，阿福虚晃一刀，故意露出破绽，那日本兵不知是计，“吼”的一声扑将过来，阿福一个腾空从天而降，一刀准准地插进那高个子日本兵的背部，那小子便没有再吭一声倒在了地上。

倒了一个，乱了一片。剩下的八个日本兵见势不妙，十几个义军一拥而上，不一会儿这几个日本兵便先后蹬了腿。

“走，兄弟们，搬枪支弹药去。”阿福越杀越勇，但看到四周已经没有了日本兵的踪影，便用手拭了一下脸颊上溅到的污血，冲进日本军营，搬上一些枪支弹药，迅速向山上撤离。

永丰城的厮杀声渐渐停了下来。

那东边开始放亮。这是下山时确定的撤退的时间，阿福便带上这帮兄弟回撤。

走过一条街道，又看见廖云辉也带着一帮兄弟兴高采烈地从巷道里走出来。他们每人身上都背着两三支枪和一些弹药。不难看出，这帮兄弟也取得了可喜的战绩。

两拨人马往山上撤，路上又遇上了张银嘉和李玉隆带领的义军，一夜厮杀尽管精疲力竭，但取得了战果，大家都兴奋异常，一路有说有笑。阿福还时不时哼起了几句走腔走调的南音：

三更人困静，

鼓角又催更，

卷起珠帘，

起来僻在窗边。

……

这是静夜王娇鸾触景生情，感叹人生艰辛，不由得担忧起周延章会否负心的一出唱段。虽然本是一段女子的唱腔，而阿福却一副沙哑的鸭公嗓门没腔没调地唱着，实让同行的义军兄弟们听得前仰后合。

"阿福哥，你这声音比杀猪的声音还难听。"一位小兄弟打趣地笑着。

"谁说的？有谁听过这么好听的杀猪声音吗？"阿福揪住那小兄弟的耳朵，痛得他不停地求饶。

总之，经过一夜搏杀的义军们，嘻嘻哈哈，一个个兄弟的脸上洋溢着胜利以后的喜悦。

一拨人大摇大摆，走进古树参天，郁郁葱葱的小山冈。刚刚在城中初露鱼肚白的光线立即被茂密的森木遮掩得严严实实，一头扎进去就如又回到黎明前的黑暗之中，一种朦朦胧胧的夜幕仿佛又重新拉了下来。

阿福也许是这一段时间屡屡出战，并且每每取得战果，心情挺不错，对并肩行走的廖云辉开了一句玩笑："云辉哥，今天杀得爽快，今后你要经常带我们下山走一走。不然，很多兄弟在山上憋得都受不了了。"

"嗯，我也是这么想的。"

"对！那山上每天都只能听鸟叫，鹿子嚎，真乏味呀。"阿鸣见大家在热烈地交流，也在一边帮腔。

大家有说有笑，脚底下一高一低地走着。突然，他们前方不远的丛林中，一片枪声猛然向他们开来。义军们猝不及防，刚才还活蹦活跳的阿鸣话未说完，早已身上中弹，一头栽倒在地上。

“我们遭伏击了。”一个念头浮现在廖云辉的脑海里，他第一个喊出声来，“兄弟们，赶快趴下，我们中埋伏了……”

廖云辉的判断没有错。

在不远处截击义军的正是受龟田派遣的佐佐木带领的日本军。他们在上半夜探得义军纷纷下山之时，便将主要兵力调集到义军返回诸罗山的道路上，准备将义军堵在路口，等待城里的兵力形成合围，阴谋将义军一举歼灭在诸罗山下。此时，当他们看到阿福、廖云辉的义军过来，黑暗当中也分不清到底有多少人，便命令一百多支枪同时开火。

那火枪冲出枪膛在茂密的丛林中散着一团团火焰，那洋枪飞出的子弹在义军的身边，头顶发出啾啾的叫声。瞬间，毫无准备的义军阵脚大乱，又有几个刚才还活蹦活跳的兄弟倒在地上没了气息。

刚才义军一路欢歌，轻松愉快立马被惊恐和死亡所取代。

实际上被阿福和廖云辉带着的义军只是下山义军的一小部分，当不足四分之一，还有近一百五十个人在后面由阿彪、李玉隆和张银嘉带领着。此时，他们正返回诸罗山，听到丛林当中稠密的枪声，大家不由得大吃一惊。

“不好，我们的人被日本军包围了。”阿彪听到枪声，立即感到这是不祥的预兆。怪不得今晚大家偷袭永丰城如此轻而易举。原来，那狡猾的龟田次郎在城里只留下一部分兵力，而将重兵放在围堵义军返回诸罗山的道路上。

“怎么办？阿彪兄？”李玉隆从枪声中听得出来，前面的人已被强大的火力压制着，似乎已经没了还手之力。

“冲上去，解救他们。”阿彪不假思索地把手中的大刀用力一挥。

第十九章 龟田誓言踏平诸罗山

那早有准备的日军集中强大的火力，丛林里打得如同白昼一样的透亮。

丛林里的安静被彻底地打破了，还未睡醒的鸟儿展开翅膀不安地飞离窝巢，惶惶不安地在夜空中毫无目的地飞翔，不时地发出被惊吓的哀鸣声；那野猪、豹子、麂子更是撒开四条腿不顾一切地向四处逃散。这些世世代代在这块土地繁衍生息的诸罗山的“居民”这时才感到自己的家园受到人类的破坏，自己的生命受到威胁，纷纷使尽浑身解数，没命地逃离这块是非之地。

一时间，这诸罗山下一片禽飞兽散的场面。

“玉隆兄，银嘉兄。”阿彪跑了十余步远，立即停下脚步跟身边的李玉隆和张银嘉说，“我们回山只有这条路，如日军在这重兵把守，对我们绝非好事呀。”阿彪刚才从隐隐约约的火光中看见，先行的义军已经被强大的火力压得趴在地上动弹不得，只要一动必死无疑，顿时心急如焚。此时，天已渐渐放亮，如不能够在天亮之前突破日军的封锁返回诸罗山，尽管这次有二百多个义军下山，但与日军相比，无论是人数、装备和人员素质义军都处于劣势，如果等到天亮，龟田将城里的日军调来增援，义军腹背受敌，战况将会更不利于义军。因此，只有速战速决，杀开一条血路才能将队伍安全带回诸罗山。

“你的意见?”张银嘉反问阿彪一声。

“我想将身边兄弟分成两拨，我、你们，”阿彪指了李玉隆和张银嘉，“各带一路，从左右两边包抄，出其不意狠狠打一下，这样既可解救被他们火力压制的兄弟，又可集中力量杀开一条血路。”

“用不着，阿彪兄弟。这日本鬼子兵力不多，最多六七十人，我们完全可一举突破冲过去。”谁知身边的张银嘉怒气冲冲，提出了自己的主张。

“不行，这日本鬼火力很强大。”阿彪大声说。

“看我们!”被晚上胜利冲昏头脑的张银嘉不再与阿彪理论，将手中的大刀一挥，高喊一声，“兄弟们，跟我来，杀绝那日本鬼子。”说完，便冲了出去。

这就在一瞬间，容不得阿彪和李玉隆制止，那刚刚在永丰城取得胜利，满脑子充满杀气的义军根本没有顾及周边的战局，被张银嘉一叫，举起手中的枪便胡乱地朝日军边打边冲了出去。他们希望以瞬间强大的火力压制日军，救出被围的阿福，撕开一个口子，开拓一条返回诸罗山的道路。

“银嘉哥，这样不成，有危险。”阿彪大呼一声，想制止张银嘉的冒险行为，但张银嘉根本没有听见，早已带着一帮义军冲了出去。

在丛林埋伏的日军，看到义军远不止被火力压制的那些人，后面还有一大拨人后，第二梯队的兵力集中开火，一阵比刚才更为强烈的枪声响起，张银嘉身边的兄弟稀里哗啦又倒下一大片。

又是一阵激烈的枪声响起，那火光中的义军兄弟接二连三又倒下去一批。

“该死的银嘉哥……”李玉隆用拳头狠狠地砸了一下地面。

“干妮姥，杀呀！为死去的兄弟报仇。”那张银嘉是属牛的，此时似乎已经杀红了眼，再看到身边的兄弟倒得剩不了几个，好像被逼疯的公牛，怒不可遏朝着那喷着红光的枪口埋头猛冲。

“完了，银嘉哥完了。”阿彪一边叫，一边想冲进枪林弹雨当中，把张银嘉拉回身边，却被李玉隆死死拽住了。

“别拉我，拉住那头公牛。不然他死定了。”阿彪终于发怒了，看到那如雨点一样铺天盖地而来的子弹，看看那已经一拨拨倒下去的兄弟，他用脚用力踹了一下李玉隆。

“你……”李玉隆猝不及防，被踹得在地上打了两个滚。

这时的日本军看到张银嘉带着几个义军还拼死往前冲，又集中火力朝他们开火。

火光中张银嘉一头栽倒在地。

“银嘉兄……”阿彪痛苦地大呼一声。

“义军兄弟们，别冲了，快趴下。”李玉隆看到眼前的惨状，大声命令道。

这时，当阿彪再睁开眼睛看时，发现张银嘉带出去的义军兄弟已经没剩几个了，他仰天长叹一声：“老天呀……”

“阿彪兄弟，敌我双方力量悬殊，硬拼不行呀！”李玉隆看到张银嘉倒下，已知凶多吉少，又担心阿彪控制不住自己的情绪做出冒险的举动，连忙扑上去，死死将他按倒在地上大声地说，“按照你的意见，组织兄弟们左右迂回包抄，你带一路，我带一路。”

“好，好兄弟！”阿彪被李玉隆这一扑，愤怒的情绪倒迅速冷却了下来。他抹了一把满头的汗水，点了点头，“你朝左边，我向右边。”

“兄弟们，杀到日本鬼子后边去。”李玉隆转身给阿彪喊了一声，“兄弟，出发！”

“当心，玉隆兄！”阿彪报以感激的一瞩。

“顺利。”李玉隆充满自信地点了点头，给兄弟一个真诚的祝福。

阿福他们几乎被强大的火力压得抬不起头，幸好那丛林古树参天，树多林密，巨大的古树躯干成了他们躲避枪火的护身符。可是，这稠密的火力，不管他们如何变换地形，且战且退，寻找机会摆脱困境，但他们的一举一动都暴露在佐佐木的视野当中，要挪一个窝都觉得困难重重。阿彪和兄弟们左冲右突，不到一会儿工夫，身边的义军兄弟已倒了一批又一批。

阿福身上的汗像小河的流水，从脸颊往胸口、背部不停地往下流淌着，十多年朝夕相伴的兄弟阿鸣倒下去了，阿福伸手拉住阿鸣的腿，将他拖到自己身边，用手在他的鼻子边摸了摸，发现已经没了气息，只是轻轻地叹息了一声，又继续组织兄弟们抵抗。

他顾不了许多，他现在唯一的心思便是少死几个兄弟，让兄弟们返回诸罗山。

留得青山在，不愁没柴烧。

突然，他的左右边分别响起了枪声，在隐隐约约的光线中，阿福看到了阿彪和李玉隆的身影。他跟廖云辉商量了一下，领会了阿彪和李玉隆的用意，朝着身边的义军大喊一声："兄弟们，阿彪哥他们救我们来了，我们冲呀!"

"莫急!"廖云辉看见尽管阿彪和李玉隆形成夹击的态势，但日本军还未察觉到，自己原来的火力并没有改变。

"云辉哥，你领着大家在这候着，我带一帮兄弟冲上前去，杀出一条血路，不然大家都会完蛋。"已经被火力压制很长时间的阿福看到战事的转机，已经沉不住气，"噌"的一声跳出树丛，就要往日军阵营冲去。

"趴下!"廖云辉眼疾手快，一手伸过去扯住阿福的胳膊。这力很大，阿福的身子失去了平衡，"扑通"一声倒在地上，正好在这关键时刻，日本军的一阵枪弹倾斜过来，一粒子弹不偏不倚击中身边的古樟大树躯干上，飞起了一片片粉碎的树皮，落在他们身上，一股浓烈的樟脑芬芳扑鼻而来，让人感到紧张的心情立刻得到释放。"兄弟，不能蛮干，蛮干等于送死。"

"趴在这里也是等死!"阿福牛脾气上来了。

"不!等阿彪兄弟他们，趴下。"廖云辉已看到刚刚一路欢歌的兄弟已倒下十几个，他不忍心有兄弟离自己而去，厉声呵斥着阿福。

尽管双方对峙，尽管日本军以为自己以重兵堵住了义军返回山寨的道路。但是，黎明前的黑暗彼此都不了解对方所拥有的兵力，双方都想在战斗中谋求主动，夺取胜利。

阿彪带着身边的一百多个义军弟兄，准备迂回到日本军左右形成包抄态势。但义军力量刚刚散开，却被佐佐木发现了意图，他又组织力量不顾一切地向阿彪和李玉隆压了过来，同时加大了对义军的火力压制。

“砰、砰、砰……”火枪声像炒豆的声音，那一把把枪杆喷出的火苗把丛林染得通红，这一阵猛烈的火力，走在前面的弟兄倒下去一大片。

李玉隆也是属牛的，他不甘心在这密林里让日本鬼子如此放肆猖獗，举起手中的长枪对那正朝义军疯狂扫射的日军连打了几枪，那几个日本兵便应声而倒。

李玉隆这一阵枪片刻让日本军的火枪手倒了好几个，那边的阿彪也带着兄弟们抓紧时机，这些狩猎高手，一旦揪准机会，便都使出百步穿杨的功夫。大家看到身边倒下去不少兄弟，只要看见那日本鬼子一露火，便不顾一切地猛打一阵，一时间那丛林里打得天昏地暗。

两军经过一个多小时的激战，各自的阵地上都留下不少尸体，阿彪跟身边的廖云辉商量了一下：“天亮了，我们就失去了保护色，义军将毫无遮掩地将自己暴露给日本军，那么战局将会更加被动。”

“云辉兄，我们应该想尽一切办法撤回山里，只要过了第一道寨门，战局将会改变。”阿彪心里很着急，他的两眼通红，浑身被汗渍和血渍染得看不清布的本色。

“我也是这么想的，但现在我们无力改变战局。而且……”廖云辉没有说下去，这天越亮，战局将朝越不利于义军的方向发展。

两人对话间，日军又一阵激烈的枪声响起，义军又倒下一批兄弟……

山头的义军与山下的日军一夜的搏杀，尤其是天亮前的激战，让三个人非常不安。

一个是阿力凡老人。

半夜里当他拄着拐杖将二百个义军送到山寨第二门返回家中时，他悬着的那颗心就一直没有放下。这是义军上诸罗山后第一次大规模地下山作战。如果凯旋而归，对鼓舞义军的士气，增强抗战的信心意义非常重大。但如果一旦失手，其后果不言而喻。

人老本来就睡得浅。

义军们走出山寨后，阿力凡就睡意全无。

前一段，山下经常传来日军常在晚上被神箭射死的消息，他是一阵高兴，一阵担忧。这高兴，便是老人心里十分清楚，这射死日军的尽管不能百分百肯定是山花干的，但却可以肯定，一定少不了她。这孩子，从小任性，敢作敢为，在山寨的神兵队尽管她不是名单里的人，但每次下山总少不了她的身影。因此，山花也在这一来二去当中，练就了一身拳脚功夫，尤其是神箭，如果没有意外，大致都能百发百中，这几年嫁了一个好人家，女婿阿发尽管没有阿光那种大将军的风范，却也是一个顶天立地，勤耕省食的好后生，女儿嫁给他，老人一直感到一种放心和满足。可是，现在山下被日本人占据，一个女人冲冲杀杀，如有不慎一旦落入日本人手中，肯定凶多吉少，甚至还会殃及家庭，牵连阿光。

想到这里，老人长闭双眼，这短命的日本鬼你为什么放着东洋的家里不待，来到我们台湾搅什么乱呀！搅得我们山上山下不得安宁呀！不知翻了几个身，阿力凡觉得浑身上下的骨头又酸又痛，他想爬起来喝口茶，抽一锅旱烟，却隐隐约约传来了一两声零零落落的枪声，便又一次次放弃了自己的想法。

“睡吧，睡吧！这些后生仔能干得很，不会失手的。”老人一次又一次地念叨着，一次又一次地安慰自己。

就这样，阿力凡在似睡非睡，似醒非醒当中迷迷糊糊地打着眼花。

一阵激烈的枪声从山脚下响起，阿力凡坐在床上竖起耳朵认真地听了一下，发现这枪声不是来自永丰城，而是来自诸罗山脚下，这让他再也坐不住了。

“管家，管家……”阿力凡再也安静不下来了。他点上灯，焦急地拍打隔壁房间管家的门。

“老爷，你这是……”在睡梦中的管家被阿力凡叫醒，一手拿着灯，一手不断地擦拭着酸涩的眼睛问道，“天还没亮呀。”

“我知道天还没亮。”阿力凡接着说，“你耳朵好使，到门口听一听，这枪声那么吵，响在什么位置。”

“哦！好！好！好！”管家知道阿力凡的心思，放下灯便走出门外。

“快去，我等你的消息。”尽管看到管家匆匆出去，阿力凡还不放心地交代了一下。

一会儿，门又被推开了。

管家带着义军的一个探子回来。这个探子原来是山寨神兵队的，后来加入了山下的乡勇团；现在，成了义军，今晚留守在山寨。

“报告，老爷——”一进门阿力凡便看到这探子气喘得不行，他那身衣服从上到下都被汗水渗透了。人虽进来了，但上气还接不着下气。

“管家，快倒一杯水。”阿力凡从探子的神情上已看到下山义军的遭遇，仍耐着性子等待着这探子的详细报告。

“是。”管家倒水去了。

“你慢慢说。”阿力凡用拐杖在地上重重地戳了下。

“下山义军在……在返回山寨的路上被日军堵……堵截了。死伤很多人。”探子终于断断续续简单地将情况报告完毕。

“快！快！天快亮了。快将留守山寨的义军召集起来。”阿力凡来不及细想，又喊了一声，“管家，集中在山寨的所有义军，立马下山，救义军上山……”

第二个睡不安稳的人便是龟田次郎。前一段日军屡屡遭暗杀，龟田次郎找又找不到暗杀日军的杀手。上山清剿义军又恐因诸罗山复杂的地形而陷入义军的包围，正在火无处发泄的时候，探子报告，当晚有不少义军化装下山，情急当中与佐佐木商定布下天罗地网，准备一网将义军主力歼灭。因此，他命令佐佐木将日本军精锐力量连夜带往义军返回诸罗山的必经之道设伏。

只留下少数部队在永丰城中心。他知道，这义军很难对付，不多留一些甜头，他们不容易上钩。结果，让龟田次郎伤心至极的是，这义军个个都不是省油的灯。这一夜，他们飞檐走壁，冷热兵具并举，到天亮前几十个日军官兵已经变成他们的刀下之鬼，甚至还抢走了一批枪支弹药。

当义军获得胜利返回山寨的时候，探子来报，足足让这个龟田次郎惊得目瞪口呆。“八嘎！这些中国猪可恶。”龟田气得连鼻子都歪了。但气归气，这个狡猾的入侵者手中还留着一张王牌，撒下了一张天罗地网，他把所有的希望留在这张王牌，这张网上，他相信这佐佐木会给他带来希望，带来胜利。

“那些被抢的东西立马就会要回来，那几十个士兵的命要换他几百个人的脑袋。”龟田次郎将牙齿咬得咯咯响，似乎连铁丝也可以咬断似的。

现在，这个龟田次郎并没有一丝的睡意，那小山包后面传来一阵又一阵的枪声对他来说，仿佛是小时候做喜事燃放鞭炮，他似乎已经看到他的部下在截杀义军战斗当中取得了绝对的胜利。

龟田次郎在想入非非中悠然自得地倒了一大杯清酒，咕噜咕噜喝了个底朝天。由于喝得很急，那酒从嘴角上流了下来，湿了一片军装，但他却非常得意，无暇再去倒杯清酒，而是仰天哈哈一笑，发出了一阵胜利者的狂笑。

第三个没有睡觉的是阿光。

晚上，当山上的阿彪派义军探子飞身向阿光报告准备派兵袭击龟田次郎时，他十分欣喜。可是，山上探子刚出门，阿发便匆匆前来报告妻子山花去向不明，而且告诉阿光最近山花经常外出活动的一些情况。此时的阿发着急得一头大汗，对阿光说：“这个死女人，经常出去，我真担心她稍有不慎落入日本鬼子之手。”

“是啊!”阿光轻轻地叹息了一声，他了解山花的性格，这一段时间外面传说日本军屡屡被人用毒箭射死，自己已料定非山花莫属。可是，他也了解山花的一些机灵和腿脚功夫，已派保镖跟踪保护。因为，他知道对山花用强硬的办法留不住她，用软道理也很难说服她。只有派人保护，尽量能让她远离危险才是唯一而有效的办法。

于是，阿光叫身边的林胜天换上夜行衣在大街小巷转悠了一下，便把山花拦了回来，并叫保镖打出了自己的牌子，制止山花再走出去，以免影响义军的作战方案。

因为，在这院子里有拳脚功夫的，除阿光之外也只有林胜天了。

“阿发，你先睡觉吧，兴许这时山花已被胜天叫回来了。”阿光看见这老实得不能再老实的阿发站在那不知所措，便叫他先回家去。

“那好，你也早点歇息，有事叫阿昌叫我。”这一段经常熬更通夜，阿发也感到非常困，便告辞出去。

阿发出门，林胜天又风风火火赶了回来，他简要地报告了刚才截住山花的经过，然后又报告了义军下山的大致情况：“山上今晚下来足有二百人，很有气势。”

“该了，该给龟田松一下筋骨了，不然这家伙会忘记他姓什么。”阿光有些兴奋。

站了一会儿，看见外面也风平浪静，林胜天也告别回家歇息。

一个晚上义军在永丰城的活动都是顺风顺水，这让阿光内心非常宽慰，可是到了凌晨，那小山冈丛林里响起激烈的枪声，让他似乎安静的心突然怦怦跳个不停。他知道，那个方向响起了枪声，而且那么密集，这绝不是好兆头啊!

“阿昌。”阿光再也没有睡意，他翻身下床，把管家阿昌叫醒。

“老板，怎么啦？有急事?”这一段时间阿昌与东家一样常常通宵达旦，难有一个囫囵觉。现在正在黎明前人睡得最熟，被叫醒后，还有些愣愣地看着阿光。

“快叫一个乡勇团的弟兄打探一下，那山包上为何枪响得那么急。”阿光所说的弟兄便是林胜天为保护阿光从乡勇团当中筛选出的几个武功过人的保镖。

“好!”阿昌应了一声。

“还有，要快，情况如何，立马报告给我。”阿光仍不放心。

天终于大亮了。

敌我双方的兵力一览无余，佐佐木看到眼前那密林当中倒下一大片的义军尸体，露出了他占据永丰城以来难得的笑脸。

“杀！将那些中国人杀死、杀光!”看着眼前只剩下几十个义军，佐佐木举起手中的指挥刀狂叫了一声。

又一阵疯狂的弹雨压了过来，阿彪他们的几次冲杀都突破不了日军的防线，剩下的义军被压制在密林当中，靠着那树干抵挡弹雨。

这时，意想不到的奇迹出现了。阿力凡阿叔带着山上的义军迅速从山上扑了下来。他们火枪、洋枪、弓箭、大刀一齐出击。这边原来陶醉于杀绝义军的佐佐木猛不防备义军从背后杀来，措手不及，赶快调来一些力量，应付山上下来的义军。

“云辉兄，玉隆兄，山上兄弟来了。杀呀！”阿彪眼疾手快，反应更快，看到了山上蜂拥而来的兄弟，一阵兴奋，大喊一声冲了出去。

战场的局势便是这样，刚刚还占据战场绝对优势的日本兵，片刻之间被义军前后夹击，处在义军的团团包围之中……

山上下来的义军火力很猛，阿彪身边的兄弟也将众多兄弟献身的怒火一泄而出，大家已全然不顾头上飞过的子弹，以一当十，不到一炷香工夫，那两百多个日本兵除三十余个簇拥着佐佐木殊死抵抗，且战且退逃脱外，几乎全部躺在地上。

小山冈密林里，日军与义军的尸体纵横，鲜血流满了土地，染红了那一棵棵参天大树……

龟田次郎满怀信心在城里等待着佐佐木的胜利消息，可是左等右等，一直等到太阳升到几丈高时才等到佐佐木带着三十余个败退下来的官兵浑身血污地回来。他简直不敢相信，自己精心安排和组织的这场战斗会输得这么惨，损失得这么惨，他似乎发疯一样，举起手中的指挥刀大喊一声：“一定要踏平诸罗山……”

第二十章 诸罗山上论英雄

宏记米行的简宏顺上次从永丰城回到台南已经足足四个多月了。这几个月社会动乱，义军四起，生意也不好做，每天忙得腰酸背痛，可是每月一结算进账却屈指可数，这一切都让这位从商大半生，人脉丰沛的简老板唉声叹气。可是，最让他担心和挂念的远不止这些。因为，四个月前走了一下永丰城，看到那里被日本人占领了，乡勇团的兄弟们转移到诸罗山与十里八乡的乡亲们组成了义军。

一阵冷风从窗外吹来，呼呼的响声卷进了阵阵寒意，老人的心有了一丝凄凉。他放下手中的旱烟筒从窗户上往外看去，那台南城的街道上的寒风中乡亲们步履匆匆，是啊，这个年月谁还有心思在街上走四方步呀。

偶尔有一队队日本兵荷枪实弹在巡逻，那大皮鞋踩在地上发出的声音，如同锤子一样不时地敲打着这位老人的心，发出阵阵心痛。

“这年月不论是从商的，种田的，活得都不容易啊！”简宏顺叹了一口气，自言自语地说着。

“砰”的一声，正当简宏顺转过身想回到太师椅上思考一下宏记下一步的发展计划时，又一阵寒风吹来，把那窗户关了起来。这声音不大，却让毫无准备的简宏顺吓了一跳。他面有难色，转过身将那木门窗关了起来。

窗关了，客厅里的光线片刻之间迅速暗了起来。

迟疑片刻，他只好将窗户推开，一股强烈的寒风从屋外冲了进来，简宏顺打了一个冷颤，不由自主地伸出双手哈了一口热气，然后将身上的马褂裹了裹。他在认真思考着一件事。去永丰城时，听说那里的义军缺枪少弹，又没有进货的渠道。考虑了许久，他通过各种关系秘密地从大陆购买了一批。数量尽管不多，但这兵荒马乱的年日，买这东西贵得出奇不说，着实费了一番心血啊！

现在，货就在自己家里存着，可是如何将这批货尽快运送到永丰城，交给阿光转给山上的义军实在是一件难事。这东西很沉，撇开从台南到永丰城这段路不说，专门用一辆马车运送，风险太大。如果自己去再捎带这些弹药，那一辆马车又承载不了。

最好邀一位朋友，两辆马车，一路同行，既可将这批弹药带去，又可在路上有个相互照应。简宏顺重重地吸了一口旱烟，然后慢慢悠悠地吐着烟圈，自己尽管在台南，但那颗心却牢牢地挂念着永丰城，挂念着阿光那帮后生仔。

自己不容易，阿光这帮后生更不容易呀！

简宏顺思来想去，总是想不出去永丰城的最佳办法，找不到能够一同去的最佳同伴。他从太师椅上站了起来，觉得这屋子关了窗户后太沉闷，便走进窗户顺手推开了。

说来无巧不成书，那窗户刚推开却听见店门外站着一个年近六十的商人模样的人：“请问简老板在家吗?”

“你是……”伙计和颜悦色地问。

“我是南投的陈吉祥，想拜会简老板。”来人温文尔雅地说。

“我在家呢!”一贯沉着老练的简宏顺眼睛一亮，刚刚自己还在思考找不到一个同伴到永丰城，这不，现成的送上门来了。他抑制不住内心的兴奋，没等伙计答复，隔着窗户应了一声。说罢，便将长衫提了提，快步走下楼梯，迎接从南投而来的陈吉祥，陈老板。

“久仰，久仰，吉祥兄。今天到底刮什么风，把你给刮来了。”简宏顺三步并做两步，片刻便站在门口，迎候陈吉祥。

“宏顺兄，最近闲来无事，这心里乱成一团麻，考虑再三，仁兄见多识广，便特地前来拜教。”陈吉祥一边作揖，一边有些无奈地作答。

“吉祥兄，是不是碰到什么难事？”坐定寒暄一阵之后，简宏顺看到往日红光满面的陈吉祥几个月不见，一脸憔悴，人也瘦了一圈，不由得内心一怔，问了一句。

“唉，别提了。”陈吉祥叹了一声，“这兵荒马乱的年头，那些大租户、小租户都来退租，弄得我几千甲田明年退租了一半。这田一没人租，我们还能吃什么呀！”

“原来这样！”陈吉祥的话正好跟他入门前自己的心病相同。简宏顺也不由得叹了一声，“仁兄碰到的问题跟我也一样啊！”

“不不不，宏顺兄，我是耕田佬，你可是大商号，岂能一比呀！”陈吉祥以为他开玩笑，“不瞒你说，这几天我在家中坐立不安，前几天北边永丰城不远处那两千多甲田的租户又要退租，实在想不出灵方妙计，便想到台南找老哥聊聊，顺便找一些人去租田，不然冬季一过，那这么好的良田可要荒废啦！”

两位老人你哀声一句，我叹气一声，说到后来谁都没有主意，只好一个劲地埋头喝茶。

“我有一个想法，可能是解决你我兄弟困难的唯一办法。”许久，简宏顺脱口而出。

“仁兄，既然有办法，为何不早说，弄得都在叹气！”陈吉祥听了简宏顺的话，立马来了兴趣。

“这万事都有一个因果，这日本军不占领台湾我们凡耕田的丰衣足食，钱粮满仓；凡从商的生意兴隆，财达三江。可是现在，你我的处境自不必说，你我的处境尚且如此艰辛，还有多少庄户人家，生意场的朋友定是度日如年呀！”

“那是，那是。”陈吉祥点了点头，“可是，这世道如此混乱，你我岂能逆转呀？”

“一个人、两个人自然不成。”

“那，仁兄的意思是……”

“现在，从北到南詹振、陈秋菊、简大狮、柯铁虎、林少猷为首的各路义军，尤其在我们台南刘永福将军带领的义军更是让日本人食不甘味，夜不思寝。”简宏顺说，“永丰城边的诸罗山也有几个乡的义军集结，他们的目的便是赶走日本人，让我们重新过上以前的自由生活。”

“唉！”陈吉祥听后又是一声重重的叹息。

“仁兄何故叹气？”

“我们已是六十多岁的老人，还能像年轻人一样上山举枪厮杀吗？”陈吉祥听后忧心忡忡。

“你错了！你我自然不会上山，不会与日本人面对面地厮杀，但我们可以支持义军。大家有钱的出钱，有力的出力，花个三年五载岂不可以将日本人赶回东洋去？”简宏顺用充满自信的眼光看着陈吉祥。

“噢！这样。”陈吉祥似乎悟出了道理，忙问，“仁兄可有支持义军的路子？”

“有呀！我正为此事找帮手哪。”看见陈吉祥来了兴趣，简宏顺拉着他的手走入内室，端出几箱子弹说，“这几天我正想将这批物资送到永丰城去。冬天快到了，义军在山上困难一定不少，我想捐一些银两，也权当表达一下国人的责任与良心。”

“仁兄说得极有道理，极……”听了简宏顺的话，陈吉祥的心情似乎好了一些，正要张口表达赞同，但话说一半却戛然而止，“宏顺兄，你说这国人，应该从何说起？”

“这不是非常简单的道理吗？我们是中国人，中华民族的子孙。”简宏顺用肯定的言语说着，他那目光中露出不容置疑的自信。

“可是，那大清朝廷不是把我们台湾割给日本国了吗？”陈吉祥脸上刚刚露出一丝宽松的神情突然又被乌云笼罩着，“那该死的皇帝！”

“吉祥兄，我们的心都是一样的。”简宏顺心情也十分沉重，“可是，我上辈常有教诲，子不嫌母丑，狗不嫌家贫。大清朝廷将台湾赔偿给日本人肯定有其难言之处。但作为大清子民，作为中华子孙七改八改姓不能改，七嫌八嫌父母不能嫌，父母有难处，儿女当自强呀。”简宏顺讲到这里，眼眶有些湿润，动情之处，握着旱烟筒的手也在微微发抖。

“宏顺兄……”看到平日自己无比尊敬的简宏顺如此动情，陈吉祥感动不已，“我能做什么呢?”

“去一趟永丰城，去一趟诸罗山，将这些义军们急需的弹药送去。另外，还可能的话，带去一些银两，这也算是我们这些士绅聊以表达的一点心意，一个子孙为保卫祖辈留给我们这片土地的一点心意。”简宏顺讲到这里声音很高，简直可以与一个后生仔一比高下。

“我明白了，我们的财富来之于这片土地，取之于它，用之于它，理所当然。”陈吉祥整个身心的激情被焕发出来，“宏顺兄，什么时候出发?”

“明天如何?”

“行！明天。”

“要不要跟嫂夫人请假呀。”简宏顺不失时机地开了一句玩笑。

“不必，不必！见笑了。我带了仆人，派一个回去告知一声便可。”

“应该的，兵荒马乱，免得让家人担心。”简宏顺笑了笑，“年轻夫妻老来伴，我们都是黄土埋到脖子根的人了，尽管没有多少餐饭还可以吃，但既要自己吃得安心，更要让家里的人吃得开心。”

人们都说，人老话多，树老根多，老人说话啰啰唆唆。前一段老人看到这原本和谐安定的台湾突然窜进了那么多的日本兵，搅得整个台湾从北到南鸡犬不宁，心里有着说不出的难受。但难受归难受，却没有一个可以诉说的地方。今天老友重逢，话匣子打开了却是说都说不尽，道也道不完。

两位老人越说越有内容，越说越默契。从中午一直说到下午，又从下午一直说到深夜。子时刚过，却没有一丝睡意，于是叮嘱家丁仆人，备车备马，装上早已准备的货物出发往永丰城，将那从大陆购进的弹药略作伪装前往永丰城，送去给诸罗山的义军。

那诸罗山最近也不安宁。

上次小山冈密林处与日军近距离，面对面的一战，幸好阿力凡阿叔及时组织山上义军和山寨乡亲倾巢而出，热冷兵器并用，如同一阵山风从山上杀将下来，彻底打乱了龟田次郎的计划，才将为数不多的义军从日本军的枪口下救了出来。

当天，收兵上山一进入山寨清点人数，头晚下山的两百多个兄弟回到山上仅三十余个；张银嘉等一百六十余个兄弟永远地留在那丛林当中。

一百六十余个兄弟走了；

永丰城缴来的枪弹又被日本人抢回去了；

一股浓浓的悲哀气氛笼罩着诸罗山。

也许是这老天爷也识人意，也许是前一段天气反常，气候异常炎热所致。义军返回山寨这几天，天便骤然下起了一场雨，气温也迅速下降。十几天前还可光着膀子在山泉水下淋浴，现在却穿起了两三件长袖衣服。

这雨像春夏之交的雨一样不停地下着，一场秋雨一场寒，这山上的冬季来得特别早，这刺骨的寒风让尝受失败后的义军的情绪降到了冰点。

阿彪此时自己一个人背倚着山上的大石块，痴痴地望着山下自己曾经用鲜血和汗水开发出来的永丰城，陷入了痛苦的沉思。

那次黎明前的丛林之战，义军蒙受重大损失。原本靠着一股义气上山集结的义军如同一场严霜后的茄子，一个个蔫乎乎的。从十里八乡来的义军，看到张银嘉死去，一大批兄弟死去，已陆陆续续偷偷溜下山，再也没有回头。

这一段，尽管义军守住山寨大门，让日本军难以进山，而那日本军也在山下派重兵把守，将山寨和永丰城死死地割裂开来。

山上粮食已经所剩无几。

一些受伤的兄弟只能靠山上的草药疗伤。

更重要的是，秋天过后山上的蘑菇、野菜慢慢过了生长季节，下一步义军的一日三餐问题将十分严重地摆在面前。而一些意志不坚定的义军也开始秘密商量，准备下山。

阿彪，这个体壮如牛的汉子，尽管只有几个月时间，已经瘦了一圈又一圈。头发几个月没有理，耳朵都被凌乱的头发遮盖得严严实实；胡子几乎把整个嘴巴都掩盖了。一眼看去，活像一个七老八十的人。

太阳慢慢西下，阿彪很清楚在这诸罗山因为海拔较高，太阳比在永丰城落得更慢，一旦太阳落下，那夜幕将迅速降临。

那漆黑的漫漫长夜最让人难熬。

阿彪想起了令自己此生最仰慕的阿光哥，由于几个月来的日军封锁自己也已经好几个月没有见到他了，甚至连他的声音都没有听到。

还有阿发哥，胜天哥……

又一阵寒风呼呼而来，那参天古树上的鸟儿开始归巢，世道很乱，可是那树梢头的鸟儿却没有这份担忧，仍然像往常一样欢歌，一样嬉戏。从这根枝头跳到那根枝头，从这棵树飞往那棵嘻嘻哈哈，打打闹闹。

想着，想着，阿彪的内心涌出了阵阵伤感，他的鼻子阵阵发酸。

“阿彪哥……”正当阿彪陷入沉思时，他的耳边响起了阿福的声音，“我到处找你，想不到你在这边。”阿福也显得十分疲惫和苍老，他未等阿彪回答，便在他身边找了一个地方坐了下来。

“阿福，有事?”这阿福仗义，为人耿直，在战场上不愧是一员猛将。上次战斗他的四个兄弟走了三个，足足让他伤心了半个多月才缓过劲来。现在一眼看去，老态已经过早地来到这位不足四十岁的汉子身上。

“是啊！阿彪哥，李玉隆他们正在商量下山，现在义军已不足百人，如果再走，恐怕……”阿福没有讲话说完，但说到这里他的内心已是充满着伤感和担忧。

“阿福，你的想法呢?”阿彪欠了欠身子，看了看身边的兄弟。

“我?”

“嗯!”阿彪点了点头。

“我阿福定跟着你打到底，不就一条烂命吗，为了老祖宗交给的这块土地，丢了也值!”阿福情绪有些激动。

“有了兄弟这一席话，我此生足矣!”阿彪有些激动用力地在阿福的肩膀上拍了一下。

又一阵山风吹来，两个人不禁打了一个寒战，这时山下的日本兵开始用那洋铁皮制作的广播筒向山上喊话：“山上的义军听着，大日本台湾总督桦山资纪有令，不管以前如何，只要放下武器，下山来，均既往不咎，回家安居乐业……”那山风很大，吹得大树枝不断地摇摆，那广播筒传出的声音也断断续续。

这种方法是上次激战之后日本人在台湾的总督桦山资纪调整的新策略，每到天黑之后，甚至夜深人静之时，总是不间断地朝山上喊话。日本人这一招这一段似乎产生了一些效应，已陆陆续续有一些义军意志薄弱者经受不了失败后的考验，偷偷溜下山去了。

“莫听他放屁，阿彪哥，我们去阿力凡阿叔那说一说吧。”阿福知道，面对义军面临的重重困难阿彪哥身上的担子很重，压力很大。找阿叔坐一坐，他老人家饱经风霜，见多识广，对面临的困难必定有许多解决的办法。

“好！我也正有此想法。”阿彪站起身，环顾四周，诸罗山已被夜幕渐渐覆盖，那千沟万壑已经被淡淡的似雾非雾的东西遮得严严实实，似乎要将那悠久的历史，那无限的沧桑包裹起来，隐藏起来。

阿叔的家非常热闹，廖云辉带着一帮兄弟正围着阿叔问长问短，尽管人多，但却缺乏着一种宽松和活力。看见阿彪和阿福进屋，廖云辉和几个义军的小头目都纷纷让座。

阿叔还是跟以前一样一副乐呵呵的神态，好像前一段的失败根本没有发生过一样。

“阿叔，义军面临着一些困难，你老可有应对之举？”平时很熟，阿彪进门便单刀直入地向阿叔请教。

“阿彪，云辉。”阿叔看着两位义军首领，慢条斯理地说，“说义军目前遇到了困难，那不假。可是山下那龟田碰到的困难远比我们大，远比我们多。我们死了这么多兄弟，心里难受；可是，他也死了不少官兵，他比我们更难受。”

“这……”一个义军头目不明白阿叔讲话的内涵，忙插嘴问。

“这什么？”阿叔接着说，“因为你们损失了兄弟，但你们身边有永丰城的父老乡亲在左右；可那龟田失败，他的人在哪里呀？在日本，在东洋。”阿叔啐了一口唾沫，表现出山寨酋长的一种乐观和自信。“后生们呀，诸罗山就是你们最大的靠山，最坚强的后盾，自古以来，谁能将诸罗山搬走？又有谁能将诸罗山踏平？没有！既然没有，那你们还怕什么？”

阿叔的话抑扬顿挫。讲实话，阿彪认识阿叔这么多年，还没有看到他老人家那么激动，那么动情，他的话那么富有鼓动性。

“那您老人家指点一下，我们下一步该怎么办？”廖云辉被阿叔的一席话说得有些激动，他脸色涨红起来，希望阿叔能指点迷津。

“是啊！阿叔，上次一战失去了那么多兄弟，义军中间有一些人心浮动，我们正束手无策。”阿彪也将自己的心事坦露给老人家。

“这没有什么，生死有命，富贵在天。人，一生活到几岁，天已注定。已经死去的人，是老天在他出生前便注定了的。所以，大家大可不必悲伤。反正人间分阴阳两界，他们到了阴间照样不会闲着，照样也在打日本鬼子，而我们留在阳间的人，便要沉住气，观察机会，选择良机，再狠狠打一下日本鬼子，这样才能振奋斗志，鼓舞士气。”

“现在山上与山下已被日本人割裂了，山下有没有战机我们也无从了解，如何……”阿福听说找战机，眼睛一亮匆忙发问。

“阿叔是千里眼，是顺风耳。我以前不是给你们说过，阿叔还有一件秘密没有告诉你们吗？”阿力凡那布满皱纹的眼睛眨巴眨巴几下，充满神秘地说。

“阿叔，现在可以告诉我们了吗？”还是阿福有点迫不及待地想早一点知道阿叔藏在心里的那个秘密。

“不！告诉你们秘密的时候，阿叔便要到阴间去杀日本人啦！”阿力凡爽朗地哈哈大笑起来，“后生仔们，你们回去养足精神，练好身上的功夫，日后一定会有用武之地的。这一点，阿叔可以拍胸膛作保证。”阿力凡一时兴起，往那干瘦的胸脯上拍了几下，拍得砰砰作响。

阿力凡这一拍，把在座的义军大小首领们拍得直乐。

从阿力凡的家中出来，阿彪和廖云辉并肩走在山寨的山路上。不，此时他们正站在阿力凡平日观赏山下美景的那个绝佳位置上，感觉有些思绪难平。两个人都没有说话，彼此也没有更多的交流，但心里都十分明白：抗击日军虽然半年时间，一切才刚刚开始，尽管目前碰到挫折，碰到困难。但可以想象，未来的路还很长，任务还更艰巨，压力还会更大，作为中华民族的子孙，抗击外敌入侵，自己这一代人不是第一，也不可能最后，只要这世界存在一天，这种责任将与他的子孙一起延绵不断，永远延续下去。

“云辉哥，你现在在想什么？”一阵寒风吹来，阿彪不禁发了一阵寒战，他的头脑十分清醒，看看默不作声的兄弟问道。

“我想起了一句不知哪位长辈的遗言。”廖云辉说，“人生自古谁无死……”

“留取丹心照汗青。”阿彪还没等廖云辉说完，便接住了话题，“云辉兄，阿叔虽然已是古稀老人，他的视野比我们开阔，他的胸襟远比我们博大，他的志向远比我们远大，这是我们民族自古以来延续千年不屈的灵魂。”

“我们回去，把阿叔的故事讲给大家听，如果有人坚持要下山，强扭的瓜不甜。但凡留下来的都是精英，都是顶梁柱，我们要团结好。”廖云辉说着，尽管没有光线，可以百分之百地肯定此时的他一定充满着刚毅，充满着必胜的信心。

“对，寻找战机杀下山去，想办法打一次胜仗，鼓励义军的斗志。”阿彪坚定地说。

正当两个兄弟在交换意见时，不远处的小路上传来了急冲冲的脚步声。廖云辉心里一怔，料定又有意想不到的情况发生了。果不其然，刚才先走一步的阿福他们又匆匆忙忙地返回来了。

“阿福，出了什么事？”看不见阿福的脸，但阿福那气喘吁吁的声音却传入了阿彪的耳中。

“阿彪哥，云辉哥。”阿福应了一声，上气不接下气地说，“李玉隆带着一批兄弟下山了，要不要派人把他们截回来？”

“这个……”廖云辉有点犹豫不决，他把头转向阿彪。

“免了，天要下雨，娘要嫁人，人各有志，强求不得。”阿彪心有些沉重。但刚才阿叔的一番话让他对眼下将面临的困难有了充分的思想准备，他自然而又轻松地对兄弟们说，“让他们去吧。”

第二十一章 冬天的回顾与反思

冬天的永丰城异常的冷。

阿光仍然不改十多年养成的习惯，每天天蒙蒙亮便翻身起床，洗漱完毕便由管家阿昌陪着到永丰城四周转上一圈，看看街道，看看田里的庄稼心里觉得比较踏实。

这个季节庄户人家早已将田里的作物收割完毕。尤其是那几千甲原来长势茂盛的甘蔗田里已看不到有一丝的绿色。

为了防止冬天霜冻把甘蔗冻坏，庄户人家将糖蔗收起来后全部卖给糖厂；果蔗则在田里就近挖了一个个大坑储藏在那里，上面先盖上甘蔗叶子，再掩上一层土，待到开春后在市场上销售。因此，此时的永丰城周围上万甲的农田光溜溜的，没有了庄户人家忙碌的身影，没有了一眼望不到边的绿色，只是那零零星星的小块菜地上长着一些芥菜、白菜之类各户自用的菜地外，到处都是被太阳晒得泛白的土地，枯黄枯黄的田头野草。一阵寒风吹来，卷起那地上的干枯稻草，在半空中转了几圈，然后又零零落落地回到地里。这些情景让人感到这冬天田野的冷清和萧条。

阿光和管家阿昌漫无目的地在田埂上走着，又一阵风吹来，掀起了阿光身上的马褂，吹乱了他那略有银丝的头发，不时地感到一阵阵的寒意。

“老板，还走吗?”阿昌看到这寒风刮得有点邪乎，想劝阿光回去，但到嘴边也只是试探了一下口气。

“嗯!”阿光应了一声，不置可否。可是他的脚步仍不停地往前。阿昌知道老板这一段心情不好，也不再吱声。

两个人又默默地走了一阵。又一股风吹来，卷起的一根干枯的稻草从阿光的眼前掠过。他迟疑了一下，伸手紧紧地把它抓住，并死死地捏在手里反复地端详着。

这一段阿光的心情十分沉重。义军在小山冈的密林被日军埋伏堵截，下山的兄弟损失八成多，几乎没了元气。前几天深夜，难以承受压力的阿彪下山来向阿光报告了山上的情况，李玉隆带着他的一帮兄弟下山了。山上剩下不足一百个兄弟，在阿力凡、廖云辉几个骨干的带领下坚持抗战，但缺衣少食，弹药也所剩无几，军心浮动。那一仗义军损失惨重，日军也仅三十几个人由佐佐木带着逃脱，龟田受到沉重打击，被桦山资纪训诫警戴罪立功。因此，他派重兵将山上山下隔绝开来。但经历了四个多月，龟田次郎发现义军已没有进攻的力量，倒也渐渐放松了警戒，阿彪才有机会出门下山报告情况。

冬天来了，山上特别的冷，那些衣着单薄的义军兄弟夏天上山，穿着十分有限，要在诸罗山度过严冬食是问题，衣着是问题，弹药更是问题。不当家不知油盐贵，要让义军保持战斗力，能够与日军持久地抗衡，绝非是一件小事情呀!

山上困难重重，山下也危机四伏。

这几个月，龟田次郎不断变换着手法，一方面不断地用那洋铁皮制作的广播筒朝山上喊话，煽动义军下山投诚，瓦解他们的斗志；另一方面，加速了对永丰城的控制，自从日军攻占台北后，便在那建立了总督府，永丰城还建立了警察所，那阿六还人模鬼样地戴起了大盖帽，充当起警察来了。

这一段时间，那小子穿戴着一身黑狗皮横冲直闯，招摇过市，吆五喝六，不少乡亲恨得咬牙切齿。

更难办的还有一件事，这件事让阿光原本不安的心情更加烦躁，更加坐卧不宁。

那天，刚吃完早饭，阿六带着龟田次郎闯进了阿光的家。

这是龟田次郎第十几次走进这宅院了。

“阿光先生，您好啊！”这个侵略者挤着一张僵硬的笑脸，用半生不熟的汉语说。

“噢，龟田先生。”以礼相待是中国人的传统习惯，但对龟田这样的入侵者阿光却很难做到，只是场面上应酬了一句。

“阿光先生，台湾总督府桦山资纪总督诚聘您担任永丰市市长。”龟田次郎那口吻中带着威逼也带着诱惑，“这是您的荣耀，更是大日本国对您的信任，您得忠于职守啊 。”龟田次郎说完，叫身边的随行递上一张盖有桦山资纪签字的聘书，又是一琢磨摸不透的笑声，这让阿光浑身上下的难受。

“这样啊！”阿光对日本人聘任他当永丰市市长毫无思想准备，堂堂一个中国人，自己的祖祖辈辈都生在中国，死后也埋葬在中国的土地上。可是，今天自己却要受聘于日本人，成了日本人聘用的永丰市长，管辖着自己和兄弟们用血汗开发出来的这块土地。

这是阿光想都没想到的，同时也是难以从思想上接受的事情。但是，他的脑子在一阵嗡嗡作响之后，立马冷静下来。看着站在自己跟前的是一个貌似军人，却一副豺狼之心的入侵者时，他的思维在激烈地挣扎着。就这么几个月，原本大清土地的台湾一夜之间易了旗帜，堂堂的大清子孙，现在却变成了日本人的殖民地。

昨日还悠然自得，温馨地居住着的自己的祖屋。现在，却要栖身于日本人的屋檐之下，一股心酸，一股委屈，一种对现实的无奈心情如同打翻了的五味瓶，五味杂陈一起涌上了心头。

他呆呆地看着龟田手中的市长聘书，鼻子在发酸，一股无明的怒火从丹田冲起，他真想用自己以前从庙中学到的拳脚功夫，一阵发力将眼前这侵略者像捏臭虫一样捏死。

可是，他终于忍住了。

他那捏紧的拳头松开了。

他的耳边响起了祖上留下的祖训：人在屋檐下，不得不低头。现在这侵略者在自己跟前，切忌硬碰硬，应该讲究策略，讲究办法，寻找最有利于自己的战机。于是，尽快转换了一下思维，尽量放缓了口气对亀田次郎说："亀田先生，我是一个目不识丁的粗人，是一个扁担放倒不识是一字的乡野之民，恐怕很难担当永丰市长这个大任。请你原谅。"

"不！不！不！阿光先生，你是我见到的最优秀的青年实业家，内外兼修。这永丰城的市长非你莫属。"亀田次郎已经从阿光那感情急剧的变化中觉察到了这个汉子内心的起伏变化，口气十分强硬。

"阿光哥，这可是大好之事呀。"一边的阿六腆着一张脸，讨好地叫了一声。

"闭嘴，有你说话的地方吗?"不听阿六说话也已让自己恶心，看到他在一边帮腔，阿光恨不得一脚踹过去，让他早点上西天。

"你的，一边去。"亀田次郎感受到阿光对阿六的厌恶，为了不把气氛搅坏，严厉地将阿六呵斥到一边，但他看到阿光并没有接受那聘书的意向，便给自己找了一个台阶说："阿光先生，你再细细考虑几天。过几天，不，再过五天，我们召开永丰城市民大会，再在大会上向您发聘书。"

亀田次郎十分用心，他每次都将对阿光称呼为"您"。看到此时气氛不对，也不勉强。转过身便带着随行离开了院子。

五天时间，现在已经过去两天了。

这两天，阿光的心一直在痛苦的煎熬当中。

"当时若不登高望，谁信东流海洋深。"突然阿光想起上次与阿昌一起去永丰学校时，看见李文福先生正向孩子们教学的这句《增广贤文》，这是我们民族祖祖辈辈生产、生活经验的累积，当时，自己似懂非懂，现在蓦然想起倒觉得如麻的心稍稍顺溜了一些。这永丰市的市长接不是，不接不是。接还是不接，看来得请教知书知墨、见多识广的李文福先生才好呀!

"阿光老板。"阿光一边走，一边遐想。他的思绪在激烈地翻腾着，却听见有人在叫他。

"老板，你看李文福先生夫妇也在散步。"阿昌听见李先生叫阿光，赶快提醒低头沉思的阿光。

“是吗?”阿昌的提醒将陷入沉思的阿光唤回现实。他抬起头，早见李文福夫妇笑吟吟地从那田野上走过来，便立马来了好心情：“李先生，我刚才在认真思考，正想来登门求教，想不到说曹操，曹操到，一想起你，你便在眼前。”

“是吗！这叫做心有灵犀一点通。”赵静雅看到丈夫正在思考应对阿光的话，灵机一动脱口而出。

“对！对，这叫心有灵犀一点通。”李文福满心欢喜地说，“老板，我这几天一直想找你聊聊，但看见你那院子的门口除了保镖还有日本人，为了不给你增加麻烦不敢贸然登门，考虑了很久，便想到你每日早晨都会出来转转，便约静雅早早候在这里。”

“有急事?”看到李文福眼中流露出迫不及待的神情，阿光问道。

“嗯!”李文福看看四周发现周边没有一个人，便点了点头。原来，那次小山冈一战之后，李文福一直在研究失利的原因，当晚义军下山是一次秘密行动，可是到头来却被日军设伏，本应非常圆满的战局形成大逆转。这个问题，让李文福夫妇久久思考而不得其解。

这一段时间，李文福与妻子对永丰城的整个义军抗击日军的前前后后进行反思分析。终于找到了答案，这龟田次郎十分重视收集情报，除了像阿六这样的鹰犬之外，还有一些化装成汉人的日本军人，他们一方面刺探义军军情，一方面又反监督阿六这些汉人的情况，使义军的一举一动尽在他们股掌之中。为了让义军能够掌握日军的一些情况，李文福夫妇又利用自己留学日本，精通日语的有利条件时不时与日本人搭讪，套近乎、拉关系，加上他们在学校当先生，日本人也不太留意，一来二往也收集了一些重要情报。

“请说吧，李先生。”转了一个圈，阿光找到田头边的一块大石头，阿光对李文福说。

“老板，上次一战，义军与日军都大伤了元气，彼此间已经没有相互进攻的能力，现在义军在山上士气不佳呀。”李文福说到这里心头涌出了一阵担忧。

“是啊！我正在为这事伤透了脑筋。”

“现在，如果能寻找一次打击日本人的战机，让义军打一次胜仗，既能缴获一些战利品，又能鼓舞义军的士气，那将是最佳的机会。”李文福说着，将眼睛紧紧盯着阿光。

“关键是我们不了解日军的情况，摸不清楚啊！”阿光感到有一些遗憾。

“前两天，我从一个日本军曹口中了解到，最近几天，叫他们要派人到基隆港拉军粮和给养。如果……”李文福言之凿凿。

“这消息可靠吗？”阿光担心是日本人放出的烟雾弹，如果我们对情报掌握不准确，仓促派出义军去截粮，难免又陷入其布下的天罗地网之中。因此，内心难免有些担忧。

“不会的，现在是苦于不能将这个消息传递到山上去。”李文福将期待的目光投向阿光。

“这个没问题，最关键的问题是一定要了解到这信息的可靠。”阿光心里一阵欣慰，他向李先生投去钦佩的目光，“另外，我也碰到一个非常棘手的问题，想请你参谋参谋一下。”

“莫非是当市长的那档子事情？”阿光话还未出口，李文福已经替他说了。

“李先生真是消息灵通，这些你都知道了？”

“全城人都知道了。”

“为什么？”

“这是日本人布下的一道关，也是给你出的一道难题。”李文福好像早已了如指掌。

“是啊！这道难题已经让我坐立不安，进退两难啊。”阿光一脸的无奈。

“老板，日本人在变换策略，我们也要顺应形势，相应调整自己的思维和办法。否则，难免又要吃亏。”

“这接，乡亲们必然骂我为汉奸，我势必成为千古罪人；这不接，日本人肯定不会放过我，今后日子更不好过。”阿光心事重重地叹了一声，“难哪！”

“如果换一种思维，接下市长的聘书，白天表面上为日本人干事，晚上实际上为乡亲们谋利益，岂不很好？”李文福从内心理解这位实业家内心的痛苦和难处，帮他想了一个两全其美的办法。

“那乡亲们……”阿光还有顾虑。

“暂时的，一旦乡亲们了解到真实情况后，你便会被理解，被拥戴。老板，日本人占据台湾已成现实，将日本人赶走非一日、一月甚至一年可为。对这个问题我们必须有一个清醒的认识，必须有一个长期作战的思想准备。”

“我明白了。”阿光觉得与李文福这一席交谈，让自己长进不少，不免心生感激之情地说，“与君一席话，胜读十年书啊。”

“不！老板，还有一件事十分重要，要引起我们足够的重视。”李文福脸色变得严峻起来。

“什么事情，严重吗?”看到李文福的神色，阿光吃了一惊。

“要加强情报的收集工作，这里面一要千方百计去刺探日军的情报；二呢，我们的一言一行要切实注意保密。”

“这么说……”听了李文福的话，阿光没有再说什么，只是轻轻地点了点头。

“所以，你能当这个市长，表面上跟这日本人过得去，掌握的情况将会更多一些。那么，对于我们的事业将会更有利一些。这一点，我可以肯定。”李文福充满着自信。

“多谢你的指教，可惜我肚子里没有墨水呀！”

“老板万万不要客气，一客气就见外了。”李文福情不自禁地握了握阿光的手。

一谈便是几个钟头，待到两人准备分手时，这太阳已经升得很高，阿光突然觉得这肚子已经咕咕作响，便想到昨天晚上老岳父魏永富回来告诉阿光，永丰酒楼刚招了一个从大陆来渡东的厨子，煮的面线糊和蚵仔面味道特别可口，那浓浓的胡椒面，绿绿的葱花拌上肥的流油的海蛎吸引着永丰城的乡亲争相品尝，便一时兴起：“李先生，早上请你到永丰楼吃蚵仔面如何?”

“蚵仔面？这新鲜名哟！”李文福还没应，赵静雅倒来了兴趣。

“早上吃蚵仔面?”听了阿光的话，连跟随多年的管家阿昌多少都有一些惊讶。因为，他知道老板的习惯，早上几乎都是地瓜粥配咸菜，几乎不碰荤，一年三百六十五天天天如此。今天却主动提出吃蚵仔面，实在是太阳从西边出来了。

“对呀，是不是很奇怪？”见那阿昌少见多怪，阿光笑了笑。

“好，走。”李文福看到这一席交谈，刚才还心事重重的阿光此时心情不错，便满口答应。

还未到永丰酒楼却见那早已是贵客盈门。永丰城的庄户人家都端着一大碗的蚵仔面或在桌子端坐着狼吞虎咽，或蹲在店面前边吃边说，更有一些后生仔端着那大碗面在酒楼门前的大街上边走边吃。

整个永丰酒楼人来人往，热热闹闹。

魏永富本来在日本人占领永丰城前便被阿光动员回家养老。可是，上次屠户的突然离去，使他失去了朝夕相伴的老兄弟。也不知出于什么原因，他便干脆将被子卷到酒楼里来陪伴着员工们一起住，每天在店前店里张罗着，忙得不亦乐乎。好像把自己置身这繁忙的劳动之中，把自己累成陀螺似的才可以将自己对老兄弟的思念，把自己内心的悲伤排泄掉似的。

“阿爸。”看到岳父在忙里忙外，阿光心头一热，还有大老远便亲热地叫了一声魏永富。

“阿光！”魏永富听到女婿的叫声，再看看他身后的李先生他们，也觉得十分奇怪，这女婿勤俭持家，尽管现在也算是台湾有一些名气的老板了，可是早上到酒楼吃饭的还真是第一次。尤其是这一段，日本人占据了永丰城，女婿压力太大，那原本乌黑的头上已经长出了不少白头发。现在，看见女婿带着人过来，以为是来看一看而已，便叫店小二：“沏一壶茶。”

“阿爸，今天不喝茶，要吃大陆师傅做的蚵仔面。”阿光笑呵呵地跟岳父说，看样子有点傻傻的，足以让人发笑。

“你真是要吃蚵仔面？”魏永富以为听错了。

“阿爸，看你，我还能骗你吗？”阿光哈哈一乐。

看到女婿说得那么认真，老丈人才感到今天既然太阳还是从东边出，一定是女婿心情好，或许有什么喜事，便招呼一下那师傅：“煮四碗蚵仔面，多放一些葱花、胡椒粉。”说着，将他们四个人引入一间雅座包厢当中。

正待四个人坐定，酒楼又传来了一阵热闹声音。原来，那阿六穿着警察服带着几个警所的警察耀武扬威地走进酒楼，大声喝道：“快给老爷煮六碗蚵仔面，快点。老爷还要去基隆城运粮。”接着便将腰一叉，抽起烟来。

坐在包厢里的李文福用眼光朝那阿光作了一个暗示，阿光心领神会地点了点头。

片刻，店小二把四碗热气腾腾的蚵仔面端了上来，四个人看着那香气袭人的面条，看了又看，就是不肯下筷子，只是彼此看了再看。

“吃吧。”阿光叫李文福。

“先看看吧，有些东西先看看感觉会更好。”李文福一语双关。

果然，大厅里的阿六为了显摆又在那唧唧歪歪地说着：“去基隆运粮这可是我从龟田大佐那边领来的重要任务，你们应该把眼睛睁大一些，不能有半点马虎。否则，老爷饶不了你们。”

“那是，那是……”一个年轻警察唯唯诺诺地应道。

“长官，到基隆城那么远，就我们六个人吗？”又一个警察问。

“谁说？还有四个皇军。”阿六口气严厉地说，“好了，快吃，别乱说，吃饱了马上出发。”

“是！是！是……”

大厅一问一答，包厢一阵阵窃窃私语。看到阿六他们吃饱走出大街，阿光和李文福他们也心满意足地拍着肚子，边兴高采烈地夸奖：“这蚵仔面很香，很值得，下次再来。”边走出包厢。

魏永富看着女婿走出酒楼，呵呵直乐。但看到女婿今天这种高兴劲却百思不得其解，心里直猜：“莫非这小子今天捡了金元宝？”

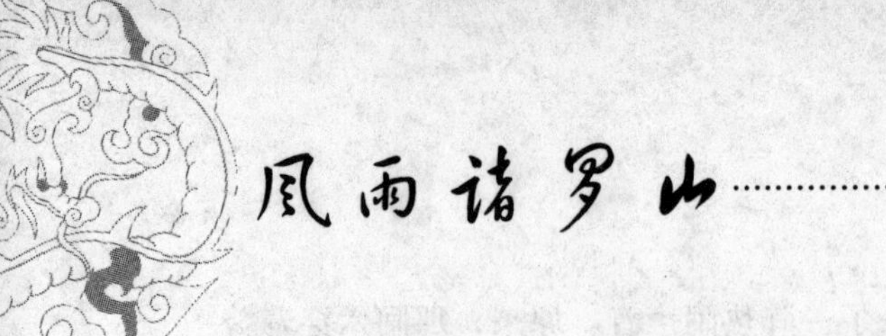

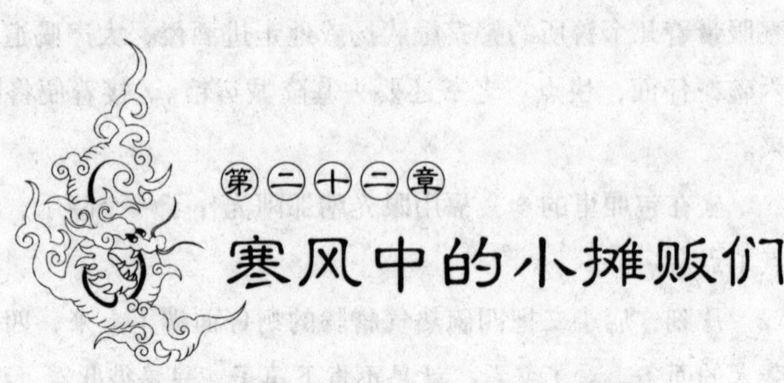

第二十二章 寒风中的小摊贩们

阿光四个人刚走出永丰酒楼正遇上满街找他的林胜天，还差十余步远，胜天摸了一头的汗珠开心地说：“阿光哥，你到哪里去了，让我好找。”

“莫非有事?”阿光心里一怔。

“走，我今天闲来无事，海兰也闲得发慌，刚才从市场上买了几斤马鲛鱼，想打几斤丸子请你品尝品尝。”林胜天看看那路边走动的警察，故意无事找事地咋呼着。

“那好啊！同样是海边长大的，我那海英就没那手艺，天天吃着一样的饭菜。”阿光从胜天那眼神里看出了有急事，便佯装百无聊赖地讨论那些无头没尾的事，“中午，你请客，叫阿发兄弟一道喝几杯酒。”阿光说着，觉得这李文福也是一个可用之才，于是又转过头，“李先生，如中午有空，一齐到胜天兄家喝酒去。”

“噢，好！好！”开始李文福以为是打嘴花，也跟着打哈哈，但一转身发现阿光在不断地给他使眼色，心里知道一定是有要事商量，便心知肚明：“我先回学堂看一看学生，放学了便过去。”

李文福夫妇走了。阿光和胜天肩并肩走在永丰城的街道上，看到周边没有人，便压低声音告诉阿光：“阿彪昨晚下山了，这兄弟带了两个亲信潜入警察所了解到今天，警察所和日军要去基隆拉给养，觉得是一次好机会，便在天亮前跑到我家来了。”

“我也正想把这件事告诉你。”阿光喜上眉梢，把李文福了解的情况和刚才在永丰酒楼听到的阿六的话简要地说了一遍，“看来，这情况一定可靠。”

“走，回家去详细商量一下。”胜天满心欢喜，四个多月，山上山下憋着一股子气，但却没有机会可以发泄，大家都快疯了。

于是，两兄弟装着百无聊赖在街上走着。

突然，前面五六部马车迎面而来，坐在最前头一部车的阿六站在车头，个个荷枪实弹浩浩荡荡出城去了。

那车走得很快，车队过后卷起了一阵滚滚的灰尘。

“狗东西，应该尽快杀了他。”胜天看到阿六那狗汉奸的样子，唾了一口唾沫。

“这家伙的命在我们手中，留一些时日吧。”阿光并没有把阿六放在眼里，这样的小丑留着一定有用处。

街道上的风一阵比一阵更紧地刮着，那风扬起的灰尘吹得人都睁不开眼睛。街道上的人都行色匆匆，有的甚至用袖子捂住嘴和鼻子，以减少灰尘的吸入。可是，那天上却湛蓝湛蓝的，万里无云，凡是在乡下的人都知道，这几天说不准便要降霜了。

走进院子，那等得有些火烧火燎的阿彪急冲冲地冲向阿光，一眨眼又十几天不见了，看到兄弟在诸罗山上餐风饮露，一张本该年轻光滑的脸却粗糙无比，那顶又粗又茂密的乌发也许太久没有打理，像鸟巢一样打着结，阿光有些难过，一把抓住他的手不停地抖动着：“兄弟受苦了，今天我们几兄弟好好喝上一顿。”

“没事，没事。我们现在的问题是如何稳定军心。再这样下去真要散伙了。”阿彪一脸无奈，日本人就在眼前，我们却奈何他不得，作为中国人的子孙，我觉得很惭愧。说到这里这位硬汉子有些激动，他的喉咙有些哽咽。

是啊！冬天来了。这诸罗山的风特别的大，刮在人的身上刺骨的冷。这天冷也罢了，都是农家子弟，可是最糟糕的是都是年轻人，有劲无处使，有力无处出。前一段，那李玉隆经不起挫折，被日本人那洋铁皮制作的广播筒叫下山去了。这使原本已经元气大伤的义军又失掉了一边臂膀，不少年轻人躲在被窝里嘤嘤直哭。

这几天天气骤冷，义军当中不少人又是伤风，又是哮喘，急得阿力凡团团转。更重要的是剩下的几十个年轻人如果再这样憋下去，非憋出问题不可。因此，这一段，趁着日军放松了对山上的封锁，阿彪不断地派出探子下山，轮流让那些年轻人去刺探消息，寻找战机，客观上也让这些年轻人透一透气，放松一下心情。

阿彪坐下来，滔滔不绝地将山上的每一件事，每一个活动甚至非常详尽的细节都一一向阿光和胜天报告。他感到坐在阿光面前仿佛坐到亲兄弟的跟前，他有许多话要说，有许多事要向兄长报告。说完了，自己的心情便会觉得舒坦一些。

“我和阿力凡阿叔、云辉兄商议了一下，准备抓住日本军到基隆运给养的机会，再策划打一次伏击战，把这批粮、衣和弹药运上山去，这样既可以灭一灭日本鬼的威风，还可以武装义军，解决这个冬天的吃饭穿衣问题。”阿彪充满着信心。

“这件事我们都想到一块了，而且几路消息也证明有这么一回事。值得打。”阿光非常理解阿彪此时的迫切心情，“但这一仗只能打好，要万无一失，绝不能有半点的疏漏。否则，后果可想而知。”

“这一点我们山上的兄弟都十分清楚。”

“胜天，你说一说应注意的细节吧。”阿光把目光投向胜天。因为，对于打仗之类的事，胜天是一个专才，每次作战最后都以他的主张为准。

“阿光哥说得对，这一仗一定要打，而且一定要打好。”林胜天接过话题，“打好了，可以沉重打击日本人的嚣张气焰，灭一灭他们的威风。同时，可以大长我们的士气。当然，如果打败了，那……”胜天原本流畅的言语戛然而止，他不愿把那话说完。因为，此时无声胜有声。不说明白，可是结果谁都知道。

“嗯！”胜天的一席话让原本刚刚放松心情的阿彪脸色变得凝重起来，他知道打不好这一仗的后果，更知道自己肩上沉甸甸的压力。

“你们要打好这一仗，要做到万无一失则要把握三个环节。第一，派去的人要精不要多，人多不是好事，容易暴露；而人少了，打了胜仗，缴获的东西却搬不回去，等于白搭。第二，作战地点不能离永丰城太近又不能太远。太近了，城里日军增援容易；太远了，增加搬运物资的难度。第三，为防万一，安排预备人员，与一线义军保持距离，准备接应，也可防止不测。”

“你什么时候返回山上？”阿光深情地看着这位朝夕相处的小兄弟，深感艰苦的生活已经让他更加成熟，考虑问题更加全面和细致，不禁一阵欣慰。

“我不回山上去了。”阿彪轻松地笑了笑。

“为什么？”胜天有些不解。

“呐，你看。”阿彪走进窗户，眼睛朝外看了看，用嘴巴努了努。

在不远处的市中心有三三两两戴着破帽子，一副庄户人家打扮的人在那忙乎着，有的在卖烤地瓜，也有的在卖山货，还有在卖甘蔗，他们各干各的，却干得十分专业。

“这是……”阿光有些不解，他看了看阿彪，等待他的解释。

原来，前一段小山包密林一战失利后，整个义军内部思想比较混乱，再加上李玉隆带走一批义军，龟田次郎每日组织人用洋铁皮做的话筒向山上喊话，不少义军都偷偷溜下山去。

“那是一个动荡的日子啊！”阿彪叹了一口气，向两位兄长回顾了当时的感受，原来热热闹闹的四百多人，转眼之间近两百个弟兄没了。剩下的一个个垂头丧气，接着吃饭的人一天天见少。到最后山上义军已不足百人。每当那山风呼啸的夜晚，我走进屋子，看到那昔日热热闹闹的营房变得冷冷静静，那一张张往日兄弟们躺着的床上空荡荡的，一床床被子凌乱地丢在床上。我的心比那呼啸的山风还冷，那泪水止不住往外流。可是，我不愿让泪水被兄弟们看见，只有趁大家睡着了，才独自一个人跑到树林里号啕大哭。

“我觉得我愧对阿光哥你们呀，我也愧对永丰城的父老乡亲，更愧对我大清国的列祖列宗。”阿彪说到这里已是热泪满脸。

阿光和胜天看到兄弟哭得如此伤心，递过湿毛巾不断地安慰，不断地劝说。

“可是哭归哭，责任不能卸，任务不能不完成，父老乡亲的嘱托不能辜负。”阿彪抹了一把脸颊上的泪水接着说。后来，阿彪与廖云辉和阿力凡阿叔一商定，走了，便走了。大浪淘沙，总会淘汰一些立场不坚定的人。这就像那诸罗山上的参天大树，历经无数个日月轮回，每次狂风暴雨总有几棵扎根不深的树被连根拔起，也总有几根大树被风吹折了枝条。但大部分能够屹立于诸罗山的各个山头，郁郁葱葱，顶霜傲雪，枝繁叶茂。

阿彪讲得很动情，阿光和胜天听得很投入，他为这样的兄弟而骄傲，为这样的兄弟而高兴。

“能留下来的都是金子，都是宝贝，都是我大清的优秀子孙。”阿彪此时似乎已经掠去了刚刚悲伤的情绪，一种自豪感浮现在那自信的脸颊上，“我们商量好，为了将这批兄弟带好，便有计划地不断组织他们化装成庄户人家、山民到永丰城做一点小生意，一来可以刺探一些秘密，收集一些有用的情报；二来可以增强兄弟们的责任感和自信心，不断寻找打击日本鬼子的突破点。”

“兄弟，你们吃苦了。”阿光很动情，不禁被阿彪一番回顾所深深地折服，中华民族有这样的后代，这样优秀的子孙，哪个外敌入侵都将以失败而告终。

“他们是什么时候下山的？”胜天对阿彪的决策感到十分欣慰，关切地询问。

“已经下来几天了。他们每次下山除了主业，还多少赚几十块铜板解决经费问题。”阿彪语气当中充满着自信和骄傲。

三兄弟你一言，我一语谈得正热，李文福和阿发先后进了客厅，看到阿彪自然高兴得不得了。现实相互作揖，后来干脆你推我搡。这动乱的岁月，这在与日本人每日明枪暗箭地较量，生命十分可贵，可是友情、兄弟之情更可贵。

众兄弟都为阿彪历尽艰辛，带领义军战胜困难，取得一步一步的胜利而兴奋不已。

“你们准备什么时候出发？”高兴了一阵，阿光又想起出发的时间。

“后天吧！”阿彪掐着指头算了一下，“他们今天出发，到基隆再返回半路，马车得四天时间，到时我在城外十里路左右的地方去迎接他们。”阿彪说着，表现出一种调皮的表情。

“家伙怎么带？”阿发突然开口，提出了一个最基本的问题。是啊！这些兄弟天天在做小生意，那些大刀短枪是断不可能带在身边的。

“这些兄弟的腿脚功夫个个十分了得，除一两个有神箭、飞刀外，用徒手足以对付得了那日本鬼子。”阿彪显得十分自信。

这边阿光兄弟们热热闹闹地议论着。

那边龟田次郎和佐佐木一帮也悠然自得。小山包密林一战，日军与义军都同样遭受了重大损失。这件事，足足被桦山资纪训了好几天。讲实话，如果不是当年同窗，龟田次郎肯定难逃切腹谢罪的厄运。虽然切腹谢罪这一关是逃过来了，但耳刮子没有少吃，臭骂没有少挨，一个已过知天命的人被人打骂到这境地，足足让龟田次郎好几天都缓不过气来。

后来，他绞尽脑汁，心生一计，每天用洋铁皮制作的广播筒朝山上喊话，诱以一些金钱之类的条件，软硬兼施倒也出了成效。一些意志摇摆的人便偷偷集结，三三两两溜下山来。这样一来，山上本来受到那次战斗已经元气大伤的义军变得雪上加霜，再也没有日本人被暗杀、被袭击的事情发生。

为这事，桦山资纪听了以后还大大夸奖了龟田次郎一番，使他这一段殊死与义军斗智斗勇有了些许的成果，有了些许的安慰。可是，让这位日本军将领至今理解不清楚的是，自己占领永丰城半年多过去了，大大小小的战斗经历了无数次，现在算起来，双方伤亡的情况却大致相当，甚至日军吃的亏更大一些。

一边是受过正规训练的日本军人，

一边是从田里头刚上岸还未及洗去泥浆的庄户人；

一边是久经沙场的日军将领，

一边是名不见经传连起码兵法都不懂的农民；

一边是训练有素的正规军，

一边是看家护院的乌合之众；

……

最近，永丰城风平浪静，送走了到基隆运载给养的马车，龟田次郎一身轻松。他便仰躺在自己的办公室，一边泡着永丰城地产的茗茶，一边在思考着这段时间反复思考都找不到答案的问题。

就这么一个称为乡勇团也罢，称为诸罗山的义军也罢，他们首领是谁？是那个永丰城称为阿光的老板？还是阿发的老板？还是那林胜天的老板？还是……尽管这些情况那阿六也罢，日军的探子也罢四处打探有个像样的情报，可是分析来分析去，既像又不像，似是而非，让自己丈二金刚摸不着头脑。

这是一块心病，一种耻辱，一种日本军人莫大的耻辱，与敌人打了半年多的仗，先后死伤四百多名日本将士，却连敌手的首领是谁还弄不清楚，想到这里龟田次郎刚刚好了一点的心情又蒙上了阴影。

“报告！”龟田还在搜肠刮肚理一理思路的时候，门外响起了佐佐木的报告声。

“有事吗？”自己的思路被打断，龟田次郎有点生气。

“近日永丰城的街道上有不少卖土特产、山货的人，面孔很生。”佐佐木说。

“哦，叫探子再认真跟踪。”龟田次郎心想，现在这永丰城两军交战，兵荒马乱，乡民四处流离，偶尔有一些生面孔在做一些生意也算正常，何必大惊小怪？但他没有说出口。

“做生意的山民倒不足为怪，我担心会不会与我们到基隆港运载给养有关系呀！将军。”佐佐木跟义军打了半年多的交道，知道这永丰城的义军跟台湾各地的义军相比，似乎这里的义军指挥官点子特别多，总是无孔不入，让人防不胜防。

“去运载给养是一件绝密的工作，运输队全副武装离城不久，怎么可能与三四天前的做生意的山民有联系呢？”龟田次郎觉得这佐佐木被义军袭扰了几次，有一点草木皆兵的感觉，便淡淡地答道。他无心再谈这个事，便半眯着眼睛，继续喝着他的茗茶。

佐佐木以为自己提供的情况会引起龟田的足够重视，却意想不到未能让他产生应有的兴趣，打了一声招呼便悻悻地走出门外。

佐佐木离开龟田次郎，想直接走进自己的特工队，这支队伍是由他直接管理的力量。讲实话，佐佐木是一个充满抱负的日军青年，他原来希望自己读完东京帝国大学之后能够成为一个出色的商人，但是，刚走出校门中日之间爆发了战争，在一些热衷于扩张世界、充满统治东亚各国的一些军国主义当政者的主张下，一大批学生或被征召入伍，或被派往东亚各国充当情报官。佐佐木踌躇满志，便从此走上了从军的道路。甲午战争爆发后，他便成了派往台湾的情报人员，为日本军国主义占领台湾搜集情报做打前站的工作。

“台湾真是一个好地方呀。”佐佐木不由得在内心赞叹道，气候适宜，土地肥沃，物产丰富，樟脑、茶叶、蔗糖、大米应有尽有。一到台湾，他曾无数次地在梦中赞美着，他想积极表现，渴望立功，早日得到上司的器重得以提拔。因此，当桦山资纪一占领基隆城后，即派武田和他带领四百精兵想一举占领永丰城。却因为自己时运不济，他带的部队还未进城却遭受永丰城乡勇团的偷袭遭受灭顶之灾。那是一个狂风暴雨的夜晚，要不是众多日本士兵的殊死掩护得以突围，自己定然命丧黄泉。当然，那次回去如不是龟田次郎的求情，自己也免不了遭受切腹殉国的惩罚。

年轻的佐佐木把这次挫折看做天皇对他人生忠诚的一次考验，尤其是每当他想起武田在占领永丰城当晚便殉国之后，他备感让他活着便是老天的恩赐和庇佑，他便更加积极，更加用心地辅佐龟田次郎做好参谋，经常献上一些计策，以博取龟田次郎的欢心，祈望有朝一日能够达到飞黄腾达的目的。

可是，每当他给龟田次郎提建议时，常常遭到龟田的冷遇，这使他时时感叹自己的命运不好，未能碰上一个好上司。可是，佐佐木强烈地渴望登上上流社会的欲望，促使他不可能放弃，不可能俯首帖耳，而是去寻求能够表现自己才华的机会。

永丰城冬天的寒风一阵接着一阵，一阵比一阵刮得更紧。那寒风卷起的沙石让行人眯着眼睛裹紧衣服行色匆匆。佐佐木想把自己这支队伍变成帝国占领台湾的功勋队伍，为国立功，也为自己平步青云立功。

他充满自信，对自己的前途，对自己的未来充满着自信。

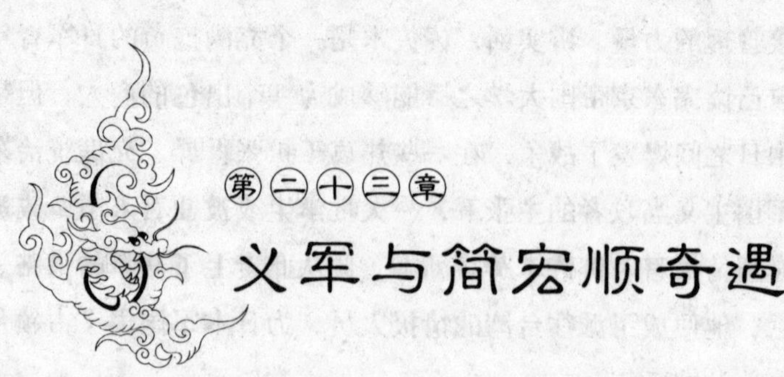

第二十三章 义军与简宏顺奇遇

太阳刚下山，永丰城的气温便急剧地下降。

那些在街道上做生意的各色摊贩们，便经不起这寒风的袭击，一个个唉声叹气，收拾起摊子准备回家。

“干妮姥，这生意难做，这钱难赚呀！”这个一身山民装束的义军看看天色不早，故意也骂骂咧咧，一边收拾着山货摊，准备回家。

“这位阿哥，今天赚了几个铜板呀。”那边做生意的义军，知道这位小头目收摊便是准备出城的信号，也有事没事地凑个热闹。

“别说了，只那么五六个铜板，莫说上馆子，连老婆也养不活了。”那边也喊话，这边在接话，一帮人就在这种吵吵闹闹的寒风刺骨中草草收摊，在满口粗话和骂声中散去了。

躲在一边的佐佐木布置的眼线用大衣将脖子和脸围得紧紧的，看到这些人一个往东走，一个往西去，满口粗话，也看不出一个子丑寅卯来，知道在这些穷鬼身上也捞不出什么情报出来，吞了一口唾沫便赶紧开溜，躲在军营里去躲避寒风去了。

经过几次失利，义军掌握了亀田次郎的一些习惯。为了避免失误，那些化装成小摊小贩的义军从东南西北几个方向懒懒散散地收工，出城以后按照阿彪的要求，在指定的一个小丛林里集中。

阿彪是第一个抵达的，阿福接着跟上了。

一路上走得很急，两个人钻进林子才感到浑身上下都已经出了一阵不大不小的汗，看着彼此的打扮都忍不住开起玩笑来。

“阿彪，看样子你还真像卖山货的小伙子，等到日本鬼子滚蛋以后，干脆请阿力凡阿叔给你介绍诸罗山的女人结婚算了。你呀，也称得上王老五了。”阿福坐在一堆蓬松的落叶上，一股冰冷的山风吹来，打了个巨大的喷嚏。看到那样子，生怕暴露的阿彪犹如猛虎扑食，扑上去用手死死地捂住他的嘴巴。可是，迟了一步，喷嚏没有制止住，一个惊天动地的喷嚏从那丛林里传出，又经过那沟沟壑壑反响传递了出去。

“放开，放开……”被阿彪捂得憋得满脸通红的阿福死命地推开阿彪的手，挣扎着。可是，阿彪似乎没有一点要松手的样子。

“松手，松……”阿福终于使了一个劲，手脚并用将阿彪那整个身子从自己身上推开，气喘吁吁地说，“干什么呀，你想捂死我呀。”

“我捂死你有什么益处呀？还不是怕你打喷嚏？”

“我都打完了，还这么死使劲。”

“怕你再打第二个，因为你那喷嚏打得太过疯狂，简直是惊天动地。”说完，阿彪自己却忍不住笑出声来。

“原来你不是想捂死我呀。”阿福又气又笑。

“捂死你，谁帮我一起打日本鬼子呀。”

“哈！哈！哈。”正当两个兄弟在相互责怪，相互打闹时，几个兄弟都先后集结在一起了。他们围成一圈看着阿彪和阿福在地上打着滚，都发出开心的笑声。

夜幕已经彻底地挂了起来，那皎洁的月亮也从小山包后面升了起来，天上没有一丝云彩，这银白的光线洒在这小山包四周，把这永丰城郊外照得如同白天一般，只是那冬天的寒风好像不知疲倦似的不断地刮着，让这些刚刚兴冲冲走了十里多路的后生们有了一丝寒意。大家衣着单薄，这里一方面有山上条件的限制，每个人都没有厚实衣着的原因，也有考虑到今晚还有一场搏杀，衣服穿多了，可能会显得笨拙的原因。因此，经过一个多钟头的急行军，现在却坐在这旷野中任凭寒风劲吹，尽管大家一次又一次地将身上的单薄衣服裹了又裹，但心却热腾腾的。上次失利之后，经过彷徨，经过反思，也经过四个多月的恢复之气，今天将再次利剑出鞘跟日本鬼子来一次搏杀，来一次一见高下。

“天当被，地当床，月光当灯火，地瓜当主粮。兄弟们坐下吧，我们美美地享受一番，吃饱喝足等一下会一会日本鬼子。”看着大家精神饱满，意气风发，阿彪把二十几个兄弟招呼着围绕过来，在一小块树荫稀疏不能挡住月光的山地上席地而坐。

这些原本的庄稼汉，平时就具有吃苦耐劳的习惯，看到大家也神态轻松，便纷纷将下午卖剩的烤红薯、煮板栗，还有甘蔗什么的都拿了出来。

“阿彪哥，今晚要是来一点老酒可就好了。”一位小头目突发奇想地说，“吃饭穿衣暖身子，喝酒吃肉浸骨头，如果能来个两杯，莫说十个警察、日本兵，再来二十个也没有问题。”

“是啊！是啊。”阿彪也有同感，这一段士气不振，加上山寨条件限制，兄弟们已经很久没有碰到酒了，但这荒郊野外说到酒也无非是望梅止渴，他一时高兴问，“有什么东西可以替代的吗？”

“有，我这还有二十几段没卖完的甘蔗，咬一口细细地往下咽，但心里想着这是酒，便有那酒的感觉和回味。”一个小头目忙不迭地将那一根根甘蔗递给大家。

于是，众兄弟一手拿着烤红薯，一手拿着甘蔗，在寒风中，在这月色下享受着这酒楼也难以品尝到的美味佳肴。

大家在快乐地享受着美餐，这时间过得也格外的快。只是，为了预防不测，大家都把话音调到最低，听起来似乎在一帮密友的窃窃私语当中。

“报告，团总。”正当大家轻松快乐静静等候日军运载给养的马车前来时，一个探子匆匆忙忙赶来报告。

“什么事呀?”阿彪正在与兄弟们开心地闲聊，抬起头关切地问道。

“前面来了两部马车。”探子一边抹着脸上的汗水，一边报告说。

"马车？几部？"这消息来得突然，阿彪心里"咯噔"一跳。

"两部。"

"几个人？""我们看了一下，只有三四个人，穿着长衫马褂，一身商人打扮。"

"不对，有没有看错？"阿彪感到有些不对，日本人去运输物资是六部马车，十个人；按时间到这里也应该是下半夜的时辰。这个时候，两部车，三四个人，商人打扮。他将这些情况在脑子里过了一下，有点摸不着头脑。

"离这里还有多远？"

"快了，一里地左右。"探子有些着急。

"大家赶快到路边埋伏下来，别声张。我和阿福去看一看，一切听我的信号。"阿彪想这兵荒马乱的时刻，商人连夜赶路的情况很少。听到探子的报告，他作了种种猜测，是龟田次郎要耍花招，故意将六部马车分成几批走，以防备义军袭击？或是真正的生意人路途碰到什么问题，影响了行进的计划？还是……他的脑子在激烈地盘算着。同时，思考着自己应该采取的对策。

"阿彪兄，我去应付一下，你别露面。"阿福是一个讲情义的人，在这种情况不明的形势面前，无法料定的因素很多，稍有不慎随时都可能丧命，阿彪是义军首领，而且年轻气盛，不能有半点闪失。自己已是奔不惑之年的人，女人滋味也尝过了，此生已没有任何遗憾，也没有什么可以牵挂。

一句话，死，也死得值了。

"我们一起去！"阿彪看了看阿福那神色，在皎洁的月光下，他理解这位兄弟的苦心。但在义军目前的处境下，谁都不能有闪失，尤其像阿福这样一个忠心可鉴的兄弟。

"我一个人去应付足够了。"阿福还想争辩一番。

"阿福哥，别争了。"阿彪转过头告诉兄弟们，"你们睁大眼睛，留心后面可能再出现的马车，没有我的命令，切忌轻举妄动。"

"我……"阿福还想作最后的努力。

"走，出发。"阿彪生硬地打断了阿福的话。

两兄弟迅速朝前走了几十步路，却已经能够清晰地听见马车行走的声音，也不再大意，找了一个有利地形隐蔽下来。

那马蹄有节奏地踩踏在鹅卵石铺成的道路上，马蹄行走碰到石头发出的清脆的马蹄声清晰地传到阿彪的耳中，他们屏住呼吸，将眼睛瞪得像铜铃一样，密切注视着前方。

“嗒，嗒，嗒。”随着马蹄声越来越响，越来越清晰，两部马车从远及近，由模糊慢慢清晰地出现在他的眼前。

没错，这并不是日本兵运载给养物资的车。因为，他那车出发前阿彪看过。自己眼前的车是一种商人乘坐的专用车。

“那会是谁的马车呢?”阿彪怦怦直跳的心渐渐地平息下来了，原本已经活动了的拳头慢慢松了开来。正当他还在思考时，那两部马车已一前一后走到自己跟前几步路的地方。

“站住，谁?”说时迟，那时快。阿彪一个箭步冲了上前，攥住第一部车的马笼头，阿福也马上默契地一个腾跳抓住了后面那部车的马笼头。

“好汉，我是正经的商人。有话好说，有话好说。”正当会儿，那马车里的人不慌不忙地走下马车。

“这声音怎么那么熟悉?”一个闪念在阿彪和阿福脑海里一闪。他们的眼睛迅速地朝下来的人身上扫了过去。

“阿彪。”正当阿彪还在辨认来人之际，那第二部马车上跳下来的人却认出了他。

“简老板!”这一下阿彪听出来了，尽管月色下看不清那戴着礼帽的简宏顺，可是那熟悉的声音让阿彪听得真真切切。

简宏顺，宏记粮行的简老板来了。

“你是阿彪?”阿彪忙着跟简宏顺打招呼，自己跟前的人跳下车来，用力拍了一下阿彪的肩膀，“后生仔，吓了我一跳，我以为碰上土匪啦!”来人说完，哈哈大笑起来。

“哎哟，陈老板，你们怎么这么晚才来呀！我们以为是日本人呀!”阿彪高兴地大叫起来。

简宏顺和陈吉祥仿佛从天而降，一大帮的兄弟以前都或多或少听说过这两个台湾岛远近闻名的大老板，也随阿彪招呼纷纷从路两边跳了出来，这一大群人从路边拥出，也着实让两个老板惊讶不已。

“简老板，陈老板。”阿彪将两位老板向大家介绍后便好奇地问，“你们都是老码头了，这兵荒马乱的还连夜赶路?”

“别说了，说起来这话呀可长啦。”简宏顺看着这帮在寒风中守候的后生仔，“我呀，听说义军条件十分艰苦，缺衣少食，更糟糕的是弹药不足，于是与吉祥兄一商量，从大陆周周折折购入了一批，想早一点送到你们手中，可是这世道不太平，我们考虑再三，这些弹药来之不易，能早点送到你们手中那定然是一个宝，也表达了我们的一份抗日之心，而如果落入日本人之手那便是一个祸，他们将这些弹药打你们之外，我们也难逃厄运。因此，我们除带了四个高手同行外，昼伏夜行一路风尘到了这里。”简宏顺将自己的来龙去脉说了一通。

“高手?”阿彪脱口而出，看了看早已站在他们当中的四个兄弟。

“对！对!”陈吉祥嘿嘿一笑，“他们四个人十个八个好汉也难以近身。”

陈吉祥这一笑，让阿彪他们倒吸了一口冷气，这真可谓强中更有强中手啊：“好在刚才问清了情况，没有产生误会。否则，我一出手，非被你们四个兄弟收拾不可。”

“被你们收拾了也就罢了，这日本鬼子来了可捡了便宜不是。”阿福说完，众兄弟哈哈大笑起来。

“怎么样，你们这是……”听了阿福这一说，简宏顺知道了他们还有重要的任务。

“是，日本人有六部车运载给养，我们在这迎接他们。”阿彪轻松地说。

“怪不得，阿彪你们辛苦了。”陈吉祥感到由衷的欣慰。

“天色不早了，预计这日本人也快来了。老板你们赶快入城，到阿光哥那里先歇息。”阿彪看看那天空，满天繁星，预计已是子时过后，说不定日本人的车队快来了，便催促他们赶快进城。

“那好，原本我正愁着这六箱弹药送到永丰城后怎么送给你们，现在我们却在这里相见了，倒不如在这里交与你们，岂不省心。”简宏顺说道。

“阿福，你带几个兄弟将马车上的弹药卸下来，等下一并带上山，让简老板，陈老板空车进城。”阿彪手一挥，几个兄弟便上前帮忙。

“不必，我们的任务是送两位老板，现在送到了，又捡上一场仗可以打。这样行吗，弹药运下来，两位老板先行进城，我们四个留下助你们一臂之力。”四个“高手”也主动请战。

“不行，不行，这里离永丰城还有十里地，你们进城吧，我们这些兄弟够了。”阿彪有些为难地说，“这些兄弟已经多日旅途奔波，够累了。”

“我们难得有这样的机会，待收拾了日本人我们再进城也不迟。”四个“高手”仍坚持自己的主张。

“还是走吧!”阿彪也不退让，人家来做客，而且还有保护老板的责任。

“阿彪，将他们留下来吧，多一个人多一把力气。我们自己进城绝不会有事的。你不知道，阿叔我多少也懂得一些拳脚。”简宏顺也出面说情。

“这……”阿彪迟疑了。

“别说了，卸货。让两位老板进城。”四位“高手”已不容大家再争，动手将那六箱弹药卸下放在路边的丛林中，“驾”的一声两步马车朝永丰城疾驰而去。

这边送走简宏顺和陈吉祥，那边探子飞报，六部满载日军给养的马车已经朝永丰城而来，而且距这里不足十里地。也就是说，最多半个钟头，这些日本人和物将进入义军的埋伏圈。

阿彪心里一阵高兴。他将阿福和四个兄弟及四个随简宏顺一道得来的四个高手拉到一边，命令道：“我们四个人各对付一个警察和日本兵，你们，”他用手点了十个兄弟做好配合，“其余的人别管我们，拉上马车便直接绕城外道路往小山冈跑，那里有其他兄弟接应，尽快将物资送到安全地方运送上山。”

“那你们有困难怎么办?”一位小头目有些担心，这些日本警察、日本兵都有枪啊!

“别管。你们的任务便是将这批物资和简老板、陈老板送来的弹药完完整整送上山，不能有半点的疏漏。”阿彪口气十分坚定地命令道。

“好!”众兄弟异口同声。

“兄弟们，各就各位，做好准备。”阿彪说完，自己也跳入树丛中埋伏起来。

运载日军给养的六部马车排成一个车队朝永丰城浩浩荡荡而来。第一部车和末一部车各由三个警察和日本兵荷枪实弹地押着。阿六坐在第一部车。此时这个穿上警察制服的汉奸抬头看看天色，再看一看路途，几天来提心吊胆的心情随着离永丰城越近变得越为轻松。

这个曾经跟着黄福寿横行乡间的小混混，当他前一段穿上日本警察的制服后，充满着一种前所未有的兴奋。当他斜挎着枪，穿着走在路上“咔嚓，咔嚓”作响的大头皮鞋，走在永丰城街上的时候，他感到浑身上下的威风与舒适。他经常在反思，三十而立。自己正过了而立之年，终于混出了人模人样，尽管人生经历了许多曲折，走了许多弯路，今天终于眉开眼笑，混出了一个名堂。

前几天，当亀田次郎和佐佐木叫他带路与其他人到基隆城押运给养时，他觉得日本全军对自己是一种莫大的信任，是一种人生的荣耀。但他也十分清楚，这局势还不稳，尽管日本人占领永丰城已经半年多了，但永丰城的乡勇团却退到诸罗山，并与附近乡村的农民成立了抗日义军，他们还在闹事，还经常寻机袭扰日本军。还好，日本皇军力量如此强大，小山冈密林之战几乎都将这些乌合之众灭绝，使这一段永丰城得以安宁。可是他清楚，这些义军个个功夫都比自己强，个个都是不服输的狠角色，只要一朝元气恢复，势必东山再起。如果那样，将是太可怕的事情了。

马车在山路上颠簸，坐在马车上的阿六摇摇晃晃地有一些晕晕乎乎的。是啊，几百里路来回，风餐露宿，现在正是黎明时分，也是人最困乏的时候。“阿弥陀佛，一路担惊受怕，总算快回到永丰城了，这人生怎么就这么多难事，这我阿六的命怎么就那么苦呀?”阿六一路想来一路叹息，想到这里他又重重地叹了一口气。

“叹什么气，阿六!”阿六可能自己没觉得，可是这一叹气，却被身旁的日本军听得清清楚楚。

“哦，没有。太君，我在想大家一路辛苦，快到永丰城了。行一千步，半九百九。越快到了越要精神，才能做到万无一失。”这阿六被日本军曹一逼问，眼皮一眨，像变戏法一样想出一套哄日本人的话来，说得这日本人眉开眼笑，一个劲地拍打着阿六的肩膀，连称阿六："阿六，你的良心大大的好，大大的好。"

"嘿，嘿。"阿六正咧开嘴巴装傻地笑着，说时迟，那时快，马车四周的黑夜当中腾空飞来一拨人影，刚刚还在对话的阿六和日本军早已被控制住。

"饶命，好汉饶命。"阿六没有丝毫的思想准备，待他想端枪反抗时双手已被两个好汉反钳着，丝毫也不能动弹。他转过脑袋，随行的警察和日本兵都得到同样的待遇。

片刻间，阿六还死死记住龟田次郎临行交代的一句话，这是运往永丰城日军的过冬物资，不能掉以轻心，否则军法处置。想到这里他似乎吓出一身冷汗，回过头对着夜色下的来人说："各位好汉，这是皇军的军需物资，你们到底是哪一路好汉，赶快放手。否则要掉脑袋的。"他以为，这三更半夜，半路拦截一定是哪路土匪，吓吓他们会让他们浑身发软，逃之夭夭。

"狗汉奸，你睁开狗眼看看阿公是谁。"身旁的阿福看到死到临头的阿六还如此不长记性，狠狠地一脚踹了过去。

"啊！阿福哥，手下留情，饶命。"当阿六在月色当中看不清阿福的脸，却听出他的声音时浑身发软，刚刚还料定义军没有恢复元气不可能下山，想不到站在自己眼前，将要自己小命的人却偏偏是这些不要命的狠角色，立马不停地求饶。

"别给他磨牙了，结果他们。"阿彪向其他兄弟一挥手，只听到"咔嚓，咔嚓"接二连三几次发响，那九个日本警察和日本兵的脖子早已被拧成麻花，一命呜呼倒在地上。

"阿彪哥，你……"阿福正指挥众兄弟赶着六部马车撤退时，发现阿彪还未对手里那不断挣扎，苦苦求饶的阿六下手，有些不解地问。

"你们先撤……"阿彪严厉地说。

"你……"阿福不放心地追问。

"我还要教训他，让他留下一点记性。"阿彪将阿六拎到路边，看到那六部马车浩浩荡荡过去才开心地发出笑声，"阿六，你看到了吧，不管你日本阿爸多凶残，我们都有办法修理他。"

“是，是，是。阿彪哥饶命。”阿六已经浑身软得像一条带子，不停地抖着。

“你这狗汉奸丧尽天良，天理难容！”

“是！是！是。不！不！不！阿彪哥饶命。”

“谁是你阿彪哥！你是畜生一个。”阿彪十分气愤地怒斥了一声。

“是，是，是，我是畜生一个。”

“你坏事做绝，丧尽天良。”阿彪像猫逗老鼠一样在教训着阿六。

“是，是，是，我坏事做绝，丧尽天良。”

阿彪怒斥一句，阿六重复一句。

“好，既然你已知道了，你已是坏事做绝，天亮丧尽，那么让你长一些记性。记住……”阿彪突然把话停住了。

“我记住……”阿六全身不断地筛糠。

“今后再敢与日本人为虎作伥，那你的小命分分秒秒我都可以拿走。”阿彪将手抓住阿六的耳朵，轻轻一拉，只听到阿六一声撕心裂肺“啊”的一声，他下意识地用手摸自己的耳朵时，那刚才还长得好好的耳朵已经被阿彪连同周边的皮都一同揪去，顿时昏死在路边……

“见鬼去吧，死仔，长点记性。”阿彪将被揪下来的阿六的耳朵在手掌上掂了掂，然后轻轻一甩，丢到老远的树林里去。

他开心一笑，迈开大步去追自己的兄弟去了。

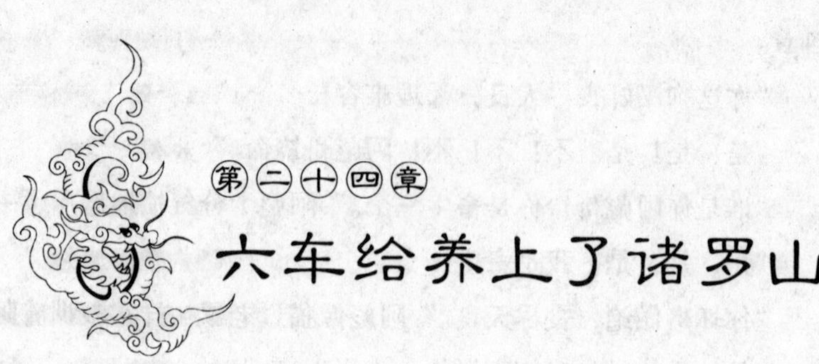

第二十四章 六车给养上了诸罗山

永丰城的冬天本来就十分寒冷，前几天呼呼的寒风刮得天昏地暗，庄户人家衣着本来就不多，加上又是农闲田里头没有活可干，尤其世道不安宁，家家户户很早就关了门，早上也起得特别迟。因此，这太阳已经升了几丈高，这街道上还是冷冷清清，前几天那烤地瓜、卖板栗的也没了踪影。

龟田次郎却与庄户人家不同。他掐着指头算一算阿六他们到基隆城运载军需物资凌晨就应该回来了，可是按计划返回永丰城的时间已经过了七八个钟头，至今却没有任何音讯。

这着实让龟田次郎和佐佐木的心焦虑起来。

"这可是我们一个冬天给养啊，老天保佑万万不可有闪失。"这个龟田到了台湾，也鹦鹉学舌地学着中国人的习惯开始祈求苍天菩萨的保佑了。他默默地祈祷着，不时地将脑袋往窗外张望着，盼望着那六部马车能满载军需物资浩浩荡荡，凯旋而归。

因为，他知道这批物资对于下一步在永丰城站稳脚跟的重要性，也知道这批物资对于自己仕途发展的重要。前一段时间，从日本本土的上层传来消息，桦山资纪因为占据台湾工作屡出差错，致使占领工作迟缓，而日军官兵严重伤亡，已让天皇陛下震怒，甚至传来消息，桦山资纪要回日本了。

自己是靠桦山资纪的关系提携才有今天的位置的，而自己的工作也无数次让上司大为失望，如果这次再出什么纰漏，后果堪忧啊！

上午快过去了，太阳正停在正当空。

冬天的太阳懒洋洋的，尽管已是将近中午时分，却没有一丝暖意。阿六他们还没有丝毫消息，龟田次郎再没有等下去的耐心，更没有喝茶吃饭的兴趣，他从椅子上站了起来，隔着门大声喊着："叫佐佐木来。"

"是！"门外的卫士应了一声。

片刻，佐佐木全副武装跑步进来，一看他也正为阿六他们没有音讯而着急。进门看到龟田次郎在不停地来回踱步，便问道："龟田君，阿六他们运给养的车队至今仍未有消息，是不是派人去打听一下。"

"对，佐佐木，你立即带十几个官兵沿着他们回来的路去迎接。"龟田说完，看到佐佐木要出去，又补充了一句，"你亲自去，快去，快回。"

"是！"佐佐木不敢有半点的怠慢，跑步出了办公室。

佐佐木带着一个班的官兵全副武装飞一样地朝城外赶去。龟田次郎站在窗口看着他们渐渐远去的身影，内心却不停地猜测。这批给养有衣服、有粮食，还有弹药。日本在向各地扩张，派出强大的兵力，而本土物资匮乏，占领地又稳定不下来，征粮征物出现了问题。这批物资出不得问题啊！令他担忧的是，阿六他们出去，至今未归，会出现什么问题呢？难道又会被那些义军埋伏截留了吗？

说到义军，龟田反复思索，诸罗山的那一股义军伤了元气之后，已经几个月没了消息，难道又会有一股义军出现？总之，龟田次郎在反复思考，越想越着急，越想越找不出合理的答案。

"报告龟田太君，佐佐木君回来了。"正当龟田次郎在胡思乱想时，卫士进来报告。

"哦！阿六他们呢？"听到卫士报告，龟田最感兴趣的还是阿六他们的下落，因为了解了他们的下落，便对那批军需物资的下落有了底。

"除了阿六，他们已经全部殉国。"卫士有些沉重的回答。

"军需物资呢?"卫士的回答无疑给龟田当头一棒，他的头似乎被谁猛然一击，嗡嗡地响个不停，但仍十分担心那些军需物资。

"报告，那些物资连同六部马车下落不明。"

"八嘎，阿六呢?"听到阿六还活着，其他人和物资全没了，龟田次郎愤怒至极，自己最担心出现的事情还真的出现了。

"阿六现在还处在昏迷状态，军医官正在抢救。"佐佐木一头冲了进来，他的双眼布满了惊恐的神情。

"死啦！死啦的有。"龟田次郎整个神经都要崩溃的样子，从腰间抽出军刀，拔腿就要往外冲出去。

"龟田君!"佐佐木看到龟田似乎丧失了理智，带着一种哀求的口吻哀号了一声。

"嗯。"一腿已经跨出门的龟田将身子侧着转过身来，用疑惑的眼神看着佐佐木。

"龟田君，您听我详细报告。"佐佐木将自己看到的日本军死亡的惨状绘声绘色作了报告，"为国捐躯的官兵死得很惨，他们个个脖子被扭成麻花，身上没有一处刀伤和枪伤。预计遇到了高手，在瞬间毙命的。"

"那阿六呢?"龟田仍没有忘记阿六。

"阿六整个耳朵被揪去，而且也带走一大片的皮肉，预计是流血过多而昏死过去的。"佐佐木叹了一口气，接着说，"现在要了解当时的战况，了解军需物资的去向，一定得等到阿六醒过来。"

"一定要查出军需物资的去向，一定要查出谁干的。"龟田次郎怒不可遏，他明白这一事件的发生已经注定给他的仕途画上了终止符。然而，这龟田绝不是一个甘于示弱的角色，当他看到在一旁肃立着而且满带悲哀的佐佐木，突然压低了声音问道，"去运载军需物资是一件秘密的事情怎么会被人知道了，怎么会被人伏击截获，这里有问题，你立即组织力量查清楚。"

"是!"佐佐木没有别的言语可以回答。讲实话，当一听到运载军需物资的车队被劫走，他脑海里闪过的第一个念头便是谁泄露了这个秘密。至于谁干了这件事，已经从阿六没有死这一现象得到判断，非诸罗山上的义军莫属。因为，尽管永丰城四周也有一些义军分支，但大抵都不成气候，而且如果是他们所为，截击车队的地点绝不可能放在永丰城外十里路程的地方。那么，现在的问题便是要查清泄露这次情报的源头和途径问题。佐佐木从龟田次郎的办公室出来，他的脑子特别乱，四肢也变得越发沉重起来。年轻的军人总希望在战场表现一番叱咤风云的形象，用自己的出色战绩去拓展一条非凡的仕途。可是，此时他总感到自己时运不济，被派到这永丰城，说城市不大，说人口不多，可是偏偏碰上一块如此难啃的骨头，让皇军占据这将近一年的时间里损兵折将。他多少感到一些失望，甚至感到自己的前程已经蒙上一层灰蒙蒙的色彩。

“到医院去看那该千刀万剐的阿六。”佐佐木感到要了解这次事情的原委，非从阿六身上做突破不可。于是，佐佐木叫了两个士兵跟随着走进抢救阿六的帐篷。

这是一个军用帐篷，军医官见佐佐木进来，便详细地介绍了阿六的伤情。从受伤的情况看，阿六并没有受到致命的伤害，主要是失血过多而造成昏迷。经过军医官的止血处理，加上消毒包扎已没有性命的危险。此时，阿六满头被纱布包扎得只剩下半个脸，眼睛半睁半闭地回忆过去几个小时前那噩梦一样的情景。

“阿六，这抢物资截车队是谁的干活？”佐佐木对阿六一直是一种不屑一顾的态度，尤其是占据永丰城后，他没有提供过一次准确的情报，造成日军屡战屡败，处处挨打，尽管原因是多方面的，但在佐佐木的眼里，主要根源在于这家伙无能。能够留他也无非是念得这人忠心耿耿，良心还不算坏而已。

“我……”看到佐佐木一脸怒气，刚刚还在满脑子血腥场面回忆当中的阿六，用微弱的声音回答，但又戛然而止。

“谁干的？说。”佐佐木一手握着刀把子，用愤怒的目光盯着他。

“是……”阿六正欲张口，又想起阿彪揪掉他耳朵时那句警告的话，一阵晕眩，头一歪又昏死过去。

“八嘎！”看到阿六又昏过去，佐佐木有些无奈，只好在旁边焦躁无比地来回踱步。对，一定要把阿六问清楚了，才离开这里，才去了解其他的问题。

再说，这阿六昏迷一会儿又清醒了。他闭目养神并思索起来。这次是自己穿上日本警察制服后第一次执行任务，原本他想通过成功地运载这批军需物资在日本人面前好好表现一下，在警察所里弄个一官半职干干。可是眼看就要顺利到达永丰城，离成功只剩下一步之遥的时候却祸从天降，这阿彪带领的义军如神兵天降落到自己的跟前，而且就那么片刻工夫，将自己同行的九个人收拾得干干净净。

要知道，这些人都是经过佐佐木精挑细选出来的精锐部下呀！真是强中自有强中手，山外还有一山高呀！难道这诸罗山义军真是各路菩萨在保佑着的吗？

伤口在激烈地疼痛，流血过多致使口中干涸，四肢无力。阿六感到自己的身子很轻，轻飘飘的仿佛在太空遨游。今天凌晨当阿彪就那么轻轻一扯，一阵撕心裂肺的剧痛之后，他感到一股股热乎乎的液体从脸上顺着脖子上流淌着。他想捂着伤口死命逃离现场，可是双腿一软便倒在地上，直到被佐佐木派去的人救回来。现在佐佐木就在身边，从刚刚自己缓过来的一丝清醒当中，阿六觉得这个永丰城日军的第二把手已经将怀疑的眼光盯上了自己，已经将那失去九条日本军的性命和六车军需物资归咎于自己。是啊！十个人去，为什么偏偏自己能够活下来呢？为什么十个人当中，为什么九个人脖子都是粉碎性断裂，唯独自己能保住性命呢？他多么想睁开眼睛将事情的来龙去脉给他说清楚，说明这次军需物资被劫走与自己没有任何关系，而且自己已经尽忠尽责。可是，他几次想吃力地睁开眼睛反反复复地回想着，而那满心的委屈只能随着眼角上的泪水不断地涌了出来。

又过了几个钟头，阿六终于睁开了眼睛，看到床头还像一头发怒的狮子一样激动的佐佐木，阿六把那事情的从头到尾的每个环节，甚至每一个细节都向他作了详细的报告：“佐佐木君，这诸罗山的义军简直是一群魔鬼，心狠手辣，而且个个武艺高强。太可怕了，太可怕了。”阿六神态恍惚，唠唠叨叨地回忆着说。

“阿六，我现在要你告诉我，这件事情为什么诸罗山的义军知道？为什么知道那么准确？”佐佐木说到这边突然提高了嗓门怒吼着，“是不是你告诉他们的？是不是你泄的密？”

“我？”阿六被吓蒙了，他有些吃惊地看着已经连脸也气歪的佐佐木。

“嗯，不说死了死了的。”

“不！不！不……”被佐佐木严词逼问，刚刚还有些清醒的阿六犹如凌晨被人撕去耳朵一样，疼得又昏了过去……

满腔怒火却又找不到地方发泄的佐佐木看到阿六又昏了过去，气得几乎要昏了头，他走出帐篷，却看见永丰学校的李文福先生正在与那巡逻的士兵用日语很亲热地交谈，不由得在内心浮现起一个问号。

前一段时间，曾有一两个探子报告，这位曾留学过日本的先生经常与日本的军人聊天，而且神态非常可疑。可是，他并没有放在心上，总希望日本占领永丰城以后，能够尽可能争取一些热心人士，多争取一些力量，为日本长期而稳定地对台湾统治做一些努力。

天天碰见不足为奇，今天碰见却似乎多了一些疑虑。

“佐佐木君，您好啊！”看见佐佐木一脸怒气从帐篷中走出来，李文福满脸笑容主动上前打招呼。

“嗯，你的，干什么？”佐佐木没有好的心情。

“没有，没有，看看兄弟们，看看……”李文福还是满脸笑容地跟佐佐木说。可是，今天凌晨发生的一切他已经从简宏顺带领的四个同行中了解得一清二楚。就在前几个时辰，这帮兄弟手舞足蹈在回顾他们配合义军一齐杀死九个日本军人和警察，截获六大车军需物资战斗的情况时，脸上带着自豪，带着骄傲；回想起阿彪叙述当时扯下阿六那耳朵时的情况，而发出一阵爽朗而畅快的欢笑：“我们真羡慕诸罗山的义军，更佩服他们的智勇双全，如果有机会我们还参加这样的战斗。”

简宏顺、陈吉祥听了以后心里像喝了蜜水一样甜滋滋的，脸上那纵横交错的皱纹也舒展了许多。

阿光、阿发和林胜天更是感激兄弟们又为打击日本鬼子立下了战功，为兄弟们的英勇善战而欣慰。同时，又担心这日本鬼子一旦遭此惨败，必将以十倍的疯狂和百倍的仇恨对义军进行报复。

“这胜利了，可喜。但胜利之后，要准备有一场恶战。龟田次郎一定以更加疯狂的兵力向诸罗山报复。否则，这龟田次郎就不是龟田次郎了。”高兴之余，阿光一脸冷静，他看看大家，用平静却十分沉着的口吻告诉大家。面对这狡猾和凶狠的龟田次郎不能掉以轻心，不能有半点的麻痹和松懈。

“那赶快派出人手去了解日本人那边的情况。”林胜天看着阿光，建议道。

“这义军不是还有探子在外面了解情况吗?”阿发答道。

“不！可以肯定这日本人了解到这物资是被山上义军截获，人员是山上义军所杀，必然会疯狂报复的，这一点阿光哥的判断没有错。”林胜天接着说，“我们是要了解他们可能报复的时间，采取什么手段。只有这样才能及时、有效地应对。”

“噢……”几个人都赞同林胜天的分析，经过这么近一年时间与日本军的反复较量，大家都长了见识，都有了初步应对日本人的经验。

“阿光，胜天，你们都快变成对日作战的专家了。”简宏顺看见几个月不见的后生仔们，对时局的分析判断如此老辣，不觉满心欢喜。

“你们在这多坐一会儿，我返回学校去了。”唯有李文福对大家的议论没有过多的评论，但是对要了解日军的情报却引起了他足够的注意，这抗击日军近一年时间，能够取得某些胜利是获取了准确的信息，作出了客观的判断；否则，则反之。而要更多地了解日本人的情报自己最有条件，自己之所以从大陆赶赴台湾，出发点和立足点便是充分利用自己当年留学日本、精通日本语言，能够靠近日本人这一优势。可是，时隔那么久了，自己在这方面却没有多少建树。因此，刚才大家在热烈议论时，李文福感到自己内心有一种愧疚之意在不断地从心头往上涌。于是，他以回学校为借口，离开阿光家，装着若无其事的样子走近日本巡逻兵去套近乎，希望从与那些交谈的日本人身上了解昨晚他们失利后的反应，了解他们下一步可能采取的措施。这样兴许能为义军进一步打击日本人做一些帮助。

“这是军事基地，外人是不能进来的。”佐佐木正是满肚子火没处发泄的时候，正好找到了李文福这个出气筒，他怒吼了一声。

“何必呢?佐佐木君，我无非一介书生而已。之所以来也真是在大日本求学之间看到了大和民族是礼仪之邦，念及此情看看第二故乡的朋友。”

李文福正在回思今天早上的一切，突然发现这佐佐木暴跳如雷，知道他正在为凌晨发生的事生气，便故作无奈地说，“如果佐佐木君不欢迎，我将从此不走进这里半步了。”

李文福佯装生气，转过身便想离去。

“且慢，李文福先生。”正当李文福正欲转身时，龟田次郎却脸带笑容地走了过来，这个狡猾的家伙已经从他办公室的窗户上看到了这里的一切，“李文福先生乃我大日本国之挚友，更是我大日本国之良民，欢迎，欢迎。”

“噢，龟田太君！”李文福没有准备，更不知道这龟田次郎会突然出现在这里，“请多多指教。”

“别客气，别客气，李先生。”龟田次郎用手向里面帐篷做了一个手势：“里面请。”

“里面可是军事要地呀！”李文福不知道龟田的用意，请他进去的目的是为了什么，但仍然一脸轻松地回答。

“不！不！不！对李先生这样的挚友那是没有禁区和非禁区之分的。”龟田次郎装着十分亲热地把李文福引进医治阿六负伤的帐篷，同时朝身边的几个日本兵使了一个眼色。

李文福正要跨步进入帐篷，无意间看到这龟田正向他的手下使眼色，心里“咯噔”一跳，他心里暗暗吃了一惊，看来自己的一切都已被这老鬼子发现了，进到这帐篷里将有许多凶险在等待着自己。但此事已容不得他有任何的考虑，现在只有硬着头皮，冷静应对了。

走进帐篷，那阿六正好从昏睡中缓过劲来，也许是经过医生的医治此时精神状态已经好了许多。当他睁开眼前看见李文福身后跟着龟田次郎走进来，心里微微一惊，想赶快欠欠身给老鬼子打招呼，但很快被龟田次郎用手制止了。

“阿六，你认识这个李文福先生吗？”一见面龟田次郎便厉声问道。

“我……”阿六先是摇了摇头。

“嗯？”龟田次郎脸色铁青地唔了一声。

“我……”阿六点了点头。

这一切，李文福都已经看在眼里，他已经完全清楚，前一段自己的行为已经完全被龟田掌握。但他从刚才阿光那里了解到十个日本警察、军人，除阿六之外已全部灭了，六车军需物资已经全部运送上山，自己总算为抗击日本人侵占台湾做了一件有益的事情，心里感到一些欣慰，感到一阵高兴。

"前几天，是你将去基隆运军需物资的消息告诉他的？"龟田次郎浑身发抖地用手握着军刀把子。

"没！没有啊！"阿六想争辩。

"是你将情报送给诸罗山上的义军的？"龟田次郎无心跟阿六理论，却转过身将牛眼似的眼光盯住李文福。

"不是的，龟田先生，你不是说我们是挚友吗？"李文福知道这龟田兴许是在使诈，又兴许在证实自己的判断，仍然用轻松的口气对他说。但自己人已站在这帐篷里，周围都是豺狼，必须做好最坏的准备。只是刚才走得仓促，没有跟阿光兄弟他们多做一些交谈，也没有与深爱的妻子道别一声。因为，一旦落入这帮豺狼手中，那绝对是没有生还的可能的。

"哈！哈！哈！你还是我们的挚友吗？"龟田次郎吼了一声，"李文福，你的良心大大的坏了。你以为我们不知道吗？你看，"他将手一指，在帐篷里的那些日本军人都是与李文福有过接触的人，"他们早已将情况向我报告，如果今天军需车不出事，我还会将你当挚友。可是，现在，你死啦，死啦的。"

"龟田君，你冤枉好人哪，我一介书生，我的职业是教书，跟你们这个枪呀，刀呀，没有任何关系的。"李文福已做好最坏的打算，知道自己已经凶多吉少，说不准今天上午已经再也走不出这顶帐篷，便神态自若，侃侃而谈，他在作最后的抗辩。因为，抗战刚开始，今后斗争还路漫漫，自己的奋斗目标还未实现，千里迢迢漂洋过海携妻子来台湾，如果此时落入敌手被杀死，那真是死不瞑目呀！

"阿六，你有没有将运载军需物资的消息告诉李文福！"这龟田不再与李文福争论，又突然反转身子，抽出军刀在阿六眼前晃着。

"我！我！我……"阿六有一点魂不附体。

“我什么？快说？”龟田次郎疯狂地号叫着，那军刀的刀尖在阿六的鼻尖上晃动着。

“前几天，我似乎说漏了嘴。”阿六终于经不住这军刀的晃动，浑身抖如筛糠一般说了出来。

“死啦！死啦！”龟田次郎将牙齿咬得咯咯响，挥起一刀，只听“咔嚓”一声，接着鲜血飞迸，那阿六的一条胳膊便掉落在床底下。

污血溅在帐篷里每一个人的身上，面对这杀人不眨眼的魔鬼，李文福知道自己的寿限今天已经到了，虽然自己不足三十岁，但活得已经很有价值，已经很有意义，尽管此生还有遗憾，但这种遗憾只有来生在努力了。

果不其然，这龟田次郎一刀砍下阿六的手臂之后，将那带着淋漓鲜血的军刀在阿六身上麻利地一擦，转过身朝着李文福一刀狠狠地砍了过去……

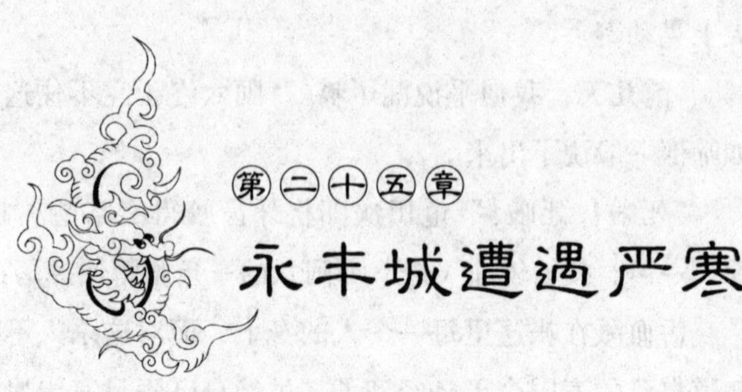

第二十五章 永丰城遭遇严寒

永丰城的冬天原本就十分寒冷。恰恰今年变得更加异常，按理应该是干燥的冬天，今年却淅淅沥沥地下起了小雨。这雨量不大，可是时间却出奇的长，一连下了三七二十一天。风夹着雨，雨裹着风，到处都冻结了厚厚的冰凌，整个诸罗山被冻成了冰的世界，冰的海洋。于是，哈气成霜，滴水成冰。不信你走出家门一趟，回来时那眉毛，那胡子必定结成白花花的冰碴子。这，着实让不习惯严寒的永丰城人感受到雪上加霜的感觉。

为了抗击这史上少有的寒冷，诸罗山上、山下的人把所有的衣服都堆在身上，可还禁不住瑟瑟发抖。于是乎，每家每户三步门不出，五步门不迈，只好都在客厅里生起木炭炉，或干脆点起了干柴火让躲在家里的一家老小围着炉火取暖，日子过得较好的庄户人家还可以泡杯热茶，吃点自制的富有闽南特色的小点心；经济条件差的，只能哀天叹气，咒骂这老天不给穷人留条活路。

那寒风在屋外肆虐着，如口哨一样的声音从窗户缝、门缝当中挤进来了。尽管面前是热腾腾的木炭炉火，但每当听到那声音会让人忍不住颤抖，让人感到难受。

那连绵不绝的诸罗山上夏日的翠绿，秋日的妖冶没有了。层层叠叠的参天大树已经被那一夜而来的雾凇严严实实地覆盖着。那些平时里疾步如飞的鹿子，也只好老老实实趴在自己的窝里与孩子们团聚着；那长着大獠牙的野猪此时也十分安分，不再出去觅食；甚至那野兔们也躲在自己的窝棚里探出身子向外张望，不再到处溜达。总之，诸罗山上的居民们都在静悄悄地待在家里享用着平时积攒下来的食物。

这严酷的寒冬给原本富有神秘色彩的诸罗山披上了让人更加神秘莫测的面纱，那原本苍翠欲滴、郁郁葱葱、充满生机、充满绿意的群山被急剧而来寒风吹来的厚厚的雾凇所取代，每棵树，每片叶子都罩上了一层晶莹剔透的冰凌。

太阳终于艰难地从东边爬出来了。

可是，此时的阳光也已经缺乏了往日的那种阳刚之气，反而是一种浓浓的阴柔。羞羞答答地像女人一样柔情似水地将五彩缤纷的光轻轻地铺洒在那冰清玉洁的翠枝绿叶上，衬在那潺潺不息的山涧之中，折射出五光十色的妩媚和妖冶。

每当此时，如果你举目眺望那群山，眺望那山下的永丰城便会感到这沉静当中多了一分神秘；那如巨龙腾飞的磅礴之势当中多了一分冷峻；而又在延绵起伏当中多了一分刚毅；那银装素裹当中透出了一分伟岸。让人在视觉当中更加感受到它的神秘、它的神奇、它的浪漫。

庄户人家在躲着寒冬；

诸罗山的动物们在躲着严寒；

诸罗山上的义军们却每个人都燃着一盆火，热腾腾的。这股热气暖透了全身，让每一根神经末梢都在兴奋当中。

这几天，义军们脸上一直笼罩的阴云被彻底地拂去，压抑在心中的憋屈终于重重地吐了出来，出动二十多个兄弟，没费一枪一弹，甚至连刀也没有动一下，却取得了几个月来首次如此令人振奋的大捷。

此时，阿彪、廖云辉和他的兄弟们仍沉浸在凯旋后的欢庆当中。一帮兄弟正踩踏着那已被涂上一层薄冰、铺满冰碴的石砌路，不时发出“咔吱，咔吱”的声音。走一步，滑一步，走一步发出一阵令人欢快的笑声。

“阿彪兄，你说此时谁过得最痛苦?”走着走着，廖云辉突发奇想地问了阿彪一声。

“肯定是龟田次郎，这老鬼子，军需车被我们截了，十个走狗九死一伤，他完蛋了，他无法向上司交代。”阿福抢先回答。

“不！肯定是阿六那狗汉奸。丢了耳朵，龟田不可能放过他。他活着比死还痛苦!”一个小头目说出了自己的理由。

“这帮鬼子没有一个能开心的了，今年冬季他们所有的给养全在我们了，这个冬天他们的日子不好过。”另一个小头目也说了自己的道理。

“要我说呀，现在侵占台湾的所有日本鬼子都不得安宁。”阿彪心里充满着喜悦，他看着身边一个个满脸笑容的兄弟们说，“简宏顺老板告诉我，这一段无论是台南的刘永福将军带领的黑旗军，还是余清芳等多路义军都在各个地方沉重打击日本鬼子，并且都收获了重大的胜利。”

“是吗?”几个兄弟听了阿彪的话都惊喜不已。

“如果要我猜的话，那龟田次郎也差不多要卷铺盖滚回日本去了。”阿彪充满自信地断言。

“为什么呢?”大家不相信阿彪有这种先知先觉。

“道理很简单，在永丰城外，在他的鼻子尖下六车急需的军需物资飞上诸罗山来了，十个警察和日军官兵死了九个半，桦山资纪能容忍得了吗?”阿彪口若悬河，心情好，口才也好，“那阿六的下场便更可悲了。我想，他会很恨我，不如一刀被我砍死!”

阿彪的话引来了兄弟们一阵阵欢快而爽朗的笑声。

阿彪的先知先觉真的没有错。

龟田次郎尽管一刀劈了阿六的一条胳膊，又一刀砍死了李文福，但没几天，桦山资纪就剥下他的军装将他打发回日本老家吃老米去了。取代龟田次郎位置的是一个四十多岁的犬养横二。

这是去基隆城运载军需物资被义军截获的几天后，台湾总督桦山资纪接到报告，气得正在悠然自得品着茗茶的他，几乎崩溃。这永丰城无非两万多人，再加上诸罗山寨的山民撑死了也不超过三万。尽管外界称永丰城有乡勇团，可这个乡勇团也不过二百多个乌合之众。堂堂日本正规军与之打了将近一年，却已有近四百受过严格训练的正规军人被杀死，这对大日本皇军来说，是一个奇耻大辱呀！

犬养横二走进永丰城的日本军营，看到那群一个个无精打采，在寒风中瑟瑟打抖的日本军蹲在帐篷里，相互拥挤在争着烤火取暖，有个还不时地从鼻腔里流淌着鼻涕，看到这一切让他的心情恶劣到了极点。

漫漫的冬季，粮食可以就近抢掠一些，这冬装却要从日本本土运来，绝非是一件容易之事呀！犬养横二一接任这个位置感到无明火不断地往上窜。

到任几天，犬养没有一天好心情。几个不眠之夜下来足足让这个四十多岁的日本军人瘦了一圈。

部队缺吃少穿，士气低迷，军心涣散。

诸罗山义军如洪水猛兽，稍有不留意便会杀将下来；

地方政权的市长聘任又没有一个着落。

……

犬养在床上辗转不宁，急得嘴角上长了好几个泡。终于，他下定决心，火急火燎地向日本台北总督府求援："请求增派部队，配备强有力的火力，血洗诸罗山。"

这仍然是一个寒风刺骨的早晨，从台北总督府增调来的日本军已经将诸罗山脚下封锁地严严实实，水泄不通。一挺挺机枪前那群如狼似虎的日本军已调整好角度，黑洞洞的枪口对准一夫当关万夫莫开的山寨门，只待犬养横二一声令下，那数百发炮弹将腾空而出。

这一切已经被山上的义军探子了解得一清二楚，面对着张着大嘴的炮口，阿力凡赶紧将义军几位首领请到客厅商议。人生七十古来稀，经历了人生的坎坎坷坷，阿力凡此时已经知道自己和诸罗山的乡亲们将面临着一场火与血的洗礼，甚至难逃山寨毁灭的厄运。但，诸罗山的人都有一种不屈的精神，自从当年传说当中的颜思齐开台王驱逐荷兰鬼子以来，这诸罗山就没有低过头，也没有弯过腰，纵使打不死你，也决不会屈膝求饶。

这天阿力凡起得特别早，他不慌不忙地洗漱完毕，先泡了一壶茶，美美地品尝了几杯。然后在那摸了一辈子已经锃亮锃亮的青铜制的水烟筒，装上一锅烟站在门口的高处一边“咕噜咕噜”地吸着，一边眯着老花眼朝山下眺望。他在调集着这脑子里积累了一生的智慧和力量。考虑着一旦日本军开枪如何最大限度地保护义军的有生力量，保护着这诸罗山众乡亲的安全。

“老爷，众义军首领都来了。”正当阿力凡在举目凝思时，管家轻轻地提醒他。

“噢，噢……”沉思当中的阿力凡缓过神来，看到周边一个个脸色严峻的义军首领，用十分亲切的神态告诉大家，“日军攻山已经不可逆转，但是不论战况如何，保护义军不受损失便是重中之重。预计日本炮轰之后，这些日本鬼必然会发动攻山，而山寨门洞开，他们便可如入无人之境，你们要将山寨的乡勇团子弟一并带好，因为他们就当年山寨的神兵队，是山寨人的精英和骄傲。”

“那你呢?”看到阿力凡像是介绍情况，更像是交代遗嘱，敏感的阿彪心里一阵发酸。

“你们来。”阿力凡没有直接回答阿彪的问话，手一招把他们带进自己的客厅，又转了一个圈走进自己的卧室，“阿彪，你把我的床搬开。”

“这……”阿彪感到有些伤感，却又不知道阿力凡的用意，便与阿福动手将老人的床搬了开来。

“后生们，你们看!”阿力凡指着床底下的地板上有一块厚木板铺好的地方，“搬开这地板，便是一条通往诸罗山腹地的地道。这是我以前告诉他们的最后一个秘密，这也是上天菩萨给诸罗山子孙建造的，是山寨的列祖列宗代代相传而来的秘密。我此生没有用过，今天领你们来，并告诉大家，愿大家平平安安。”老人嘶哑的声音越说越激动，那苍老的声音中带着些许的伤感。

“阿叔!”阿彪有些激动，张开口却被阿力凡制止了：“这条是平安的地道，当年开台王颜思齐带领诸罗山的乡亲们打击荷兰鬼子，被他们围困，正是从这里化险为夷，又将荷兰鬼子引到诸罗山腹地将他们消灭的。”

大家恍然大悟，今天阿叔把大家带到这里，告诉大家他隐藏了几代人的秘密就是要让大家遇上紧急情况从这里平安退出，保存义军的实力，保存好这支抗击日本鬼子的队伍。可见，他已经做好了献身的准备。听完阿力凡的话，屋里静悄悄的，静得连大家的呼吸声都能够听得清清楚楚。

大家没有再吱声，一种大战前的宁静悄悄地到来了。

“轰……咚！轰……咚！……”大家还在原地静默着，后生们以对阿力凡这位长者无比崇敬的心情默默地拥簇着他，门外响起了激烈的炸弹落地的爆炸声，一阵接一阵，一声接一声，把土地震得不停地颤抖，屋顶上的尘土纷纷扬扬地往下掉落。

“老爷，第一道山寨门已经被日军攻破了！”管家匆匆忙忙地走进来报告；

“老爷，第二道山寨门被炸弹炸得粉碎了！”一个山寨乡勇团头目满头大汗冲了进来。

……

“来了，来了！让他们来吧，我们出去看看！”阿力凡此时倒不慌不忙，只是他手中握着的拐杖一次比一次更重地戳在地上，每戳一次都留下一个深深的小坑。

“轰……咚！轰……咚！……”又一轮新的炮弹飞上山来，这是炮弹在延伸，向山寨乡亲的住地延伸，山寨片刻之间处在一片混乱之中。

女人在啼哭；

小孩在号叫；

年轻人在怒吼；

老人在诅咒……

“阿彪、云辉你们将义军和乡勇团集中到这里来。”阿力凡此时已经不是古稀老人，而是一个指挥官，一个气吞山河的小伙子，一个顶天立地的大清子民，他大声命令着阿彪和廖云辉说。

一会儿，义军的所有兄弟，乡勇团的汉子们便迅速集中到阿力凡门前的小空地上。这是一个居高临下的空地，站在这里，山寨和山下的情况一目了然。

“兄弟们，日本鬼子炸毁寨门，炸毁我父老乡亲的房舍。现在，这帮野兽就要上山来了，我们要用自己手中的枪把他们打下山去。”阿彪此时已经容不得选择词汇，简单地做了动员。

“把日本鬼子打下山去！”站在那空地上百十来个义军和乡勇团后生们义愤填膺，振臂高呼。

“好！你们有种，像诸罗山的子弟啊！”阿力凡不觉老泪纵横。

“轰……咚！轰……咚！……”周边不时地响起炸弹的爆炸声，不少山寨乡亲的房子被炸毁了，那巨大声响飞起的尘土裹挟着被炸毁的家具、家禽家畜的尸体一同飞上了半空。

“阿公家的房子被炸了！”

“阿嬷的家被炸了！”

“阿叔全家被炸了！”

……

各种呼救随之而来，匆匆忙忙从屋里逃出来的山寨乡亲有的衣冠不整，有的头破血流，在崎岖的山道上没命地逃散，整个山寨在一片火海之中，在一片哀号当中。

阿力凡脸上的肌肉在发出一阵阵战栗，他的脸色青得如同铁板一块，却像一尊巨石站在那里一动不动地用愤怒的眼光看着那山下腾空飞来又在山寨一阵阵爆炸的炮弹。

“日本鬼子上来了！”不知谁喊了一声。

“兄弟们，瞄准，放近了再打！往死里打！”阿彪说完，自己也举起枪，向那像野蜂一样往山寨拥的日本兵瞄准。

“砰，砰，砰……”义军和乡勇团的兄弟带着向日本侵略者讨还血债的愤怒响了起来，几百米外的日本兵瞬间倒下了一大批。

“瞄准，为乡亲们报仇！打！”阿彪又发出指挥。

“砰，砰，砰……”又一阵枪声响起，那日本鬼子又呼啦啦地倒下一批。

“打！不要停，使劲地打！”

“砰，砰，砰……”义军和乡勇团的枪口又一次愤怒地射出一排排子弹。

“轰……咚！轰……咚……”周围的炮弹越响越稠密，越响越集中，越打越靠近阿力凡的屋子，震得周边地面都在颤动。

“轰……咚！”突然在义军不足四五十步远的地方响起了炸弹声，一个山寨孕妇带着孩子、老人被击中后浑身上下血肉模糊，倒了下去再也不会动弹。

“狗东西，畜生!”阿福看在眼里，怒火万丈，想去救那孕妇一家，却看见那边不远处日军已经疯了一样朝这边扑了过来，只好举枪瞄准。

又一拨日本鬼子倒了下去。

义军和山寨乡勇团的弟兄想喘一口气。大家抹了一把身上汗水与泥土胶着的污垢，又接连两发炮弹飞来，一颗落在人群不远的地方，不少义军和乡勇团瞬间倒了下去，另一发落在阿力凡的大门口处，那已经世代居住的祖屋稀里哗啦坍下一个大角。

“打……”阿彪杀红了眼，又喊了一声。

“后生们，快，快，快撤！不然再炸就撤不成了!”站在一旁的阿力凡老人丢掉了手中的拐杖，手一挥指挥大家向屋里冲去。

“大叔……”阿彪还在迟疑。

“撤，不撤大家都没命了。”阿力凡像命令，更像在哀求。

“听阿叔的话，撤，快。”阿彪站起身拥簇着阿力凡向内屋冲去。

打开木板，眼前是一个地道口。

“顺着这地道一直走，走到诸罗山腹地。”阿力凡将阿彪拉到身边，然后朝地道口使尽力气用力一推。

“阿叔……”阿彪回头叫了一声。

“走……”说话间，阿力凡又一个接一个将他们推进地道。

一个，

两个，

三个，

……

七十余个义军和山寨乡勇团的后生们终于安全进了这天然的地道。

阿力凡用袖子抹了一下满是泥浆的脸，发出了宽慰的笑声。这时，接二连三从天空飞来呼啸的炮弹，接着又接二连三落在他的客厅和房间里，掀起了一阵阵泥尘，房屋顷刻间坍塌了。

阿力凡阿叔便在这轰然倒下的房屋的倾倒声中安然倒下去了……

“轰隆”一声，地道口突然暗了下来，正在地道里一个个点人数的阿彪发现地道口被压死，想再叫一声阿叔时，却被那滚滚灰尘呛得睁不开眼睛。

“阿叔!”阿彪声嘶力竭地呼喊着。

“阿叔!”义军的弟兄们在呼喊着。

“老爷!”山寨乡勇团的汉子们在哭泣着。

但，除了地面上一阵阵炮弹落下的爆炸声外，没有任何声响，没有任何回音。

这时，阿彪才感到阿叔已经离去，已经和义军和乡勇团们阴阳两隔。回想在此之前阿叔所做的一切，才感觉到这位古稀老人早已将自己的生死置之度外，他将自己身后的一切已经交代得清清楚楚，已将自己的一切忘得干干净净。只是，那日本鬼子没被赶走，让老人家留下许许多多的遗憾，让老人家难以瞑目。

“兄弟们，走啊……”阿彪再也控制不住自己的感情，干吼了一声，“冲出去，杀回来抢救我们山寨的父老乡亲……”

“冲啊!”兄弟们同仇敌忾，吼叫着。

……

日本军在猛烈枪火的支持下，将幽静优美的诸罗山寨搅得粉碎，一帮如狼似虎的日本兵终于登上了阿力凡家门口的那块开阔地。

他们见到男人便杀，见到女人便奸，见到东西便抢，见到幸存的房屋便烧。一时间，这片昔日安宁的山寨哭声四起，血流四溅，成了这群野兽们发泄兽欲的地方，成了那些刽子手泄欲的地方……

山风在怒吼，诸罗山在流血，这连绵的群山在哀号……

第二十六章 血债须用血来偿

阿光仍保持早上起来便到城里城外转一圈的习惯。可是，今天刚出门，却看见焦急万分的赵静雅候在大门口，这让阿光感到有些不寻常。

“赵夫人，你这是?”阿光跨前一步与她打招呼。

“阿光哥，李文福前几天去你那以后，便没有再回来，你知道他去哪了吗?”赵静雅开口便着急地问道。

“前天，前天李先生来了只坐一会儿便出去了。怎么会呢?”听了赵静雅的话，阿光暗暗吃惊，一个大活人，一个小小的永丰城，这李文福先生会去哪里呢?而且已经五六天了。

“那……”听了阿光的话，赵静雅感到有一种不祥之兆朝她扑来。两行泪水顺着脸颊扑簌而下。自己与丈夫同为漳州府人，青梅竹马。后来，李文福只身赴东洋留学，自己在漳州学堂求学，前几年文福返回漳州府后，双方父母应允了这门亲事，便帮他们办理了成婚礼仪。接着，甲午战争失败，充满热血和正义的李文福便说服双方父母，携带妻子渡东。两三年间，夫妻恩爱，亲密无间，但凡他遇到大事小事总会十分信任地跟自己交流商量。可是，那天他只匆匆告知妻子到阿光老板家走一趟，便没有了音讯。“难道……”赵静雅感到难以猜测，一个充满活力的李文福怎么会一反常态，不告而别到什么地方去。

“阿昌，你派人到处去寻找一下，赶快找到李先生，我回去跟胜天、阿发他们商量一下办法。”听了赵静雅的话，阿光觉得不对。他放弃了十几年风雨无阻到城里走一圈的习惯，匆匆忙忙准备返回家里，“赵夫人，我一定想办法找到李先生，你安心吧。”阿光不忍心让一个女人为自己的丈夫担忧，进入家门前还特地交代赵静雅。

赵静雅含着眼泪，带着伤心的神情离开了。

阿光一回家便将阿发、胜天还有老岳父魏永富、阿叔连永福都叫上问了问情况，请大家回忆一下李文福那天离开家以后的去向。

“那天，我看到了。”魏永富听完阿光的话立刻回想起来，“我在永丰酒楼正招呼客人，李先生便往日本军营走，后来不久与佐佐木碰面，两个人似乎谈了几句话，然后……”魏永富在思索着，“正当这会儿有一个客人来吃蚵仔面，我便招呼客人去了。”

“以后呢？阿爸，你别着急，慢慢想。”找到了李文福的去向，阿光的心却绷得更紧了。

“后来，我招呼完客人，又见到那龟田次郎走出来跟李文福先生在谈话的样子，然后他们便被一帮日本人拥着进了那帐篷。”魏永富苦苦地寻思着，唯恐漏下一点东西。

“然后呢？阿爸！”阿光更着急，这李文福先生可是一个人才呀！万万不能有闪失。

“后来，我也一直留心，可是没有看到他们出来。”魏永富一脸无奈。

“凶多吉少！”一个念头出现在这阿光的脑子里，日本军人的帐篷一直是军事禁区，李文福是被龟田次郎叫进去的，进去了便没有出来。情况越了解越证明自己的担忧。

“现在的关键是李文福先生是被日本军扣留了，还是……”胜天觉得李先生前一段一直在利用自己懂得日本话，又有日本留学经历有对日本情况一些了解的优势，打听一些有利义军的信息，被日本人抓扣的可能性非常大。可是，抓了甚至被痛打一顿的可能性极大，那么已经五六天时间应该放出来了，可是为什么一点音讯都没有了呢？

大家有些纳闷，但更多的是一种着急。因为，从现有的情况和条件看，要进入日本军营，了解李先生去向的可能非常之小，甚至没有可能。

“那阿六怎么也没有一点音讯了呢？”阿发尽管知道他的耳朵被阿彪揪掉了，毕竟过了五六天时间，多少也会露一个头呀，怎么也见不着一点影子？

疑云重重，疑团越想越大，大家都有一点束手无策。

“报告。”正当大家在绞尽脑汁思考李文福先生的去向时，一个探子匆匆忙忙进来报告。

“什么情况？”看到来人那一副紧张的神情，胜天预计又要面临新的情况了。

“那日本军在诸罗山下集中了几百个军人，架好大炮，炮口一个个都对准山上，估计要向山上发动进攻了。”探子一脸紧张。

“果不其然，这几天怪不得永丰城那么安静，原来他们在阴谋策划着报复义军的计划。”阿光吸了一口冷气，“那日本鬼在永丰城不是只有剩下一百人左右吗？怎么有几百个军人围在诸罗山下，而且还有炮呢？”

“是啊！”阿光的话让在座的人个个惊讶不已。这几天永丰城风平浪静，也没有新增加日本军人。那么，诸罗山下的日军莫非从天而降？大兵压境，面临的形势十分严峻。可是，这山上山下已经被日军隔绝开来了，消息无法传递上去，如果山上的义军和乡亲没有防备，将造成巨大的灾难！

阿光坐了下来，他从口袋里摸出了那支油光发亮的旱烟斗，把那烟斗的黄橙橙的烟丝装上满满一锅，然后点上火，“吧嗒，吧嗒”一口又一口地重重地吸着，一团团浓浓的烟迅速布满了客厅。他在思考如何能争取有效的措施帮义军，减少损失，减少山上乡亲和义军的伤亡。

屋漏偏逢连阴雨，船漏又遇顶头风。这李文福的去向还未查明，这山上又将遇到巨大的危机。

“大家看，有什么办法能够迅速通知山上这个消息，让山上做好准备吗？”阿发有些着急，因为这山上除了义军之外，那里还有他的岳父，有他老婆的娘家乡亲呀！

阿发的话讲完许久，客厅里却没有一个接话，因为消息来得太突然，大家压根儿没有任何的思想准备。因为，这次日本兵要炮轰诸罗山肯定绕着城外走的，这也说明他们是有备而来，也是避免让永丰城的人获得消息向诸罗山报告，让他们做好迎战的准备。

“轰……咚！轰……咚……”大家正面面相觑，日军开炮了，顷刻间一声接一声，越打越密集，在宁静中繁衍生息的永丰城的庄户人家个个都以惊恐的神色，对发出诸罗山的隆隆炮声惊恐万状，不知道这灾难会不会落到自己的头上。

“阿光哥，怎么回事，山上响炮了。”山花是反应最迅速、最灵敏的人，她正在家里张罗孩子们吃午饭，听到这轰隆隆的炮声，如同一记记拳头砸在自己的心窝里。她放下手中的活，直奔阿光的家里。一进门，看到男人们一个个脸色凝重，知道问题的复杂与严重。

“报告。”又一个探子飞进来报告，“日本兵的炮弹把山寨的第一道寨门炸飞了。”

“糟糕，寨门洞开，日本军便可趁虚而入。”林胜天第一个作出反应。

“这……”阿发也着急起来。

“报告。”第一个探子话音刚落，第二个探子又飞身进来报告，“山寨第二道寨门又被炸飞了。”

“报告……”不好的消息一个接一个从外面传递进来，室内的气氛凝固了一样，面对山上可能出现的情况，大家束手无策，心急如焚。

阿光的额头上汗珠一个个往下滚着，他的脸色铁青，青到有些发黑。他知道，这次日本军对山上的轰炸之后，必然是一次血洗。他们组织得那样严密、那样迅速，是经过精心策划的，不要说自己身边没有一兵一卒，纵使有一两百人冲出去，那也肯定是飞蛾扑火。

“可是，那里有自己的乡亲，自己的兄弟呀！”阿光在沉思当中，突然将拳头狠狠地砸在茶几上，他的内心已经愤怒到了极点。但愤怒归愤怒，在座的兄弟谁都没有回天之力。

“轰……咚！轰……咚……”那炮弹爆炸的声音，一声接一声，打得比刚才更密集，更猛烈，大家沉不住气了，纷纷走出客厅，朝外观望。

“报告，阿力凡阿叔的房子，还有许许多多山寨的房子都被日本鬼子炸毁了。日本鬼子已占据了……”又一个探子冲了进来，泣不成声地号啕大哭着。

“啊……“众人不约而同地惊叫了一声。阿光的担心终于变成了现实，这帮日本鬼子已经疯了，这是他们孤注一掷的疯狂报复，这是他们在永丰城一年时间所遭遇打击和失败后向诸罗山疯狂的倾泻。

世代安宁的诸罗山被战火燃烧着；世代诸罗山人赖以生存的土地在侵略者的铁蹄下遭受了灭顶之灾；世代安分守己的诸罗山乡亲正遭受侵略者的蹂躏。

“阿光哥，怎么办?”林胜天眨着一双发红的双眼看着阿光问。

“阿光哥……”阿发的声音，带着一副哭腔。

“阿光……”

海英带着孩子出来了；

海兰带着孩子出来了；

阿发的孩子也出来了。

魏永富，连永福几个老人听到那轰隆隆不时爆炸的炮弹声，也十分无奈地摇了摇头。

阿光还是一个劲地吸着他的旱烟斗，那浓得有些呛人的烟味把大家熏得睁不开眼。不难看出他此时难以言表的痛苦心情，不难看出他那对日本鬼子轰炸诸罗山乡亲，那战火燃烧诸罗山的无奈。许久，许久，他站起来用十分沉重的话告诉大家，君子报仇，十年不晚。现在，我们唯一能做的事情便是自求多福，保有实力。因为，活着，报仇便有了希望；活着，便有讨回血债的明天。

阿光的话音很轻，但十分沉重。他在讲的过程中脑海里却一直浮现着阿力凡阿叔那慈祥的笑脸，这是一张慈祥长辈的笑脸，是一位山寨酋长德高望重的脸；还有便是那几十个义军以及乡勇团兄弟活蹦活跳的充满生机与活力的脸。

这些脸是那么清晰、那么强烈地留在脑海里，让自己记得那么清楚，而永远不会淡忘啊!

听到阿光这沉痛的话，大家都轻轻地低下了头，都默不作声。

那诸罗山的炮弹声还在炸响，但比起前一个时辰已稀疏了许多，却传来一阵阵犹如炒豆子的声音。可是阿光和林胜天却心情更加沉痛，因为这意味着日本的步兵已经占领了山寨。

“你们救不了，我去，我要去拼命，我要出去救我的阿爸！”突然，山花的情绪好像要崩溃了一样，歇斯底里大发作，她像发疯了一样，操起阿光挂在客厅的剑，拨开人群要冲出院子，冲向诸罗山。

“山花！阿发拉住她。”阿光怒吼了一声，命令阿发。

“别拉我，我要救我阿爸……”山花挣扎着阿发的阻拦，甚至一脚把阿发踹到在地，仍然一意孤行地往外冲去。

“拦住她，别让她去送死。”阿光很清醒，此时莫说是一个山花，就是十个、一百个冲出去，别说上诸罗山，只要一进入日军的火枪射程之内，必死无疑。尽管自己十分理解山花此时的心情，也了解她那胜过男人的倔犟性格。

然而，此时的山花却如同瞬间爆发的山洪，摧枯拉朽夺路奔腾，她根本再控制不了自己的情绪，甚至连平时言听计从的阿光的话都已经成了耳边风。她没有流泪，没有像一般女人般的啼哭，而是脸色苍白地挣开阿发的阻拦，甚至用手抓嘴咬的办法来抵制。

阿发根本不是她的对手。

“胜天，叫几个人将她绑起来。”阿光看到山花这样子心一阵一阵地痛，他的脸上痛苦得已经变了形。但此时他却异常冷静，自己的兄弟，自己的亲人一个个失去了，他不能再让身边的人再走一个，再有一个人出现闪失。

再说阿彪，当义军和乡勇团的兄弟走进地道，他伸手去接阿力凡阿叔时，地面上剧烈地震动一下，震耳欲聋的爆炸声房子顷刻之间倒了下来，地道口原来一丝光线被盖得严严实实，一股浓烈的尘土让他睁不开眼睛，他大呼一声“阿叔，阿叔……”

可是，却没有一点回音。

阿力凡阿叔，这个古稀老人被日本鬼子炮弹击中的房屋倒下时淹没掉了……

“阿叔……”义军和乡勇团的兄弟们禁不住失声痛哭起来。

“兄弟们，快跑，到洞口后返回来，杀他日本鬼子一个回马枪，为阿叔报仇啊!”廖云辉看到这惨状，大呼一声。兄弟们便在他和阿彪的带领下，摸黑从那几乎没有人走过的地道走了出去。

这是一条由于石灰岩风化变迁而形成的由几个大溶洞与小溶洞相连成的地道，幸得阿力凡阿叔交代带上火把，廖云辉举着火把走在前头，阿彪走在最后收尾。

地道里很黑，后面的兄弟只能跟着最前面的火把手拉着手慢慢地前行。

地道里很滑，不时有没过膝盖的淤泥让兄弟们稍不小心便陷进去，扑腾许久，才能在别人的帮助下艰难地爬出来。

地道里坎坎坷坷，怪石突兀，在这一步三滑的情况下，兄弟们经常被那突然延伸的岩石撞得眼冒金星。

地道里又很安静，这条只有世袭酋长代代相传的秘密通道，连古稀老人阿力凡都没走过，今天突然有这么多的外来客的光临，打破了这里的平静。突然，有一个兄弟发出尖叫声，不时有叫不上名的小鸟扑腾扑腾地飞了起来，发出了一声尖叫，飞了出去……

此时，大家心里都十分沉重，走在这条地道里，一片漆黑，一片阴森森，一路泥泞不堪，不知什么时候才可以走到尽头，不知什么时候才可以走到那诸罗山的腹地，更不知道他们头顶上的那块土地，现在日本鬼子如何残害自己的父老乡亲……

兄弟们没有了往日的嬉闹，大家睁大眼睛，手拉着手在摸索着前进。

兄弟们怀着一种沉重的心情，不知摸行了多久，也不知道走了多长的路。

但是，大家坚信阿叔讲的话，沿着这弯弯曲曲、上下起伏的地道，它的尽头便是诸罗山腹地，走到了便摆脱了全军覆没的危险，保存了实力，掉转头便可寻机狠狠地打击那日本鬼子，为阿叔报仇，为山寨的父老乡亲雪恨。

“到洞口了。”终于前面的廖云辉兴奋地叫了一声，这声音从洞口传到洞内，形成了一阵回环的音响，振奋了每位兄弟的心。

到了诸罗山腹地。他们是中午进地道的，可是，现在走出洞却是一片漆黑的夜晚。抬头看去，那千沟万壑当中，古树参天，那枝繁叶茂的古树的枝叶上偶尔有一两颗眨巴着眼睛的星星。阿彪最后一个钻出地道，他反反复复看了看被古树遮盖得严严实实的天空，心想如果没有这些大树的掩盖，这诸罗山的腹地肯定不会那么黑暗。

“终于走出地道了。”阿彪心里有了一种欣慰。

然后，这种欣慰犹如一阵风似的在脑海中飘过，他立马感到一种困难接踵而至。

一阵清新的空气扑面而来，可是他带来的却是一种强烈的刺骨的寒风，那寒风如同刀子刮着每一个人暴露的肌肤，并且迅速向破衣服裹着的身体每一个部位里钻。

进地道，直到出地道，大家的心里窝着一团火，一团熊熊燃烧的怒火。大家咬紧牙关，憋着一股劲赶路，每一个人一身湿漉漉的，这到底是汗水，还是地道里的流水，谁都不清楚，谁也不明白。现在，走出洞口却犹如到了另外一个世界。可是冷不防却又被这刺骨的寒风打了一个冷战，禁不住“咯，咯，咯”地打起牙仗来。

“干妮姥！”这里的冰碴子结得那么厚，阿福一脚踩下去，正好落在一堆厚厚的冰碴上，“咔嚓”一声，打了一个趔趄。

“真冷呀，这鬼天。”

“妈呀，我站都站不稳了。”

……

兄弟们一走出洞口被这连天的寒风吹得一个个骂骂咧咧，个个像筛糠一样全身抖个不停。

“兄弟们不能停脚，快动起来，增加身上的热气，不然大家会生病的。”廖云辉抬头看见古树枝头的星星，再看到那明月已经西斜，从那情形看已是黎明时分，便转过身跟阿彪商量一下。我们现在往回赶，兴许那日本鬼子已经把山寨折腾得不像样子了，杀他一个回马枪，也得以救救那里的乡亲们。

“好！”阿彪应着，突然又一阵刺骨的寒风扑面而来，阿彪觉得自己的肚子“咕咕”直叫，他才猛然想起，自从中午离开阿叔家至今，大家疲于奔命水米未进，这肚子已经开始提意见了。但是，身处深山野岭，每个兄弟除枪支弹药外，也只剩下单薄的衣服。吃东西，现在只能是空谈。于是，朝着兄弟们大声说：“兄弟们，现在大家又累又饿，但除了迅速杀回山寨我们已经无路可以选择。大家跑步回山寨，杀他一个回马枪，救救乡亲们。”

“走……”廖云辉应了一声，提着枪第一个冲在前头。

“走，赶回山寨，割几个日本鬼子的脑袋祭拜阿叔和乡亲们。”阿福把刀举过头顶，高喊了一声，众义军兄弟便朝着山寨飞奔而去。

经过一轮又一轮炮弹爆炸之后，诸罗山已经陷入火海和血腥当中，佐佐木带着两百多个日本兵疯狂地朝山寨扑来。他举着指挥刀直奔刚刚在这里顽强抵抗日军的阿力凡家门口，在已经变成一片瓦砾的阿力凡家前站住了脚。

“刚刚义军还在门口誓死抵抗，钻进屋里后变得毫无音讯。”佐佐木发出侵略者胜利的狂笑。他料定，这房子已经被炮火夷为平地，义军必定葬身这瓦砾当中。“快！快快向犬养君发报，义军已被我全部歼灭，我军正在清理战场。”佐佐木看着那已陷入火海，支离破碎的山寨哈哈大笑，命令身边的报话兵。

“是！”报话兵兴冲冲地走了。

佐佐木转过身，看见他的手下正三个一群五个一伙围在一起互相追逐那在炮弹爆炸后侥幸逃离死神的山寨乡亲。正好一群十余个男女老少组成的人群如同被老鹰捉小鸡一样被追杀得走投无路，而那日本兵却发出一阵阵淫邪的笑声。

“花姑娘……”日本兵盯着人群中一个孕妇和一位二十五六岁的年轻妇女，发出狰狞的笑声。

“快逃，快逃命啊！”两个中年汉子，预计便是那两个女人的丈夫，既要保护着身边的老人和孩子，又要保护被吓得四肢发软已经几乎挪不动脚的两个女人，又拉又扯变得一脸的无奈和仓皇。

“花姑娘呀！哈！哈！哈……”旁边又有四五个日本兵追逐着，吆喝着一帮山寨的男女，发出疯狂的笑声。

“日本鬼子，畜生，阿公跟你们拼了。”那已是被追赶得走投无路的一个山寨汉子，带着自己的妻儿被逼到一个死角，再也无路可走，操起身边的一根大木棍，大喊一声向步步逼近的日本兵冲了过去。

“砰！”看到那山寨汉子反扑过来，日本鬼子扣动了扳机，那怒目而视的山寨汉子摇摇晃晃倒了下去。

“他爸！”无助的妻子看到胸脯汩汩流血的丈夫倒下去了，不顾一切地扑向丈夫。

“阿爸！”年幼的孩子惊呆了，也随母亲扑向父亲。

“你们的，可以大大地享受了。”佐佐木看着自己的部下在发淫威，手一挥发出狰狞的狂笑，那些日本兵更是肆无忌惮像一群恶狼冲向那些大媳妇、小姑娘，又是撕衣，又是扯裤子，疯狂地扑上去撕咬着，发泄着兽欲。

“畜生，畜生……”妇女们、姑娘们面对这些如狼似虎的日本兵在咒骂着，发出一声声无助的呼喊，一声声撕心裂肺的哀鸣。

“救命啊！救命……”那个可怜的孕妇早被日本军剥得精光，看到赤身裸体，一个个如狼似虎的日本军扑向自己，无助地呼喊着，可是身边的男人已被追赶得逃走，没走的却一个个或被打死，或被刺刀捅死。她死命地用双手死死地护住自己的身体呼天喊地，不停地求饶。想用自己唯一的力气保护自己洁净的身子。可是，那些已经丧失人性，丧失理智的畜生，却没有住手，他们轮流着将一个个妇女奸淫，凌辱……最后，这些发泄完兽欲的家伙，还用刺刀朝她们身上的任何一个部位捅去。

血，鲜红的血从她们身上喷射而出；

肠子，白花花的肠子从她们的腹腔中流了出来；

孩子，那个还有待时日才能面世的孩子也被这些畜生用刺刀挑开母亲的腹腔，过早地流了出来，挣扎了几下，便没了动静……

诸罗山，昔日的诸罗山变成了血的世界，血的海洋，变成了人间地狱。

“小鬼子，你们见鬼去吧！”突然，在这阵阵无助的哀号声中，刚刚逃离的几个男人站在高处，看见已被凌辱，却又已经没有生命迹象的亲人心如刀绞，他手执弓箭、火枪瞄准了那肆虐的日本鬼子。

“嗖，嗖……”几支神箭飞出了长空，那正在忘乎所以的日本鬼子倒下去两三个。

“砰、砰……”几根火枪同时开火，那散弹呼啸而出，又倒下一批日本畜生，他们中了散弹，满身是血在地上打着滚，哭爹喊娘的。

“八嘎!”佐佐木正在欣赏自己部下的杰作，正在看到在哀求的中国女人被他部下骑在胯下而得意忘形，想不到这山民会来这么一手，会如此临危不惧。当他听到火枪的声音，看到他的虎狼之师倒下一片时，才缓过神来，吼着指挥他们向山寨的老人、小孩、妇女以及一切能动的人们疯狂地射击。

一个个山民被罪恶的子弹击中了；

一股股殷红的血从他们的身上喷涌而出。

山风在呼啸，如同老天在悲号；苍天在发怒；

古树在低垂，如同土地在恸哭，大地在颤抖；

诸罗山被鲜血泼洒，那一股股、一摊摊的血从高处往下流淌着、流淌着……

第二十七章 永不凋谢的山花

山寨的炮弹断断续续响了一天，山下的院子里的男女老少焦急地盼了二十四个钟头。

山花被阿光严厉地批评并关在房间之后，犹如被困在笼子里的母狮，巴不得冲破牢笼到山上去，与那日本鬼子拼个你死我活。但她毕竟已是两个孩子的母亲，这一段永丰城一场又一场血腥场面让她看到了日本人的凶残，看到了保卫国土斗争的严酷现实，更看到了兄长阿光所承受的内心的痛苦和肩上沉重的压力，她的情绪稍稍稳定下来。此时，坐在条椅前一左一右紧紧地抱着自己的一儿一女，在痛苦地抽搐着，默默地流着泪水。

门外，那寒风在不停地刮着，时而飞沙走石，时而呼啸而过，那犹如口哨一样尖叫的风声从人们的脖子、袖管、裤管，总之能钻进去的地方往人的身上灌着，让人不停地瑟瑟打抖，客厅里尽管炉火烧得很旺，也很难让人感到一丝温暖。大家不停地跺着脚，不停地来回踱步以驱逐身上的寒意。

从听到山上的第一颗炮弹爆炸，阿光手上的那根旱烟筒便没有熄过火。他看见山花冷静下来后，没有再发脾气。他用那微微颤抖的双手不停地往那旱烟锅里填装烟丝，不停地点着火，不停地吸着。他那吐出的烟不再像往常一样转着圈，而是乱哄哄的，一阵又一阵，把偌大一家客厅充斥得严严实实，乌烟瘴气。平时，如碰到这种情况，海英一定会劝阻丈夫不要再抽了。可是，现在她理解丈夫焦虑、痛苦和无奈的心情，只是一脸无助地看着阿光沉着一张发黑的脸，听着抽烟发出的沙沙声音。

客厅里的人没有声音，连慧生这帮孩子也只是张着一双双惶恐的眼睛看着大人，看着长辈。男女老少们伸长脖子，朝着那山寨看着看着，尽管什么东西都看不见，除了一阵阵如落在胸口中的爆炸声，其余的唯有几个探子来回奔波传递一些只言片语，而探子也只能站在远处一边靠肉眼观察，一边靠凭空分析来报告情况。

大家如同站在热锅上的蚂蚁，被滚烫的油锅炸着，甚至比被烤，比被炸还难受。因为，十指连心，那山上与山下息息相关，那里的一丁点声音与他们的命运休戚与共，紧紧相连。

永丰城的街道上，早早没有摊点，店家也在太阳下山前便打烊关门。平民百姓，手无寸铁，保护他们的乡勇团在山上，现在被日本军炮弹炸了一天，个个心急如焚，个个却又束手无策。

“胜天！阿发！”终于，几乎一天没有开口说话的阿光开口了，“明天天一亮，动员永丰城的乡亲们上诸罗山，去看看上山的乡亲。”话没说完，阿光将那根握了一天的旱烟筒重重地拍在桌子上。

“这……”阿发有些不放心。他知道，阿光哥下这么大的决心，是想动员全城乡亲上去支援山上的乡亲，支援山上的义军。

那样阿光哥一定会走在第一个，他担心阿光哥的安全。

“叫几个保镖去通知几个里长和片长。我带头去。”果然，阿光将思考已久的方案说了出来。

“阿光哥！你留在家里，我带头去吧。”林胜天不希望永丰城的头家出头露面，自己来带着这个头。

“山花，我理解你的心情，请原谅我上午的粗暴，我们失去太多的兄弟姐妹，再也不能再失去了。报仇首先要保存自己，命都没了，还谈什么报仇。听哥的话。”向阿发、胜天交代完毕，阿光心情十分沉痛，又十分复杂，他重重地坐在太师椅上，用兄长的口吻告诉山花。

“我心里难受啊！阿光哥！”山花非常明事理地朝阿光点了点头，忍不住嘤嘤哭泣着，那两排伤心的泪水顺着脸颊扑簌而下，落到怀里拥抱的一儿一女的身上。

“胜天，阿发。”阿光似乎还不放心，“明天早上，我们带着乡亲们一齐上山，我不相信日本鬼子还能将炮口对准全城无辜的百姓。大家先歇息吧，明日早点起床。”

大家先后散去了。

山花的心却如同展开翅膀飞上了诸罗山，飞到了父亲的身边。她知道，这子弹不长眼睛，这炮弹更不长眼睛。尽管这诸罗山延绵数百里，但家乡的山寨区区数百人，上百幢房子，而这日本鬼子今天却发射了几百发炮弹。山花没有看见那炮弹爆炸的威力。可是，那一阵沉闷得震耳欲聋的爆炸声足以让她感受到生她养她的山寨此时肯定满目疮痍。那饱经风霜的老父亲现在又会在何处呢？还有，自己从小到大生活的祖屋现在如何呢？还有，许许多多阿叔、阿姆此时又是如何呢？

无数个还有，无数个思念足足让山花牵肠挂肚，辗转不眠，夜不能寐。她在床上不停地翻身，不停地擦拭着伤心的泪水……

“山花，你别伤心，好好歇息吧，明天我们不是要去看阿爸吗？”阿发的心跟山花一样的难过，但他是一个实诚的人，是一个口拙的人。他心疼妻子，却找不到能让妻子开心的话安慰妻子。

“喔，喔，喔。”鸡啼了，这是一更时分。

山花睡不着；

阿发睡不着；

阿光睡不着；

永丰城的乡亲也同样睡不着。

“喔，喔，喔。”鸡又啼了，这是二更时分；

“喔，喔，喔。”鸡啼了，这是三更时分；

……

这一夜特别的长，永丰城的人几乎都没合眼，都在床上反反复复地辗转着，都在为山上的乡亲，山上的义军的安危而牵肠挂肚，彻夜不眠。

东方露出鱼肚白，天终于快亮了。

山花一个鲤鱼打挺，从床上翻身下地，她麻利地从内屋找出了使用过二十多年，连结婚都带上的那已经摸得油光闪亮的弓箭，装上了满满的一篓子箭，看看屋外，露出了复仇的眼光。

“山花，你这是干什么？”阿发看见妻子眼神不对，赶快上前制止住。

“我要上山杀死几个日本人，为我娘家人报仇。”山花的眼神充满着复仇的火焰。

“你呀！阿光哥是怎么说的？你忘了吗？”阿发如兄长一样把妻子搂在怀里，“山上情况谁都不了解，我们是去看，纵使山上亲戚遭遇不测也要忍一忍。阿光哥不是说过，君子报仇，十年不晚吗？”十多年共同的夫妻生活，已让阿发了解自己的妻子，凭着自己的能耐是很难说服得了妻子的。因此，要经常引用阿光哥的话，才能让她冷静下来。

“那不能让我娘家人白死！”山花将头一歪，眼睛瞪得老大。

“现在，我们也不知道山上的情况怎么样呀！而且，你带着弓箭上山，被日本人看见了，岂不是自己送肉上砧板？”

“那……”山花终于把头低了下来，将那弓箭重新放回原处，她想起了阿光哥的那句话：“君子报仇，十年不晚。”

等到阿光脚踩着冰碴子带着几百个永丰城的乡亲出发时，太阳才懒洋洋地露出头，尽管如此，天气却异常的阴冷。大家心里都挂念着山上的乡亲，一出门，便迈开大步急冲冲地走着，一会儿便冒着热汗。

一行人浩浩荡荡，但脸上却没有一丝轻松的情绪，走出小山冈的密林，这里离山寨还有很远的路，却看见不远处已经历经无数载春秋的第一道山寨门早已被炮弹炸得支离破碎，那用石灰石架成的寨门变成了瓦砾。站在门前，大家早有了一种不祥的预感。

“阿爸！”山花顺着这条熟悉的山路遥望山寨，让她留住幸福童年美好回忆的山寨早已荡然无存，甚至连自家的屋子也不再有踪影了。她痛苦地呼喊着阿爸的名字。而就在此时，这位倔犟的诸罗山女儿身体摇晃了一下，痛苦地咬了咬牙，甚至嘴唇也被自己咬破了。一股殷红的鲜血从嘴角上汩汩地往下流淌着。

“山花。”阿发寸步也不敢离开自己的妻子，他轻轻地叮嘱着妻子，“君子报仇，十年不晚，这是阿光哥说的。”

“嗯!”山花没有违背自己的丈夫的嘱咐，更没有违背阿光哥的嘱咐，她忍住泪水，加快了步伐，一口气带着身后的乡亲往她那熟悉的山寨走去。

那便是生我养我的山寨吗?

那便是让我充满快乐童年的家吗?

那便是爱我疼我的阿爸的住所吗?

离家还有几百步远的地方，山花突然驻足不走了。原来，她熟悉的不能再熟悉的家被炮弹炸毁了；往日充满生机，充满温馨的山寨已经没有了。这原本应该是充满清新空气的上午现在却充满着硝烟，充满着血腥味；那曾经是鸡犬之声相闻，孩童嬉戏的山寨已经变成死一样的寂静。

阿爸呢?阿爸去哪里了呢?

阿叔，阿姆呢?阿叔、阿姆都到哪里去了呢?

还有……

山花一路走，一路看，一路猜测，一路用眼睛去寻找自己的亲人。可是，让她一次又一次地失望了，一次又一次地摇头了。

阿光、阿发、胜天及全城乡亲跟在后面，默默地跟在山花的身后。大家不再吱声，也不再劝阻，只是默默地跟随着她。

到了。

到了山花的家门口，到了山花小时候成长，常常伴随阿爸遥看山下美景的门口那小开阔地。眼前的一切让山花的精神似乎要崩溃，浑身上下的血管要根根爆裂。

这里躺着十几个赤身裸体浑身血污的女人，她们蜷缩着身子，一个个张着痛苦的表情的脸，一个个已经没有了生命的气息。

一个孕妇被刺刀捅得血肉模糊，肚子被剖开了，那不幸的孩子早被那些畜生用刺刀挑出，流到地上，而且稚嫩的脖子还被砍断；

一个还未成年的小姑娘全身赤裸，她流出的血被冻成了冰；

还有，还有好几个男人手握着木棍、弓箭、火枪痛苦地倒在一边，从他们那张着的嘴巴和眼睛看，他们在为没能保护好自己的妻儿而死不瞑目。

他们在死前还在呼喊。

他们在死前还想与侵略者一搏。

到处都是血，

到处都是尸体；

到处都是未散的阴魂。

“阿爸！你在哪里？”山花再也控制不了自己的感情，迈开大步扑向自己那已经成了一堆废墟的家。

昔日温馨的家没有了。

往日慈祥的父亲不见了。

只有那忠实的管家歪倒在倒塌的家门口，他那胸口的血被冰冻住了，张着掉了几颗牙的嘴巴好像要向主人的女儿无声地诉说过去一天发生的一切事情。可是，他没有，也来不及说，便告别了这个世界。

“阿爸……”山花踉踉跄跄走了几步，发现地上有一个熟悉的东西，那便是父亲的手杖，那是用高山杜鹃树做的一根拐杖，伴随着阿爸走过了大半个人生，阿爸只要出门从来都不离开身子。可是，此时它却静静地躺在地上，静静地躺着。

看到这一切，所有的人心都碎了，所有的人都充满着怒火，所有的人都在对日本军的兽行义愤填膺。而此时，山花却异常的冷静，只有了解她的人才会发现，这位山寨酋长的女儿，这位倔犟的诸罗山的女儿那铁青的脸上，充满着刚毅，充满着不屈，充满着熊熊的复仇烈火。

义军到哪里去了呢？

这杀人不眨眼的日本人又到哪里去了呢？

阿光一边组织乡亲们到处寻找遇难乡亲的遗体，把那些一个个被日军砍杀得血肉模糊的乡亲们的遗体搬到这小空地上。他用十分沉痛的心情看着永丰城几百个乡亲那充满手足之情的动作，小心翼翼地为逝者清洗血污，整理服装，以便让逝者有一个永远的尊严。

“阿发，胜天，一定要好好安葬他们，让他们走得安心，走得有尊严……”阿光嘱咐两位兄弟。他的话哽咽着，他的全身在不时地发抖，他的嗓子十分沙哑。

“阿……光……哥……”正当阿光带着永丰城乡亲们准备选择安葬山寨乡亲时，阿彪的声音远远传来，他的身后是一帮浑身泥泞、满脸憔悴的义军兄弟。

几天不见阿彪，好像与阿光及众乡亲如同隔世，也许是这一夜之间义军们长途跋涉，加上没吃没喝一个个疲惫不堪，眼眶深深地陷进去，颧骨高高地凸起来，眼珠红得像一团团火。与几日前相见的情形相比判若两人。

“阿彪，你吃苦了。兄弟们吃苦了。”看到眼前的兄弟，阿光有些激动，有些难过，同时有些自豪，尽管他们衣衫褴褛，一身污垢，但愤怒的眼神中充满着不屈的神情，充满着复仇的必胜信心。当他们看到这小空地里躺着几十具已经没有了生命气息的乡亲时，大家肃立在那里，为已经逝去的乡亲默哀，祈祷乡亲们安息。

“阿叔，阿叔呢？”突然，阿彪发现人群中没了阿力凡老人的身影，发疯一样冲向那已经被炸弹炸得只剩下一堆废墟的房子，一声吼着，“快救阿叔……”

阿彪这一喊，让大家突然醒悟过来。原来，大家以为阿力凡阿叔随义军撤离了。现在，才知道他老人家还留在这里。

“我阿爸在哪里？”山花一踏上自己的家乡便在四处寻找父亲，听到阿彪的喊声赶了过来。

“快救阿叔……”阿彪扑向那已成一堆废墟的旧址。

义军们也迅速地扑了过去；

阿光、阿发、胜天和乡亲们也赶了过去。

用手抠，用手扒；

用棍撬，用锄头挖；

男女老少，一齐动手疯狂地在那废墟当中寻找着阿力凡老人。

大家只有一个念头：

找到阿力凡，救活这位令人崇敬的老人！

废墟的地方非常狭小，几百号人一拥而上；

男女老少一齐动手；

手被那废墟当中的瓦砾和铁钉扎得鲜血淋漓；

汗水与那飞起的尘土交织着；

又一阵寒风刮来，扬起的尘土把在场的人刮得睁不开眼，每个人淌着满头的汗水，身上沾上了一层厚厚的泥浆。

“阿爸……”突然，在忙乱的人群当中传来山花撕心裂肺，肝胆寸断的呼喊声。原来，她在用手扒土时，发现了已经气绝多时的阿力凡老人。

阿光放下手中的棍，几步跨到山花面前，

阿发“扑通”一声跪倒在自己尊敬的岳父面前；

胜天、阿彪……还有众多乡亲围拢了上来。

拂去阿叔身上的尘土，露出了老人那让人熟悉得不能再熟悉的面容。阿力凡那饱经风霜的脸上纵横交错的皱纹记录了阿叔一生的平凡，也记录了阿叔一生的不平凡，那半睁半闭的双眼的眼角上有些微微的欣慰，不难看出这是他将义军通过地道安全送走后的一种喜悦。因为，义军是民族的骄傲，是诸罗山乡亲的骄傲；他那缺了许多颗牙齿的嘴巴张开着，那一定是阿叔心还有所不甘。因为，日本军没有赶出诸罗山，他还没有实现自己的愿望，他还有一种深深的遗憾。

“阿叔，安心地走吧！”阿光双脚跪下，一双颤抖的手将阿力凡的双眼轻轻地合上，“我们一定会完成你未尽的事业。”阿光的声音很轻，轻得只有身边的几个兄弟听得清楚。因为，从早上到现在这一切的一切，这血淋淋的事实让阿光震惊，让他愤怒，他恨不得冲进日本军营手执大刀把这些畜生、这些侵略者杀个片甲不留。但理智告诉他，作为永丰城的头家必须冷静，在目前敌强我弱的情况下，应该讲究策略，讲究方法，只有先保存实力，才能够寻找时机，杀尽侵略者，告慰已经逝去的阿叔，告慰已经逝去的父老乡亲。

山花此时却再没有哭泣，再没有冲动。父亲的逝去，似乎让她成熟了许多。她默默地为父亲擦拭脸上的灰尘和血迹，她似乎自言自语，又似乎对已经远离自己的父亲诉说：“阿爸，你放心，你未尽的事业，女儿一定完成，你的仇，女儿一定会报。”山花说着说着，两颗泪珠顺着她的脸颊，划开了她那脸上厚厚的灰尘，犹如一条小河水流下，不断地落到父亲的身上。

山花没有用手去擦那泪水，只是用一种无声的动作不断地擦拭着阿爸身上的尘土。她要把阿爸擦拭得干干净净，让阿爸体体面面地远行……

擦干了诸罗山乡亲身上的血迹，安葬了那些乡亲们，阿光默默地带着永丰城的人们，迈着沉重的步子回到永丰城。

山花从此不再流泪，也不再哭泣。

山花从此默默地操持家务，把家里家外洗刷得干干净净，把家中的一切摆放得整整齐齐。

只是到了晚上，她才把一对儿女紧紧地搂在怀里，紧紧地搂着，那双手亲昵地把女儿慧生的头发捋了又捋，在她圆圆的小脸蛋上亲昵地摸了又摸。

“云生、慧生要乖，阿妈不在时，要听爸爸的话……”几天后，多日不肯开口说话的山花对自己一对儿女说。

“阿妈，你要到哪里去?”慧生天真地抬头看着母亲。

“阿妈哪里都不去，宝贝要乖乖听话，健康成长……”山花说话间，泪水止不住往下掉。

“阿妈，你别哭了，我们会乖的。”慧生很懂事，奶声奶气地安慰阿妈。

“阿妈的好孩子……”山花为儿女换好衣服，“睡吧，早点睡吧!”

“嗯……”孩子们不知道母亲在想什么，想干什么，很听话，高高兴兴地睡觉了。

正在此时，满身疲惫的阿发迈着沉重的脚步踏进了家门。山花深情地看了一下心爱的丈夫，柔情似水地帮助他拂去身上的灰尘，轻声地说：“我出去转一下，你要带好孩子……”

“山花，你这是……”阿发觉得妻子今天的举止有些反常，用手拉住山花的手，“坐一下吧，我陪你坐一下。”

“没事的，阿发。我很快便会回来。”山花轻轻地将阿发搭过来的手推开。然后，从从容容地换上夜行衣，将那箭筒装上满满的一筒箭背在身上，拿起那油光闪亮的弓箭，敏捷地走出门去。

在房间门口，山花将脚步稍稍放缓，用一片深情的眼光依恋地看了一下丈夫和熟睡的孩子。那只是在片刻当中，便迅速消失在寒风呼呼的夜色当中。

为了减少保镖的阻拦，山花只是轻轻地使了一下轻功，从屋外的墙角上，一跃跳上围墙，又一个闪身落到墙外。

这一段时间，山花经历了生与死的炼狱，身边的兄弟一个个离弃，眼前一次又一次目睹鲜血淋漓的惨状，看到一个个家庭支离破碎，已经让这山寨酋长的女儿怒火万丈，一次又一次流下了伤心的泪水。此次生她养她的山寨遭受到空前劫难，生她养她的阿爸含恨死去，让她无法再忍受这一切一切。

不是在沉默中死去，便是在沉默中新生。

尽管她知道自己不是七尺汉子，但却不是可以任人把玩的柿子，她要去讨还血债，向日本鬼子讨回父亲及众多乡亲们的血债。

山花想到这里，已没有丝毫的畏惧，没有丝毫的胆怯。她飞过小巷，走过大街，欣慰地看了看眼前这已经历经十余年自己所熟悉的一切。在一个转弯处，正好看见五个日本巡逻兵全副武装从东到西走过去。山花选准一个最佳位置，搭箭、拉弓、瞄准。

“嗖”的一声，最前面的日本巡逻兵倒下去了。

“再来一个。”山花一声高兴，又搭上箭、瞄准、放。

第二个日本巡逻兵又倒下去了。

正在巡逻的日本兵没有听到枪响，可是身边的同伴接二连三倒下三个，剩下两个日本兵哇啦哇啦边喊边逃。

“哪里逃！”山花手脚十分麻利，又接连放了两支箭，让那两个日本兵应声倒了下去，这才拍了拍身边的灰尘，迅速转换了一个位置，去寻找新的猎物。

可是，在她转身时仿佛发现在不远处有一个黑影闪进了一个小巷。这时已经作好一切打算的山花却没有放在心上。因为，她已将一切置之度外。

她在这永丰城飞来飞去将，继续寻找新的猎物。这时，又一队巡逻兵从南往北走着。山花高兴万分，又照着老办法如法炮制。

“嗖”，一个日本兵蹬了腿；

“嗖”，又一个日本兵蹬了腿。

“嗖”，就在第三支箭发出，那日本兵蹬腿的同时，山花的四周骤然响起了一阵激烈的枪声，一片弹雨朝她倾泻而来。

山花感到浑身上下剧烈地震动，一股股热乎乎的东西从自己的身上喷涌而出。她感到一阵心闷又立马感到四肢一阵发软，从一间房子的二楼屋顶上“咕噜、咕噜”滚了下来……

第二十八章 噩梦难以醒过来

佐佐木带着日本兵血洗了诸罗山寨，近百条生命在他手中消失了。

那是他认为此生最为兴奋的一天，当他看到一阵阵的炮弹在这几百年的山寨爆炸，那一栋栋大屋变为灰烬时；当他看到自己的手下，那几百个官兵像狼一样扑向山寨人，赤身裸体的官兵骑在中国女人身上泄欲的场面时；当他看见日本官兵一阵阵枪响，那赤手空拳的山寨男人们成片倒下时，内心涌现一种前所未有的淋漓畅快，那是在痛饮清酒之后都难以找到的感觉。

这一天，他与他的虎狼之师，在山寨奸淫掳掠，杀人放火，让这古老的山寨充满了血腥，充满了恐怖，充满了哀号之声。可是，他却从中尝到了占领者的享受与快感。但，这只是在半天不到的工夫，到太阳西斜的时刻，佐佐木突然发现，他们虽然占领了山寨，血洗了这个充满神奇而古老的寨子，却不见了义军的踪影，也没有发现那充满神奇色彩的酋长阿力凡。

那么，他们会到哪里去了呢？

佐佐木手握军刀环视诸罗山那起伏的群山，那神奇莫测的千沟万壑，那令人生畏的参天大树和密林。仿佛那里有一个个黑洞洞的枪口，那里有一支支犀利的毒箭，那里有一把把锋利的大刀朝着自己，朝着自己带领的几百日本兵呼啸而出，势如破竹而来。

他的眼前仿佛又看到自己的士兵身首异处，尸横遍野，一个个抱头鼠窜，鬼哭狼嚎。想到这里，他的全身在颤抖，一种前所未有的恐惧感席卷而来。

这便是一年多他和所有日本军闻风丧胆，造成几百个日军殉国的义军。可是，现在他们却被菩萨保佑，遁地而逃，躲入深山，躲入那茫茫方圆数百里的诸罗山。

“他们将随时从那密林中，沟壑里杀将出来，取了我们的脑袋，又一阵旋风消失得无影无踪。”佐佐木站在那突然涌出一阵胡思乱想，突然发出一阵神经质的狂笑。因为，这一年多，从基隆城开始，他无数次经历了生生死死，他太了解这支诸罗山看家护院武装的厉害。他不敢怠慢，立即命令身边的传令兵：“撤！马上撤回永丰城。快快的！”佐佐木不待传令兵发出信号，自己已经带头慌不择路，朝着山下夺路而逃。

他的身后是一个个还未尽兴的官兵。

自从那天从诸罗山返回永丰城之后，佐佐木便没有睡过一个踏实和安稳的觉，每当晚上一合上眼便在眼前浮现起诸罗山大屠杀的一幕：

那充满血腥，鲜血横流的土地；

那被百般蹂躏却被日军杀死的孕妇愤怒的眼神；

那搭着弓箭一跃飞上要以命相搏的山寨汉子；

那缺了许多牙齿却又在临死前谴责日军暴行的老妇；

……

一个个血淋淋的场面；

一张张愤怒的脸庞。

佐佐木处在极度惊恐当中，他一合上眼就好像被无数的箭头、枪口对准着，被无数个冤魂追赶着。这让他大汗淋漓，惊恐不安。

“这大约便是中国人所说的追命鬼来了罢。”佐佐木不相信有鬼，因为帝国军人不能相信这世界上有鬼。可是，现在他却时时刻刻觉得中国人所说的追命鬼无时无刻在身边，在向他追讨这无数冤魂的命，佐佐木开始怀疑人生当中没有鬼的认知。

屋外的寒风刮得一阵比一阵紧，刮得一阵比一阵急，那呼呼的风声透过门口的缝隙，窗户的缝隙钻了进来，发出一阵阵令人恐惧的叫声。那叫声像鬼哭，像吹口哨，更像阴魂在发出催命的信号，佐佐木这才感到什么叫度日如年，什么叫惶惶不可终日。

再说，阿光兄弟们从诸罗山寨回到永丰城以后便被山寨遭到日军血洗后的惨状深深地震撼了。那一摊摊鲜血，那一个个不屈的冤死的脸孔，让他久久不能平静。

连永福、魏永富两位老人目睹着阿力凡的逝去，也禁不住老泪纵横。这几天，他们多方了解，发现前一段日军连夜在永丰城郊外偷偷埋葬了一个人，便邀了仵作打开那堆新坟，发现是一个无头尸体。尽管看不清是谁，但赵静雅已从逝去的人身上的衣服辨认清楚，那便是一个多月前失踪的丈夫李文福先生。

他是被日本鬼子暗中杀死后，为了瞒住人们的视线偷偷埋掉的。

又是一笔血债；

又是一个残酷的现实。

“这日本鬼子已经逼得我们没了活路，我们总不能任其宰割呀！”一直比较沉稳而且少言寡语的魏永富终于开口了。看到身边熟悉的面孔一个个离开，他的话语中带着哽咽，带着悲伤，带着难以言表的愤怒。

“是啊！我这条老命也不要了。”连永福再也控制不了自己的感情，“最起码，我身上这十多把飞刀也没有办法答应呀。”

“对！阿光哥，你是头家，你是当家人，你说怎么办？”林胜天年轻气盛，这几天发生的事着实让他咽不下这口恶气。

大家一阵愤怒之后，都向阿光投去希望的目光。可是，此时的阿光却埋着头，一声不吭，他不停地吸着旱烟，好像那旱烟中能让他产生无穷智慧，产生力量似的。

“砰，砰，砰……”正当大家期待阿光表态时，永丰城的大街上传来了一阵激烈的枪声。这枪声划破了这寒风刺骨的深夜的宁静。如同宁静的夜，在熟睡的人们耳边放了一个鞭炮，让人惊得要跳起来，产生着剧烈的反应。

“什么事?”阿光敏感地跳了起来。

“对呀，这深更半夜的，莫非山上兄弟下来了吗?”胜天也自言自语。

“那是什么呢?”大家异口同声，面面相觑。

“阿光哥。”正当大家在猜测枪响的原因时，一阵匆忙的脚步声从屋外传来，紧接着阿发一脸惊恐地走了进来，“山花身着夜行衣出去了，刚才外面枪声很乱，我担心……”说着，他已泣不成声。

“你为什么不劝阻她，你干什么吃的，你……”阿发话音刚落，阿光已怒不可遏。兄弟已经二十多年，情同手足，从没有翻过脸。但是，刚才的枪声已经让阿光感到不妙，感到凶多吉少，他的内心一阵剧痛。阿叔刚走，山花绝不能再出事呀！阿弥陀佛。

“我……我……”阿发被阿光一骂，也感到事情的严重，但却束手无策。

“胜天，派几个人出去了解一下情况，如看到山花务必劝回来。”阿光有些发怒。

“好。”胜天应道。

“报告!”胜天刚要出门，早有探子回报，“阿光哥……”但话未说完，那探子已哭不成声。

“怎么啦?”阿光惊呆了，从那探子的神情来看，他判断一定出了大事。否则，这些风里雨里闯荡的探子不会如此悲伤。

“阿光哥，山花嫂子她……”探子说不下去。

“山花怎么啦?”阿发听到一句山花，如一声惊雷在脑袋上响起，他的身子震了几下，才勉强站稳。

“慢慢说，慢慢说。”阿光浑身哆嗦着，他最不愿出现的事情，偏偏出现了。

“山花嫂子刚才被日本人乱枪打死了。”

“现在呢?”阿光大声吼道。

“现在，那日本畜生把嫂子衣服扒光，用刀把她的身上的肉一块一块地剜下来……”探子边说边哭，“阿光哥，惨不忍睹啊……”

"啊！山花……"阿发一声惨叫，便昏死了过去。

"阿发哥……"胜天着急了，扑向阿发。

"胜天，我们出去看一看！"许久，阿光从嘴里蹦出一句话。

"行，走！"林胜天抹了抹脸颊上的泪水，一帮人便走出门外。

那是腊月寒天，走出门却被那寒风用力一推倒退了好几步，那冰冷的月亮隐隐约约洒在地上，几个人的步子迈得很快，迈得很着急。这院子大门到那大街上的转弯处尽管也就是二百多步远，但大家的脚步特别沉重，阿力凡阿叔前脚刚走，走还不到七七四十九天，现在，他唯一的女儿，却又随他而去。这，不用说对作为两个孩子的父亲的阿发，就是对同行的几位情同手足的阿光和胜天来说都是晴天霹雳，都有着切肤之痛。

一步，两步，三步；

这步子迈得那么吃力，那么沉重；

面对外强的入侵；

面对自已的兄弟，自己的乡亲接二连三地离去，所有的人都感到内心有着难言的痛楚，难以遏制的怒火，都有一种兄弟姐妹间生离死别的悲痛。

看见了。

看见了在那么几步路的前面，山花静静地躺在地上，她躺的地方是一大摊鲜血，这些鲜血在寒风呼叫中迅速地凝固了，而那冷酷的寒风扬起的灰尘从她洁白的身子上飘过。

看见了。

看见了就在眼前已没有生命气息的山花，衣服被扒光，她满是血的身子布满了枪口，她的身子旁边有几块肉，那是日本鬼子枪杀她之后，从她身上割下的一块块肌肉。还有便是那让大家熟悉的油光闪亮的弓箭和箭袋。

这些惨无人性的畜生啊！这些遭天报应的畜生啊！

一行人默默地站立着，然后默默地蹲下身子将她身边的一块块肉捡起来，收拾好。默默地把她抬回家……

"山花啊！你这是为什么呀！我不是反复给你讲，要听阿光哥的话，'君子报仇，十年不晚'吗？你怎么就那样的急，你做事怎么就那样的匆忙。你走了，我怎么办？林生、慧生怎么办呀……"阿发在不断地诉说着自己内心的痛苦，不断地倾诉自己对妻子的思念，对妻子一片真诚的爱……

天刚亮，阿光还是延续自己多年养成的习惯与管家阿昌准备到城里转一转。

尽管风还是刮得那么紧，地上的霜凝得白茫茫一片，城里的庄户人家个个还倒插着门，处在睡梦当中。

这一段，时局的动乱，日本侵略者的肆虐已经让永丰城的年轻当家人身心俱疲，与一年前相比，他的头上已长了许多白发，憔悴的脸上开始爬上了许多皱纹，苍老过早地来到这位年轻头家的脸上。但阿光是一个从小经历过许多苦难的人，岁月的风霜，人生的坎坷对于他来说是一种磨炼，更是一种财富，面对着永丰城的一切，他已经立定宗旨，沉着应对，这地是中国的地；这人是中华民族的子孙。你日本鬼子有现在的猖狂，但毕竟是暂时的。

比耐力，比意志，比信心，

让时间作为印证。

阿光整了整衣冠，阿昌管家一脚踏出门外，却又退了回来，惊讶地叫了一声："老板!"

"怎么啦？阿昌。"阿光看到阿昌那神色，知道一定发现了什么异常情况。因为他知道这阿昌尽管年岁不大，但处事沉稳是他最大的特点。

"老板!"阿昌抽回右脚，退到阿光跟前用身子将他挡了个严严实实。原来，这院子外面早已被荷枪实弹的日本军警包围得水泄不通。此时，那犬养横二正带着佐佐木一拨虎狼杀气腾腾地走了进来。

"有事吗？犬养先生!"阿光心里咯噔一声。因为昨天晚上听到山花出事，便知道日本人一定会寻上门来。来了也罢，不来也罢。要来的祸躲也躲不过。阿光心里想，便装着若无其事地问了来人。

"阿光老板，山花是你的弟媳妇？"犬养一见面便怒气冲冲，凶神恶煞般地质问。

"是的，难道你不知道？"阿光冷冷地反问。

"她便是夜行人，已经杀死了我们不少的日军。"

"你们日军杀死这诸罗山上山下多少无辜百姓，这山花已经年过古稀的父亲都未逃厄运，这个你不会不知道吧？”阿光反唇相讥。

“这个，你要负全部责任。”犬养将手伸向腰间的刀把。

“老板！”阿昌看在眼里伸开双手站在阿光的跟前。

“阿昌，没事。”阿光轻声安慰自己的管家，将他推到一边，看着犬养寸步不让，“那么请问犬养先生，这永丰城的乡亲们过得平平稳稳的，你们来了一年杀死那么多人。这，该叫谁负责？嗯？”

“你……”被阿光一问，犬养失语了。

“你是永丰城的头家，你要负全部责任。”在一旁的阿六，只剩下一条胳膊仍在狐假虎威地说。

“是哪条丧家的狗在乱叫？”阿光没有正眼看那阿六，只不屑一顾地警告了他。

“阿光老板，你也很清楚，凡是跟大日本皇军过不去的人都不可能有好下场的！”犬养想了想，用威吓的口气说。

“这个我相信，但我也不得不告诉你，这永丰城的乡亲是水，水能载舟，水也能覆舟。这句话一年以前我曾跟龟田讲过。现在我再重述一遍，这是中国的一句古话，也是中国人几千年文化与生活的结晶。”

“你还想当这永丰城的市长吗？”看到阿光不愠不火，义正词严，犬养改换了口气。

“这个嘛，犬养先生，我无所谓。”阿光仍然是那副不依不饶的样子，还是那双冷冷的眼睛。

犬养看到阿光这里不可能有新的收获，便悻悻地离开了院子。

这一切都被隔壁的阿发听得真真切切。

山花走了。

同床共枕十多年，恩恩爱爱的妻子被日本军杀得体无完肤悲壮地走完了本不该走完的人生。短时间里一连失去了两个亲人，中年丧妻之痛沉重地打击着这位吃尽人间苦难的孤儿。他深深地感激小时结拜了阿光这位兄长。四兄弟自从十多年前在思明青礁慈济宫结拜渡东，到现在只剩下两兄弟，如果不是阿光哥的引导，如果不是阿光哥在人生的道路上帮助挡风遮雨，兴许自己早已横尸路边，兴许至今还在干着帮工之类的活儿。绝不可能有这样的家，有这样一个儿女双全的家。

“这个永丰城可以不要我阿发，但绝不能没有阿光哥。”阿发在隔着墙痛苦地反思着。可是现在阿爸被杀了，妻子被杀了。而妻子的被杀让日本人将怀疑的目光对准了阿光哥，将那带血的明晃晃的刺刀对准着阿光哥。这是决不允许的，这是作为弟弟的阿发舍去生命也不能允许的。

阿发越想越气愤，越想越伤心，越想越自责。他自责自己小时候没有去学一番拳脚功夫，甚至连妻子山花的那套射箭技能都没有。在这日本军横行霸道的世道里只能束手无策。

“人生一世，草木一秋。”阿发的脑海里想起李文福先生曾经讲过的《增广贤文》中的一句话。记得那时，尽管李先生讲了一夜，讲了许多，但毕竟自己识字没有几个，能记下的道理并不多，这句话是少数能记下的话。现在，李先生也走了，这句话留在自己的脑海里，而且记得那么深，记得那么牢。

“比起妻子山花来，自愧不如啊！”阿发愧疚地反复责问自己。

阿发蹲在地上，脑子里杂乱无章地想着，思考着如何应对妻子去世后可能出现的问题，考虑着如何将一切风险揽在自己身上，要舍自己一条命保护好阿光哥。

风还在刮。

满天飞尘在翻腾。

在地上蹲久了，那双腿便麻得不行。阿发将手搭在墙壁上，吃力地站立起来，也就在这时他脑海里浮现了一件事情。那便是山花被害前的几天深夜，妻子从夜色中返回家中，慌慌张张将一包东西塞到放杂物的房间，阿发看见了心里有些不踏实，便跟着进去问了一个究竟。

“山花，你这是什么东西呀！”阿发轻声地问妻子。

“你少管闲事。”阿爸刚去世，山花的心情不好。

“告诉我，让我们共同面对，共同承担吧！山花，阿爸对我如同亲生儿子，他的被害我的心跟你一样难受。”阿发边说边哽咽着，他的手不断地擦拭着满脸的泪水。

倔犟的山花感动了。他不知道阿发这个七尺汉子，难过之时也会像女人一样哭泣，也会像女人一样抽泣。她扑到丈夫的胸前，相拥在一起，旁若无人地号哭着，一直哭到儿女们都被惊醒……

后来，山花告诉阿发这一包东西叫火药，是前几个月简宏顺、陈吉祥两位老板从大陆那边购进，通过千辛万苦送过来的。后来，义军把这些东西搬运上山，堆放在阿爸的隔壁房间。可是，这批火药还来不及炸死日本鬼子，家却被日本军炸弹炸毁了。幸好，这批火药在隔壁房间，房子倒了，这批火药并没有发生爆炸。那天大家在寻找阿爸时，山花偶然发现，便用一大块油布遮好，并且重新用土盖好，只带上一包藏在屋后，因为怕被阿光哥发现，到现在才放回家中来。

“你是想……”听了妻子的介绍，阿光吃了一惊，他想制止妻子的冒险行为。

“你堂堂一个男子汉大丈夫，却连我这个拉尿都上不了墙壁的女人都不如。”看到阿发的惊恐神色，山花给了阿发一个脸色。

阿发不再吭声了，大家都知道他惧内是出名的。

现在，阿发想起来了，实际上山花在阿爸被害之日起，便有了复仇的决心，并且为实现自己的复仇计划作了详细的准备。想到这里，阿发一阵兴奋，他快步冲击那山花存放火药的房间，掀开杂物，眼睛一亮，这包火药赫然躺在那里，他的手捧着这火药，不停地哆嗦着，他的心“怦、怦”地跳个不停。

阿发在院子里来回踱步，他那紧皱的眉头慢慢舒展开了，一个计划在脑子里慢慢形成。

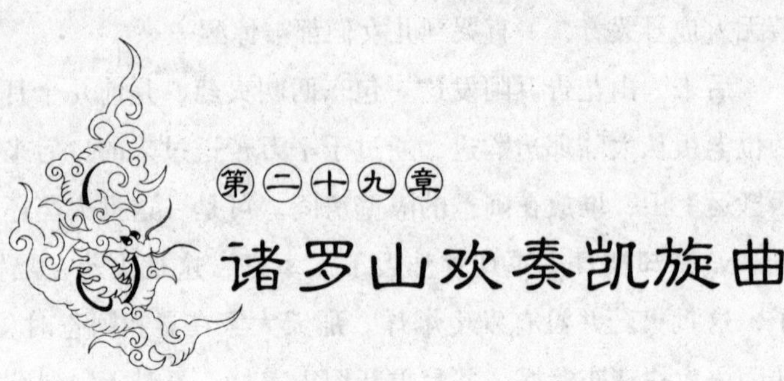

第二十九章 诸罗山欢奏凯旋曲

诸罗山被日军血洗一场。

近百名在这里世代繁衍生息的无辜乡亲成了日本人的刀下之鬼。一些幸免的乡亲在诸罗山密林里经不起严冬的凛冽寒风侵蚀，战战兢兢回到那早已面目全非的家乡。这一段时间，阿彪和他的义军们一一埋葬好乡亲们的遗体，又帮助乡亲们搭起简单的房屋，只有这样才能帮助他们熬过那严酷的寒冬。

阿叔走了。

是阿叔给义军指明了生命线，让这支民族的精英，山寨的精英得以摆脱日本军强大兵力的炮火和围剿，得以新生。

义军得以保存是阿叔的生命换取的。

每当傍晚，阿彪和廖云辉总会自觉或者不自觉地走到阿叔的旧居废墟前伫立着，思念着这位令人敬仰的山寨老人。

尽管日本军加紧了对山寨的封锁。

尽管严冬过后的春天诸罗山还是那么寒冷。

尽管春寒料峭，义军们既要跟日军战斗，还要与春雨、寒风及疾病作斗争。

尽管阿叔已离去好几个月了，但义军们却保持着对阿叔深深的思念，对抗击日军并取得胜利充满着必胜的信心。

现在，义军的大小头目们又走到阿叔的旧居废墟前在默默地沉思。风还在吹着，但这风刮在身上已经没有了往常的威力，那被严寒洗劫过的诸罗山原本发红的树叶已经飘落，换上了新枝绿叶，换上了新装。

尽管在南方，四季常青，季节的变换特征不像北方明显。但自然界当中新旧交替已经给人们带来了一种强烈的信息。

冬天过去了，春天也即将过去，人们将很快进入夏季。

“阿彪，你此时在想什么?”看到阿彪站在那一动不动，廖云辉问了一句。

“我在想，应该如何再狠狠教训一下犬养。”阿彪头也没有回，仍然在保持着静默的姿势。

“教训犬养?”廖云辉重复了阿彪的话。

“是啊！自从冬天山寨遭难，我们便在韬光养晦，恢复元气。”阿彪自言自语。

“对！该出手时就要出手。不然，这犬养还真以为我们义军都被他们剿灭了呢。”廖云辉有同感。

两个兄弟一问一答，身边的兄弟们早已摩拳擦掌。

“阿彪兄，阿叔被害了，山花嫂子都能不惧刀枪，英勇就义，不愧为我们上祖所传颂的现代的穆桂英、花木兰，如果为了保存实力而保存实力，那我们这些七尺汉子怎么见江东父老呀。”阿福是主战派，这几个月在山寨尽管都在练兵习武，可是，每当想起逝去的阿叔和山花嫂子，总是难言内心的愤怒和不满，多次请缨要下山与犬养决一死战，但每次都被阿彪他们制止了。

阿彪看着阿福那群情激昂的样子，心头一阵发热，义军与日军几次交锋，各有胜负。但经历了这次山寨洗劫，自己应该更成熟一些，将计划考虑得更周全一些，一旦出手一定要凯歌高奏。否则，身边就那么不到一百名兄弟再也经不起挫折。想到这里，阿彪只是点了点头，他从心里赞赏这位兄弟，也赞同兄弟的主张："现在是我们要打一仗，怎么打才能取胜的问题，阿福你有什么好主意?"

"老办法，下去摸营。"阿福听到阿彪赞同他的注意，不假思索地回答。

"对！白天我们打不过，晚上出手便是强项。"旁边的一位小头目也来了兴趣。

"如果摸营不成，被日军包围怎么办?"廖云辉用鼓励的目光看着兄弟们。这一段时间经过日本军血洗后的诸罗山，士气比较低落，大家能像今天一样提建议，杀日寇的热忱让他心情非常的好，他不时提出一些问题，让大家去思考，这样群策群力可以集思广益，尽可能避免一些失策。

"敌强我弱，我们唯有更加讲究策略，才能以少胜多。"阿彪也难得有这样的好心情。

大家你一言，我一语在议论着，天慢慢地暗了下来，山寨兄弟在不远处大声叫了一句："阿彪哥，吃晚饭了。"

"吃饭去吧，边吃边谈。"阿彪和廖云辉彼此交换了一下眼神，觉得难得有这样的氛围，今晚引导兄弟们一起想办法，出点子，兴许能振奋斗志，还能寻找出一条突出目前困境的办法。

晚饭很简单，由于日军血洗诸罗山，山寨的房屋、存粮几乎毁于炮火。原本人口不多的山寨因为众多乡亲的受害，变得更加冷清。加上现在日军还在封锁，山上尽管采取不少办法，但粮食问题已经十分严重。幸好可以取代食物的东西很多，东一顿，西一顿还可以勉强度日。

五六个义军兄弟从木屋内搬出了两个大木桶，一桶是黑糊糊的胶质冻物，一桶则是透明的胶质冻物。放在人群中间，大家斜着饭碗转来转去，也不知这是什么，不知如何下手。

"老哥啊！今天晚饭到底什么好饭啊!"阿福手里拿着勺子，站在两只大桶旁边咋咋呼呼地问道。

"是啊！这是哪路神仙恩赐给我们的仙饭呀?"

"这东西一黑一白，不会是阴阳两卦，帮我们祛邪健身的东西吧!"

阿福的一番话，说得屋子里气氛顿时热烈起来，大家说着，笑着却没有一个动手去盛那两个木桶里的好饭。

“吃……吃……”大家问得越急，那当炊事员的兄弟越是卖关子，不说出缘由，只是一个劲地朝着大家傻笑。

阿彪听到大家有说有笑，挤到两个木桶前，左看右看，但这昏暗的豆油下确实辨不出是什么东西，唯有一股浓浓的香味直扑鼻子，勾得阿彪口水直流，食欲大增。

“怎么样，你发现什么东西啦?”廖云辉看见阿彪还在用那狐疑的眼神在观望着，忙问了一句。

“不知道。”阿彪轻松地笑了笑，“这东西越看越玄乎，但越看越想吃。”

“那便吃吧。”廖云辉估计已经饥肠辘辘，二话不说，夺过阿福手中的大勺子，舀了一大碗，往嘴巴一送，大声呼喊，“好吃，好吃。”

接着，他的话音刚落，几十个兄弟蜂拥而上，一勺一勺地舀到大海碗上。没有一炷香工夫，那两个大木桶的东西已经分了过半。

“停，停，停一下。”正在这时，最乐的莫过于这五六个当炊事的兄弟，当他们看到兄弟们吃得如此津津有味时，很有成就感地告诉大家，这东西还没有放料，“料还在这里，大家加一点味道就更好了。”

“干妮姥，我们都吃掉一半了，还没加料，也不知道这是什么好料，你这个家伙。”几个小兄弟开始打闹起来。

是啊，都是年轻人，每当有一件新鲜事总会掀起一场笑浪。

“兄弟们静一静。”吃到了一半，炊事班的头目才郑重其事地告诉大家，“这桶黑糊糊的东西是这诸罗山上的一种野生植物叫‘仙草’熬成的，这东西清凉解毒，你们可以放一些野蜂蜜，也可以加上这酸菜汤，那味道会更鲜美；这白色透明的东西呢，是去年底我们在山上采集的一种石花果，先晒干，现在用山泉水揉洗便会流出一种胶质，凉了以后便成冻。同样有扶正祛邪的功能，但这东西只能添加蜂蜜，不能加酸菜汤。”

炊事班的小头目讲完，自个喝了一碗，又添加两汤匙的蜂蜜，津津有味地吃了起来。

而刚刚狼吞虎咽已经吃得连肚皮都圆咕隆咚的兄弟们，这才发现自己上了当，想再来一碗，那肚子已经装不下去。不来一碗那辅以蜂蜜或酸菜汤的饭，美味又没尝上，便一个个连呼上当。

“吃啊！这美味佳肴怎么不吃呀？”小头目看见他们站在一旁看着自己吃得呼呼作响，调皮地逗着笑，甚至有点幸灾乐祸的感觉。

“这个夭寿仔。”突然，年轻人群中谁骂了一句，那些似乎有些上当感觉的兄弟们非要上前去揪一下炊事班小头目的耳朵才解恨似的，顷刻间屋子里又热闹了起来。

站在一旁的阿彪没有跟兄弟们嬉闹，他蹲下身子不时地用手指比画着桶高和桶的直径，然后，又饶有兴致地绕着这两个大木桶来回兜着圈子，好像这木桶隐藏着什么秘密，又好像这木桶能给他带来一种机遇和希望。

兄弟们不知道自己的头家如同哥伦布发现新大陆一样，到底发现了什么东西，更不知道这满肚子都是点子的头家，又有什么新的想法。

刚才的热闹瞬间平静下来了。

不管你知也罢，不知也罢，大家都在揣测阿彪此时那专心致志的神色，都在努力将自己的思绪与阿彪融合在一起。

“阿彪兄，你发现什么宝贝啦？”廖云辉见阿彪那动作有点怪，便忍不住地打听。

“是啊！阿彪哥，你这是……”旁边的兄弟问。

“阿福，阿福！”突然阿彪叫了一声阿福。

“叫我？”阿福嘴巴还含着一大口仙草，听到阿彪叫了一声，想赶快吞下去，可是情急当中出乱子，呛了一口，喷得满地都是。只是，憋得满脸通红应了一声。

“对。”阿彪一本正经，“看这天气马上便要转热了，如果做上几桶‘仙草’和‘石花’，你到永丰城去卖如何？”

“卖这东西？”阿福不理解阿彪的用意。

“对！”

“这难吗？可以。”阿福不含糊。

“云辉兄，你能将这木桶改一改吗？”阿彪将眼光投向廖云辉。因为，他知道这廖云辉来诸罗山前是这一带小有名气的木匠，改几只木桶该不是问题。

“改桶?”

“对，将这木桶底提升一段，中间留一段空隙，装一些东西。”阿彪有点故弄玄虚地看着他说。

“桶底提高一位置，留下一个人家看不见的空间，然后，叫阿福他们去卖石花仙草?”廖云辉重述阿彪的话。他心中一亮，已对这位兄弟的心思明白了几分，不觉欣慰一笑，“没问题，还是我们头家脑子好用，什么事情都能找到一些机遇。”

“你们这是唱哪一出呀？我们越来越糊涂了。”阿福几个小弟兄，不知道这阿彪和廖云辉一唱一和，想的是什么东西，在旁边感到不解。

“好！别猜了。大家休息，这些事情到时大家都会知道，大家都能参与。”阿彪感到一件事如果没有百分百的把握还是暂时不揭底为好，便叫兄弟们去休息，然后叫住了廖云辉和阿福说，“你两个兄弟留下，我们再商量一些事情行吗?”

“行。”看到阿彪那么严肃的表情，两个人应了一声。

“我们到外面走一走吧。”阿彪叫上兄弟。

三个人顺着山寨那高低不平的石砌路走到屋外。这些山路已经走了半年多，就那么一个山寨，只那么几条山路，熟悉得不能再熟悉，甚至闭着眼睛也不会走岔道。

山寨的风很大，吹起来呼呼作响。可此时的风已经没有丝毫的寒意。反而给人一种温热的感觉。

是啊！这日子过得真快，又是一个夏天来临了。

“阿彪兄，前一段山下传来消息，那日本鬼子又任命了新的台湾总督，叫什么太郎来着。”廖云辉看见三个人都静静的，便挑起话题。这消息是前一段阿光哥托人带东西来时传过来的消息。

“叫桂太郎。”阿彪补充道。

“那桦山资纪怎么打马回朝了呢？上任才一年嘛。”云辉问。

“情况不了解，但有一点可以说明，这桦山资纪占据台湾后，带领的日军在各路义军的抗击下损失惨重。”阿彪说，“我们可以肯定，这桂太郎的日子不会比桦山资纪好过，说不定会更惨。”

“现在，关键是我们如何再打几场胜仗的问题，如果全台湾的义军都能像刘永福将军的黑旗军一样屡战屡胜，那就好了。”阿福说着。

“就在这坐一会儿吧。”三个人不知不觉已经走到阿力凡的旧居废墟旁边，阿彪看看满天繁星，便提议大家坐下聊聊。

“你不是想在木桶里做一些文章?”坐定，云辉单刀直入地问阿彪。

“是啊，什么事情都瞒不过你的眼睛。”阿彪用非常感激的神情看着自己的兄弟。

“现在只是简老板上次送来的火药不知弄到哪里去了，不然便可大功告成。”云辉叹了一口气。因为，在这兵荒马乱的时期，拥有火药便是一件大事情。

“这个，喏。”阿彪用嘴朝阿叔旧居的废墟上努了努，算是作答。

“在那边?”云辉吃惊地看着阿彪，“半年了，可否受潮?”

“这个，不会的。当时清理现场时被山花嫂子发现，她心很细，便用油纸包了好几层，然后再严严实实盖上了土。”

“山花嫂子真是一个穆桂英、花木兰呀!”说起山花，云辉不禁重重地叹了一口气。

“我们现在的任务便是多杀死一些日本鬼子为阿叔和嫂子他们报仇。”阿彪将声音压低说，“我是想，选一个天气炎热的时候，先派阿福的几个兄弟下山，以卖仙草、石花为幌子，靠近日本军营，这木桶上面是仙草、石花，中间安放炸药，一待接近军营点燃引信。然后，一批人接近，阿福便借机撤退……”

“如果，日军追赶便引诱他们进入诸罗山腹地，我们发挥优势，以古藤、巨树和那有利的地形，纵使不能将他们歼灭，也要把他们打得元气大伤……”阿彪没说完，阿福便接过话题。

“这是一个好主意，我跟阿福下山，你跟其他兄弟在二寨门或一寨门那接应。”云辉很兴奋。

“山下我熟，还是我跟阿福去，除了卖石花、仙草的兄弟，外加几个装扮成庄户人家在城内接应。只待那炸药爆炸，我们便退到小山冈密林。到时，你们便边打边退，诱敌深入。”阿彪说着，这一场战斗是险棋。打得好，振奋士气；打不好，便有可能全军覆灭。

“那城内太危险，多带一些人去。”云辉不放心。

“不行，人多眼杂，容易出问题，派几个强将随行。而一旦日军进入诸罗山，山寨乡勇团的弟兄如同猴子般的功夫便可大显身手，你一定要组织好，让他们各显神通。”阿彪信心满满。

“什么时候出发?”

“再过几天，气候越炎热越好。因为，这日本鬼子对纯天然的食物特别的馋，这些东西推去卖，对他们更有吸引力。”阿彪说。

再说，山花的被害，让阿发这位原本就性格内向，少言寡语的中年男人更加沉默。一段时间，接连失去岳父阿力凡和爱妻山花两个亲人使他的感情世界遭受了空前的打击。每当夜深人静，每当一对儿女围在自己面前那眼泪汪汪思念外公、母亲的情形，总会让阿发泪水涟涟，万念俱灰。他多次想冲出去与那日本鬼子拼一个你死我活，可是阿光夫妇、胜天夫妇总是百般开导，更重要的是自己虽说不是手无缚鸡之力，却没有拳脚功夫，如果贸然出去拼命，肯定血本难回。

杀不死日本鬼，反而搭上一条性命，这种亏本生意是不会去做的。可是，除此之外还有别的办法吗？阿发终日眉头紧锁，在闷闷不乐地思考着。

这一段时间，由于山花的被害，日本鬼子已认定这一年多来，让官兵屡遭暗杀的凶手便是山花，因此对阿光哥及其家人严加监控，犬养横二表面上是说为保护阿光老板家人的安危，派出了日本人里三层外三层地将院子进行保护。实际上是对阿光、胜天进行严格的控制。这样一来，阿光哥的处境更加艰难，与山上的联系被限制了，与周边的关系也被限制了。

“只有自己豁出去，才能转移这日本狗东西对阿光哥的注意力。”阿发终于下定决心，要将日军的注意力吸引到自己的身上。他天天端坐在窗前观看永丰城的一切，捕捉对自己出击的有利机会。

这几天，他经常看到那只剩下一只耳朵，一只手的阿六陪着佐佐木在街道上晃悠。不觉怒火从胸中熊熊燃烧，那佐佐木正是指挥日军杀死自己岳父阿力凡、妻子山花的刽子手，那狗汉奸阿六便是帮凶。

“灭了他，为山花和阿爸报仇!”阿发咬了咬牙，下定了决心。

他转入屋子里，将山花收藏好的那包火药围着身子裹了一圈，装上引线。然后，选择了挂在衣橱里一套最体面的长衫，配上马褂准备去会一会那阿六和佐佐木。

“阿爸，你要去阿公那里呀？你不要走，你走，我们害怕。”阿发一切准备妥当，正想走出家门时，却见林生和慧生放学回家，看见阿爸要出门，都有一些诧异地问。

“阿爸出去一下，林生带好妹妹。阿爸如果迟回来，便带妹妹找阿光伯。”阿发努力控制自己的感情，怜爱地将自己的两只手分别在自己的孩子头上抚摸着，他已作好拼命的准备，只是为让孩子再感受到最后一点父爱。

“爸，别去了。你一走，家里静悄悄的，我怕。”慧生这孩子胆小，用那可怜巴巴的眼神看着自己的父亲。

“别怕，我们这家与阿光阿伯、胜天阿叔连着的，人多，怎么会怕？”孩子的话让阿发的心里一阵阵发酸，他努力控制自己的感情，不让泪水溢出眼眶，“听话，阿爸很快便回来。”

阿发没有再跟孩子说什么。因为，再说下去他担心自己受不了感情的折磨，便没了出门去一搏的勇气。于是，装着若无其事走出院门，朝那大街上大步迈去。

还是春夏之交的永丰城，昼夜温差很大。太阳一下山那山风吹来便有了一些凉意。可是阿光的心却非常着急，他的鼻梁上不时地渗出细细的汗珠。表面上他装出前所未有的轻松，不时地与匆匆行走的乡亲们打招呼。同时，不时地抬着头，瞪着眼睛搜寻刚刚从门前走过的佐佐木与阿六的身影。

“看见了！”突然阿发的心里一阵狂喜，昔日贵客盈门的永丰楼因为日军的占据现在已经冷落了许多，魏永富阿爸正在堂屋里指挥小二们招呼客人。他的身边阿六正指手画脚地跟小二说些什么，估计是指挥小二们弄些好吃的给佐佐木吃。

佐佐木正在与五六个军曹在大街旁摆着的一张桌子上等候店小二送菜。

阿发似乎没有往日的那种伤感，满脸堆笑地与熟人打招呼。

只有不足十步路远，佐佐木看见阿发过来，从脸上挤着一堆笑叫着：“阿发老板！”

“佐佐木先生，今天有此雅兴品些台湾小吃。”阿发也特别友善地应答着，他拱手作揖之后便打响了身边的火药，同时若无其事地靠近佐佐木几个军官。

一步路；

两步路；

三步路；

看到阿发平时便是狗咬都不叫唤的人，现在又那么轻松自如，佐佐木放松了警惕。就在这时，阿发以迅雷不及掩耳之势跨前一步死死抱住了佐佐木，大喊一声：“狗东西，你寿年到了。”

“八嘎！……”这佐佐木毕竟是经过正规训练的日本情报人员出身，他运足力气，一蹦挣脱开阿发，飞身门外，而旁边的军曹没有想到平时那不吭不响的阿发老板今天是要干什么，有些举枪，有些举刀，可是还来不及出手，这街道上便“轰”的一声巨响，阿发和那五六个军曹同归于尽。

硝烟过后，那街道上一片狼藉，炸碎的桌椅，阿发和五六个军曹的碎衣、碎肉撒了一地，溅飞到永丰酒楼的地上、墙上、屋檐上……

“阿发……”在一片混乱当中，魏永富才迅速缓过神来，大叫一声，老泪如同泉涌夺眶而出。

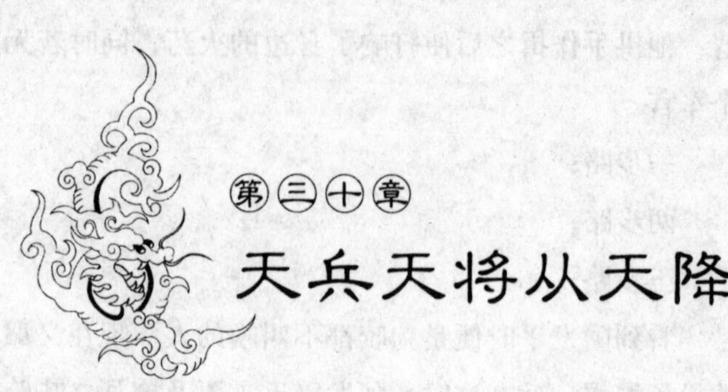

第三十章

天兵天将从天降

永丰城的天气说热便热，就那么几天时间，那满街上走的人便穿得十分单薄。更夸张的便是那些五六十岁的老男人，一到傍晚便光着膀子，穿着粗白坯布做的大裤衩子，着木屐，打着大蒲扇一边走，一边拉开裤头向里面一阵一阵地扇着风，“噗、噗、噗”的声音在这大街上不绝于耳。又与那木屐踩在地板上的“咔嚓、咔嚓”声形成独有的协奏曲。

“哧！哧！哧……”每当看到这种风景，那些大媳妇、大姑娘们总是三个一堆，五个一伙在发出偷笑，“这些阿叔真是不讲究，使劲往里扇风，到底为哪般呀?”

“你呀，不清楚，这些阿叔都五六十岁了，他们的老婆都已经没有那东西了。没有那东西便没法用了。因此，火没有地方泄，用这扇打一些风，可以降温，还可降火。”

大媳妇说得言之凿凿，又引来一阵阵的哄笑。

这一段开始，永丰城卖凉粉的、卖仙草的、卖石花的又慢慢多了起来。这些人面都比较生，衣着又与永丰城的人没有太大的差别。那些东西消暑解热，味道又非常好，大家便没有戒备，争先恐后从家里带上大盆小锅去买一些。

“石花、仙草外加野生蜂蜜喽，喝一口透心凉，解暑又消火喽。”一位小摊贩开始叫唤起来。

“凉粉喽，地道野山葛藤做的，清凉解毒喽。”

小摊贩们一声高一声低地叫唤着，千方百计地招揽客人。

这些已经许久没有了生气的永丰城增添了几分热闹。

“你这石花、仙草怎么卖？”那阿六尽管剩下一只耳朵一只手，但这贱货好了伤疤却忘了疼。前一段，犬养横二取代龟田次郎当了永丰城的司令官后，觉得这小子还有一些使用价值，便又扔给他一套警察服装。这又让阿六浑身上下轻松起来。此时听到小摊贩们在招揽客人，而且那些东西他以前也没吃过，反正身上口袋里有钱，便摇摇摆摆地摆出一副样子上前盘问。

“一个铜板一盆。”小摊贩答道。

“加野蜂蜜吗？”

“加，加到你甜到满意为止。”这是一位山寨义军装扮的小摊贩，看到阿六过来，想尽量吸引住他。

“阿六，你的，干什么？”正当阿六想进一步与小摊贩交谈时，有十几个日本兵走过来。领头的那个头目看了阿六一眼，警惕地查问了一句。因为，五个军曹被阿发炸死之后，这些日本兵如同惊弓之鸟。

“太君，这是山货，纯天然，清凉解毒。”阿六兴趣不减，告诉那日本军曹。

“清凉解毒？”日本军官有些怀疑。

“是的，这很好吃，加上野蜂蜜。”那摊贩看到十余个日本军慢慢围拢上来，心里一阵高兴。心想，这一桶石花、仙草能换十多个日本鬼的狗命，真是值得。便长呼短叫，加大招揽顾客的力度。

这边是这样，旁边几摊也这样。原本买这仙草、石花的都是永丰城的乡亲。当他们看到日本鬼子过来之后，便惊恐地散去。因此，这几个摊位前足足有四十多个日本军人。

站在不远处的阿福看到眼前的一切，他此时仍然化装成烤红薯的摊贩，看到战机成熟，便故意喊了一声："时间不早了，收摊回家吧。"

这是他向兄弟们发出的信号。

可是，也就在信号一发出，阿六便从那熟悉的声音，发现了这个化装成烤红薯的摊贩便是阿福，求功心切的阿六拔开双腿，提着枪冲了过去。

而几乎在这信号一发出的同时，那化装成四个摊贩的义军早已趁日本人狼吞虎咽，大吃大喝享受这免费仙草、石花时点燃了木桶里的火药。同时，早已闪身而去。

"轰隆……"

"轰隆……"

接连四声巨响，原来在那贪婪吃仙草的日本军个个已身首异处，支离破碎，到了阴间地府。

那地上流淌着一摊摊用仙草、石花、野蜂蜜和日本军血肉相拌的污渍……

阿六晃着那一边空荡荡袖管的衣服，一边手拿着短枪想去追杀阿福，却听见身后震天动地的爆炸声，四十几个原来围在那吃仙草、石花的日本军已经没了踪影，而阿福和他带领的义军正飞快地朝小山冈密林奔去，吓得出了一身冷汗，举起手中的枪一连打了四五枪。然后，没命地朝犬养司令官报告去了。

此时的犬养正在与半年前由他取代的龟田次郎在喝着清酒。这个倒霉鬼龟田次郎因为他带领的部队屡遭义军的袭击，死伤严重，被老同学桦山资纪一阵训斥，本要卸甲归田，但回日本找不到活干，在台湾又没有更好的去处，便屈尊给犬养横二当了助手。

桦山资纪总督下野了。

桂太郎接任台湾第二任总督，他失去作为靠山的老同学的支持，便没有了东山再起的机会。幸好，他与犬养横二还有一点私交，郁闷当中还可混一碗饭吃。

四声剧烈的爆炸声，然后便是一阵混乱的枪响，两个日本军驻永丰城的正副司令官感到不是好兆头，预感到麻烦事又来了。

“什么的干活？嗯?”犬养抬头问了问身边的参谋。

“不了解，我已派人出去了解。”惊恐万状的参谋应了一声。

“报告犬养司令官。”参谋回答犬养的话音刚落，只见满脸是血的阿六连滚带爬冲了进来。

“什么事?”看到阿六那样子，让犬养大吃了一惊。自从上次血洗了诸罗山寨，这永丰城已经将近半年风平浪静了。

“义军爆炸，义军爆炸。皇军死伤很……很多。”阿六一边擦着额上的血污，那是刚才爆炸后飞来的一个石片划伤的伤口正在汩汩流血。

“义军?”犬养有些怀疑，“你的不是说过，义军已经被全部消灭了吗?”

“不，不，不！那是漏网之鱼。只有三四个，不，五六个。”犬养一发怒，加上旁边怒气冲冲的龟田次郎，让阿六魂不附体，他想起上次被龟田次郎砍掉的胳膊，吓得语无伦次。

“三四个？还是五六个?”犬养发怒了。

“五六个，五六个。那为首的便是阿福，我认出来了。我开枪追，他还击，我受伤了。”阿六煞有介事地朝自己的脑门上指了指，将石片飞来的伤口说成是阿福枪打的。

“既然只有五六个义军，你慌成这个样子，成何体统?”犬养不禁火从心底熊熊燃起，伸手又想去摸那刀把，把阿六吓得浑身哆嗦。

“犬养太君，我们有几十个太君被义军炸死了。”阿六不觉已是浑身大汗。

“什么，几十个?”阿六的话无异于一声惊雷炸在脑袋上。“就五六个人却炸死了我们几十个军人?”

“是，是，是!”阿六惊魂未定。

“到底炸死几个日本军人？到底有几个义军?”犬养发怒了，他的每一句话都在吼着。

“这个……”阿六不敢再胡说，他只知道这日军围着四个摊位前吃仙草和石花，几声爆炸声响后，便血肉横飞，到底死了几个人他实在没有数。

“调集一、二、三中队，把那几个义军统统地歼灭。”犬养横二看到阿六那魂飞魄散的样子，要从他那里再了解更详尽的情况已经不可能，便向身边的军官下达了命令。转过身又指着阿六命令道："你的带路，一定要将五六个义军统统歼灭。否则，死啦死啦。"

"是！是！是！"阿六不敢怠慢，掉转头便与三个中队要出发。

"犬养君，我去带队？"龟田次郎这一段闲来无事，看到要出征，也想立功表现，就主动要求带着三个中队的日军去围歼义军。因为，听阿六说五六个义军，那简直是小菜一碟，用三个中队的日军对付这五六个实在是杀鸡用牛刀了。

"那拜托了，龟田君。"犬养也不客气，便顺水推舟把任务交给龟田次郎。因为，在犬养的印象中，这诸罗山的义军半年前已经剿灭，纵使有漏网之鱼，也不过几个人而已，根本不需要自己亲自出战。

再说阿福五个兄弟且战且退，到了小山冈看见街头那四摊仙草、石花的位置前几声爆炸声便有三十余个日本兵血肉横飞，仅仅乱了一阵却没有追兵，多少有些失望，经与林中埋伏的阿彪一商议，五个人又返回山下胡乱地放了几枪，以吸引日军的注意力。

正好此时，龟田次郎带着三个中队的日本兵蜂拥而来，呼喊着朝阿福包抄过来，阿福不慌不忙，打一阵退几步逐步引诱他们进入密林，而阿彪再退至二线随时保持联系。大家只有一个愿望，把这些杀人魔引诱到诸罗山腹地，用地利优势，围而歼之。

这龟田次郎几个月来第一次出征，当他看清那小山冈确实只有五六个义军在打着枪，七躲八藏后，兴奋过头。这个曾因义军多次袭击惨败而被削职的日本军官，求成心切，立功心切，带着三个中队的日本兵不顾一切朝那几个放枪的义军穷追不舍。

"来了，阿彪哥，来得还不少。你们万万不可暴露啊！"看到三个中队的日军嗷嗷叫地包抄过来，阿福喜出望外，他赶快跑了一阵向阿彪报告。

"注意安全。"阿彪也看见阿福这块诱饵已经吸引了一大串的鱼跟在后面，心里有着说不出的高兴。但此时他却更多地考虑阿福的安全，提醒他注意。

"杀！杀死这些义军！"龟田次郎一次又一次地站在有利地势观看义军的人数，但无论怎么看也就五条枪，五个人，便手挥着刀，命令日本军不顾一切地追踪那义军。

从小山冈追到密林深处，又从密林深处追到已经被炸毁的第一道山寨门，过了被炸毁的第二道山寨门，龟田次郎穷追猛打，义军且战且退。

子弹不停地在阿福他们五个兄弟的头顶上飞来飞去，发出“啾、啾”的响声，把那巨树的枝干，叶子打得纷纷扬扬地落了下来。

“兄弟们，沉住气，把身子弯低一些，再努力一把便可以把这鬼子引到诸罗山腹地了。”阿福开心得很。你瞧，这帮鬼子正一个个往我们的口袋里装呢。

太阳下山了。

月亮升起来了。

穷追猛打义军的龟田次郎抬起头这才发现自己上了当。几十个日本正规军追赶好几个钟头，眼前的五个义军竟然毫发未损，不要说歼灭他们了，更糟糕的是，这天黑了，尽管有月亮，日本军已进入了东南西北都难以辨认的深山密林当中。

龟田次郎这才恍然大悟，中计了。

龟田次郎这才感悟到自已犯了兵家大忌，知己不知彼，陷入呼天天不应，叫地地不灵的境地当中。

他的部队已经进退两难了。

正在这时，这如同铁桶一样的诸罗山响起了义军的喊话声：

“龟田次郎，你的死期到了，你和你的士兵已被我们包围，你跑不掉了。”那是阿彪用洋铁皮制作的广播筒向龟田次郎喊话。这话从诸罗山的一个角落发出，却透过千沟万壑回响着、传递着。

“八嘎！”龟田次郎似乎要崩溃了。他觉得自己一生南征北战，经历过无数次大、小战斗，现在都已是即将退休安度晚年的时候，却落入这看家护院的义军手中。简直是丢脸，简直丢尽了大日本帝国军人的脸。

他一阵歇斯底里，便颓然坐在地上。

“阿六，阿六！”突然，龟田次郎想到阿六。

“龟田太君，你叫我？”阿六听到龟田次郎在叫他，早已吓得浑身瘫软，连声音也变了调。

“你的良心坏了坏了，不是说义军只有五六个吗？怎么现在到处都是?”龟田次郎不等阿六回答，早将右脚用力踹过去。

“哎哟！饶命!”阿六猝不及防，被龟田次郎用力一踹，踉踉跄跄跌倒在地，发出了杀猪似的号叫。

“狗东西，还敢叫。”龟田次郎不解恨，怒不可遏地从腰间抽出军刀，恨不得再一刀砍下他的另一只胳膊，旁边的官兵知道这诸罗山的情况只有阿六最熟悉，如砍了他，日本军无疑会变成聋子和瞎子，一齐替他求情，这龟田次郎才怒气未消地收起军刀。

骂也骂了，打也打了。尽管这阿六蜷缩在一棵大树下呻吟不止，但日本人的处境并没有得到丝毫的改变，这足以让龟田次郎情绪坏到了极点。

而那山头上八十余个义军却围坐在阿光、廖云辉的身边，听着阿彪的安排。

“今天晚上，我们分成四个小组从东西南北四个角对日军形成双犄角包围。注意，今晚按组轮流休息，没有休息的人不时出动袭扰日军，把他们搞到精疲力竭，草木皆兵。”阿彪如一位大将军告诉兄弟们，“而休息的则安安心心，踏踏实实休息，一定要养足精神，准备明天投入战斗。”

“这个没有问题。”义军几个大小头目听了以后，激动异常，异口同声地答道。

“明天，天一亮便发起立体攻势。”阿彪接着说。

“什么叫立体攻势呀?”一个小头目问道。

“那便是从上下左右同时进攻。”廖云辉告诉大家，“山寨的乡勇团个个都是攀爬大树和古藤的高手，你们爬到树上开枪、放箭，朝地下的日军打；你们不是很喜欢荡秋千吗？那明天便利用山上的古藤飞来飞去瞄准一个日军一枪，射一箭，让他们防不胜防。”

“好啊！山寨遭血洗，这下可以讨还血债了。”几个山寨乡勇团的兄弟更是热情高涨。

“那我们这些不会攀爬的兄弟呢?”阿福也听得津津有味，听到阿彪和廖云辉在布置兵力，仿佛是小时候听长辈讲故事。

“你们呀！利用地形、大树作为防护，瞄准一个放一枪便是。”阿彪饶有兴趣地接着说，“阿福，你明天带几个兄弟守住龟田次郎的退路，他想逃便打他回来。这进出诸罗山腹地就那么一条山路，你要守好啊。”

“没问题，给我四个弟兄吧，还是今天卖石花和仙草的那四个。”阿福兴奋地接受了任务。

“大家还有什么不明白的事情吗?”看到月亮已经站在头顶，阿彪问了大家一声。

“没有了!”

“好，日本人就被我们围困在这小峡谷当中。明天就拜托各位兄弟了。”阿彪一阵兴奋地宣布，“现在，大家各就各位，回去休息。”

大家兴高采烈地回到各自的岗位，阿彪看看头顶的月亮透过那参天古树的树梢透过一缕缕皎洁的月光，心中涌现出一种前所未有的自信。将近半年了，诸罗山被日本军血洗一场，如果不是阿力凡阿叔以自己的生命换取，自己连同这支义军兄弟说不定那时便死于日军的炮火之下。虽然有幸逃脱，也已元气大伤。更糟糕的是，那次日军血洗，诸罗山乡亲惨死过半，剩下的乡亲家园毁于一旦，三餐食不果腹，日军又对山上进行封锁，粮食给养成了无源之水，无本之木。这一看，义军们过得不容易，过得太艰辛。

“打好这一仗，让大家扬眉吐气。”阿彪将双手反枕着脑袋，靠在那大石头上想眯一下眼睛。可是，这脑子特别兴奋，这眼睛刚合上，眼前便浮现起阿力凡阿叔那慈祥的脸庞，梦见他老人家护送义军进地道的那一刹那，看见他那在九泉之下对自己无限期待的目光。他还想到山花嫂子，想到无数被日军屠杀的那些熟悉和不熟悉的乡亲。

“报仇的时间到了。”阿彪想到李文福先生给他讲过的一句话：“善恶到头终有报，只争来早与来迟”，日本鬼，狗娘养的，报仇的日子到了。他似睡非睡，似醒非醒地想着，在回顾着……

深山的湿气很重，尤其是这诸罗山，山高林密，湿气更重。阿彪刚打了一个盹，再睁开眼睛时，那月亮已经西斜。东边露出了鱼肚白，他一骨碌翻了一个身，发现自己的身上潮得很厉害，头发上凝聚了许多露珠，不觉得感到身上有了一股凉气。于是，站起身在那棵大树下练了两套拳脚，这一来二去额头倒也冒出了热汗，那刚才身上的丝丝寒意也不见了踪影。

“砰，砰，砰！”突然，东边响起了枪声。

接着便是被围困的日本军哇啦哇啦乱作一团的声音。

那枪声刚停，这西边又传出了义军“冲呀，杀呀”的叫喊声。

接着又是被围困的日军乱作一团的慌乱声。

阿彪听着听着，心里“哧哧”地笑个不停，他知道这是兄弟们在袭扰龟田次郎，要把他搞得筋疲力尽才罢休。想到这里，他从内心深处由衷地感激自己的兄弟，脸上露出了些许的快慰。

“布谷，布谷！”突然，这宁静的诸罗山响起了清脆的布谷鸟的鸣叫声，这声音着实给人一种无比的轻松与快活，给人以无穷的智慧、力量和信心。阿彪抬头看去，这诸罗山的光线被树梢遮掩着。但这布谷鸟的鸣叫却穿透这黑夜的宁静，穿透这静悄悄的沟壑传递到诸罗山的每一个有感官的动物心中。

那丛林开始活跃起来了。

那大树枝头筑巢的鸟儿，不管是知名的、不知名的都开始鸣叫起来、嬉戏起来。

新的一天开始了。

一场依托地理优势的恶战马上要拉开序幕。

阿彪伸了一个懒腰，贪婪地重重地吸了一大口那充满负氧离子的清新空气，感到从上到下的惬意和轻松。他转过身拿起那把洋铁皮制作的广播筒开始向日本军喊话：“龟田次郎听着，你无恶不作，奸淫我姐妹，掠杀我父老乡亲，今天你死期到了。明年今天便是你的周年祭日。”

阿彪这话充满磁性，铿锵有力，从广播筒传出去，再从千沟万壑中折射回来，在诸罗山的群山中回荡着。

这是昨晚阿彪与兄弟们约定的暗号。这广播的声音刚落，义军从四面八方呼喊着扑过来。

那一夜被折腾得无精打采的龟田次郎还未反应过来是怎么回事，早见围着他团团转的日本官兵东张西望在辨别东西南北，乱成一团。

这时，他仿佛觉得头上有一个声音向下倾斜，还不清楚是怎么回事，却见身边早有几个士兵中箭倒下。

那箭根根直刺胸口，士兵的血汩汩涌出。

龟田拔出军刀想指挥还击，却又看见几个黑影从头顶掠过，随之而来的有“嗖、嗖”的箭响声，又有“砰，砰，砰”的枪响声。

又有一批日本兵倒下来。

“八嘎!”龟田似乎疯了，他吼叫着。

“杀死龟田，为死去的乡亲们报仇。”不足一小时，占据各种有利地形的义军将十八般武艺全用上，三个中队的日本兵已经被杀得屈指可数。这时，阿彪带领的各小组义军已经按要求逐步形成包围圈，慢慢地将龟田次郎压缩在一个小山谷里，惶恐不安的龟田次郎睁开眼睛看了看他尸横遍野的士兵，再看看那四周的义军岂是五六个，而是五六十个。不，足足有一百多个，甚至更多。

被这些从天而降，神出鬼没的义军包围着，龟田次郎和他的士兵如大祸临头，站在这小山谷无异于陷入死亡之谷。当他们看到头顶上一个人影飞速而来，正要开枪时，那人影却早已无影无踪；正在再寻找这个黑影时，却又早被背后来人一刀削去了脑袋。

惊恐万状的日军陷入极度的恐慌与混乱之中，举起手中的枪漫无目的地开枪，有些甚至举着军刀猛劈那参天古树以发泄内心的不安。这小山谷犹如罩住龟田次郎的一个死穴，让他们惊恐，让他们发怒，又让他们难以自拔。

“阿六，阿六！死了，死了!”龟田次郎将牙齿咬得咯咯响。他想起了阿六，这家伙竟然报告只有五六个义军，使他决策出现了严重失误，看到日军陷入如此被动的境地，看到三个中队的日军已经所剩无几，他恨不得一刀劈死他。不，恨不得一口将他吞了下去。可是，咆哮也罢，怒吼也罢，龟田次郎已经无法改变彻底失败的命运，他料定今天已经无法走出诸罗山，他感到自己已印证了义军的话，死期到了。

龟田次郎的心头涌上了一阵绝望的情绪，他吼叫了一声，抽出腰间的军刀想切腹自杀，一死了之。却又看见，那古树背后一个黑影荡着古藤如同荡着秋千而来，那样子如同自天而降的天兵天将，不偏不倚，准确地落到龟田次郎几步远的地方。

紧接着，又有许多的黑影纷纷扬扬不时地落在周边，他们或手执弓箭，或手举大刀，或手握火枪，把寥寥无几的日本兵团团围住。那是一张张愤怒的脸；那是一对对喷着复仇怒火的双眼；那是将牙齿咬得咯咯响的剽悍汉子；面对着自己的敌人，面对着沾满诸罗山乡亲鲜血的刽子手，大家同仇敌忾，充满着必胜的信心。

“龟田次郎，你可能没有想到吧。”刚刚飞降而下落在龟田身边的便是义军首领阿彪，他手提大刀在龟田次郎的眼前晃来晃去，“我便是义军首领之一阿彪。”阿彪一身威武将身边的廖云辉拉到身边，“他便是我的兄弟廖云辉。义军，你永远杀不尽，永远杀不绝。”

“咔嚓”，阿彪音落手起，龟田次郎的头颅咕噜咕噜滚在一边。

阿彪这一举动引起了连锁反应，大家一齐动手，那还有气的日本兵不消片刻，早已身首异处。

“饶命、饶命。”正当大家准备打扫战场，却听见一阵阵哀求的声音。阿彪举目看去，阿福好像抓小鸡一样拎着阿六走了过来：“阿彪哥，这狗汉奸不能留了。”阿福说完举起了手中的大刀。

“慢!”阿彪制止了阿福。

“留着他回去报信。”阿彪走上前一把揪住阿六剩下的另一只耳朵：“上次揪你一只耳朵，叫你长记性。看来，你还没记性。”阿彪话音刚落，阿六另一只耳朵早被阿彪连根扯去。

“滚吧！回去报信。”阿彪那脚只轻轻一踹，阿六滚了足有丈把远……

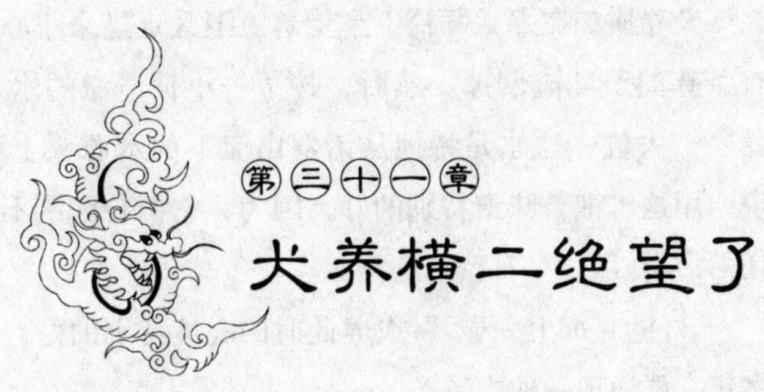

第三十一章 犬养横二绝望了

犬养在司令部里美美地品着永丰城新产的秋茶。这茶甘醇可口，嘬一口满嘴余香。此时，他以为龟田次郎带着三个中队的日军去追剿五六个义军简直是三个指头捡田螺，是件十拿九稳的事情，只等片刻便可将永丰城全歼义军的捷报传递给总督府。

来到永丰城时间不长，但犬养却深深地感觉到这座名不见经传的新城有许多吸引人的地方，物产丰富，空气清新，那层层叠叠的诸罗山犹如一座保护神庇佑着这永丰城，那奔腾不息的山涧水汇成的河流，一年四季顺势而下，犹如一条玉带萦绕这座新城，给这座新城以财富和滋润，赋予生机与活力。一待全歼这些义军，永丰城便平静了，在这里生活简直是居住在世外桃源当中。

这犬养横二来台湾前曾经研究过中国的风水学，研究过中国的《易经》，深深地感到永丰城是一块风水宝地，居住在这里繁衍生息，将荫及千秋后代。想到这里，他有着一种感恩之情，感到天皇陛下高瞻远瞩将眼睛盯上了这一块广袤而肥沃的宝地，感到自己的祖坟冒了青烟，因此，才能轮到自己这一辈享受上祖荫及。

犬养横二在那太师椅上享受着。卫兵走进来小心翼翼地将已经泡得没有茶味的茶叶渣倒掉。然后，拎了一小桶清澈的水，有点献媚地告诉犬养："大佐，这水是特地从诸罗山流下的水源头上取的，按中国人的话说，用这水泡茶味道特别的好。因为，它源自潺潺不息的深山石缝，没有任何污染。"

"好的，沏上一壶。"犬养此时的心境特别的好，看到这卫兵跟随自己多年，更涌现一种怜爱。

水用木炭火煮开了。

卫兵学着中国人的泡茶方法，用刚开过的水高高冲进茶壶，一股浓浓的茶香立马扑鼻而来，一间屋子也顿时满屋芬芳。

"好香呀！"正满怀信心等待龟田凯旋的犬养此时心情特别好，好心情看什么都顺，喝什么都香。而永丰城自产的茶叶比别处产的茶更醇和，喝起来则更香。

"请用茶，大佐。"卫兵用双手捧着一杯牛眼珠大小的香茗，毕恭毕敬地递给犬养。

"嗯！真好，真香。"犬养被这浓郁醇和的茶香陶醉了，他想一口喝进去。但端到嘴边却又像欣赏一件艺术品一样舍不得，只是在鼻尖上闻了又闻，却舍不得送到嘴里喝进去。

天色已经越来越暗，夜幕拉下来了，月亮紧接着又升了起来。

犬养有些坐不住，他欠了欠身问了身边的卫兵："龟田君有消息了吗?"

"报告大佐，目前还没有。"

"应该回来了，不就五六个义军吗?"犬养自言自语地说。

又过了几个时辰，永丰城已经进入了深夜的宁静，庄户人家早已进入了梦乡。

卫兵开始不停地打着哈欠。

犬养也感到有些困倦，他不停地在躺椅上翻着身，又不停地爬起来，坐下。如此反反复复，不停地折腾着。

"龟田君该回来了吧。"已是下半夜了。时间越往后推移，这犬养越是坐立不安，他的心如同十五个吊桶打水——七上八下，“龟田君不至于遇到不测吧!”

夜更深了。

卫兵坐在门口的一张靠背椅上，斜挎着一支短枪，已经歪着头睡着了。

此时，几个小时前泡的那香喷喷的茗茶在犬养的印象当中已经索然无味。他感到龟田次郎带兵出去追赶那五六个义军已经将近八九小时仍杳无音讯有些不妙。一种担忧和恐惧感朝犬养袭来。

“再沏一壶热茶。”突然，一股无明火冒了起来，犬养大声叫了一声卫兵。

“是，大佐。”正在睡梦中的卫兵被犬养一叫，腾地跳了起来，擦了擦惺忪的眼睛，开始重新烧开水，然后按照程序重新沏了一壶热茶。

“这茶味道怎么不一样。”犬养将茶送入口中，又将茶杯重重地放在茶几上。

“大佐，这茶叶跟刚才的是一样的，请多包涵。”卫兵不知道犬养为什么会说这茶味道不好，轻声地应道。

“嗯!”听见卫兵的回答，犬养似乎觉得错怪了他，便手一挥叫他继续睡觉去。

卫兵睡觉去了。

犬养却全无了睡意。

屋内的豆油灯被风吹得一跳一跳的，屋外静得出奇，静得让人感到有些害怕。犬养的内心却越来越不平静。

这龟田君会出什么事情呢?

这永丰城怎么变得那么平静了呢?

这诸罗山怎么变得那么让人感到神秘莫测了呢?

犬养一次又一次地猜测，一次又一次地胡思乱想起来。

终于，一阵清脆的公鸡鸣叫起来，接着便是永丰城的所有公鸡都开始报更了。

这鸡啼的声音让犬养一阵又一阵地紧缩着。

公鸡第二次报更了；

公鸡第三次报更了；

……

公鸡报更的次数越多，犬养的心情越焦虑，直到早上太阳已升到一丈多，很高。突然，那很远很远的诸罗山传来了零零星星的几声枪响。

这枪声飞越群山，经历过许许多多的沟壑传递到永丰城时已显得有些微弱。但人生经历过无数次战役的犬养却如同自己的心脏一次又一次地被人重重地打击着。

这是一种不好的兆头；

这是一种不吉利的信号。

难道龟田君带着三个中队的军队去围歼五六个义军会遭遇不测？

难道这五六个义军是诱饵，龟田君和他带的部队遭到暗算？

……

犬养开始坐立不安，他那焦虑的心情陡然上升，他那一夜未眠的双眼红得像一团火。

“报，报告!”不知又过了多久。犹如热锅上的蚂蚁一样的犬养突然听到门外传来了阿六那已经没有了元气的声音。

“谁?”犬养生怕自己处于幻觉的状态，问了一句卫兵。

“大佐，阿六浑身是血地回来了。”卫兵赶快报告。

“叫他进来。”犬养已经感到这兆头不好。

“他已经昏死过去了。”卫兵答道。

“龟田君回来了吗?”犬养心里一惊。

“没有，只有阿六一个人。”

“赶快叫军医官，救活后问明情况。”一夜的担心终于被印证，但犬养却不敢相信，一个大佐带着三个中队的官兵去追剿五六个义军，会全军覆没，剩下一个阿六回来。

可是，现实却是那么无情，犬养最可怕的预测却实实在在被证实了。

两小时后，待那阿六被军医官施救清醒过来后，断断续续地向犬养报告了自己陪龟田次郎三个中队的士兵追剿那五六个义军的过程时，足足让这个身经百战的日本军大佐站立不住，险些当场昏死过去。

“太君，真惨呀。龟田君和这么多皇军已经全部殉国了。”阿六看见犬养，仿佛看见了救星，他哆哆嗦嗦指着自己已经被扯去的另一片耳朵失声痛哭起来。

“你的不是说只有五六个义军吗？嗯？”犬养眼睛瞪得如铜铃一般。

“不！不，犬养太君。我们上当了，我们上当了。”阿六想解释。

“上什么当？嗯？”犬养怒火冲天。

“不是五六个人，是一百多人，一百多个义军，他们将我们引诱到诸罗山深处，把我们全围起来……”阿六提到诸罗山，心有余悸，惊恐不已。

“不是说上次血洗诸罗山寨义军已经剿灭了吗？”犬养终于控制不了自己的情绪，挥起刀砍起一张桌的桌角，那溅起的木屑从阿六的头上飞了过去。

“啊……”如同惊弓之鸟的阿六仿佛看见犬养的大刀看来，失声呼叫一声，又昏死了过去。

“死啦，死啦！阿……六。”犬养听了阿六诉说无异于一声炸雷在头顶响起。他举起军刀砍去，那阿六便在昏迷当中身首异处。

上次血洗诸罗山是自己向桂太郎总督报告，义军已全部歼灭。可是半年后，却让那已经销声匿迹的义军不费枪弹地全歼了自己三个中队的官兵，还赔了一个龟田次郎中佐。犬养深感自己罪责重大，已无法向桂太郎总督交代。他悲痛欲绝，踉踉跄跄地走出室外，跪在地上，面向日本方向举刀切腹以向天皇陛下谢罪。

阿光这一段时间悲喜交加。

悲。

则是情同手足的阿发英勇就义，他用一个人的性命换取了五个日本尉官。平时沉默寡言的阿发做出如此壮举让阿光和兄弟们悲痛不已，久久不能自拔。他像生了一场重病，足足在床上躺了半个月。

记得那天晚上，他正与林胜天几个人在商量如何突破日军封锁线送一些粮食给养到山上保证义军之需时，不到一刻钟工夫，看见阿爸魏永富老泪纵横，跌跌撞撞地冲进门来，报告了阿发就义的噩耗，阿光立即天旋地转。他勉强支撑着随时可能倒地的身子，在阿昌的搀扶下赶到永丰酒楼前，早见一大批日本兵在清理现场，日军的尸体已经很难辨认，地上只剩下阿发穿着衣服的残片，一只鞋子和一大摊殷红殷红的鲜血……

阿发兄弟已经追寻着他妻子、岳父的足迹远去，到另外一个世界去了。

地上，路边，坪上都是破碎的肉屑，似乎到处都是血迹，唯独没有兄弟阿发的面孔和身躯。

阿发兄弟已经化作春风，化作细雨远离这个世界了。

阿光站在那里，他睁开眼睛在永丰酒楼前转了好几圈，难道刚才还与自己同起同坐的手足兄弟一眨眼便消失了吗?

阿光肝胆寸断，一阵撕心裂肺的痛传遍全身，他想张开嘴巴大呼一声自己兄弟的名字，却见林生和慧生朝自己扑来。两个孩子紧紧地把阿光抱住，悲痛欲绝地喊着："阿伯，我阿爸、阿妈和阿公都死了，我们怎么办啊……"

瞬间，阿光这位顶天立地的汉子愣住了，在血迹斑斑的永丰酒楼前，在两个孤儿面前，他的嘴无数次地嚅动着，可是竟说不出一句话，竟找不到一句话能够安慰眼前两个孩子的一句话。只有紧紧地把孩子搂在怀里。

许久，许久。

阿光才从心里说出了一句话："林生、慧生，从此之后你们便是阿伯的孩子，从此之后你们便叫阿伯为阿爸吧……"说到这里阿光的喉咙哽咽了，他那禁不住的泪水扑簌而下，一颗颗地掉落在两个孩子稚嫩的背脊上。

夜深了。

永丰城又回归到宁静，这宁静让人感到害怕，让人感到心酸。阿光痛苦地揪住自己的头发，陷入痛苦的反思当中，十多年前四兄弟结拜渡东，那时大家对渡东充满信心，充满着希望。可是，这老天爷怎么就不保佑我们，这十几年，从阿龙开始前前后后走了三个，留下我阿光一人哪!

想着，想着阿光的泪水禁不住涌出眼眶，他正想伸手去擦，想不到不知站在身后多久的海英已经帮自己用湿毛巾轻轻擦去。

"阿光哥，莫再悲哀了。阿发兄弟知道你的心。他在那边知道的一清二楚的。"海英的声音很小，话音很轻，却深深地打动了阿光。因为，阿光知道，自从山花去暗杀日本军被杀害后，犬养便将怀疑的目光对准了自己，除加强对自己的监控外，还想对自己采取行动。阿发这一举动是想把日军怀疑的目光吸引到自己的身上，从根本上保护自己情同手足的兄弟阿光。

“阿发兄弟死得值。一个人换了五条命，还是军官。”海英的话又从阿光的耳边响起，“我会把林生、慧生带好，让阿发兄弟和山花妹妹在那边安心。”海英一边劝自己的丈夫不要伤心，可自己却嘤嘤地哭出声来了。

这此后的一段时间，夫妻俩便是在你劝我，我劝你的情况下度过的。

那是一段多么漫长，多么让人难过的夜晚呀！

喜。

则是经过日军血洗诸罗山后，几乎大伤元气的义军被阿力凡老人用生命救了出来。这半年时间，义军兄弟度过了严酷的寒冬，也经历过了诸罗山寨遭日军血洗，失去根据地支持的元气恢复时期。并且成功地设计将永丰城四个日军中队中的三个诱入诸罗山腹地并一个不留地加以歼灭。这一战果极大地鼓舞了整个诸罗山上和山下的人们抗日的信心。

把犬养横二逼到了切腹自杀以谢罪的绝境，这着实是太快人心。

记得前半个月，阿发兄弟英勇献身，自己的心情坏到了极点，为了寻找思想的解脱特地到台南走了一遭，看到了半年未见的简老板和陈吉祥老板，面对着义军经历的低潮和亲人一个个丧去，真想扑到他们面前伤心地痛苦一场。可是，已近古稀的两位老人听完自己的情况介绍后，却呵呵一笑。简老板坦然地告诉自己，他非常关注永丰城的情况，也了解永丰城经历的一切。这些情况如同人生道路一样，有起有伏；有走背运，也有走旺势；但只要自强不息，坚定信心就一定能取得抗日的最后胜利。

“阿光，尽管刘永福将军起义已经失败，并且被逼退回厦门，但全台湾抗日的烽火到处都在燃烧，廖振、陈秋菊、林素成、简义勇都在各个山头坚持抗战，尤其是简大狮、柯铁虎、林少猷，更让日本鬼子闻风丧胆。”简宏顺老人兴许是开着米行，每日都有无数朋友在交际着，信息汇集非常丰富，说到义军情况滔滔不绝，如数家珍。

“老板，听了你们的话我心里透亮了许多。”阿光充满伤感地点了点头。兄弟的失去，实在让他很难移去压在心头的那沉重的石头；听了简宏顺的话，他确实轻松下来了。

“阿光，我此生没有多少文化，却对刘永福将军的几句诗记得很牢。”

那是一个晚上的深夜，简宏顺在昏黄的豆油灯下，一边抽着那旱烟斗，一边用苍老而又沙哑的声音吟诵着刘永福的诗篇：

流落天涯四月天，
樽前相对泪涓涓。
师亡黄海中原乱，
约到马关故土捐。
四百万人供仆妾，
六千里地属腥膻。
今朝绝域环同哭，
共吊沉沦甲午年。

简宏顺充满着激情，充满着对刘永福的无限敬仰之情，抑扬顿挫将刘永福的诗句吟完了。可是，阿光的目光仍一动不动地看着他，他从老板那肃穆的脸上，在刘永福充满爱国之情、民族之情的诗篇里增长了信心和勇气。

“阿光，‘黄河尚有澄清日，岂可人无得运时’？这是《增广贤文》 里的两句话，我想能对你此时的心情改善有许多好处。”简老板知道，这阿光尽管年纪不大，但经历过人生的许多坎坷，在暂时的失败和挫折面前，经过稍稍点拨，必定能走出思想的低谷，重新振奋精神，开始一个新局面。

“老板，听了你一席话，我心头好像被点亮了一盏明灯似的。我知道，下一步我应该怎样走好人生的道路。”阿光讲得很诚恳，尽管话说得很轻却非常有力。

阿光在台南住了五天，简宏顺带着他拜访了许多好友。这时，恰好传来第二任总督桂太郎下台，新任总督乃木希典接任的消息。

简宏顺告诉阿光：“日军占据台湾还不足两年时间，现在已经换了两任总督，第三任总督又上台了。这说明了什么？”老板把目光投向阿光，“这说明了，台湾自古以来都是中国人的领土，外强无论如何，也不管用什么手段占据，都是不可能长久的。”

“老板，我知道了。”在阿光印象中老板是一个地地道道的商人，做生意，赚大钱，发财致富。可是，此次几天接触，发现他与自己以前了解的不一样。老人这并不魁梧的身躯里有着一颗强烈的爱国心，有一股浓浓的民族情。这是作为后辈应该认真学习和效仿的。

阿光在灯光下漫无边际地回想着，油碗里的油快烧光了。海英蹑手蹑脚走过来在油碗里添上了豆油，然后轻声地说：“睡吧，夜已经很深了。”

“嗯，”阿光转过头看见这一段她已经明显消瘦的脸，心疼地说，“阿英，难为你了，这么大的一个家全都在你身上，现在又多了林生和慧生……”

“阿光，我们老夫老妻已经经历十多年的时光，何必这么客气。你是家中的顶梁柱，又是永丰城的顶梁柱，万万要注意身体，不能再这样没日没夜地熬夜了……”海英的语气里带着一丝伤感，更带着一种哀求。

“我是一直在思考阿发的一对儿女,少年丧父母是人生的不幸，我们要尽责，多给他们一份温暖，这份温暖要超过云生和松生才是。”阿光想到阿发的儿女，心里总是不安，每当提及，那眼眶总会情不自禁地湿润起来。因为，小时候自己成了孤儿,曾经流离失所，四海为家，天当铺盖地当床；吃着百家饭、穿着万家衣的那些情景总会历历在目。“孤儿的日子苦呀！我们不能给两个孩子有任何孤儿的感觉。”阿光嘴里喃喃地说。

“你呀！总是唠唠叨叨，这些话讲过无数遍了。放心，这些事归我管。”海英看到丈夫念念不忘两个侄儿，“你呀，管好自己吧。”说完撒娇地扭了一下身子，投给丈夫一个娇媚的眼神。

“噢……”阿光似乎受到某些启发，他的心顿时轻松下来，站起身将海英紧紧地抱在怀里，迫不及待地在她身上抚摸着。

“阿光哥，轻一些，莫急。”海英呼吸非常急促，连声音也变了调，但却软绵绵地倚在丈夫身上任由他摆布。

是啊！这时局动乱，国事家事接二连三，事事不顺压力重重，一天到晚应接不暇，夫妻俩已经很长时间没有亲热了。

第三十二章

子不嫌母丑，狗不嫌家贫

军人世家出身的乃木希典被天皇派任台湾第三任总督，一上任便觉得头很大。日本占据这个被称为宝岛的台湾已经二载有余，可是从北到南抗日义军山头林立，日本本身人力不足，为扩张亚洲而建立的军事帝国战线拉得过长，而且每派往一个国家或地区便遭到强烈的反抗，兵员损失惨重，募兵已成为一件十分困难和头痛的事情。而恰恰这台湾的抗日义军犹如野火烧不尽，春风吹又生。这个山头扑灭了，那个山头又掀起燎原之势。

尤其是那永丰城，城不大，这两年时间已经有五百多名日军将士在那里殉国，更让人难以理解。

这是总督府总督的办公室，自己屁股下坐的位置前几天还是桂太郎君的。现在，新官上任便不得不面对如何应对永丰城的问题。

乃木希典端坐在办公桌前捧起下属呈报的永丰城情况的简报，没看几行便不由地心烦气躁。

一个曾经是大佐，前半年被削为中佐的龟田次郎为追剿五个抗日义军，竟然杀鸡用牛刀带走三个中队的正规军，实在让人难以理解。更重要的是这三个中队进入诸罗山竟然全部殉国，只留下一个身残的警官回来报信，更是让人难以置信。

“八嘎，真是丢尽了大日本帝国的脸。”乃木希典不觉这全身的血往头上涌，“如果整个台湾都这样子，天皇神威将荡然无存。”

乃木希典有些疲倦，更有许多的痛苦。

五个抗日义军引诱日军到诸罗山腹地围而歼之，证明着带兵的龟田次郎犯了兵家孤军深入又不了解情况的大忌；说明这样的中佐对情报掌握不准确；更说明这个中佐急于立功，急于求成的致命弱点。如果军队多一些这样的人，天皇陛下扩张亚洲的宏伟目标肯定难以实现。

“已经殉国的便殉国了。”乃木希典看到这一报告的情节脸上抽搐了一阵，作为南征北战的将军他此生经历了无数次大、小战斗，五个义军竟然杀死三个中队日军的战例闻所未闻，但毕竟已经成为现实，已经无法逆转了。

现在的难题却客观地摆在这个新任总督面前。

那个带兵追剿义军的中佐龟田次郎殉国了；

那个驻军司令犬养横二切腹谢罪了；

那个永丰城四个中队的日军驻军在诸罗山遭遇灭顶之灾全军覆灭。现在，只剩下一个中队。

那个永丰城到底有多少义军？那深不可测的诸罗山到底就那么五个义军？却是个谜，一个难以解开的谜。

“八嘎！”乃木希典从心里骂了一声，他的眼睛瞄了一下办公桌上的前任总督发布的《匪徒刑法令》、《法院条例改正令》、《保甲条例》和《治安警察法》，陷入了痛苦的思考。

“野岛君！”乃木希典越想脑子越乱，想了许久却找不到解决的办法。于是，叫了身边的一位大佐。

“乃木君，请训示。”野岛雄一听到总督招呼，快步上前应道。

“这永丰城的问题你了解吗？”乃木希典用咄咄的目光看着野岛。

“有耳闻，但了解不全面。”

“这永丰城、这诸罗山到底有多少义军？”

“这个，这个……”野岛吞吞吐吐回答不出来。

“说……”乃木希典看到野岛那神态很想动怒，但忍住了。

“报告乃木君，自我大日本帝国皇军进驻台湾以来，就发现这义军数量很难准确了解。”野岛终于鼓足勇气说，“这里的山民原来几乎都从中国的大陆闽南迁徙而来。他们的民族意识、民族自尊心和民族自信心特别强。只要有一个人举旗，可能正在田里干活的农民便会立马放下锄头，连脚也来不及洗便去参加他们的队伍，成为抗击我们的所谓义军。”

“是吗？”乃木希典从内心深处非常赞赏这位大佐对义军成分的分析。可是表面上却用迟疑的眼神看着他，并鼓励他，“说下去。”

“依卑职之见，永丰城三个中队的驻军因为追剿五个义军一夜在诸罗山殉国，问题不简单。”

“为什么？”

“如果在战场上要全歼我们这样高素质的三个中队正规军，中国军队要六个团或更多的兵力。否则，那是绝对不可能的。”野岛说到这里咽了一口口水以湿润干涸的喉咙。乃木希典被这部下的分析吸引住了，用眼光示意卫兵给他倒了一杯开水：“说下去。”

“哟唏。”野岛看到上司肯定了他的观点更自信地分析说，“我可以负责任地说，那报告上说的那五个义军绝对是诱饵，他们的任务是引诱我军上钩，将我军引诱到诸罗山……”

“好，那诸罗山到底有多少义军？”突然，乃木希典兴奋地打断了野岛的话。

“诸罗山我没去过，故不敢妄言。但可以肯定，这诸罗山义军数量应在三百人以上，或者可以说，这永丰城，这诸罗山有多少中国人，便有多少义军。因为他们之间没有任何差别，加上他们占据着地理优势。”野岛把自己的观点阐述完毕了。

“这是一个可怕的力量啊！”乃木希典无奈地吐了一句话。

“是的！乃木君！”

“你去吧，让我好好思考一下。”乃木希典感到有些疲惫，他倚靠在太师椅上，眯起眼睛考虑应对永丰城长治久安之策。

“将军，给你沏杯茶？”野岛出去，卫兵想给乃木希典泡一杯浓茶，上前问了一声。

乃木希典半眯着眼睛，做了一个请他出去的动作。面对这么棘手的问题，他需要冷静分析，才能冷静地应对。

给永丰城增派兵力是不可能的了。天皇陛下将战线拉得太长了，到处要增兵，可是本地兵源有限，不行。

不给永丰城增派兵力，说不定那里剩下的一个中队的兵力在哪一天会莫名其妙地被歼灭，同样不行。

从外地调集优势兵力打一次大仗，全面肃清诸罗山的义军，可是那里神奇莫测，中国人有句话叫强龙难压地头蛇，不无道理，那野岛的话更有道理，不去增兵说不定义军是三百多人，如果强势兵力进入，一夜之间十里八乡的农民都成了义军，那便是三千人，甚至三万人。那时被动局面将更难收拾……

“叫野岛君！”乃木希典觉得这野岛是一个人才，是一个可用之才，心里想出了一个新的计划。

“将军！请训示。”转眼工夫，野岛跑步来到乃木面前。

“你对永丰城的长治久安有何高见？”

“我？”野岛张开嘴巴，却又欲言又止。

“野岛君，别客气。大胆说说看！”乃木希典这位部下一定有新的见解，脸上的表情也温和许多。

“是不是可以改变一下策略？”

“改变策略？”乃木希典表现出莫大的兴趣。

“对，我大日本帝国是要占据这个地方，而且要永远。既然如此，不如将武力占据，改变成安抚应对。我们在军事上称之为退一步进三步。中国也有一句古话叫‘得忍且忍，得耐且耐。不忍不耐，小事成大’。”

“得忍且忍，得耐且耐。”乃木希典重述了野岛的话，似乎在慢慢地理解。

“对，将军。如有不妥，请训示。”野岛摸不透这位新任总督的意图，一脸惶恐地等待着他的反应。

“高！高！要忍、耐。”突然，乃木希典半眯半睡的眼睛放着光，他的手在办公桌上用力地拍了一下，那办公桌发出“砰”的一声，桌上的东西都跳将起来。

“啊……”野岛吓了一跳，瞬即又发现那面带笑容的脸，悬在喉咙里的心终于放了下来。

“你的。”乃木希典站起身指着野岛说，“马上到永丰城去当司令，按照你的思路对那里的乡民实施安抚之策，动员他们下山、干活。”

“那他们以前杀死皇军的事……”野岛不敢相信自己的耳朵，想不到乃木已经接受了他的意见和建议。

“通通的不追究。”乃木希典说，“只要他们安心工作，生产粮食、蔗糖、茶叶、樟脑，那么大日本帝国便繁荣昌盛了。”说完，哈哈大笑起来。

“是，将军。我马上出发。”野岛一脸兴奋，想拔腿出门。

“不！”乃木希典把他叫到身边，耳语了很长时间。然后又追问了一声，“你的，明白？”

“将军，我明白了。”野岛深感春风得意地应道。

阿彪带领的义军在诸罗山打了一场漂亮的歼灭战之后，驻永丰城的一个中队日军便备感这诸罗山的水很深，不敢再轻举妄动。尤其是犬养的切腹自杀，龟田的当场毙命，驻军便群龙无首。永丰城里的情况迅速得到改观。

阿光他们院子门口里三层外三层的日本兵撤掉了。

原来隔三差五在街道上耀武扬威巡逻的日本兵不见了。

他们只好白天、黑夜都躲在军营里加强值班，茫然地等待总督府再委派新的司令官履职。这客观上又使原来被日军蹂躏两年多，满目苍夷的永丰城又有了一些生机与活力。

街道上的一些小商贩又逐步多了一些起来。

永丰酒楼的客人也日渐热闹，那里不时还传出一些猜酒令的声音。

“全福寿呀……”

“二金开呀……”

总之，这些原本是闽南迁徙而来的庄户人家讲义气，好热闹，有事没事凑在一起，纵使没有好菜，可是喝些小酒，高兴起来行一套酒令，才觉得淋漓畅快。

难得轻松，阿光便约胜天带着管家阿昌趁着这凉爽的夜晚出去走一走，散一散心，放松那已经两年多紧绷的心情。

“阿光哥……”三个人走在街道上，突然从一旁闪出几个后生仔的身影，叫了阿光一声。敏感的林胜天以为遇上了特殊情况，“噌”的一声腾空而起，正想略施拳脚保护阿光。

“噢！阿彪，阿福……”被这突如其来的声音一叫，阿光开始愣了一下，待他反应过来，面前的黑影扯下蒙在各自脸上的黑布，阿光认出了阿彪和阿福，惊喜地叫了一声。

“哎呀！你两个家伙，结伙下山也不先报告一声，我以为遇上日军探子了呢。若不是阿光哥反应得快，你看，”胜天摆了一个架势，“你们俩家伙准吃亏不可。”

“哈！哈！哈……”看着胜天那一本正经的样子，几位兄弟不禁哈哈大笑起来。

“阿光哥！胜天哥！你们去哪?”阿彪问了一句。

“走，请你上永丰酒楼。这一年多，苦了你们了。这大肠生锈了没?”看到阿彪那胡子拉碴，阿光一阵心痛。

“在家千日好，出门半朝难。到山上苦自然，但兄弟们在一块，吃苦也甘甜。当然，阿光哥要请我自然巴不得。”阿彪听完阿光的话，也不客气，兄弟四人径直走进永丰酒楼，看见魏永富阿叔还在忙里忙外张罗着客人觉得挺奇怪：“阿叔都七十岁高龄了，怎么还不回家歇息呀。”阿彪问。

“这个呀！你要去问他自己。”阿光颇感无奈地叹了一口气，“人生一辈子忙忙碌碌，真叫他歇息不到两天，浑身上下都喊痛。可是，一到这里却眉开眼笑，谈笑风生。”

“也好，反止阿叔在这里，我来吃点喝点也可图个方便。”阿福也插上了嘴。

进了酒楼，魏永富早见女婿领着兄弟们来了，走近了才发现阿彪和阿福，乐得眼睛眯成了一条线，忙问：“想吃点什么?”

“我吗?”阿彪装傻地反问。

“不是你，还有谁呀?”魏永富一巴掌轻轻地拍打在阿彪的脑门上。

“我想吃什么？阿叔最清楚。”被这一巴掌打过来，阿彪这个在几百位日本军前叱咤风云的义军首领像一个顽皮的孩子。

“卤猪脚一斤，盐水鸭一只，蚵仔面一大碗，酒两斤。”魏永富大喊一声，然后转身交代小二，“送贵宾包厢。”

走进包厢几个兄弟相互拥抱，问长问短，热闹之情溢于言表。是啊，几个月不见，生死兄弟总是惦记着。时局如此动乱，今晚见了，明后天能不能再见上一面都是很悬的一件事。因此，每次见面几兄弟都格外高兴，可每当分手却有着生离死别一样的感觉。

现在，这一仗打得漂亮，日本鬼子吃了巴豆，东倒西歪没了元气，兄弟们的心情自然轻松下来。

“下一步怎么办？”兄弟坐定，阿彪迫不及待地将目光投向阿光。

“你今晚是下来商量事情的吗？”阿光感到奇怪，“为商量事情怎么就在半路堵我们呢？”

“别急，阿光哥。讲实话，我们是特地下山找你出主意，研究下一步义军怎么办的。结果远远却看见你和胜天哥出门，便想出了一个主意半路堵你。结果呢，这一堵还堵出一桌大鱼大肉，知我者，非你阿光哥莫属。我呀，这大肠都生满了锈，锈成一节一节转不动啦。”

“你呀！这几年这么苦，还乐成这样。”阿光看到几经生死中挣脱出来的兄弟如此乐观，心里一阵欢喜，“我跟胜天在分析，从前一段我到台南那边了解的情况看，这日本人占据台湾两年多，抗日义军四起，他们损失惨重，要再增兵永丰城不太可能。那么，肯定会放松对这里的镇压，甚至会给我们一种比较宽松的要求。当然，他们也可能变换手法，引诱我们上当。”

“我们也是这么猜想的。”阿福说。

“听说，永丰城又要来一个新司令官了。”胜天说，“因为龟田死在诸罗山，犬养切腹谢罪。这里的司令官已空缺很长时间了。”

“总之，我们还要保持警惕，以不变应万变。不变，便是抗击日本鬼子这宗旨不变。因为永丰城是中国人的土地，永丰城的人是中国人，这里不允许外人入侵。万变，便是时局不断地变，这日本鬼子的侵略手法也在不断地变，我们要讲究方法和策略，以牙还牙，以变应变，才能不吃亏，始终保持主动。”

“阿发哥夫妇走了，他的儿女怎么样？我真想去看他们一下。”大家想得很广泛，说得很热烈，看看已经时间不早，阿彪他们还得返回诸罗山，临走前他说了一声。

“两个孩子都由阿光哥和海英嫂子照顾着，很好。你们放心，过一段白天允许下山时再看吧，现在已经很晚，这孩子心灵受到创伤，晚上去看别产生负面的作用。”胜天笑笑，“难得两条光棍汉，还会惦记孩子。等这阵风波过了，我和阿光哥非抓紧给你们娶一房老婆不可。”

“我们不是那个意思！”阿福辩解了一句。

“不管是不是这个意思都应该了。胜天的话没错。”阿光接过话题，“胜天，这件事，你记住到时及时提醒我。”

“阿光哥，你还当真呀！”阿彪一脸感激地看着阿光。

“难道不应该当真吗？”阿光爱怜地看着自己的兄弟，“日本人占据永丰城把我们的一切都打乱了，也包括误了你和阿福。”

阿光和胜天目送他们两个回山的背影，一直看到他们的身影消失在夜色当中，才依依不舍地回到家里。

果不其然，第二天早上太阳刚刚升起，阿昌便匆匆忙忙进来报告：“老板，永丰城新任司令官野岛来访。”

“噢，来得还很着急嘛。”昨晚才听说这野岛近日来上任，今天早上便登门了。真是意料之中，也是意料之外。

“几个人？”阿光门口轻松一笑。

“两个人，而且身着西装。”阿昌应道。

“怪了，这是稀奇，司令官不穿军装，不带枪，而是着西装。”阿光想这真应了自己的猜测，这日本人要对永丰城改变策略，改变手法了，“那请他们进来吧。”

片刻，打扮得温文尔雅的野岛一身文人打扮，他的头发打理得一丝不苟，足量的发油将那并不茂盛的头发打理得油光闪亮。还未进门便一边拱手，一边作揖，那样子好像与阿光是老朋友久别重逢一样，让阿光有点恶心。但理智告诉他，对日本人的这一套，必须以不变应万变。否则，许多事情会把自己推到被动的位置，难以应对。

随行的是一位日军翻译，他为见面的主客作了介绍。

“阿光先生。久仰，久仰。兄弟昨日上任，今天特选在吉日吉时前来拜望，希望今后多多关照。”野岛一副谦谦君子的姿态，完全没有以往龟田次郎和犬养横二的骄横和凶悍。

“别客气，野岛先生。”阿光不失风度，以礼相待。

“阿光先生，兄弟此次来永丰城履新是想跟你商量一件事情。”客厅坐定，野岛也不客气，左一个先生，右一个兄弟地与阿光套近乎。

“野岛先生直说。”阿光不想随他绕圈子。

“是！是！我打心眼里十分佩服阿光先生。”野岛一边说，一边将目光在阿光的脸上打转转，“这两年日本进驻永丰城，主要是我们与永丰城的乡亲沟通不够，引起了不必要的误会，也引起了不必要的纷争。”野岛又朝阿光瞄了一眼。

“哦?”阿光不想接话，点了点头，耐着性子听他说，看这侵略者的狗嘴巴能吐出什么象牙来。

“这台湾呀，绝非我大日本帝国要来的，是大清朝廷补偿给我们的。当然，大和民族讲究亲善和友爱，既然大清朝廷要将台湾割给我们，那么，你我便是一家人。大和民族，不，大日本帝国便有保护台湾人民的责任和义务，让这里的新大日本帝国公民能够安居乐业。”看来，这野岛是一个中国通，而且表面上是一个军人，肚子里却全是墨水，说起话来一套一套。

“哦?”阿光还是不动声色地听着。

“前一段，双方造成的误会，各有死伤令兄弟痛心呀。现在，我受天皇陛下的委派来永丰城履新便是想告诉阿光兄，以前不愉快的历史我们翻过去，翻过那一页。”

“哦!”阿光心里暗暗在思考自己昨晚与兄弟们的猜测真准哪。心里不觉一笑，但口头还是“哦”了一声。

“所以，我昨晚到，今天便来拜访阿光兄，你能否出面到诸罗山去，把那些义军叫下山来。回来安居乐业，该种田的种田，该做工的做工，该赚钱的赚钱。你看……”野岛一脸堆笑，“让每一个大日本国的公民过上富裕生活，是天皇陛下的要求啊！”

“是吗？”阿光反正不正面与这些畜生冲突，但也不会轻易给他卖力气，便说，“这义军呀，是自发的组织，既然野岛先生有这样的打算，何不自己去一趟，直接与那些义军首领交换意见，宣传你的主张？”

阿光将野岛扔过来的球，轻松愉快地踢了回去。

“我直接去不会产生新的误会吗？”野岛不无担心。

“不会的，就像今天你和我一样。”阿光笑了笑，“中国人是礼仪之邦。”

“这样。但阿光兄你这句话我要帮你纠正一下，现在台湾是大日本帝国的领土，而且已经两年了。你，是不是讲习惯了，还没改口啊！”野岛并没有生气的样子，随即又哈哈大笑起来。

“但是，野岛先生我佩服你有这渊博的学识，如果我没猜错的话，你还一定是个研究汉学的专家。中国有一句古话，‘子不嫌母丑，狗不嫌家贫’，改天改地不改父母之姓，改天改地不能改祖宗呀。”说到这里阿光脸上已止不住带了一些愠怒。

阿光这一感情的变化让野岛着实暗暗吃惊，他来赴任前曾听说过自己面对着的对手尽管是孤儿出身，也没有读过书，但沉着机智，充满着睿智，这次着实让他有所体会。于是，立即变换了一种口气说：“阿光兄，今天我们初次见面，感谢你的关照，下次我们择机再谈如何？”

“噢，慢走。”阿光起身不失礼节地点了点头。他知道，尽管野岛今天穿着一套笔挺的西装，但那华丽的外衣，那貌似彬彬有礼的外表却掩盖不了杀人成性的侵略者本质。与这些人面对面，既犯不上跟他认真，更犯不上跟他计较。

但是在大是大非问题上必须义正词严阐明自己的观点。

野岛的身影从大门口消失了。

“布谷，布谷……”当阿光正想伸一记懒腰好好理一理自己的思路时，那小山冈密林里传来了一阵清脆的布谷鸟叫声。他情不自禁地放弃了刚才的打算，凝神思考着，抗日进行两年多了，现在面临着一个新的转折，必须与兄弟们认真商议，从长计议让永丰城能够牢牢把握发展的主动，让这块土地上的人们能平平安安地繁衍生息。

是啊！尽管那布谷鸟年复一年地鸣叫，可是这一段满脑子的事，却没有心思去听。更没有心情去领略它鸣叫的含义。此时，阿光听到它的鸣叫却有一番清新，一番亲切，一阵莫名的轻松。

人生路漫漫，是凶？是吉？

唯有靠兄弟们的智慧和力量，共同去探求，去努力，去面对。

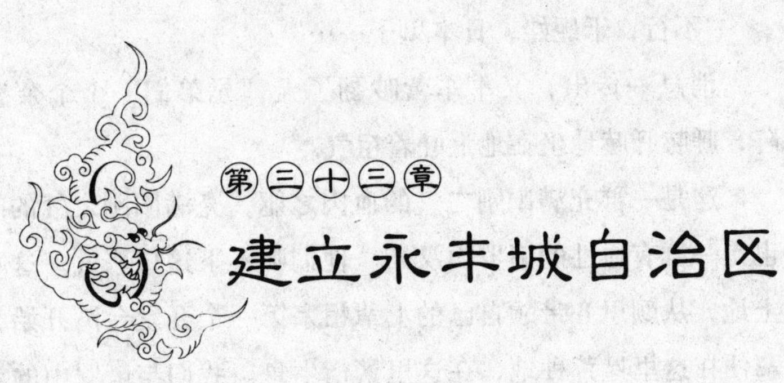

第三十三章 建立永丰城自治区

野岛来访和要求诸罗山义军下山的消息很快便派人传递到阿彪他们手中，正在热火朝天练兵习武的义军听到之后都觉得吃不准，大家面面相觑，拿不定应对这突然而来情况的主意。

“不行，不能下山。”突然，一个原山寨乡勇团的团丁将手中的大刀一扔，怒不可遏地喊着，“除非把永丰城的那一个中队的鬼子抓来祭奠阿力凡酋长和乡亲。否则，免谈。”这团丁叫阿耶夫，上次日军血洗山寨他全家七口人除他自己与义军遁地道捡了一条活命之外，其余老少无一幸免。他那可怜的小妹妹才八岁，连人生的事情都不知道多少，却被那畜生们活活轮奸致死……

“这日本鬼子个个蛇蝎心肠。我们如果下山，一放下武器说不定又会被他们当做猪一样杀掉。下山，跟送死并无差别。”这是永丰城的一位兄弟，叫陈博，三十岁左右，是当代从泉州府到台湾拓荒的，尽管永丰城家中上有父母，下有妻儿，他渴望着早日与家人团聚，可是想到这杀人不眨眼的日本鬼子，愤怒地攥着拳头，说话间脖子上的血管一根根地暴露出来。

“不行，我不把这日本鬼子杀光，坚决不下山!”

“不行，干妮姥，日本鬼子……”

消息一传出，义军军营吵翻了天，兄弟们一个个余怒未消，骂了一阵，呼哧呼哧地坐在地上吐着粗气。

这是一群充满阳刚之气的血肉之躯，充满阳刚之气的闽南汉子。同样也是一群有血性的诸罗山汉子。他们咽不下这口恶气。这本属中华民族的土地，从颜思齐带领自己的上辈祖宗第一个开发台湾开始，自己的祖祖辈辈便在这里垦荒种地，在这里繁衍生息。我们与诸罗山的乡亲世世代代和睦相处。可是，这日本鬼子凭什么一夜之间杀将进来，要侵占这块土地?凭什么对我们大开杀戒?为什么灭我民族?为什么杀我父老兄弟?为什么淫我姐妹……总之，每个七尺汉子的胸膛里都沸腾着一腔热血，燃烧着一股熊熊的烈火。

“兄弟们，兄弟们。”听到兄弟们的怒吼，看到这浑身冒火的兄弟，阿彪跟廖云辉交换了一下眼色后告诉大家：“兄弟们暂时息怒，我们了解情况后，将与兄弟们商议后再作决定。不论继续留在山上，还是下山，一切都要以保护山上山下乡亲的利益作为出发点和落脚点。我不会让阿力凡阿爸和兄弟们的血白流，也绝不会让今后乡亲们继续流血……”阿彪话讲到这里，内心一阵激动，他的眼前似乎浮现了两年多来，一个个离去兄弟们的脸庞，一次又一次被日本鬼子血洗的悲惨场面。

他的泪水从眼眶中夺路而出，他的喉咙哽咽了……

“阿彪兄……”廖云辉看到阿彪那已经泣不成声的样子，在旁边轻轻地提醒他一句。他知道，这两年多阿彪带着兄弟们冲锋陷阵，看着一次又一次鲜血淋漓的场面没有哭，看见一个个兄弟离去没有哭，甚至看见视这些义军为儿子的阿力凡老人离去都没有哭出声来。现在，他却没能抑制住自己内心激动与悲愤的心情。

阿彪真的哭了；

他为自己几百个兄弟献身的代价换来日军表面的认输而哭。

阿彪哭得很伤心；

他为下一步自己和永丰城的人们如何把握当前的局势，并能否保证未来的安居乐业，繁衍生息而哭。

讲实话，此时的阿彪，不，还有所有的义军兄弟，所有的诸罗山儿女的心情都十分复杂。因为，下山是一件好事，谁不愿早日下山与自己的家人团聚？谁不愿早日回到温馨的家与自己的家人共享天伦之乐？可是，那日本鬼子并没有离开永丰城，没有离开台湾岛。

这些畜生不走，那么台湾将不会安宁，诸罗山的乡亲就会再遭受蹂躏，诸罗山上、山下还会不断地流血。

这是诸罗山突然出现的新情况，新问题，摆在阿彪和廖云辉两位首领的面前，他们有点举棋不定。

“云辉兄，我们走一走吧。”阿彪心情非常复杂，“到阿叔的老房前坐一坐，商量一个意见，然后再下山跟阿光哥报告一下。”

“我也是这么想的，这日本鬼子肚里装着什么东西，我们不了解。说不定明天他便来人，我们没了主意，怎么去应付呀?”廖云辉也挺着急地说。

“你怎么知道日本人明天会来?”

“不，兄弟。我是说如果明天来。但我们早准备早主动，免得被日本人打得措手不及。”

“噢!”阿彪点了点头，“干脆我们连夜下山吧。”

“走!”阿彪是一个道道地地的急性子，碰到问题总是睡不着觉。他深知在床上辗转不宁像煎地瓜饼一样地来回翻着是什么滋味。与其今晚睡不着，还不如溜达下山找阿光哥商量，反而感到踏踏实实。

义军兄弟们，三个一群，五个一伙在聚集着，冷静地思考着阿彪交代的议题，要不要下山，下山以后怎么办?

军营里少了以往的那种热闹，多了一份严肃和紧张。

夜幕降临，当太阳一下山，那崇山峻岭便仿佛被巨大的夜幕拉得严严实实。这延绵数百里的诸罗山瞬间笼罩在一片神秘当中。

鹿子、野猪、豹子们便开始进入了梦乡；

那些知名的、不知名的小鸟们也归巢休息；

这诸罗山的秋夜显得更加宁静，更加令人富有想象力。

天空中一轮明月慢慢地升起来了，它是那么明亮和皎洁，让原本已显得宁静和神秘的千沟万壑更加神奇莫测。白天里遮天蔽日的一棵棵参天古树此时却像一把把巨大的伞把那迷人的月色罩得严严实实，只是那秋风习习让无数的古树繁枝在摇曳中偶尔透进了一丝丝月亮的光洁，柔柔地投射在那重重叠叠的堆满落叶的土地上。

那光很柔；

那地很软。

在这天地相连之间，让人感觉到异常的清幽，异常的轻松，异常的富有想象力。

阿彪、廖云辉两个兄弟此时正一脚高、一脚低地走在这里。每当一脚踏上去那松松软软的，却焕出一种潮湿土地里堆积起来的腐枝叶子的芳香，那香不知道，也很难说出是一种什么味道，一种什么样的感觉。但走着走着却产生一种莫名的轻松感觉。

“云辉哥，你此时在想什么？”兄弟俩已经一言不发地走了好一段路，阿彪先挑起话题。

“不瞒你说，兄弟。我现在的心情非常复杂。”廖云辉直言不讳地告诉自己的生死兄弟。

“我也是。”阿彪想看一看云辉此时的表情，但很失望，那朦胧的月色下，什么也看不清楚，只有云辉那炯炯发亮的一对眼光。

“为什么？”

“在日本军横行霸道时，我尽管想念自己的家人，但更想把那些畜生杀光、杀绝了才回去。因为，这样回去才放心，才踏实。现在，日本军倒要动员我们下山了，我却想得很多。如果下山，那日本鬼子还在肆虐，我们岂不又要重新举旗重返山寨。如果不重返山寨，难道自此由这帮畜生宰割。而且，纵然不宰杀我们，看到乡亲们受难，堂堂七尺男儿，岂能袖手旁观呀！”阿彪说到这里，语气中充满着激动，又充满着许多伤感。

“既不能一辈子在山上，又不能任人摆布。那必须研究出一套保护乡亲们的办法才是。”廖云辉的声音里表露出他尚未成熟的一些思考。

“云辉兄，你是否已经有了应对之策？”

“不，只是想，但还不完整，更不具体。”

“兄弟一场，还有什么不可直说的呢？”阿彪真希望云辉能赶快将自己的想法全盘托出。

“我是想，台湾被大清朝廷割让，日本军占领台湾这个是已经无法改变的现实。当然，不甘心被日本人统治，奋起反抗也是一个不争的事实。大势，作为区区乡民我们无力去改变，可是，我们却可以在局部做一些抗争。”云辉讲到关键处此时却戛然而止。这个在乡村中以制桶修桶为谋生手段的闽南子弟，平时行走乡间，见多识广，考虑事情也能有不少的点子。他有满腔热血，侠肝义胆，更有冷静的头脑去分析事物，研判形势。

“云辉哥，你是不是有些顾虑？”阿彪见话说到兴头上的云辉突然停住，预计他的观点与山上义军兄弟一定有差别，而且有较大的差别。为了不影响阿彪的决策，他把话掐住了。

“我？”

“对！兄弟一场何必吞吞吐吐。更不用说我们是生死兄弟。更重要的是事关义军生死攸关的事情，大家都有畅所欲言的权利。”阿彪说到动情之处，用手重重地拍打了他的肩膀一下。

“阿彪，我考虑得真还不成熟。”云辉有些为难。

“想多少说多少，说不定我们兄弟俩的意见不谋而合，那岂不是两个臭皮匠胜过一个诸葛亮了？”

“那我真说了。”云辉终于鼓足了勇气说，“如果日本人请我们下山，我们又可以跟他定个契约便最好。”

“定一个契约？”

“对呀！你没有听说，日本人之所以如此胆大妄为占领台湾，皆因大清朝廷因甲午战争战败，给日本人签了一个契约叫《马关条约》，将台湾赔给日本人吗？”廖云辉振振有词。

“云辉兄，想不到你这肚子的墨水还不少呢！”听了云辉的话，阿彪表现出一种少有的羡慕：“那你说的契约应该有什么条款呀！”

“阿彪兄弟，我想来想去，无非有几条，一呢，不收我们的武器，只要我们身上有武器，一旦有事揭竿而起，手中有枪，心里不慌。”云辉说了第一条。

"有道理，枪是我们的命根子，如果没有枪，这两年就杀不了那么多日本鬼子。那么，今日日本鬼子也不会叫我们下山。"阿彪深有感触。

"二呢，日本人进来杀死我乡亲，烧毁、炸毁我房屋，要赔！"

"没错，这天经地义。"阿彪应道。

"三呢，永丰城由我们自治。"阿彪前几年听的新名词。这里灵机一动用上了。

"自治是什么意思?"这回廖云辉还听不懂这新名词。

"自治便是我们自己管理自己，跟日本鬼子没有关系。"阿彪很自信，他的眉宇间透出一种不屈和刚毅："中国那么大，台湾那么大，我们言轻力薄左右不了，但永丰城我们要左右。如果这一条日本鬼子接受不了，我们还打。纵使打到所有的人都死光光，也心甘情愿。"

"对！兄弟，你我都想到一块儿去了。"一路上，兄弟俩一问一答，一前一后到了凌晨时分便到了阿光的家门口。保镖看了他们风尘仆仆从诸罗山上下来，预计又有大事要报告，便叫醒了管家阿昌，旋即又通知胜天、连永福、魏永富和阿光，六个人马不停蹄研究到近黎明时分。

六个人，两代人把阿彪和廖云辉的想法反复研究了一下觉得都很有道理，尽管还不知道日本鬼子的态度，但这几条必须在契约上写明，否则，便将仗继续打下去。

"阿光哥，我们回山了。"阿彪尽管一夜未合眼，但毕竟年轻，又加上这两年多的锤炼，仍然精神抖擞。

"好！你们要留心，越是这个时候越要注意。"阿光看到兄弟又要分离，心里总是有些依依不舍，紧紧握着的手，迟迟不肯分开。

说来也幸得阿彪抓得那么及时，他们前脚刚返回山寨，后脚便有探子从山下赶来报告说，一行五六人身穿西装，举着日本国旗向山上走来了。

"带枪了吗?"阿彪问探子。

"没有。"探子答道。

"后面还有军队吗?"

"也没有，只有六个穿西装的人。"探子答道。

"注意不能放松戒备。"阿彪命令道。转过身他对云辉说："云辉兄，赶快将各路头目叫来，把兄弟们布置到各个醒目的山头，注意要安排在醒目的地方，让外人一进来便看得到的地方；要全副武装，让外人看到义军的军事实力。”

“好！我去办。”云辉了解阿彪的用意，正要出门，阿彪又把他叫住了：“云辉兄，快，要赶快。一定要让野岛一进山时便感觉山上义军的强大实力。”

“知道了。你放心。”云辉快步走了出去。

“我该做哪些准备呢？”阿彪看到一切事情那么快，来得那么突然，自言自语地反问自己。

探子飞报来诸罗山寨的一帮人正是永丰城驻军司令野岛大佐。他的随行人员都是西装革履，举着一面日本国旗，原本是想请阿光一起来的，那天谈话他觉得不管自己花多少工夫，这个典型的中国闽南汉子有着很深的民族情感，他不会与自己同行。为了验证自己的能力，也想到那里看一看真正的诸罗山，看一看真正的义军，他便冒着危险除一个便衣警卫外，只带着四个文职人员，赤手空拳地来到诸罗山下。

“这是一个多么险要的地势呀！怪不得自己的将士会一批又一批地倒在这里，也怪不得自古以来从荷兰人开始会一茬一茬地在这里全军覆灭呀。”站在第一道寨门之外，野岛站在那里，尽管第一道寨门已被日军的炮弹炸得面目全非，但那断垣残壁却犹如一个个威武不屈的卫士，形成一个天然屏障保护着这个古老而又神秘的山寨。

“野岛君，你看。”野岛没有带枪械，当然也没带望远镜。但他身边的随行人员却怀着忐忑不安的心情四处张望。当他们看见那每一个山头都有荷枪实弹的义军在那些地势最为险峻的位置上隐隐约约地晃动着，便在野岛的耳边轻轻地提醒他。

“嗯！”野岛没有在自己部下面前表现出一丝的不安，这个曾经经历无数次大小战役的指挥官，前几年还在中国的东北战场上屠杀中国人民，他与所有的日本帝国分子一样都有着野心勃勃称霸亚洲的野心。只是这次《马关条约》之后被派遣到台湾来。较之于其他日本军官，对中国人有更多的了解，对中国人的民族自尊心自信心有更多的了解。

野岛只用别人不易觉察的眼光朝那山头扫了一圈，不由得轻轻吸了一口冷气。他顺势选择了一块巨石坐了下来。那巨石背靠着诸罗山，一旦义军开枪倒是可以帮助他挡一挡子弹。

“这真是一处地势险峻，进退自如，易守难攻的战略要地呀。”野岛坐在巨石前头，从这里出发到永丰城无非是个把小时的路程，他的视野当中这永丰城一览无遗。义军下山放上几枪，只要上那山包便可被密林严严实实地保护着。而这深山莫说几百个义军，便是几千个，甚至上万个人钻进去也难觅其行踪。恰恰这一条通往山上的唯一道路又有这么多的关卡，只要布置几个枪手，便可称为一夫当关，万夫莫开。不要说这义军原来都是长期生活在这崇山峻岭，在崎岖小道都能如履平地的汉子；不要说义军已有数百人之众，就是几十个人死死把住这寨门，可能硬打硬拼自己几个中队的官兵也难逃厄运。

想到这里野岛有一些伤感。他为自己的两个前任的下场感到悲哀，也为自己赴任前向总督乃木希典建议而感到些许的欣慰。因为，他走到这山脚下，心里更明白了，这险要的地势，这帮有强烈民族自尊心的山民，要跟他们真刀真枪地去硬拼，大日本帝国取胜的可能性太小。自己势必也将重蹈龟田次郎、犬养横二的覆辙……

“嘟！嘟！嘟……”突然，诸罗山各个山头吹起了鼓角声。这声音如同一声惊雷在宁静的诸罗山回响起来，打断了野岛的思绪。他不安地站起身，却见几个随行已经趴在那岩石当中以岩石作掩身瑟瑟发抖。

“一定是义军发现我们了。”野岛这个中国通心里一阵惊慌，但却没有表现出来，而是指挥随行人员站起身不断地舞动着手中的太阳旗，哇啦哇啦地朝山上义军比画着。

“站住！站住！缴枪不杀。”也只在片刻之间，野岛的四周出现了十几个身着各色服装的义军，他们个个勇猛高大，脸上涂着浓浓的迷彩，手中握着快枪，肩上背着大刀和弓箭。

“义军先生，我们没有带枪，而是来请你们回家安居乐业的。”野岛表现出少有的从容，他将手高高举起，而且转了一个身，目的便是让义军看清他们都没有带武器。但他的眼神却没有闲着，只在一刹那时间偷偷瞟了一下他们身上的武器，那些手握在义军手中的武器每件都非常新，木把子的油漆还闪着光，那金属件上还留有绿色。这些都是原本武装在大日本帝国军人手中的快枪。不用说，这些快枪都是已经殉国的日本军人原来的武器。

这，足足让野岛呆呆地说不出话来。

“义军先生，请通报你们的司令官，我是大日本帝国驻永丰城司令官野岛，我是登门来请大家回去安居乐业的。请大家放心，我一定保证回去义军的生命安全……”野岛将早已准备的话向义军们说了一通。然后抬起头：“你们能否将敝人的话传递一下，然后请司令官与我详细面谈一下?”

一会儿，又有两位汉子站在岩石之上，野岛一看来人共同点是个子不高，但目光如炬，充满着机敏和睿智，便问道：“请教尊姓贵名?”

“阿彪!”

“廖云辉!”

“敝人野岛太郎，久仰久仰。”隔着大约五步路远，野岛给阿彪、廖云辉拱手。

“野岛先生这是?”阿彪装着不知详情地问道。

“敝人这次上山寨是想请两位将军带领你们的义军回归永丰城安居乐业，以携手建设永丰新城。过去的事便过去了，如何?”野岛满脸堆笑。

“哦!”阿彪接过话题，“如果野岛先生说话算数，许诺条件当然可以讨论。”

“我今天是代表乃木希典总督前来，讲话自然算数。不知两位将军有何要求，但说无妨。”野岛太郎自有一番打算。他想一旦武器收缴了，下山以后自然就没有你说话的地方。

“好！那我代表义军提出如下要求。如能满足，我们签一个契约，便可带领义军兄弟下山。”阿彪充满自信看了看野岛，清了清嗓子说：“第一，自契约签订起对永丰城实行自治，即由永丰城人自行管理一切事务，与日本人无关。”

“……”阿彪说完，野岛愣了一下。片刻之后，十分勉强地点了点头。“那第二呢?”野岛觉得这个其貌不扬的阿彪实在不敢小看，很有心计。

“这第二呢！凡下山义军及家人，人身财产安全必须得到保证，武器不能收缴。”

“这个……”不能收缴武器这是野岛所不能接受的，义军有了武器，一旦举旗分分秒秒都可以迅速集结。

“既然不同意，那么便回去吧。”阿彪也不客气，掉头便想回山。这野岛清楚，山上的义军个个仇日情绪高涨，如阿彪一走，说不定那子弹和弓箭便会像雨点一样朝自己泻来，连同随行片刻间便将殉国。他咬了咬牙说：“可以。”

“好！这第三，对永丰城和诸罗山寨惨遭杀害的乡亲及其财产进行赔偿……”阿彪义正词严，他的声音在这诸罗山间回旋着。

“这太过分了。”早已被逼得有点不耐烦的野岛看见阿彪那盛气凌人的气势已经无法忍受，这个在中国土地上横行多少年，手上沾满中国人鲜血的刽子手，无论如何也没有想到这小小的义军首领如此胆大妄为，如此不把自己这个大日本帝国军人放在眼里，一怒之下，脱口而出。

此时，这诸罗山脚下气氛似乎凝固了。风不再吹，鸟不再叫，人不再说话。突然，一只老鸦呱呱地从天空飞过。阿彪一时兴起，从云辉手中拿过枪像变魔术一样，让那枪在手中转了一圈。然后，枪口朝上手指轻轻扣了一下扳机，“砰”的一声，刹那间，那倒霉的乌鸦一声哀鸣之后，不偏不倚掉落在野岛的跟前。

“野岛先生，如果没有诚意，那好，大家省一些口舌。但我要告诉你们，如果这些条件不满足，那么我们便在这诸罗山世代安家，你们这些人迟早会像这乌鸦一样的下场。”阿彪也发怒了，他叫了一声周边的众兄弟：“撤吧，跟这些豺狼我们谈不上话。”

野岛一时被阿彪的话气得一口气堵在胸口，着急得说不出话来。他知道，正因为这些义军依靠着得天独厚的战略要地，加上山上山下山民的支持，才有这种中气。今天如果不能答应他们的条件，势必明天开始，不，也许马上开始他们又会发动进攻。不用说，永丰城的区区一个中队的日军，连同自己在内，包括随行人员都难以逃出这诸罗山！

可是，如果答应了他提出的要求，等于大日本帝国向这些山民、刁民投降。那是大日本帝国的耻辱。

难哪！野岛太郎左右为难哪！

“野岛君，答应他们吧。以退为进。”他身边的随同在跟他耳语说。

“八嘎……”野岛气愤至极，习惯地想伸手去抽腰上的军刀。但手伸出去才发现自己此时衣着便衣没有携带武器，不觉有一种前所未有的惆怅与失望。

“野岛君……”看到阿彪一拨人渐渐远去的身影，身边的随员又轻轻地在耳边提醒着野岛说。

“答应他们……”此时的野岛像一只斗败了的公鸡哀鸣了一下，他回过头充满无奈地对随员说了一句。

不难看出，此时他的脸已经变了形。

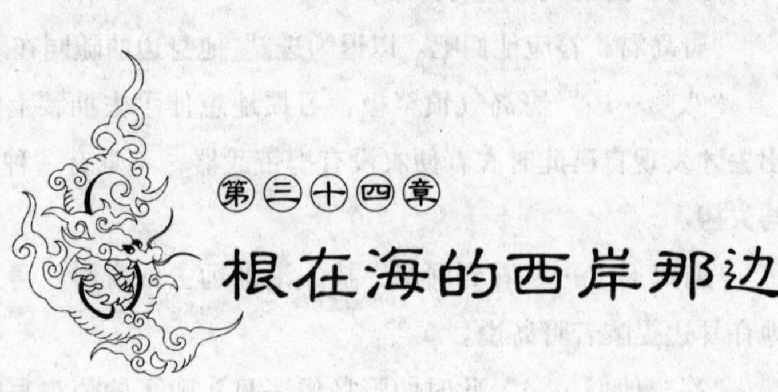

第三十四章

根在海的西岸那边

诸罗山的春天最美丽，淅淅沥沥的春雨足足下了七七四十九天，漫山遍野的树枝争先恐后地换上了新衣，一些迫不及待的山杜鹃、油桐花、金银花竞相怒放。原本清新迷人的丛山被懒洋洋的阳光照射着，那参天古树叶子上的水珠折射出五光十色的颜色，变得更加艳丽，更加妩媚，更加妖娆。每个人如果亲历其境定会有一种说不出的兴奋与畅快。

阿彪上个月与野岛签订了下山契约。尽管野岛觉得自己让大日本帝国蒙羞，尽管他的内心一百个不愿意签这样的契约，尽管他不愿意与一个土里吧唧的山民平起平坐签契约。但现实无奈地告诉他，不满足义军的条件，那么义军与日本军的仗还会没完没了地打下去。日本军再派几个中队的人进来，也一定会同样无声无息地躺在那绵延百里的诸罗山中。

诸罗山太大，诸罗山太高，诸罗山的山谷太深，诸罗山里有太多的秘密没有办法破解。

因为神奇莫测的诸罗山经过几千年的积蓄蕴藏着无穷的智慧和力量。

这种力量是任何人都无法理解，也无法战胜的。

只是要离开养育大家的根据地，义军兄弟们对这片早已熟悉的土地实在依依不舍。于是，阿彪和廖云辉组织兄弟们花了几个月时间帮山上乡亲修建房屋，让他们从此之后能够平平安安，繁衍生息。

"云辉兄，我们去看一看阿叔吧。"一切该了的事都了了，阿彪觉得还有一件事没有做。那便是带领所有的义军兄弟去看看阿叔，去看看义军的救命恩人阿力凡。如果当年不是阿叔指明那条地道，如果不是他老人家以命相救，身边的兄弟大概也很难逃过日本军的炮火。兴许此时包括自己及身边的兄弟已经沦为另一个世界里的阴魂了。

"对！备一些五牲祭品吧！让我们的子孙后辈永远记住阿叔。"廖云辉早有这打算，也是想待其他事情做好后，把这件最重要的工作放在最后，放在临下山的前夕。

翌日，太阳初升。

一抹血红的太阳从东边徐徐升起；那和煦的阳光照在诸罗山的千沟万壑之中，洒在那层层叠叠的苍翠的古树枝头。

春雨过后的诸罗山一尘不染，和煦的春风吹拂在众义军兄弟们的脸颊上，大家一脸肃穆。阿力凡的坟前摆上杀好的一头整猪，一头整羊，还有丰盛的祭品，坟的周围撒满了义军兄弟们从诸罗山上采下来的鲜花。

阿彪代表义军兄弟给老人恭恭敬敬地上香。然后，高声地朝地下的阿叔诉说："阿叔，你和乡亲们的仇我们已经报了，请你在那边保佑诸罗山乡亲永远平安、吉祥、幸福……"阿彪边诉说边擦拭着脸上的泪水。最后，这位七尺汉子竟忍不住失声痛哭出来。

他的哭声感染了众兄弟，这些在日本军人面前毫无惧色、所向披靡的闽南汉子，此时却禁不住失声哽咽："阿叔啊！愿我们的子孙后代永远记住你……"

接着，几十个义军，几十支洋枪朝天鸣放。那清脆的枪声划破天空，惊起了飞鸟，惊醒了诸罗山间的土地爷……

"下……山……"阿彪喊出了这几年一直想喊的第一句话。

"下……山……哪！"兄弟们齐声呼喊着，那声音在诸罗山的崇山峻岭当中久久回荡。

大家没有声音，没有再流泪。

除了山寨原有的乡勇团二十多个弟兄留在山寨外，还有五十多个义军弟兄要下山。而这五十多个人当中，还有十几个要随廖云辉回到他们的另外一个山寨。

“云辉兄，你们干脆迁到永丰城来发展吧。”走到路口，阿彪久久地握着这位生死兄弟的手不肯放下。两双手不停地抖动着。

“阿彪兄，古人说得好，桃花潭水深千尺，不及汪伦送我情。这一段日子让我们生死与共，难舍难分。但我和我的兄弟们都有自己的家，自己的乡村。那里也同样需要我们，我们就此告别。今后一旦有事请告知一声，我们将一呼百应。”廖云辉有些动情。

“对！只要那日本鬼敢肆意妄为，我们兄弟将再次联手……”阿彪很动情。

廖云辉告别阿彪，告别了这朝夕相处、荣辱与共的兄弟回到他们的乡村去了。

阿彪和永丰城的兄弟久久地站在路口，目送渐渐远去的兄弟的背影，伤悲不已，久久不能平息。

“走……回家去！”阿彪从回想当中缓过神来。却见那树丛中有几个人影一闪而过，心里不觉一提，便一边低头嘱两个兄弟过去看个究竟，一边继续带领兄弟们往永丰城走去。因为，他知道今天阿光哥他们已组织乡亲们在城门口迎接这些历尽艰辛，在鬼门关前转了几圈又胜利而归的兄弟。

永丰城门口，锣鼓喧天，鞭炮齐鸣，父老乡亲们在城门口拉开架势，舞狮队，舞龙队在来回表演着，以欢迎自己的子弟回来。

阿光、胜天和阿彪站在人群中，脸上洋溢着胜利的喜悦。突然，刚才阿彪派去了解山上晃动身影的兄弟赶来报告：“阿彪哥，刚才在路上探头探脑的人是日本军便衣。他们躲在树丛里清点我们下山兄弟的人数。”

“哦。”阿光应了一声，他的眉宇间结起了疙瘩。

“他们想做什么？”阿彪倒有些着急。

“我赶快躲起来，听他们在说，回去以后要加强对下山兄弟的监控……”

“这样啊！我们岂不上当了？”阿彪有些愤怒。

“别急，兄弟。野岛上山发现山头上处处都有义军，以为义军有数百人之众。可是当他看到下山的只有几十个人，便以为对义军又可稳操胜券了。可是……”

“可是，他却不知道。在永丰城，所有的乡亲都是义军，只要大旗一举，便可真刀真枪地与日军作战……”被阿光一说，阿彪又来了信心，他诙谐地说。

大约两个月后，突然传来消息：

阿福被人杀死后，弃尸街头；

不久，又传来消息廖云辉在家中被人杀死；

风云变幻，在短短的几天时间里，接二连三有义军大头目被莫名其妙暗杀的消息，这让永丰城的天空蒙上了一层层阴影。

阿光那心灵的伤口仿佛刚刚愈合，又被人捅了一刀，而且是深深的一刀；

那伤口又汩汩地流血；

他痛苦地沉默了。

他在深夜中暗暗落泪，于是陷入了深深的思考……

与胜天商量了好几个晚上。兄弟俩一致认为，要保证永丰城这片土地永远属于中华民族，要保证台湾这片土地永远属于中华民族，就必须有信心，有决心，持之以恒地跟入侵者斗争下去。一代接一代，世世代代，直至侵略者从这里滚出去。

“胜天，我考虑了许久，有两件事刻不容缓，必须马上解决。”阿光用睿智的目光看着胜天，激动地说。

“哪两件？阿光哥。”胜天知道，目前兄弟面临的形势十分严峻，阿光哥一定有新的打算了。

“第一保护阿彪，我决定对外宣传，叫他到阿发这边来顶房，成为我的兄弟。”阿光目光如炬，坚定地说。

“好，阿光哥。不这样，这阿彪难免遭遇不测。”胜天完全同意。

“第二必须马上将六个孩子送回大陆去读书，回到我们老家去，让他们去接受那里的文化传承与教育。因为，我们的根在海的西岸那边，只要保持文化的传承，这根就不会断，这源也不会断。”阿光终于悟出了一个道理，他将自己的想法告诉兄弟。

“根不会断，源不会断?”胜天觉得阿光这个问题提得太深奥，太理论化了。

“对！历朝历代只有民族文化得到传承发展，它的灵魂才能升华，它的力量才能得到凝聚，它的子孙才能既有健康的体力，又有健康的灵魂。”阿光充满着激情，如果不了解，还以为他是一个学者，是一个思想家。

“知道了，哥！马上吗?”胜天似懂非懂，似理解非理解地看着阿光。

“嗯！你以为呢?”阿光看着自己的兄弟眼神里有一丝担忧。难怪，几个孩子最大才十三岁，最小的才九岁。作为父母，谁不担心呀！

“六个孩子尚未成年呀！哥！”胜天觉得有道理，却又难以放心。

“请赵静雅先生带回去，拜托她。”阿光已经下定了决心，“这几个孩子跟赵先生都有很深的感情，更重要的是赵先生也是一个可以信赖、可以托付的人。”

“好！那照哥的意思去办。”胜天打心眼里佩服，这阿光哥考虑问题总比人超前一步。

又过了一段时间，阿光、胜天两家人安排了两部马车准备将孩子送回大陆读书。这六个孩子是：阿光的大儿子云生、小儿子松生；阿发的儿子林生、女儿慧生；林胜天的儿子天生、女儿婕生。

“赵先生，拜托您了。这六个孩子……”送到永丰城的门口，阿光、海英、魏永富；胜天、海兰、连永福又是拱手，又是作揖朝赵静雅致意。

“阿光哥，胜天哥！”赵静雅不觉泪水直流，她抹了一把泪水朝送她的两家人还礼，“放心，我一定不辜负你们的重托，将他们培养成材后，送回来给你们……”

两部马车飞驰而去，那马车过后卷起了一道厚厚的飞尘，遮住了送别长辈的眼睛；

带走了两家人对后代的期望，也带去了对祖国的思念。

“阿光哥……”看到六个孩子被赵静雅带往大陆了，海英、海兰忍不住泪水噙住双眼，哽咽地叫了一声阿光……

阿光慢慢地转过身，用坚毅而又深邃的眼光看着妻子和弟媳。

他没有再说话。因为他那充满必胜的眼神已经告诉人们一个道理：

中国人是不会屈服的！中国人是不可战胜的！